Anna Maria Ortese è nata a Roma nel 1914 e ha vissuto a lungo a Napoli. Nel 1975 si è trasferita in Liguria dove è morta nel 1998. Il suo primo libro, *Angelici dolori*, è del 1937 (Adelphi, 2006). Fra le altre sue opere ricordiamo: *L'infanta sepolta* (1950; Adelphi, 2000), *Il mare non bagna Napoli* (1953; Adelphi, 1994), *L'Iguana* (1965; Adelphi, 1986), *Il porto di Toledo* (1975; Adelphi, 1998), *In sonno e in veglia* (Adelphi, 1987), *Alonso e i visionari* (Adelphi, 1996), *Corpo celeste* (Adelphi, 1997), *Il Monaciello di Napoli* (Adelphi, 2001), *La lente scura* (2004), *Mistero doloroso* (Adelphi, 2010), *Da Moby Dick all'Orsa Bianca* (2011) e *Le Piccole Persone* (2016). Con la pubblicazione di *Romanzi I* (2002) e *II* (2005) ha inoltre preso avvio la raccolta delle opere complete. *Il cardillo addolorato* è apparso per la prima volta nel 1993.

Anna Maria Ortese

Il cardillo addolorato

ADELPHI EDIZIONI

© 1993 ADELPHI EDIZIONI S.P.A. MILANO

WWW.ADELPHI.IT

ISBN 978-88-459-1276-4

Anno							Edizione						
2022	2021	2020	2019				9	10	11	12	13	14	15

INDICE

VII. MUTTER HELMA

IL CARDILLO ADDOLORATO

I
LIETO VIAGGIO DI BELLEROFONTE E I SUOI AMICI VERSO IL SOLE

I tre amici

Verso la fine del Settecento, o Secolo dei Lumi, tre giovani Signori, il principe Neville, lo scultore Dupré e il facoltoso commerciante Nodier, tutti di Liegi, dov'erano conosciutissimi e apprezzati, chi per ingegno, chi per eleganza, e tutti per lo stile di vita mondano e altamente dispendioso che conducevano, decisero di fare un viaggio a Napoli, per una ragione che dopotutto non era riprovevole. Alphonse Nodier intendeva rifornire di guanti acquistati all'estero i suoi splendidi negozi di abbigliamento, e nessuna città ne produceva allora, e ne andava famosa, come Napoli; e a Napoli nessun produttore di questo genere di accessori si trovava all'altezza di don Mariano Civile, *Monsieur* Civile, come affettuosamente lo designava Nodier; egli era considerato da mezzo mondo il re dei guantai. Il suo defunto padre, legato – si diceva – alla Corte, aveva rifornito un tempo Londra e Parigi; questo raccontava, con una punta di compiacimento forse superfluo, Alphonse Nodier. In realtà don Mariano, che Nodier aveva conosciuto fuggevolmente alcuni anni addietro, durante un viaggio a Roma, lo interessava soprattutto come uomo, un po' per il suo straordinario carattere, taciturno e serio, per la sua dedizione al lavoro e, con questo, gli splendidi risultati; ma soprattutto perché aveva sposato, a suo tempo, una lavorante del padre, Brigitta Helm, di oscura nascita ma di famosa bellezza, che gli aveva dato dodici figli, molti dei quali erano già per il mondo a produrre guanti o commerciare in pellami; tutti – si diceva – di grandiosa statura, di capelli biondi e occhi cerulei, di freddo e taciturno carattere. A casa, nel *divino* quartiere di Santa Lucia, riteneva Nodier non fossero rimaste che due o tre figlie, ugualmente alte, impettite, belle e insopportabilmente *mute*.

Sì, era questo *mutismo* delle ragazze, come già della loro madre, a quanto aveva appreso da qualche accenno di don Mariano, uomo anch'egli che non scherzava in fatto di silenzi, era questo *mutismo*, o incapacità di esprimere, sia pure alla buona, i propri sentimenti di fanciulle, ammesso che ne avessero, la cosa che incantava – è la parola giusta – più che interessare il distratto Nodier quando pensava a quelle altezzose e attraenti sorelle. Per un parlatore, egli era un parlatore nato, era cosa che non si poteva accettare.

In quanto a Neville e Dupré, essi ascoltavano semplicemente divertiti – e il Neville molto sprezzante – queste storie di ordinarie virtù familiari, allora molto di moda; ma per ben altre ragioni consentirono a questo progetto di un viaggio a Napoli. Il Neville, perché poeta a suo modo, ma poco noto, sperava, girovagando per quelle mitiche regioni già visitate ed esaltate da insigni viaggiatori, di rinfrescare quella vena che gli anni (il principe andava per i trenta, traguardo, allora, di triste maturità) e gli abusi consentiti, se non giustificati, dal censo e dalla gioventù, avevano infiacchito e reso querula. Egli, inoltre, era incuriosito dalla fama di sfrenatezza e di lusso di cui godeva Napoli, rielevata a capitale di un regno, e anche dal suo cupo e sanguinoso passato; come da quelle storie non chiare, remote e dolci, di Sibille, di

Sirene, di creature femminili in rapporto con gli Inferi... Almeno così fantasticava il decadente Neville, uomo non buono, dopotutto, già vecchio benché ancora dotato di una straordinaria avvenenza; i fulvi capelli, gli occhi verde scuro, vagamente infossati, la bianchezza della pelle, una fronte magnifica e l'alta ed elegante statura ereditata, si diceva, da sua madre, una Leopoldine di Brabante, insieme all'altero e derisorio linguaggio, non erano ancora caduti in dimenticanza. Forse abbiamo sbagliato a definirlo uomo non buono; Neville poteva essere, semplicemente, vendicativo. Per il resto, aveva sentimenti simili a quelli di molti uomini: il sogno sempre deluso di una donna che facesse riposare il suo *genio* – non osiamo dire *gusto* – e il bisogno di viaggiare, per dimenticare, o stordire, una nullità di cui, a onor del vero, non era ancora molto consapevole.

Per Albert Dupré (Albert era il nome dell'artista, nulla in comune con lo scultore francese, l'ingegno del nostro giovane essendo limitato, tanto che il suo nome mai superò né il secolo né i confini della sua terra), questo viaggio era invece unicamente questione di allegria, di vita... Egli era bello, e la cosa, al nostro orecchio, come siamo avvezzi a pensare la bellezza, può non voler dire nulla. Ma una qualità rara e indefinibile della sua mente, l'*ardore*, l'ampliava rendendo quel giovane volto simile a un sole talvolta, a una notte lunare talaltra; mentre quasi eternamente emanava da lui la luce e la dolcezza stordente di una marina ionica nel mese di maggio. Era anche come un bosco in aprile, quando si sciolgono le nevi e i rami delle betulle dondolano simili a sottili braccia d'oro, braccia di bambine. A bella posta abbiamo usato queste espressioni retoriche; senza la retorica, nulla di serio e di vero può essere detto, mancando quel *falso* ch'è misura o supporto del vero. Almeno è questa la nostra convinzione. In breve, Albert, con i suoi grandi occhi azzurri e gli ondulati e lunghi capelli color del sole, la giusta statura, la fronte pura e levigata come il marmo, tutto il bellissimo viso chiaro e quel piccolo sorriso amaro che gli si formava a volte sulle labbra color rosa, e pareva chiedesse: « *a che... a che scopo, questo?* », era la stella del carro apollineo formato da quei tre giovani viaggiatori, era il vero Bellerofonte del gruppo; e quando il carro partì, sollevato dall'entusiastico Pegaso – o Romanticismo europeo – per attraversare come in volo, dopo la Francia non più pullulante di Giacobini, le Alpi azzurre, e planare lietamente lungo la celeste Italia; e quando, superando infine, quasi in un balzo, l'incendio rosa della prima aurora mediterranea, toccò il bel suolo di Napoli, supponiamo che molte Ondine (stando almeno alle memorie classiche di Neville), e creature varie della primavera dell'aria, uscissero da dietro gli scogli, scostassero le porte verdi delle casupole affacciate sul mare trasparente nei cui pressi sorgeva la casa di don Mariano Civile, e spiassero ridenti quell'arrivo... Abitava notoriamente lì, don Mariano; e nel colorato e innocente Borgo dei Pescatori, tutto reti e barchette da pesca, era situato, come una stranezza o un sogno, il fastoso palazzo a colonne doriche, dov'erano cresciute la sua gioventù, la sua fama, i suoi figli, la prosperità e ricchezza inaudite di cui a Napoli, e oltre, si favoleggiava... Tutto rigorosamente accertato? Vedremo presto quanto di delicato, o aggiuntivo, vi fosse nella leggenda. Da parte nostra, una volta reso omaggio alla ricca e sognante gioventù d'Europa, e alle dovute piacevolezze su Napoli, lasceremo da parte e retorica e letteratura insieme. A Napoli, come in tutto il mondo dove regnano incontrastate autorità di prìncipi e belle donne, e il denaro scende a rivoli dai palazzi e si perde in mezzo al letame delle strade (vero letame, almeno allora, in quanto era tempo non di carrozze elettriche, ma di impetuose vetture a cavalli, o rozzi carri trainati anche da poveri animali, tempo di greggi che attraversavano in fretta, belando, le vie eleganti); a Napoli, retorica e letteratura da strapazzo sono già tutte depositate nel costume, rifulgono nei modi civettuoli e vani delle dame, e scintillano nelle sale da ricevimento, nelle chiese sfarzose, tra le navate del Duomo addobbate di porpora e d'oro per una Novena cupa e grandiosa. Sono, retorica e letteratura da strapazzo, porte dorate e cesellate, opera dei gioiellieri del sogno. Ma, una volta aperte, solo la scura e fredda vita geme, come un'acqua, al piede degli scalini. E vedrai anche tu, curioso Lettore, seguendo questa storia, come là dietro non c'è nulla. Udrai solo, là in fondo, un povero *glu-glu*.

I tre viaggiatori, splendenti di un'allegria, un'eccitazione, un orgoglio giustificati dall'età, l'occasione e i mezzi a disposizione di tutti (anche se l'artista ne era quasi privo, ma ciò non lo toccava, protetto com'era dalla propria storditaggine, come dalla suprema quanto segreta munificenza del principe, che era anche suo tutore, e per lui travedeva), diedero ordine di fermare le carrozze, quelle padronali e del seguito, davanti al Cappello d'Oro, forse la prima locanda della città, di cui Nodier, per lettere scambiate con i suoi rappresentanti, poteva garantire ordine, pulizia e assenza di mariuoli. Ciò fu fatto. Saltando giù da una profonda vettura azzurra, essi non poterono quasi reprimere un grido di ammirazione per l'insieme armonioso della scena che avevano davanti. Un'ariosa e tranquilla piazza, delimitata a sinistra dalla linea cilestrina del mare e dai quattro torrioni di un possente castello color tortora. Su quel mare il sole, illanguidito da qualche amorosa memoria, *posava* i suoi ultimi raggi. A destra, un colle molto basso, per così dire domestico, tanto vicino da poterlo toccare con mano, era coperto di un pallido verde e guarnito anch'esso, in cima, da un castello. Un altro castello, più vecchio e rugoso, sorgeva di faccia. E, sul colle, pini alti e snelli, di un verde smagliante (che oggi il Progresso ha incanutiti!) lasciavano spazio a un cielo di un raro azzurro... ma le nuvole erano tutte rosa. E qui ci fermiamo. Rievocare i paesaggi del passato non si può, diremmo che Dio non vuole; vi è in essi alcunché dell'Eden consentito all'uomo una volta sola... egli non può rientrarvi. In breve, erano le sette di una sera di maggio, c'erano rose nell'aria, e odore di rose, gonfie rose di giardino, in terra. Le fioriste, e molto placide e belle, non mancavano.

Gli amici ebbero subito la certezza di essere giunti in un luogo d'incanti, e non avrebbero quasi voluto fermarsi alla Locanda, non fosse stato che dovevano cambiarsi d'abito, per recarsi subito al rione del Pallonetto, da Monsieur Civile, che li attendeva una di quelle sere, se non proprio quella, dalle otto alle dieci nella sua celebre casa presso la marina, chiamata perciò, dal nome del rione, *Casa del Pallonetto*. In breve furono pronti, e una vettura infiorata della Locanda li portò al luogo designato.

Il padrone di casa, senza compagnia di domestici (a quell'ora certamente ancora svegli, ma il Guantaio era un uomo semplice), li attendeva, solo, in cima a una bella scala di marmo, da cui si accedeva a un atrio vasto e deserto. Tutto intorno, specchi in cornici dorate, mensole dorate, orologi francesi, lampadari, porcellane di Sèvres e cristalli di Boemia; e ancora specchi, tendaggi con nappine di seta, e alti candelieri di fiamma. Non un quadro, tuttavia, né un tappeto né un libro; e ciò procurava una sensazione di freddo. Grave, ma benevolmente sorridente, don Mariano abbracciò Nodier, di cui ricordava con affetto i tratti rosati (Nodier era grasso e festoso) e s'inchinò agli altri due. Li precedé poi in un salotto (finalmente un domestico in livrea era apparso, e apriva con garbo le porte bianche, decorate con scene pastorali) e, dopo le domande di rito sulla salute e le scomodità del viaggio, comunicò a Nodier che sua moglie, da tempo molto ammalata, si trovava in campagna, e con lui vivevano unicamente le sue figlie minori, Teresa, di undici anni, e la « cara Elmina » di sedici, tutti gli altri dieci, giovanotti e *demoiselles*, da tempo fuori del nido, a trattare e commerciare col mondo. Purtroppo, *le temps passe*, sussurrò poi, quasi a se stesso, abbassando il mento sul petto, con una tristezza che a Nodier comunicò un piccolo brivido (gli altri erano troppo eccitati per notarla), e lo indusse a guardarsi intorno con rinnovata ammirazione per quella casa che era, così priva di gioventù, il contrario di come sempre l'aveva immaginata, e faceva quasi l'effetto di essere disabitata. In quel medesimo istante, il suono di una spinetta al piano superiore, e un fresco e malinconico motivetto francese, allora in voga, si fece sentire, accompagnato da una voce dolce e lieta di ragazzo. « Elmina » disse compiaciuto don Mariano. Aggiunse che non sapeva se le figlie sarebbero scese a incontrare gli ospiti, per loro era già molto tardi. Tuttavia, di lì a poco, in un silenzio che era seguito a quella musica lontana, e che pareva sprofondare la casa in una calma di sogno, esse entrarono. E l'attenzione dei visitatori fu tutta per loro.

Nel dire « attenzione » tentiamo di designare qualcosa di meno e di più di una improvvisa ripresa d'interesse, perché in quella repentina, fulminea « attenzione », soprattutto di Dupré e Neville, e soprattutto per Elmina, vi era invece qualcosa di cui i signori non si rendevano conto, simile a uno stordimento dell'anima; ma ecco, essi trattenevano il respiro.

La bellezza di Elmina era grande, e quella di Teresa, benché ancora bimba, non meno; avevano, malgrado la differenza di età, quasi la medesima statura, e non potremmo dire se fosse stata Elmina a limitare, per cortesia, la propria crescita, o Teresa, per ansia di vita, ad affrettarla. Forme piene, per quanto delicate, braccia stupende, nivee dal gomito a cuore alle sottili dita rosee; gli abiti ugualmente rosa, con pettorine di seta rosa adorne di trine color avorio; colli di merletto, avorio o verdino, ricevevano quei due bei volti di fiore, dalle fini sopracciglia d'oro e le pupille anche d'oro (ma in Elmina, a momenti, verdi), come coppe ancora umide di rugiada accolgono a volte una rosa. I capelli biondi erano in ciascuna delle sorelle corti e fittamente ricciuti, ma fermati sulla nuca, per Elmina, da un nodo di raso marrone e un pettine d'ambra; in Teresa, da nastrini. Le fronti appena sudate (la sera era calda), e ingenuo il sorriso in Teresa; in Elmina, grave e riservato. Forse perché maggiore di anni, in Elmina, che portava sul petto una croce d'oro, sormontata da una barretta nera, vi era qualche cosa di più. Una freddezza, non altro parve a Neville, *che si poteva vincere*; una distanza, *un abisso*, parve a Dupré, che non si sarebbe mai potuto superare.

Mentre egli la contemplava, come a volte gli uomini usano contemplare una donna, con un che di umile e disperato che sfugge alla loro stessa percezione, essa andò a sedersi accanto al padre e, benché sorridesse teneramente, era superficiale, e Dupré si trovò a pensare che i pensieri di lei, sotto quella breve e armoniosa fronte, erano lontani da lei, da quella stanza, dal padre. Ne era sicuro. Ella non amava alcuno, o non come s'intende amare. Ella non amava neppure se stessa, benché tanto adorna e abbigliata festosamente. Sembrava esservi un segreto, in lei. Quale fosse, era il pensiero che rendeva grave, nel guardarla, l'artista.

Ma non dimentichiamo le convenienze, e che siamo in un ricco salotto di Napoli, davanti a forestieri. Furono serviti, dal medesimo domestico, questa volta più sorridente, squisiti rinfreschi, furono scambiati complimenti, notizie, informazioni artistiche, commerciali, mondane, sebbene queste ultime appena accennate, per semplice educazione; si parlò di paesi, di viaggi, di teatri, di alti personaggi o di curiosi e modesti; don Mariano nominò due volte, tra i suoi numerosi conoscenti di Napoli, un certo «Pennarulo», che doveva essere appunto tra questi ultimi, e che però giudicò «uomo buono»; si parlò quindi di prìncipi e di politica ed Elmina, frattanto, si serbava sempre sorridente e *muta* (parola che tornò in modo ossessivo alla memoria di Dupré, come la fondamentale informazione del suo amico mercante), *muta* di dentro, come non fosse una giovane donna tanto avvenente e dolce, ma una pietra. E da questa immagine perfino banale, che ricorre tanto spesso nei romanzi a proposito di donne dal comportamento riservato, fu tutt'uno per quell'uomo, esperto di statue e rovine, richiamarsi con la mente ai sacri luoghi dell'Antichità, a quei prodigi di tristezza intravisti nei racconti di viaggiatori che tornavano dall'Egitto o la Grecia o l'Asia Minore: le buie rampe di pietra tese verso un cielo senza nubi, o quelle tavole di pietra spaventosamente alte, simili a larghi coltelli di giganti immersi nel cielo di cobalto, quasi a fenderlo, e insieme radicate nelle profondità della terra, anzi nell'oro del deserto, come a cercarvi scampo o rovina. Nel fondo di quei monumenti, in mortali, per silenzio e segreto, spirali di tenebre, avanzano cunicoli e cripte poco illuminati, sfilano e si alzano mummie dorate di Regine, di Sacerdoti, di Re, e sono custoditi alti e struggenti misteri. E pensò ancora – perché egli, per tutti, era adesso lo stesso Pegaso, adesso Bellerofonte l'ardito – pensò che lei, Elmina, era il Mostro triforme da vincere (capra, leone, aquila): era la Chimera meravigliosa.

Mentre queste cose, ardenti e tristi, tra una cioccolata servita in fiorite tazze olandesi e un confetto dorato proveniente dalle vetrine di una famosa pasticceria, pensava il bel Dupré – la cui giubba di raso azzurro con passamanerie d'argento, stendendosi come un pennello della notte sulla persona poco più che ventenne, attraeva perfino gli occhi non lieti di don Mariano, e non poteva certo restare indifferente alle due giovanette –, la minore delle sorelle, ancora una bimba come si è detto, scoppiò a ridere senza apparente motivo e, interrogata affettuosamente dal padre sulla ragione della sua allegria, non rispose che portandosi sulla bocca, a farla tacere, una piccola mano. Non era muta davvero, lei. La causa, poco dopo, del riso, si rivelò in uno di quei pensieri spregiudicati, irriverenti e infantili che attraversano a volte la testa delle ragazze, e le fanno scoppiare a ridere così maleducatamente da procurare spesso qualche imbarazzo tra gli astanti. Non fu questo il caso, trattandosi di astanti molto cortesi e benevoli.

Il signor Dupré, anzi « Monsieur Albert » ella disse alla fine con ingenuità incantevole per la sua audacia, rivolta al padre, era « *come lu cardillo* », la faceva pensare in tutto « *al loro vecchio cardillo* ».

« Che vuol dire, *cardillo*? » chiese con emozione quel sognatore.

Allora intervenne Elmina, con grazia severa, e posando la mano sul capo disarmato (intendiamo dire sventato, leggero) della fanciulla disse il nome francese dell'uccello. E aggiunse (e chi avrebbe potuto non crederle?) che il cardillo di casa, quel giorno, era morto. Si erano dimenticate, lei e Teresa, di cambiargli l'acqua e rifornirlo di miglio, se ne erano dimenticate per due giorni, ed ecco: era morto. Lo avevano trovato al mattino, pancia all'aria, presso l'usciolo. Subito lo avevano offerto al gatto del giardiniere, che però (per solidarietà, dissero) non lo aveva voluto.

Questo particolare fece orrore ad Albert; egli, per qualche minuto, non parlò più, mentre gli amici, Nodier specialmente, sembravano non aver ascoltato nulla, e ridevano di non sappiamo quale maldicenza su un generale prussiano riportata dal signor Neville.

A Elmina non era sfuggito, sebbene sembrasse non importarle, il soprassalto del viaggiatore più giovane davanti alla tristezza e alla crudeltà dell'episodio. Ella, passandogli un dipinto piatto di porcellana colmo di nuove goloserie, da cui Teresa non si peritò di acciuffare a volo qualcosa, trovò modo di sussurrargli, riferendosi a ciò che Teresa aveva detto del cardillo, che Monsieur Albert gli somigliava e, come sicura che egli si fosse turbato solo per l'accostamento tra lui e l'uccello:

« *Pazzea* sempre. *Un rien l'amuse*. Abbiate la bontà, Monsieur Dupré, di scusarla. Vi assicuro che non intendeva mancarvi di riguardo, paragonandovi al cardillo. È una buona bambina ».

Albert, per nulla pensando a sé, ma solo, con vero strazio, all'uccello, avrebbe voluto piangere. Nello stesso tempo si sentì stranamente consolato dalla voce di lei, di cui gli sfuggiva ciò che Neville, che aveva tutto ascoltato, riteneva divertimento e consenso a un atto di pura malvagità.

La guardò dunque con gratitudine, Albert; ma Elmina, a quello sguardo, sebbene cortesissima, non divenne meno fredda, e neppure sorrise.

Per l'indomani, così finì la serata, furono invitati tutti a pranzo da don Mariano. Il pranzo era alle diciassette, secondo l'uso napoletano di allora. Per carità, non mancassero. Si raccomandò inoltre che fossero puntuali, anche perché (sorridendo) « a questo mondo nulla lo è ».

La domanda di matrimonio

Neville aveva concepito un sentimento di vera osti-lità nei confronti della maggiore delle sorelle. In realtà, non ve ne era nessuna ragione, nemmeno apparente, perché Adelmine (era il nome tedesco della giovanetta) si era comportata con i tre ospiti né più né meno di come si sarebbe comportata qualsiasi ragazza ricca, anche se non particolarmente educata (ed Elmina non lo era), di Liegi o Parigi o Londra. Una vera figlia di facoltoso e forse rozzo mercante. Un po' di musica, un francese approssimativo, ma non tanto; modi non squisiti, ma neppure aperta-mente criticabili. Eppure, Neville (Ingmar era il suo nome di battesimo, di cui, chissà perché, un po' si vergognava) sentiva il bisogno di criticarla; attaccar-la, sarebbe stato un termine più vicino alla qualità non delicata del suo malanimo verso di lei; e la prima di queste ragioni – se così vogliamo chiamarla – poteva trovarsi, forse, in un sentimento di fastidio che la natura indifferente e chiaramente ordinaria di lei – così gli appariva – produceva sul sensibilissimo principe: una donna insopportabilmente soddisfatta di sé e del suo regno casalingo; la seconda era forse alla base di tutto: l'aver avvertito *l'entusiasmo* e la tristezza di Albert durante tutta la sera come un effetto certo del di lei fascino, e conseguente potere sull'animo di lui. Neville aveva in sé strane capacità rabdomantiche; sentiva cose nascoste; era stato perfino testimone di storie e fenomeni psichici, cosiddetti *inspiegabili*, consistenti soprattutto, ove la sua discrezione non lo avesse fermato, nel vedere (o solo capire?) quanto accadeva in un cuore o anche dietro una parete; ed egli aveva avvertito quella sera, con tutta la forza del suo geloso affetto per l'amico, che Albert, entrato sereno e spavaldo nella casa del Guantaio, ne usciva adesso turbato e tremante internamente di una emozione che egli, Neville, considerava strana e pericolosa.

Di ciò il commerciante Nodier non si era quasi accorto.

Rientrando, verso la mezzanotte, al Cappello d'Oro, seguiti a breve distanza dai loro servi armati (la carrozza andava avanti senza carico, in quanto avevano preferito procedere a piedi); rientrando a quell'ora solitaria, sotto un cielo di un dolcissimo azzurro, quale mai avevano visto in Europa, e tutto sparso di un ricamo filigranato di stelle d'oro, non solo Neville, ma anche i suoi amici erano stranamente assorti; e udendo, se parlavano, le loro voci risuonare tranquille nell'aria, gli sembrava di avvertire dovunque, come un'eco, la risatina lieta e superba della figlia maggiore del Guantaio (alla minore, alla bimba, ovviamente non pensavano). Tanto che, a un certo punto, accortisi, dal proprio silenzio, di avere nella mente la stessa persona, uscirono in un riso, sebbene forzato, cui non prese parte, se non freddamente, Albert; così che Nodier, molto più semplice e affettuoso di tutti, a un tratto disse:

« Perché così pensieroso, Albert? Non ti è piaciuta la bella signorina Elmina? ».

« Al contrario: moltissimo » rispose subito, commosso da quell'attenzione, l'artista.

« Ma sei triste – o almeno non ti vedo bene alla luce di qùeste stelle » insisté l'amico.

« Sì, invero » si lasciò andare a dire, guardandolo con gratitudine (e i suoi occhi lucevano di una trepida emozione), il povero giovane. « E sono triste – ci crederai? – per la storia del cardillo ».

« Non per quella solo, immagino » azzardò con un risolino enigmatico, facendo saltare la punta dell'elegante bastone da passeggio sull'acciottolato, Neville.

« Non tutte le signorine, certo, ne avrebbero riso così; ma non fu per crudeltà, bensì per indifferenza » fece eco Nodier.

« Indifferenza! Cos'è *indifferenza*? Si può essere indifferenti davanti all'indebolirsi e morire di una creaturina dell'aria? » gridò quasi il Dupré. « E il resto della storia, poi...! » (pensava al lancio del corpicino freddo nel cortile, inutile offerta a un felino). « No, sento che queste ragazze non sono state educate in modo adeguato... ».

« A... cosa? a quale stato "adeguato", per cui non vada bene – scusami, caro Albert – un po' di crudeltà, una qualche disposizione, infine, a prendere la vita per il suo vero verso? » così disse, con un sorriso non buono, il principe.

« Crudeltà! Vita come crudeltà! Oh, tu mi sembri folle, Ingmar! Perdio, voi due mi sembrate folli, stasera » così gridò ancora l'artista, e quasi piangeva.

A questo punto era ben chiaro che l'emozione del Dupré, sotto l'effetto della bellezza di Elmina, aveva raggiunto un così alto grado d'intensità che tutto, anche un episodio da nùlla se vogliamo, come la morte del cardillo, tutto, se riportato *a lei*, e quindi indice, e prova quasi, della di lei essenza morale, o il contrario, diveniva verità, atto testamentario: altissimo e memorabile documento d'anima.

« Povera giovane! A quella età si parla a caso, più che altro, lo dovresti sapere » fu quanto si trovò a dire, intimidito da quel dolore, e attento anche a salvaguardare la fama di coloro che considerava suoi

29

amici, il mercante. « È un'età ingenua... semplice, molto semplice ».

« Ma *non lei*! Lei non dovrebbe, con quel viso... Quegli occhi pietosi! Sì, i suoi occhi, color dell'oro, esprimono – lo avete notato? – una infinita, quasi maestosa pietà ».

Erano giunti all'albergo. I tre amici non dissero più altro, e salirono in fretta nelle loro stanze; qui solo l'artista, dopo essere rimasto per qualche tempo, come in sogno, davanti a un tavolinetto di mogano, dove si trovava il necessario per scrivere (e aver scritto, sembrava, qualche cosa), si coricò, cioè si distese vestito sul letto e, a causa della spossatezza psichica, si addormentò immediatamente.

Non così gli altri due. Tanto Nodier che Neville restarono svegli a lungo, affacciati ciascuno al balcone di ferro smaltato di bianco della propria camera – balconi ampi e tranquilli, separati da una larga colonna che saliva dal cortile lungo la facciata dell'edificio e nascondeva i due amici l'uno all'altro, quindi, benché vicinissimi, senza poter più vedersi né parlarsi, immersi in una curiosa solitudine. Nodier (ci occupiamo un attimo dei suoi sentimenti), piuttosto contento, andava pensando alle persone che doveva incontrare l'indomani, e anche alla splendida casa del Guantaio, che confrontava con altre di Liegi e Bruxelles, e gli faceva, tutto sommato, l'effetto di una chiesa: gli specchi, i ninnoli, gli orologi dorati, la gran profusione di marmi, le alte vetrate, le due ragazze, la quiete incantata di quella dimora alle dieci di sera, tutto gli pareva divino. Era triste soltanto pensando alla solitudine in cui viveva adesso don Mariano, senza la diletta moglie malata.

E se la figlia maggiore si fosse sposata? Come avrebbe fatto, lui, a vivere?

In quanto a Neville, si chiedeva semplicemente con quali mezzi poteva dissuadere Albert Dupré dal porgere, l'indomani, a Monsieur Civile la lettera con la quale lo implorava di volergli concedere la mano di Elmina. Una rapida domanda di matrimonio era stata vergata. La cosa era certa. Egli, Neville, senza fare, per saperlo, il minimo sforzo, quasi che tutte le porte del cuore e delle stanze di coloro che aveva cari fossero spalancate davanti agli occhi della sua mente; come se mai avesse lasciato l'artista alla porta bianca della sua stanza, aveva già visto quanto Albert aveva deciso e compiuto nel suo doloroso entusiasmo di sogno. Egli, il rabdomantico Neville, vedeva adesso, davanti a sé, in luogo della scura marina napoletana, lo scrittoio aperto di Albert. Un foglio era sul tavolo. E la lettera, tracciata a grandi caratteri volanti, e lasciata aperta con la profonda liberalità dei giovani (o degli innamorati), cominciava così:

All'Eccellentissimo don Mariano Civile
Casa del Pallonetto, in Napoli

Signore!

In preda a un sentimento che non posso definire e tanto meno descrivere, e mi tiene in Vostro potere, e della Vostra innocentissima Figlia – ma è più forte di qualsiasi altro abbia provato nella mia vita, la stessa gloria..., e così via.

Poco più in basso (la lettera constava di poche fulminanti righe), come in una nube di lacrime, appariva il nome di Elmina.

«Egli,» si disse Neville che, dopo aver scorso quelle prime righe (le altre non occorrevano), continuava a vedere, un po' più distante, lo stesso Albert disteso sul bianco letto, ancora tutto vestito del suo abito azzurro notte, e coi bei capelli biondi alti sulla fronte appena sudata, la pace di un eroe morto «egli, Bellerofonte, non sa di essere giunto dove la vendetta – per quanto ricevuto dagli Dei, soprattutto in grazia e innocenza – lo attende dalla nascita, e io non lo previdi. Salvarlo! È forse ancora possibile salvarlo?».

Dall'esterno, giunse in quel punto lo strepito, da una vicina taverna, di una rissa tra vigilanti armati e mariuoli, che però non lo distrasse.

« Animo, Ingmar, » si disse ancora dopo aver dato un ultimo sguardo a una luce che trapelava, tra muro e colonna, dal balcone accanto, segno che anche Nodier vegliava « animo! C'è un altro mezzo, forse, per salvarlo da questa sorte disperata. Dirai a don Mariano, domani per tempo, che Albert non possiede nulla di suo, nulla che possa aggiungere alla fortuna della moglie. Confesserai, senza esitazione, sebbene dovresti vergognartene, che lo hai sempre mantenuto tu, e in segreto, per entusiasmo poetico, e che il giovane dio lo ignora. È un'infamia, ma assolutamente necessaria ».

E questa infamia, sfortunatamente (o fortunatamente al fine di riportare la pace nel cuore del principe), rispondeva proprio al vero.

Dalla sua stessa nascita, in cui aveva perso la madre – e subito dopo, in un duello, il padre, un piccolo barone squattrinato –, Albert era stato il protetto, beato e inconsapevole della sua miseria, della famiglia del principe e in seguito dell'erede, Signor di Neville.

Così, meno affannato, si addormentò anche il nobile di Liegi, e verso l'alba, e poi la splendida aurora, che in quelle regioni, quasi due secoli fa, era molto pura e silenziosa, non uno degli ospiti stranieri era sveglio. Dormivano serenamente nelle loro grandi camere stuccate di bianco, con amorini e tende a righe rosa ai balconi, mentre da basso il locandiere già provvedeva ai grandi bricchi di caffè, alle montagne di brioches rosate imbevute di miele, e i servi del piano, apparsi da ogni parte, come gnomi, si davano da fare a strofinare dietro le porte, con immense spazzole rosse, molti indolenti ed eleganti stivali in attesa di essere di nuovo calzati e ammirati.

La domanda sottratta per salvare Dupré.
La falsa apparizione

Bellerofonte si svegliò di colpo da un sogno meraviglioso. Elmina era tra le sue braccia, il volto soffuso
d'indicibile emozione e umiltà di moglie. Lacrime
espressive come vere lettere d'amore intenerivano i
suoi occhi d'oro, promessa di un avvenire radioso.
Dietro di lei la giovanetta Teresa aspettava, con in
mano una gabbietta di canna. Nella gabbietta c'era
un uccello, il cardillo morto il giorno prima. Era vivo,
risorto, la malvagità della vita essa sola era sogno.
Accostando il bel viso alla gabbia, mentre gli occhi
gioiosi sbirciavano i due innamorati, Teresa tendeva
le labbra nell'atto di porgere un bacio e il cardillo,
con due saltelli, lietamente le si avvicinava.

« È vivo! La malvagità non è vera! La morte mente,
ed Elmina mi ama! » gridò l'artista al colmo della
gioia. Vedeva, dietro la gabbia, una grande luce rosa.
Era il sole che sorgeva! E il sole, sorgendo in quell'attimo, ed entrando dal balcone lasciato aperto sul
mare, lo svegliò.

Come si svegliò, Albert, senza sentir diminuire per
nulla la gioia del sogno, guardò allegramente la lettera lasciata aperta sul tavolo, anch'essa toccata dai

primi raggi del sole, e decise di portarla subito, senza nemmeno rileggerla, alla casa del Guantaio.

In brevissimo tempo si era mutato d'abito, era già pronto per uscire e, chiesto un cavallo da sella – benché la distanza tra la Locanda e il Palazzo fosse minima, ma egli intendeva prolungare poi la sua passeggiata –, uscì. Attraversò come in sogno buona parte di una città strana, misera e insieme ricca, soavemente colorata e, almeno a quell'ora, taciturna... o meglio: addormentata. Tutto era sogno, come in lui, tutto dormiva e, dormendo, rideva... Rideva soltanto? Egli giunse al Palazzo, attraversò un arioso cortile che immetteva in un cortile più interno, separato dal primo da un basso cancello. Accanto, era la porta del custode. Scese da cavallo, chiamò; un uomo ancor mezzo svestito, vecchissimo, gli venne incontro. Albert gli consegnò la lettera, insieme a una moneta d'oro che sbalordì l'uomo, «*pour Monsieur Civile, vite!*»; e quindi, di nuovo sulla strada, galoppò felice lungo la spiaggia, fra l'ampia distesa color turchese del mare sulla sinistra, e l'altra distesa vivacemente colorata dei giardini, in miracoloso ordine-disordine, sulla destra... Era quello il quartiere di Chiaia, e procedeva, come smarrendosi, fino a un'altura soave, bellissima, tra il grigio e il verde, di cui l'innamorato ignorava il nome (seppe, dopo, chiamarsi Posillipo). Da lì, simile egli stesso a un raggio di sole, tanto appariva leggero e sempre più sfavillante, il pupillo del principe, dopo un'adorante sosta (che anche nella felicità più intensa ha luogo, come una tregua, o uno svenimento o un culmine dell'estasi), e probabilmente rammemorandosi dei suoi amici e dei nuovi beati impegni che lo aspettavano, tornò indietro. Tornò ad addentrarsi così tra le ingenue case dalle facciate giallo-rosa, i palazzetti rosa, i palazzetti bianchi, in fanciullesca fila affondati tra giardini violetti e ciuffi dorati di palme. Si perse un attimo in vicoli bui e stradine paradisiache – e percorse di nuovo la Riviera adorna di negozi splendidi, che intanto si aprivano –, in mezzo al curioso passare e belare in frotta di capre e pecore, condotte da lattai e lattaie addetti al rifornimento di latte per le famiglie locali; belati di pecore e liete grida di venditori, cui cominciavano poco a poco a mescolarsi altre voci cantanti: di pescivendoli, ortolani, fioriste, acquafrescai – insomma, tutta la vita traboccante di suoni di quella città libera, selvaggia, oscura e beata insieme, nota in tutta Europa per la sua gioia, cui dava esca, talora, un ignoto quanto insensato dolore, giustificato, presumiamo, dalle precarie quanto strane sue condizioni politiche: di capitale di un regno senza fondamento di bontà o ragione, e perduto nello sfrenato Immaginario. In breve, il nostro giovane alato era di nuovo davanti alla Locanda, che vorremmo definire felice, e qui, tolto il piede dalla staffa e consegnato il cavallo a un servo di stalla, si precipitò, è la parola giusta, nella sala d'ingresso, ansioso, come un bimbo dopo una breve separazione dalla madre, di rivedere il volto dei suoi amici che per lui rappresentavano quella madre. Ma una sorpresa lo aspettava. I signori, già perfettamente vestiti, e stranamente silenziosi, lo attendevano nella saletta delle colazioni, ancora deserta, seduti davanti alle loro tazze quasi intatte. Lo guardarono con aria costernata.

« *Eh bien...?* » il radioso giovanetto.

Gli fu risposto, senza far caso alla sua luce di gioia e ansia di nuova gioia, che durante la sua assenza, supponevano dovuta al desiderio di una salutare cavalcata (solo Neville, sfuggendo al suo sguardo lieto, sembrava conoscerne la vera motivazione), era giunto un messaggio di Monsieur Civile. L'invito a pranzo doveva considerarsi per ora cancellato. Durante la notte, la signora Brigitta si era di molto aggravata, e il marito si era affrettato a raggiungere con le figlie la località chiamata Casoria, dove la poveretta si trovava assistita da due zie. Dal tenore del messaggio che don Mariano stesso aveva lasciato alla Locanda qualche ora prima, trovandosi già in carrozza per Casoria, Nodier supponeva che non vi fossero molte speranze per la poveretta di essere restituita agli affetti familiari; il peggiorare improvviso del male lasciava temere invece che fossero ormai pochi i giorni e forse le ore che le restavano. La signora Helm (così veniva chiamata anche dal marito) era in fin di vita, forse aveva già cessato di vivere, e don Mariano, per ora, non sarebbe certo potuto tornare a Napoli.

«Oh, era questo, dunque, il messaggio da me ricevuto, questa la gioia che il sogno mi annunciava!» uscì a dire, troppo commosso per essere guardingo, lo scultore. E come gli amici, stupiti, lo ascoltavano, subito raccontò il sogno fatto all'aurora, tacendo soltanto di Elmina e del loro abbraccio. L'immagine del cardillo risorto, della gabbietta di canna, della gioia di Teresa mentre attirava con un bacio il piccolo cantore, intenerì i suoi amici, che dopo un po' dissero:

«Sì, i sogni, a volte, sono menzogneri: annunciano il contrario di ciò che sta per accadere. La vita è, fortunatamente, più ordinaria, e oseremmo dire...» (il buon Nodier) «priva di queste sorprese... di immaginazione».

Discussero su ciò che era più opportuno fare.

Mandare per prima cosa un messaggio a don Mariano, in Casoria (che era a poche miglia da Napoli), messaggio che lo assicurasse della pronta partecipazione alle sue ansie, come della sicura devozione dei suoi amici di Liegi. Non chiedevano altro che un qualche comando di qualsiasi servigio o favore occorresse, per obbedire all'istante.

Ciò fu fatto, e un messaggero partì.

Subito essi cominciarono a discutere della possibilità di raggiungere l'amico mercante nella stessa località delle sue afflizioni, Casoria, per informarsi personalmente dell'andamento della malattia e rinnovare le loro profferte di amicizia, al fine di essere richiesti di un qualunque servigio, come si erano già espressi nel messaggio, un po' enfaticamente. Convennero presto che a ciò doveva essere designata una persona sola, e questa non poteva essere che l'amico più vecchio della famiglia, quello con maggiori diritti di anzianità, cioè Nodier. Presumibilmente, poteva accompagnarlo Neville.

« Perché non Albert? » osservò subito Neville, che non aveva troppa disposizione ad incontrare la signorina Elmina, la quale, a detta del messaggio, già doveva trovarsi col padre e Teresa presso la malata; però, vedendo come Albert si turbava in volto, ed essendo quasi certo dell'imprudenza da lui commessa, risolse subito di aiutarlo, offrendosi di sostituirlo, come visitatore, a Casoria. Avrebbe accompagnato lui Alphonse; era pronto.

Albert lo guardò con infinita gratitudine.

« È fatta, » pensò il principe « egli ha portato la lettera al Palazzo. La sua domanda di matrimonio è adesso solo in attesa di essere letta dal vedovo, quando rientrerà ». E subito gli si presentò alla mente un'idea acuta e indicibilmente atta a sollevarlo dalle sue preoccupazioni. Sarebbe rimasto lui a Napoli e, durante l'assenza dei suoi amici, e di don Mariano e le figlie dal Pallonetto, si sarebbe recato al Palazzo da parte di Dupré, a ritirare con qualche scusa la lettera: mai ricevuta l'imprudente domanda, il silenzio sarebbe sceso sulla proposta a cui si ispirava; e il lutto della famiglia Civile, e una sollecita partenza aiutandoli, mai e poi mai Dupré avrebbe rinnovato la sua richiesta della mano di Elmina, richiesta che di sicuro avrebbe considerato respinta.

A questo punto non fu difficile all'audace Neville giustificare in qualche modo il suo repentino ripensamento riguardo alla proposta di sostituire Albert nella visita a Casoria.

Si sentiva un po' stanco; era il più vecchio dei tre, disse; e dopotutto il meno adatto a consolare un dolore familiare; sarebbe stato lieto, inoltre, che Albert si prendesse qualche distrazione (così disse, trascurando la tristezza dell'occasione), lo vedeva un po' sconfortato.

Il mutamento di programma turbò Dupré; vi sentì una scusa, l'antipatia per Elmina. Ma mai e poi mai, nella assoluta incapacità di recare un fastidio, o negare un favore all'amico adorato come il migliore dei fratelli, egli avrebbe discusso una preferenza o un desiderio di Neville. In silenzio, obbedì.

Così, poco dopo, mentre i suoi amici galoppavano verso Casoria, Ingmar si fece portare in vettura (non volendo essere eventualmente veduto) al Palazzo, e riottenne senza difficoltà dal custode – accennando a una preghiera del mittente, che intendeva ricopiare il messaggio – la lettera di Albert, ancora posata con altre su uno scaffale dove si trovava in attesa di essere ritirata dai domestici con la posta del giorno.

Mentre ritornava, guardandosi curiosamente intorno, per il vasto e fiorito cortile che già Albert aveva attraversato, e osservava l'altro su cui si affacciavano alcune finestre e balconi interni dell'edificio, che lì faceva una rientranza, scorse, a una finestrina di questo secondo cortile, piuttosto in basso, un volto che lo fissava. Provò un trasalimento. Era nientemeno che, rigido e attento, il volto di Elmina. Gli parve che la giovanetta, movendo appena quei suoi occhi che a lui sembravano di pietra, lo guardasse con rimprovero e, soprattutto, *guardasse* la lettera dello scultore, che lui aveva ancora in mano. Si sentì, per così dire, perduto; si sentì svenire. No, non fisicamente.

Subito dopo, si ricordò che Elmina era partita la mattina presto, col padre e Teresa, per raggiungere la madre morente. Rallentò quindi il passo, sopraffatto, se non soffocato, da un altro pensiero: che quel volto annebbiato e triste dietro il vetro della finestrina non fosse un volto reale, ma solo una immagine che lo aveva raggiunto attraverso lo spazio azzurro, inviata da un pensiero di Elmina alla casa di Napoli (il suo cuore, se ne aveva uno, doveva essere là). Ingmar era avvezzo, fossero realtà o illusione, a questi misteri della psiche, in qualche modo ne traeva vanto e cupo conforto, ma stavolta si sbagliava.

In due passi (il volto era sparito) tornò indietro e, chiesto al custode – quasi una dimenticanza glielo avesse impedito prima – quando sarebbe tornata, da Casoria, la signorina Elmina, si sentì rispondere che la signorina non aveva ancora lasciato Napoli a causa di alcune incombenze affidatele da suo padre, ma sarebbe partita in mattinata certamente, o al più tardi sul mezzodì.

Dunque, era lei! E così dimessa, come sfrondata di ogni sua gloria giovanile; come una serva, o una parente povera, che non avevano ritenuto necessario presentargli la sera prima; ora in attesa, forse di notizie, a quella finestra solitaria. Ingmar non poteva crederlo! Scartando a questo punto l'idea così poco realistica, che pure gli era balenata, di una parente, o addirittura di un'altra sorella, abitualmente nascosta, che viveva in casa ed egli aveva scambiato per Elmina, si confermò nella prima impressione, che quella giovane era davvero Elmina, ma misteriosamente solitaria e indifferente. E questa certezza, di essere stato visto e seguito con lo sguardo da lei, benché indifferente, mentre ritirava la lettera (l'aveva ancora in mano), gli apparve spaventosa. Inaccettabile era dir poco. Presto o tardi, complice il custode, si sarebbe risaputo che egli, Neville, aveva ritirato di sua iniziativa la lettera indirizzata al Guantaio dall'entusiasta Albert, e ciò per nullificare la domanda di matrimonio. Sarebbe stato giudicato per ciò che gli era più intollerabile: intrigante, geloso e meschino. Non aveva giustificazioni, o si presentavano una più vergognosa dell'altra. Nella sua confusione decise quindi, in un istante, di sostenere, se domandato, che la lettera da lui ripresa era sua propria, ma consegnata imprudentemente da Albert. Sì, lui, Ingmar, avrebbe accennato alla lettera, anche se non richiesto, come a una sua personale domanda di matrimonio per Elmina, poi ritirata a causa di un saggio ripensamento. Egli (avrebbe sostenuto) non aveva mezzi atti a mantenere un impegno così grande come si presentava il proseguimento dello stato patrimoniale della figlia del Guantaio. Era tutt'altro che ricco. Non sarebbe sceso in particolari: ma, ecco, non gli era possibile un ardimento simile. Avrebbe poi confessato ogni particolare, onestamente, ad Albert. Ma questi doveva impegnarsi a non più tornare sull'argomento, né svelare la verità della illimitata potenza finanziaria del principe, pena un'altra verità, che riguardava lui stesso, Albert: e precisamente che Albert, di suo, non possedeva nulla, e non poteva quindi rivolgere domande di matrimonio a signorine altolocate senza doverne arrossire.

Così, dopo avere in realtà pochissimo pensato, quel principe, che dei princìpi nobiliari sembrava non aver mai saputo nulla, fece ritorno, molto rasserenato, alle stanze del Cappello d'Oro. Qui ordinò il pranzo – pernici e fragole di Sorrento – e lo consumò tranquillamente sfogliando un vecchio numero del « Monitore »; uscì quindi di nuovo a passeggio, e si sbizzarrì in piccoli acquisti, tra cui uno spadino d'argento per Albert e un bastone da passeggio per Alphonse, che molto li amava. Rientrando lo raggiunse, verso sera, un accorato messaggio di Nodier. Donna Brigitta Helm aveva cessato di vivere. Egli, Alphonse, restava a Casoria con Dupré per essere di conforto all'amico « che però ha sopportato bene la sventura », e presenziare alle inevitabili cerimonie luttuose. « A presto, quindi, *mon cher*. Alphonse ».

Rispose con un altro messaggio, il principe, e pensando che aveva davanti due o tre giorni interamente liberi, si dispose a goderne visitando qualche dintorno di Napoli, e anche alcuni divertenti Signori del Regno, per cui aveva lettere di presentazione.

Di maggio. Le liete fontane del Vanvitelli
e un Duca piuttosto indiscreto

La sua scelta cadde fortunatamente (così si rallegrò più tardi) su un Duca al quale non aveva pensato, che non risiedeva a Napoli, bensì a Caserta, luogo nativo della defunta donna Helm, e precisamente su Benjamin von Ruskaja, un polacco, che era stato, fra l'altro, amico assai caro della principessa Leopoldine, madre del nostro eroe. Non godeva, è vero, fama di persona estremamente corretta nel fantasticare e indi giudicare le situazioni del bel mondo (e trarre lecite deduzioni sui comportamenti altrui); ma al sempre cupo e annoiato Ingmar, come del resto alla sua degna *maman*, quando era in vita, queste aggiunte alla realtà non dispiacevano molto. A lui avrebbe chiesto notizie, poi filtrate da riflessioni e ragguagli vari, sulla entità, che era cosa grandemente importante, dei beni patrimoniali di don Mariano. Ciò gli sarebbe servito come una ragione fra le altre, che erano più insondabili, del suo intervento in una questione di cuore, anzi, nella questione di un matrimonio che avrebbe dovuto riguardare esclusivamente l'amico diletto e invece, come suo tutore – e soprattutto a causa di un cuore appassionato –, investiva anche lui. Non era certo la sostanza patrimoniale del Guantaio, se diveniva suocero dell'artista, la prima di tali ragioni, questo Ingmar ben sapeva sperimentando tanta avversione per Elmina: ma era, tale questione, in quei tempi di vita intesa come infinito piacere mondano, e quindi denaro, una ben valida ragione di ostilità o, al contrario, benevolenza, per tutte le situazioni che si prospettavano come definitive (e tale era un matrimonio) nella cerchia degli amici più cari.

Dileguato così ogni scrupolo per il proprio operato, e ancor prima ogni pensiero di solidarietà nel dolore, che non provava, per gli amici lontani, partì l'indomani mattina all'aurora, il simpatico principe, molto allegro per le liete ore che lo aspettavano e, al termine di una spavalda cavalcata, eccolo entrare nella famosa città di Carlo III, ornata da una delle più belle Regge del mondo.

Per prima cosa decise di recarsi ad ammirare da vicino quella meraviglia.

Il maggio splendeva quel giorno a Caserta in tutto il suo fulgore. Il principe non ricordava di aver visto in Europa, negli ultimi dieci anni della sua gaia vita, un cielo come quello: immensa cupola di un azzurro purissimo e lucente in ogni punto della sua volta, così da richiamare – immagine abusata, ma al momento non troviamo altro – la superficie di un bicchiere appena lavato, appoggiato su una fresca foglia. Sembrava che l'intero mondo tutto colmo di primavera si riflettesse, capovolto, in quel cielo, come usa nei miraggi desertici. Dovunque, insomma, gli pareva che fossero palazzi, fontane e giardini: se guardava in basso, se guardava in alto. Faceva molto caldo.

La vista del Palazzo Reale della città, al quale si era subito avvicinato, portò al culmine la sua emozione di trovarsi in un mondo come quello in cui siamo immersi anche noi, così meraviglioso. L'ammirazione lo sollevava, per così dire, dal suolo.

Si trovò presto a passeggiare, aveva tempo per la sua visita, davanti ai Giardini di quella famosa Reggia: mirabile complesso, da poco compiuto, sorto dalla immaginazione e la colta libertà del sublime Vanvitelli; opera, gli parve, quasi prodigiosa, serena, la cui vista lo commosse con l'immagine di ciò che potevano essere la vita e la ragione umana, se veramente coltivate, educate. Così non era. Più ancora lo entusiasmò lo scenario dei Giardini e lo esaltò quello delle fontane, e ammirò incondizionatamente l'artista inglese che aveva ideato quel mirabile complesso. Addirittura, quella meraviglia di acque che sembravano – a incantarsi un poco – tante fanciulle convenute a una festa, gli fece sentire non so che mistero della vita, mistero che era (gli parve) proprio nella freschezza, fluidità, scorrere e precipitare, sparire e risorgere continuo delle sue infinite forme. In quegli istanti, veramente rapito, aveva dimenticato le sue pratiche, o almeno propensioni e passioni magiche, la curiosità o volontà di malsano dominio delle vite e gli eventi, che lo possedeva. S'inchinò a Dio! Purtroppo, fu un attimo solo! Nel secondo, era tornato di nuovo il sottile, allegro e poco benevolo indagatore e giocatore dei segreti e destini altrui.

Come un gabbiano sorge da uno scoglio, dove dormiva, per lanciarsi su un pesce guizzante alla superficie di una estesa superficie marina, così l'animo suo, uscito dalla breve contemplazione, si gettò con un grido silenzioso sui recenti pensieri di difese patrimoniali, portando nel becco il più importante di tutti: l'indagine su Elmina. Un attimo dopo, la sua elegante e raggiante, per quanto un po' cupa, figura, seguiva in volo quella immagine; nel senso che Ingmar si trovò a cavalcare, rapido e intenso, appunto come un pensiero, verso la casa di Benjamin, che era situata nella parte vecchia della città.

Attraversò un giardino, fiancheggiò un colonnato bianco, tutto fasciato di rose, vide delle fontane, sentì molti uccelli cantare e volare in mezzo a un roseto, gli giunse l'acuto e snervante odore dei magnifici fiori color della porpora e, in mezzo a questa sorta di lussuria della natura (un dolcissimo vento caldo errava su tutto), intravide la lieta figura del nobiluomo polacco, che intendeva visitare.

Benjamin, che forse avvisato da un servo lo attendeva in piedi presso una pergola di canna, tutta intrecciata di campanule celesti, vera gabbietta, gli si presentò come una fantastica nuvola bianca che fosse scesa ad accoglierlo spiritosamente in quel giardino di fate.

Ultranovantenne, ma roseo e diritto come un giovane, bianco nella chioma di nevi polari, e azzurro di occhi acutissimi e maliziosi, lo guardava come se lo avesse seguito non dal cancello, ma per tutta la strada, fin dal suo passaggio davanti al Palazzo Reale (se non pure, azzardiamo, alcune ore prima della sua uscita da Napoli).

La conversazione si svolse in tedesco e in francese, ma non furono trascurate dall'ospite, ed era piacevole, alcune caratteristiche espressioni napoletane, comprese perfettamente, come per divinazione, dal divertito visitatore forestiero.

« Mio caro *pazzariello*, » esordì così, in napoletano, il duca Ruskaja, passando poi subito al tedesco nativo, che ci premureremo di tradurre alla bell'e meglio « non ti meravigliare, ma ti avevo già visto ieri – povero me, non ricordo bene l'ora, forse alle dieci, quando non sapevo ancora che eri a Napoli – mentre ti avviavi impensierito alla casa della signorina Elmina... Dimmi, non è vero? Mi sono forse ingannato? ».

« No, non vi siete ingannato » dopo un momento di confusione (la bravura, la capacità *tecnica*, per così dire, di quel vegliardo, lo sbalordivano, suo malgra-

44

do, svegliando in lui sottile gelosia di emulo, ma anche turbamento, come di trovarsi lui, che intendeva esercitare domini, in dominio del buon vecchio). « Non vi siete ingannato davvero... È stato proprio ieri ma non ero impensierito... questa sarebbe stata una sciocchezza ».

Il vecchio qui si mise a ridere, non sappiamo se per velare una menzogna del suo giovane amico, o per ristabilire la modestia dei propri meriti.

« Infatti... Una semplice lettura della mente, o delle passioni di un giovanotto, tutto ciò, e nient'altro, mi fu consentito di comprendere, e solo perché era scritto, chiaramente, sulla tua fronte, mentre ti recavi al Pallonetto. Ma poi, come potevo sapere, figlio mio, che ti fossi premurato di correre al Palazzo per rimediare a una imprudenza del tuo pupillo e amico? Questo, l'ho saputo dalla tua emozione, in questo momento ».

Se in ciò vi fosse coerenza o meno (e anche sincerità o menzogna) non vogliamo indagare, per ora, per non interferire. Fatto sta che, dopo cinque minuti, seduti nel roseto, davanti al berceau, e serviti di caffè e gelati da un inappuntabile cameriere in polpe gialle, i due si gettarono in una conversazione allegrissima. È che avevano, malgrado tutto, la stessa età: il vegliardo, di cuore e frivolezze era giovane; il giovane, per curiosità e ambizione di potere sulle cose umane, era vecchio. Alla pari, dunque! E gli uccelli, sulle loro teste di apprendisti stregoni, lietamente svolavano!

Premesso che l'interesse del figlio di Leopoldine era unicamente la salvaguardia degli interessi dello scultore Dupré, suo pupillo, come Ruskaja ben sapeva, e non il malanimo per la signorina Elmina, che non gli aveva fatto alcun male (il che era vero, ma mentre ciò asseriva il principe, gli occhi del suo ospite divennero di un blu veramente cupo, come egli non credesse a tali dichiarazioni); stabilito ciò, Ingmar ammise di essere interessato alla conoscenza del carattere della signorina, come anche della sostanza patrimoniale della famiglia Civile, ora che la signora Helm, come il Duca certo sapeva (il Duca smentì invece di esserne già informato), aveva lasciato questo mondo, e don Mariano si trovava quindi a disporre dell'intero patrimonio in favore dei suoi figli e figlie. Vi era un testamento? A che cosa ammontava il tutto? La sostanza veniva divisa, e quale la parte riservata a Elmina? « A tutto questo momento, » precisò Ingmar abbassando gli occhi « e prima ancora di mettere il lutto, la signorina ha già ricevuto, o almeno può disporre, di ben due domande di matrimonio. Da parte di Dupré (e questa richiesta si trova in mano mia), e di un'altra, che ella ancora non conosce, da parte mia, se ella, lasciando libero Dupré, esigerà una riparazione. Intendo infatti rischiare di sacrificarmi io, pur di salvare Dupré. Troppo mi è caro ».

Quel mago, su ciò, non ebbe alcun dubbio, e neppure sul resto. Neville gli aveva detto la schietta verità in ogni particolare e per ragioni psichiche, legate proprio alle sue capacità medianiche, egli era in grado di controllarlo immediatamente. Solo gli aveva mentito, o almeno taciuto, sulle ragioni della sua istintiva avversione per Elmina. E in ciò Benjamin, che era molto religioso, trattandosi di cose dell'anima non voleva entrare; perciò, pur sospettando qualche motivo interessante – o assai poco patrimoniale –, non varcò la soglia della discrezione amicale. Ma poteva immaginare, senza troppo rimproverarsi, che la grande religiosità di *maman* influisse adesso, dopo ventiquattro anni che ella era scomparsa, sul giudizio silenzioso (un'antipatia è un giudizio a priori, dicono) del giovane Ingmar per la rustica Elmina. Ma voleva andarci piano, per non cadere in peccato di maldicenza.

« Mi consta, » egli così disse, dopo essersi servito di un altro cucchiaio di gelato, di cui era golosissimo « mi consta che le sostanze di don Mariano – parleremo prima di ciò – in case e terre per parte propria, e in fabbriche e negozi anche a Roma, soprattutto per parte della defunta Brigitta, siano consistenti. Ma forse grandiose, o anche incommensurabili, sono parole più appropriate. Egli si è fatto ricco, già tanti anni fa, di famiglia non lo era, con questo strano matrimonio con una ex lavorante di suo padre, quanto un principe "vero" (non, voglio dire, figlio mio, come uno dei tanti *pazzarielli* titolati, che vedrai a Napoli girare in carrozza, per visite, tutto il giorno). Sì, una ragazza che sognasse gli splendori e i godimenti del mondo, non potrebbe avere di più, se anche fosse più bella di Elmina, cosa che non so immaginare, di quanto toccherà adesso in dote alla fanciulla, dedottone anche, e non è poco, quanto sarà dovuto per testamento ai suoi dieci fratelli, Teresa esclusa, essendo figlia naturale di don Mariano: tutti, attualmente, sistemati in lontane regioni del mondo, occupatissimi in traffici e compravendita di pellame. La ragazza, perciò, è assai ricca, e il tuo protetto non potrebbe andar meglio con lei accasandosi. (Questa, non *ammogliandosi*, l'espressione dialettale che anche il Duca usava). Resta un punto, tuttavia, dubitativo, sulla bontà e perfezione di queste nozze, punto sul quale io non posso e non devo diffondermi. Non tocca a me, e non toccherebbe, forse, neppure al di lei confessore... o forse sì. Bisognerebbe prima sapere se ne ha uno... e quale... ».

« Che intendi, Duca? » con viva curiosità Ingmar.

« Suppongo, bada, anzi ne sono certo, una cosa: ella è veramente religiosa, bene educata, e donna d'onore. Non vi sono macchie nella sua vita. Crebbe con don Mariano, che ne è gelosissimo. Il tuo Albert non si dannerebbe, sposandola. Ma vi è in lei – *non lo vedo*, bada, è solo cosa che si intuisce (e a Napoli tutti affermano di sapere, se sia malevolenza lo ignoro) –, vi è in lei un segreto che riguarda il suo rapporto con la madre... con la di lei, oggi, defunta madre. Come tu stesso mi hai detto, ella non si è recata subito a vederla... ».

« Non ha potuto » rispose in fretta, pronto, Ingmar, che già sperava in qualche « rivelazione » *contro di lei* (a donna Brigitta, ovviamente, non aveva nulla da contestare), ma non riteneva onesto sollecitarla.

« *Non ha voluto*, figlio mio. So che suo padre le aveva affidato alcune incombenze, ma non era una ragione valida, date le circostanze. La verità è che ella odia sua madre, per lo meno l'ha odiata. Qui, tutti lo sanno. Perciò non corse a vederla ieri mattina ».

« A... Caserta si sa di lei? » chiese Ingmar.

« Di sua madre?... Di donna Brigitta? Tutto! ».

Per « lei » il principe intendeva Elmina, ma non ci tenne a precisare: aveva qualche ragione per sospettare il Duca di eccessiva inventiva, e già sperimentava una minore fiducia, se non proprio fastidio. Gli occhi gli lucevano d'ironia.

« E che cosa aveva questa Brigitta, di grazia, caro Duca, » chiese ardendo di curiosità, suo malgrado, il principe « perché la città, insieme a sua figlia, arrivasse a detestarla? ».

Questo il Duca non lo aveva detto, ma Ingmar ne era certo.

« Figlia *illegittima*. Non di un militare prussiano, come si è anche detto, Helm è solo un nome inventato, per coprirne un altro, ma di un personaggio di Corte, alto... altissimo... forse il primo del Palazzo, che a suo tempo menò vita dissoluta, e di una cuoca, pensa, forse una sguattera, ugualmente di discutibili princìpi. Queste le ascendenze, tutto sommato abbastanza volgari, di donna Brigitta, allevata da giovanetta nel disordine e il lusso di una condizione ambigua. Alla fine, avendo conosciuto don Mariano, si riscattò. Non aveva che quindici anni... Ottenne un posto di operaia. Non sorridere, perché le ricchezze della sua regale parentela a quel momento non c'erano più, sua madre era morta oscuramente... vennero dopo. Il sentimento di don Mariano fu dunque purissimo, e ben presto premiato dalla notizia di una enorme eredità... Così cominciò tutto... I due sposi ebbero molti figli, la loro vita prosperava, splendeva. L'ultima figlia fu Elmina, e molto curiosamente, a causa di Elmina, le cose cambiarono... ».

« In che senso? ».

« Ti ho detto, no? che donna Brigitta era figlia illegittima. Tutt'altra cosa da quanto era stato raccontato ad Elmina, che suo nonno era un generale prussiano, molto dabbene, e devoto alla virtuosissima moglie. Una serva sciagurata, che poi fu cacciata di casa, certa Ferrante, o Ferranta, aveva fornito le minime informazioni alla piccina. Illegittima! Ella, che era tutta boria, non volle sentir altro, e riuscì ad ottenere da quel tenerissimo padre che per lei resta tuttora don Mariano, che donna Brigitta fosse allontanata da casa... per sempre! L'infelice si ritirò a Casoria, dove aveva una villa, e dove nulla più l'allietava, avendo i suoi figli, già adulti, lasciato la patria napoletana. Anche la Casa del Pallonetto si fece silenziosa... come tu l'hai trovata. Ebbe inizio così l'esilio della poveretta, che è durato nove anni, e finito tristemente l'altro ieri ».

Ingmar era trasecolato. Tra indignazione e meraviglia, per quella tragedia familiare, dovuta all'autorità dispotica concessa a una bambina, cui però non poteva – considerata la causa di un trauma nell'onore familiare – dar torto, non aveva quasi parole, e aveva a momenti l'impressione che il Duca si prendesse gioco della sua ingenuità; ma questo sospetto fu presto allontanato.

« Illegittima! » esclamò. « Come? E don Mariano l'avrebbe sposata ugualmente? Come mai? ». Era fuori di sé dalla meraviglia, le ultime proposizioni del suo interlocutore essendogli quasi sfuggite (l'esilio di Brigitta, il silenzio della casa di Napoli, troppo tristi invero), non badando quasi altro che alla gravità di quella prima informazione.

« E non ti domandi *come* il tuo Albert...? No? Vedi, è possibile, figlio mio. Una grande bellezza, un fascino strano. Ma per don Mariano, vi è stato qualcosa di più. Uomo cristiano, compassionevole, giusto. Volle rimediare al male commesso da un altro (quel tale Personaggio sublime), e diede a donna Brigitta una nuova e dolce felicità, un nome onorato, aggiungendo alla sostanza di lei – ereditata poi dalla *cuoca*, sostanza vistosissima – una nuova incontestabile fortuna. Ed ella, per almeno ventisette anni, fu una moglie felice. Finché, ripeto, Elmina non fu grandicella. Perché, a sei sette anni – la madre era già verso la cinquantina – saputo il vero dalla Ferranta, e costretto suo padre, che tuttora l'adora, a confessare le vere origini materne, ottenne che donna Brigitta si stabilisse lontana da lei, appunto a Casoria. Ma già, non l'aveva mai potuta soffrire. Una ragazza fredda ».

« Allontanare sua madre! Riuscire a questo! Una piccina di pochi anni! » gridò quasi lo stupito, per non dire inorridito, Ingmar, che finalmente aveva tutto compreso. « Non posso crederlo! ».

Gridando questo, sapeva benissimo di crederci, e che ciò era vero, forse con qualche attenuante, che lì per lì non lo interessava.

« Ella, » aggiunse infatti il Duca « la donna da te temuta, ha inoltre una seconda motivazione, ma estremamente debole, per il suo inumano comportamento, almeno in una ragazza così giovane. Non so come tu la pensi su questo argomento, ma ella aborre, ha sempre aborrito i Borboni, e quindi la sua disgraziata ascendenza, e la persona a cui la déve. Non dirlo a don Mariano, in quanto lui la sostiene: divide segretamente, credo, i sentimenti antirealisti di lei. Poco bello, ma vero: quei due tirano ugualmente, oggi, per il nuovo astro francese, e non nascondono di sospirare ancora per il '93 ».

Queste parole, come l'allusione all'ancora oscuro Bonaparte, lasciarono indifferente, come chiacchiere di un villaggio, l'esperto mondano di Liegi. Egli era certo che la bella Elmina odiasse solo, e spietatamente, le sue origini tra losche e servili, e avesse odiato la madre solo a causa della propria grande superbia... Fosse nata regolarmente a Corte le avrebbe perdonato. Era sprezzante di tutto ciò che non fosse sfarzo e grandezza. Aveva il cuore duro e volgare che egli aveva intuito. *Bien!* Né Madame Dupré, né principessa di Neville, a questo punto. Mai!

Poche ore dopo, col cuore pieno di sollievo, e anche un po' amaro, perché il principe era dopotutto di razza umana, Neville lasciava il sorridente stregone, e su un bel cavallo bianco, e accompagnato da un servo del Duca, cavalcava pensieroso alla volta di Napoli. Non si attardò a visitare Pompei, né a fare il giro del Vesuvio, ma a Napoli giunse tuttavia solo a sera tarda, sotto un cielo brulicante di stelle.

Esse gli parvero additare in ogni punto dello spazio azzurro la via del ritorno ai Paesi Bassi, e per dirla più chiaramente in Europa (che anche Napoli fosse Europa, con grande ingiustizia, egli non pensava), e di questo era senza dubbio molto felice.

La domanda accettata e lo sposo felice.
Un'amicizia alla prova

Intenzione del principe nella sua ritrovata pace di amico (ché ormai era sicuro di avere in mano la sorte del suo protetto), sarebbe stata di ripartire l'indomani mattina presto, se trovava un battello, alla volta di Capri o, se non era possibile, intento più caro, alla volta dei Campi Flegrei, di cui si andavano già allora decantando (causa il risveglio della cultura classica) le tenebre magiche affioranti da questa o quella delle molte Grotte. Dipendeva anche dal tempo. Per Capri doveva esservi calma perfetta di venti e di flutti, dato che Neville pativa facilmente il mare.

Ma né l'una cosa né l'altra si verificarono, in quanto uno sbalorditivo evento di cui il principe (probabilmente a causa dei venti che si erano appunto levati da est-nord-est e contrastavano il viaggio delle onde psichiche provenienti da Casoria – che era a sud) non ebbe premonizioni stava per rivelarsi, anzi era già accaduto, e solo in procinto di rivelarsi a lui.

Fu nientemeno che il ritorno alla Locanda, appena qualche minuto dopo che il principe vi era giunto, di un Albert Dupré fuori di sé dalla gioia, promesso sposo (nella casa dov'era passata la morte di Brigitta, e già si affollavano come grandi ombre togate, dietro i familiari e i servi in lutto, le mute interrogazioni su quanto poteva esservi di nuovo o meno nel testamento, e di quanto sarebbe toccato a questo e a quello), promesso sposo di una Elmina incredibilmente disposta a concedergli la sua mano, senza avere nemmeno ricevuto la domanda scritta, e quindi, com'è chiaro, senza alcuna perdita di tempo.

La notizia fu data alle dieci di sera, come un rombo di tuono che annunci la primavera, a un Neville fatuamente intento, insieme al suo servo personale, a passare in rivista le camicie che più avrebbe gradito d'indossare per la gita dell'indomani.

« Apri, Ingmar! » gridò la voce esaltata, e quasi esausta per la gioia, del suo giovane protetto. « Apri! C'è una notizia straordinaria! ».

E come Neville, un po' impallidito, aperse, Albert, ridente, trafelato, felice, gli si gettò tra le braccia.

« Elmina mi sposa! ».

Neville aveva imparato fin da ragazzo a non rispondere subito agli annunci terribili, e questo era tale. Così, benché fosse ancora più pallido, non rispose; tornò semplicemente vicino al letto, sulla cui coltre ricamata erano disposte le sue camicie, ordinò al servo di riporle (le avrebbe scelte più tardi), e inoltre di tenersi pronto alla partenza per Capri o Cuma, l'indomani di buonora.

Albert nemmeno l'udì.

Uscito il servo, andò alla finestra e la spalancò.

« Mi sposa! Mi ha accettato! Sposa me! » ripeté come un pazzo, con una voce da cui non erano assenti orgoglio né, stranamente, una triste umiltà.

Qui, una certa ferocia, per fortuna, nell'animo fine del principe, sempre fuggevole, azzardò un calmo – continuando il giovane a occuparsi delle camicie:

« Chiudi quel balcone, se non ti dispiace, Albert ». (Spirava infatti un'aria un po' fredda, che quasi preludeva a cambiamenti in peggio della stagione, com'è nel mutevole e sempre capriccioso clima di Napoli). E poi: « Così, ti ha accettato. Molto bene. Le hai detto sicuramente di quanto disponi ».

« Gliel'ha detto Nodier ».

« E ti ha accettato lo stesso? ».

Albert volse verso di lui un viso quasi irriconoscibile: una dolcezza sovrumana, una quiete di fondo, e anche una grande severità:

« Sì, mi ha accettato lo stesso. È una cosa diversa da quanto supponi ».

« Cerca di spiegarti. Ti ascolto con la migliore disposizione, ma non capisco. Diversa in che? ».

« In questo: che ella, Elmina, *non* mi ha scelto. Non intendeva, credo, proprio sposarsi. Ma desidera obbedire a suo padre. E ha promesso a suo padre, che lo desidera, di sposarmi, e sforzarsi di essere una buona moglie. Tutto qui. Alphonse ha spiegato a don Mariano la mia situazione finanziaria, che non sono ricco, salvo il modesto lascito di *maman*, e la casa di Liegi. Mi accetta lo stesso ».

Neville si sforzava di reprimere la folla di domande e anche la rabbia che gli faceva quell'incredibile racconto; soprattutto il mistero di un don Mariano Civile, ricchissimo commerciante, il cui nome era noto e onorato in tutte le capitali d'Europa, che chiede a un artista povero e straniero la grazia di accettare in moglie la sua amata figlia.

« Mi par strano che don Mariano ti abbia scelto come sposo – e sposo senza un soldo – della sua bella e ambitissima figlia; inoltre, dopo averti visto appena una seconda volta, e in una così brutta circostanza. La cosa mi sembra curiosa... a te, no? ».

« No... Perché? » ma subito il volto di Albert si fece pensoso. « Sì... me lo sono domandato anch'io » egli ammise sedendo sul letto e, liberandosi del mantello e di uno stivaletto che lo stringeva, allungò una gamba azzurra sulla coperta ricamata. «Ma lasciami ritornare, ti prego, a quel momento meraviglioso, in cui l'ho vista venirmi incontro (eravamo nello studio di suo padre, don Mariano alle spalle di lei, e sembrava chiedesse la carità, *a me*, pensa) e dirmi con bontà, guardandomi in fronte: "Accetto la mia sorte per l'obbedienza che devo a mio padre, *mon cher Albert*. Non desideravo alcun matrimonio, ma vivere con lui sempre. Così non può essere. Sia come non detto" ».

« Così ti ha detto? ».

« Sì, proprio. Suppongo che finora abbia nutrito qualche propensione religiosa. È cresciuta con le monache, mi pare di aver capito ».

Ciò era in contrasto con quanto Neville aveva appreso dal Duca sulla sua vera indole fin da bambina, sulla sua spietatezza verso la madre; che era stata una dura padrona di casa. Non esitò ad affermare con calma:

« Forse ne ama un altro, ma... sarà cosa da non potersi dire ».

« Possibile » annuì Albert senza veramente comprendere. « Ha un'anima così profonda, così meravigliosa... » e, ciò dicendo, parve piombare in un sogno.

Neville tratteneva a stento il suo furore. Altre domande, le più pungenti, si formavano sulle sue labbra; altri interrogativi lo premevano; soprattutto la cecità di Albert, la suprema stupidità in cui era caduto, lo struggevano. Non vedeva nulla! Non vedeva il mistero che si nascondeva dietro quella reciproca carità, di lei a lui, di lui a lei, e che l'artista chiamava amore. Forse la giovane aspettava un figlio da qualche spasimante impresentabile, magari uno sguattero, come già – sebbene un tempo lo spasimante fosse irraggiungibile solo per il suo ruolo regale – era accaduto all'ava materna. O forse, altra ipotesi, gli venne in mente, pensando al movente cristiano che aveva indotto il Guantaio a sposare, tanti anni prima, una sua umile lavorante – un simile intento, compie-

55

re un'opera buona, lo spingeva adesso a rendere felice uno sconosciuto artista straniero. Forse un secondo voto... Perché? Si meravigliò di non aver chiesto ancora allo scultore in quali modi e tempi si fosse svolta quella scena meravigliosa. Allora, don Mariano sapeva già della subitanea ammirazione di Albert per sua figlia? E da chi lo aveva saputo?

« Oh, sì » rispose spensieratamente Albert. « Lo sapeva. Glielo aveva detto... ma senza darvi troppa importanza, Nodier ».

« E questo... come poteva bastare a fargli supporre che tu... e lei... insomma, che tanto tu che l'altra poteste avere in questa faccenda un serio interesse reciproco, tanto da giungere all'idea di sposarvi? Non è sorprendente? Ed Elmina come ha immaginato...? ».

Voleva dire « che tu l'ammiravi? », ma Albert lo interruppe.

« *Non ha immaginato*, credi! Semplicemente *ti ha visto*, l'altra mattina, da una finestra dello studio di don Mariano, mentre andavi a ritirare una lettera... Ha capito che era una mia lettera... una lettera per don Mariano, voglio dire, e ciò perché il custode le ha riferito – è andato apposta su in casa – che l'avevo portata io, ma aggiungendo che tu, per qualche ragione, eri venuto a riprenderla. E ha voluto sentire da me se ne sapevo qualcosa (la madre aveva chiuso gli occhi da poco), e io le ho detto la verità: che era una mia domanda di matrimonio, e che tu, probabilmente, ti opponevi, perciò eri corso a ritirarla ».

« Le hai detto questo? ».

« Sì ».

« E lo pensi...? ».

Albert sorrise tristemente.

« Dev'essere stata una bella scena » commentò il principe abbuiandosi sempre di più. « Il letto di morte... gli astanti in lacrime... E lì, dietro una tenda della finestra, tu e lei che vi scambiavate confidenze tanto onorevoli ».

« Non è stato lì... né in quel momento. È stato dopo, invece, e in un salottino accanto ».

« Mi odierà, dunque » disse dopo una lunga pausa, come amareggiato, il principe, che si era fatto pensieroso.

« Non ti odia. Pensa che tu sia geloso del mio affetto... di me... che ti dispiaci se mi allontano... ti dispiaci per questo ».

La cosa era tanto vera che il principe, sul momento, non si curò di smentirla o giustificarla. Si trattava comunque di un disastro.

« Le verrà in mente, suppongo, che ho fatto ciò, sottrarre la tua domanda, perché anch'io innamorato di lei. E ti sposa perché in guerra con me ».

« Oh, tu vuoi angosciarmi... farmi pentire... ma non ci riuscirai mai... mai! » esclamò, ridendo e improvvisamente rianimato, il giovane fidanzato. E saltando giù dal letto corse di nuovo davanti al balcone, ne spalancò i battenti. Entrò una folata di vento fresco, che annunciava forse burrasca, e subito si videro sul mare grandi nuvole bianche, dagli orli argentati, come sono a Napoli la notte, correre verso ovest, nel cielo attraversato da una pallida luna, che sembrava anch'essa fuggire.

« Oh, mai avrei pensato, » esclamò ancora Dupré guardando quelle nubi, quel magico cielo tutto luci fuggenti e nascoste « mai avrei pensato che fosse così meraviglioso vivere, e *vivere a Napoli*! Ingmar, io resto – lo sai? È deciso così. Resto in questa città di gioia, » ripeté girandosi di nuovo verso l'amico, i grandi occhi azzurri come allucinati « aprirò qui un mio studio... lavorerò, amerò, sarò amato. Passerà il tempo, diventerò vecchio... qui; e questi ricordi di gioia infinita addolciranno, io credo, se l'avrò, la mia vita... fino all'ultimo... fino all'ultimo... » concluse quasi in un grido, mitemente.

Ingmar, a questo punto, volse le spalle, generosamente, a tutta la sua violenta ostilità per Elmina, al disprezzo che aveva accolto nel cuore per lei, ed anche a infauste previsioni – alimentate forse dal pregiudizio per la sua crudeltà verso il cardillo – e decise di sostenere quella felicità del suo protetto, come meglio avesse potuto.

Al cuore di lei, alla paura che ne aveva, e anche a tante cose che gli apparivano ora oscure, ora chiare, ma sempre fuggenti e segrete come quelle nubi lunari che volavano nel cielo di Napoli, non voleva per ora pensare.

I tre assenti, don Mariano e le figlie, seguiti fedelmente, anzi preceduti di qualche ora dall'amico Nodier, le cui premure stupivano la stessa raffinata prodigalità del principe (fece disporre, fra l'altro, una gabbietta con sei colombe bianche sul davanzale di Elmina, e pervenne a ciò mettendosi d'accordo col custode, che adesso, dei tre spensierati signori, non sapeva più quale preferire, visto che ad ogni minimo servigio brillava nell'aria una moneta d'oro; la gabbietta, poi, al semplice aprirsi della finestra per opera di una incantata manina, anch'essa si apriva, e subito le sei innocenti creature si sarebbero alzate in un volo augurale); i tre assenti fecero dunque ritorno a Napoli. E proprio la presenza di Nodier, per quella felice devozione alla famiglia di cui tutti adesso erano ospiti, e la fantastica prontezza e abilità di cui dava prova in ogni minima circostanza che chiedesse l'apporto di una mente pratica, proprio quella presenza si faceva sempre più preziosa agli occhi di don Mariano, piuttosto malandato nell'animo, e agli occhi dei suoi amici, vagamente intimiditi dall'incontro con un sì gran numero di novità, come quelle che presto si offersero alla giovanile curiosità degli stranieri. I quali si erano appena trasferiti dal Cappello d'Oro alla casa del Guantaio (su questo, don Mariano non aveva voluto sentire ragioni contrarie al piacere dell'ospitalità; la casa era grande, e a disposizione di ciascuno era stato messo un piccolo appartamento fornito di ogni comodità, con l'aggiunta di un domestico personale), che già l'intero Palazzo del Pallonetto era aperto ad essi come ai più intimi e cari della famiglia. Giunsero visite, di lutto e rallegramenti, strano ma fatale contrasto in quelle occasioni in cui la tristezza e la felicità si congiungono e le notizie relative a un doppio avvenimento si spargono e volano dovunque; visite da tutta la Nobiltà e il Commercio partenopei. La Nobiltà parteggiava, rimpiangendo e lodandone i meriti, per la baronessa Helm (così veniva curiosamente chiamata, per qualche sua parentela non bene accertata, ma la cosa non aveva importanza, la defunta Brigitta), mentre il Commercio faceva gruppo, in preghiera e festa di ringraziamento (per il matrimonio) intorno al padre della fidanzata. Non mancarono cortei di Mezzecalze, giunte in carrozza dai quartieri nobili come dai festosi dintorni gremiti di ville – don Mariano era molto liberale, e aveva amici dappertutto. Vennero a gustare, nei bei salotti, rosoli e caffè, confetti e gelati, oppure la più squisita cioccolata allora di moda, in finissime tazze decorate con scene di danze e feste campestri, e intanto a esaminare, con vari gridolini ammirati e inchini bugiardi, gli ospiti *franzé* – a conoscere gli amici « francesi », distinti come tali solo per la lingua da essi parlata (di altro non erano imputati, essendo anzi, il più vecchio di essi, imparentato con i Brabante). La confusione di nomi e paesi, data la poca conoscenza, in Napoli, dei Paesi Bassi, era spiegabile. Ovvia, anche perché il più caro al cuore, il più *esibito* (se così si può dire senza offendere la dolcezza e il grado dei sentimenti) fu in ogni occasione Alphonse Nodier, che parlava insieme, quasi miracolosamente, dato il poco tempo che era a Napoli, napoletano e francese. Così pure da parte di Elmina, o Adelmine, benché già ufficialmente fidanzata a Dupré, vi era per Nodier, il grasso e affettuoso mercante di Liegi, una indiscutibile evidentissima predilezione. « *Alphonse di qua... Alphonse di là...* ». Neville osservava tutto, in quegli incontri segnati da qualche gravità (una gravità maggiore avrebbe dovuto esservi, pensava, per il recente lutto, ma non c'era), e da una più che giustificata esaltazione per il matrimonio « artistico », come lo chiamavano, e non gli sfuggiva, con una stretta al cuore, che Dupré sembrava portato in ballo come un bambino perbene e molto caro, ma nulla più. Il vero eroe degli eventi era, per tutti, Nodier.

Il settimo giorno trascorso da quel problematico, a dir poco, fidanzamento – e il tempo si era messo indubitabilmente a freddo e pioggia, e ciò rendeva meno facile la legittima felicità degli animi –, Neville, profittando del fatto che Dupré aveva accompagnato a Posillipo, per una visita a una *casarella* che una zia voleva lasciar loro, la fidanzata e il suocero, si trovò con Nodier nell'appartamentino di questi, in un'ala di quel Palazzo che solo da qualche giorno aveva visto diradare la folla importuna delle visite. Anzi, quella mattina non c'era proprio nessuno, i due erano soli. Il principe provava una certa muta tristezza. Il vento di mare (era là, vicinissimo, il mare) soffiava su Napoli, sulle finestre batteva uguale la pioggia. Sulla mensola del caminetto eravi il ritratto in miniatura di una bellissima creatura, più giovane di una rosa e più poetica di un uccello, una bimba di forse sei sette anni, con grandi occhi e lisci capelli dorati, intenta a leggere in un suo libriccino dorato aperto sulle ginocchia. Indossava una leggera tunica di pallido colore, ma non così lunga da coprire le caviglie, e mostrava infatti due sottili piedi di un bianco rosa, scalzi. Gli occhi, bene aperti, e assai belli, di un trasparente grigio, non seguivano però il testo. Ella sembrava guardare in sé, con rassegnata tristezza.

« Che bella creatura! Ma non l'ho vista prima di questa mattina; questo ritratto, fino a ieri sera, non c'era! » esclamò Neville, prendendolo tra le mani, come fosse una creatura dell'aria, quasi la medesima da cui, come il povero Dupré, anche lui era disgraziatamente dominato.

« Sì, non c'era » commentò semplicemente Nodier. « Credo sia un dono che don Mariano intende fare a ciascuno di noi, ne riceverete, penso, uno uguale anche tu e Albert, in segno dello stretto rapporto d'anima che si è stabilito da poco tra noi tutti ».

Neville, in altro momento, avrebbe reagito vivacemente a quella asserzione; egli non era d'accordo sulla qualità « spirituale » del loro rapporto, era stata cosa indotta piuttosto dalla sciocchezza del suo protetto e anche dalle circostanze che si erano disposte tutte, quasi malignamente, in circolo, per favorire quella fatale sciocchezza; ma in quel momento era grandemente, quasi dolorosamente interessato all'immagine angelica della bimba della miniatura, racchiusa nel medaglione.

« Vorrei sapere chi è la fanciulletta qui raffigurata » disse. « Un'altra figlia di don Mariano, forse, ch'è deceduta bambina ».

« Non ne so nulla. Non posso dirti nulla. Forse è così. Però, la coloritura mi sembra assai antica. Si tratterà di un gioiello di famiglia ».

Lasciando il casuale argomento, passarono a parlare d'altro, e ben presto (la cosa stava molto a cuore a Neville) del segreto, e mistero, di quella pronta adesione di Elmina alla scelta effettuata dal padre, a cui lei aveva soltanto obbedito, di un matrimonio con lo scultore, di cui ignoravano ancora lo stato reale dei beni, e soprattutto della vertigine che sembrava aver preso il Guantaio nel progettarlo. Di Albert, in quei momenti, non si sapeva quasi nulla; il principe vedeva quindi in quella decisione una grande ansietà di sbarazzarsi al più presto della figlia, o forse di metterla al sicuro. Però, anche la prima di queste ipotesi, data l'adorazione che egli aveva per lei, non appariva molto fondata. Neville mostrava così chiaramente che il suo animo, e la sua ragione soprattutto, non comprendevano, stentavano anzi ad accettare come veramente spiegabile quella decisione di don Mariano di affidare la figlia all'infatuato straniero.

« Sì, » non contestando questa obiezione, quasi rassegnato il mercante « ammetto che anche per me vi sia stata una grande emozione... Ho provato una vera sorpresa, caro mio. Ma poi mi sono detto... Ho guardato intorno quella grande casa, quella vecchia sposa morente – e ho capito che don Mariano non era soltanto oppresso dalle sue ricchezze, ma anche da innumeri delusioni, che non rivela mai. Hai notato che dei figli, sono dieci in tutto, oltre Teresa ed Elmina, tutti lontani e ben sistemati, nessuno si è presentato o si è fatto rappresentare da un qualche messaggio affettuoso? Eppure della malattia della madre erano certamente a conoscenza da tempo. Più strano ancora, nessuno ne ha parlato... né ha fatto cenno alla loro assenza. Come se una loro presenza non fosse dovuta affatto, oppure questi giovanotti non esistessero. Secondo me, vi è un contrasto non lieve tra don Mariano e i suoi figli, forse a causa della divisione, per quanto molto formale, tra i due coniugi; egli, su quei giovanotti non conta per una qualsiasi assistenza alle sorelle; di qui, l'ansia di maritare subito almeno la maggiore delle due, cui poi potrebbe affidare la sorella minore ».

« Di chi, poi, sarà la colpa di questa divisione » osservò sottovoce, come per evitare che Nodier lo udisse, il malizioso e sempre malpensante principe. E infatti Nodier non sentì, proseguendo:

« Vi è tra quei due, padre e figlia, un rapporto quale raramente si vide tra due congiunti di una diversa generazione. Nessun ordine gerarchico, come avrai notato, ma una quasi religiosa reciproca devozione. Essi si corrispondono in silenzio, puntualmente, come lancette di uno stesso orologio. Per lei, nulla è più bello che obbedire a suo padre – per suo padre, nulla supera la felicità di progettare il bene di Elmina... ».

« L'altra sorella, la gaia Teresina, è figlia naturale di don Mariano, sentii dire » gettò lì con noncuranza Neville.

« Suppongo di sì... Nulla di male, del resto » con una specie di sorrisetto tra impensierito e imbarazzato, il mercante. Aggiunse: « Mi dicono che Napoli non eccella nei buoni costumi... Ma queste, mio caro, sono sciocchezze; la vita è poco ordinata, in genere, dovunque... se pensiamo che la morale debba identificarsi con un certo ordine... ».

Neville, qui non batté ciglio: la sua vita era stata sempre afflitta dalla mancanza di un vero ordine, se non mondano, e non gli conveniva atteggiarsi a maestro. Perciò si limitò ad ascoltare quanto Nodier, sempre sentimentalmente disposto al bene, non si peritò di aggiungere:

« Don Mariano travede e trema per questa sua creatura; ecco una spiegazione – se fosse necessario – del suo comportamento, a parte il fatto che Albert è quell'angelo che sappiamo, e non tocca a noi farne l'elogio: ispira fiducia e sentimenti di gioia in chiunque. In quanto ad Elmina, la sua bellezza e bontà sono sotto gli occhi di tutti. Della sua obbedienza filiale (quale altra garanzia di un perfetto ruolo di moglie?) non ci sono parole per sottolineare la virtù cristiana. Suo padre, per lei, è tutto; è in cima a tutte le devozioni... anzi, quasi in cima, il luogo più alto essendo quello tenuto da Sua Maestà Dio Guardi ».

« ...Sua Maestà? » chiese l'allibito Neville. « Per caso, frequentano la Corte? Sono stati qualche volta a Caserta? ».

« No, e neppure la povera Brigitta, benché le sue ascendenze, come forse sai – ma resta una confidenza –, lo avrebbero giustificato. Mai si recò là, in tutta la vita. Non diciamo di Elmina, riservata e superba come sempre. Ma, nonostante qualche disappunto con la madre (mi dicono), fu e resta legittimista nell'animo. L'autorità del Re ha per lei la forza del sole... Prima il Re, poi suo padre... in ultimo il matrimonio. Purtroppo, caro Neville, tu, uomo di mondo, non puoi comprendere ».

Neville, invece, aveva compreso, e non si trattenne più:

« Ingenuo Nodier! » gridò quasi. « Il matrimonio non può venire per ultimo. È un falso, al quale vedo che ti presti. In quanto al legittimismo, o il suo contrario – come mi consta – non ha importanza, perché è un falso anche questo. Come non vedi che la fidanzata del nostro infelice Albert è rustica e ignorante, malgrado i suoi mesti sorrisi, come una capra? Non c'è un libro, in questa casa, tranne, ecco, quello raffigurato nella miniatura della bimba morta, non c'è un quadro, non c'è un segno che i pensieri degli uomini e i misteri della Natura siano mai stati lontanamente percepiti, o tenuti in qualche conto. E tu mi parli di legittimismo! Un legittimismo da villaggio, ovviamente. Odiano, secondo te, la Rivoluzione, e probabilmente Bonaparte, per quanto udii affermare il contrario. Ma che ne sanno, in ogni caso, di quel giovanotto, se non che sposò – e prima convisse – con una negra? Pregiudizio e denaro è tutta la loro morale. Mi dispiace per don Mariano, al quale, ti confesso, mi sento legato da una grande simpatia, ma non parlarmi di Elmina e delle sue preferenze, per così dire politiche... Non dirmi per caso che è una girondina... Non posso non ridere ».

Neville, come si vede, nell'ira parlava sempre a vanvera, e quel « girondina », applicato alla giovanetta che aveva gettato il cardillo al gatto, fece spalancare gli occhi a quel grosso bambino che era Nodier, il quale così rispose:

« Non parlare così forte, Ingmar, per carità, che

non ti sentano i domestici. Questa è una casa amica, di scarsa e nessuna cultura, convengo, ma di persone dolci e irreprensibili. Hai visto come hanno accettato Albert, senza neppure informarsi se avesse denaro... e come hanno sopportato dignitosamente il dolore che li ha colpiti... il lutto, e vedi tu stesso, ogni giorno, con i tuoi occhi, quanto sono ospitali e cari... e come fra loro si amano. Mi duole il cuore a sentire te, sempre così giusto e nobile, esprimerti in questo modo... ».

Neville, adesso, si vergognava del suo scatto (che non ignorava da quale ferita, o forse delusione provenisse), ma non della sua indignazione, che restava, per quanto addolcita dal senso di una fatalità, e anché dalla involontaria accettazione della propria natura affettuosa, e della bontà che rifluiva sotto tutte le cose. Non avrebbe dovuto esprimersi così, lo riconosceva. Nel contempo, gli pesava non aver detto il peggio. Avrebbe voluto parlare con Nodier, chiaramente, di quanto appreso dal Duca, le origini servili e cortigiane (non dunque vere ascendenze nobiliari) di Brigitta Helm, e quindi la volgarità e ambizione triviale di tutto il lato femminile della famiglia. E si poteva poi escludere Elmina con la sua superbia e ignoranza? Ma tacque definitivamente o almeno in tempo, meditando il rimprovero di Nodier, ricordando non solo di essere ospite di queste persone, i cui comportamenti non approvava, ma anche di essere venuto a conoscenza di quei fatti segreti della casa (che biasimava), attraverso un sistema di indagini che improvvisamente gli apparve molto discutibile, e sentiva ora uno scontento di sé molto simile alla vergogna, al solo ricordarlo. Cambiò quindi, bruscamente, argomento.

« Ti sei lasciato andare a promettere... qualche sostegno al nostro Albert? » egli domandò a Nodier. Credeva di averne un assenso.

« Nulla assolutamente » rispose il mercante, con la massima prontezza (e vorremmo aggiungere: cando-

66

re, e forse irresponsabilità, ma non giudichiamo volentieri). «Anzi, volevo sempre dirtelo, e me ne è mancata l'occasione; loro lo preferiscono proprio così. Elmina, come tu sai – ed Albert, per fortuna, è indifferente alla situazione – è ricca in modo da far paura... e invidia a non poche delle nostre maggiori titolate... in patria... Potrebbe comprare le Fiandre. Ma sembra esservi in lei, di ciò, un fastidio. Tanto da far supporre che, ove non ti avesse saputo uomo facoltoso, avrebbe accettato, in obbedienza a suo padre, *anche* te ».

A Neville parve fermarsi il cuore.

Solo un momento dopo comprese quanto Nodier aveva inteso dire, dell'atteggiamento dei due, e soprattutto di Elmina, davanti alla ricchezza. Ma restava scettico. Era sicuro che non solo don Mariano, ma anche la ragazza, fossero gente altamente interessata al denaro. Lo si capiva dal fatto che non lo nominavano mai (per i veri ricchi, è tabù). Su ciò era impietoso, come sempre, e in qualche modo incosciente nei propri riguardi. Ma era anche vero che egli si comportava, davanti al denaro, come la notte davanti alle sue stelle, o una campagna di meli davanti alle sue mele: le sue dita grondavano di luci fatate, ma in realtà Neville vi era estraneo. (Vedremo in seguito se ciò era colpa o rara fanciullaggine).

Vi fu una pausa, in cui si sentì la pioggia scrosciare quasi dolorosamente sui vetri della stanza.

Egli, fattosi silenzioso, si chiedeva se una donna che sposi un uomo per denaro, oppure – semplice insostenibile ipotesi – per *odio al denaro*, e si regoli comunque sempre secondo la volontà e i progetti assolutistici del suo genitore, sia una vera donna o non una schiava.

Davvero Elmina non trovava grazia agli occhi del Signor di Neville.

Ed egli concluse, tra sé, che non avrebbe voluto essere al posto di Albert. Per nessuna ragione. Mai.

La partenza di Neville e Nodier, che doveva avvenire subito dopo le nozze, fissate per il 31 di maggio, fu anticipata, almeno per il principe, di alcuni giorni, a causa di un dispaccio che egli ricevé – così dichiarò – da Liegi: « un affare di Stato » si giustificò sarcasticamente; e non era tanto lontano dal vero, o per lo meno da una possibilità del vero, nella sua schifiltosa asserzione, in quanto erano noti i rapporti che intercorrevano, di estrema e amichevole fiducia, quasi di umile sottomissione da parte dell'alto personaggio che li aveva cercati e sollecitati, e che è bene non nominare, tra questo personaggio e il brillante e autoritario figlio di Leopoldine; rapporti che si rinsaldavano, si può dire, ad ogni istante, a causa della pochezza del « personaggio », e del valore – oseremmo dire *morale* – dell'altro; poiché si era stabilito che quest'ultimo *non ricevesse*, in cambio della sua devozione, favori di sorta, se non, appunto, l'accrescimento della sua fama di diplomatico assai abile, ma anche di amico sincero di quanti gli si affidavano, e devoto alla causa della giustizia e il bene delle Fiandre.

Neville, dunque, ricevé, o almeno assicurò di aver ricevuto un messaggio *dall'alto*, che lo richiamava d'urgenza in patria e, senza aggiungere altro, partì; e fu partenza non lieta, né, stranamente, davvero desiderata; in quanto il nemico di Elmina avrebbe voluto bere fino all'ultimo l'amara feccia della sua sconfitta, e della vittoria, al contrario, riportata dalla giovane Capra, come ora egli chiamava la bella signorina, ai danni del suo preferito tra gli amici, il debole e folle artista Dupré. Avrebbe voluto trovarsi là (il giorno fissato, un sabato, non era lontano), nella poetica chiesa di Santa Lucia, ove era stabilito si sarebbe svolta la cerimonia e, confuso nella folla commossa, in un tripudio di luci, di canti, e profumare di gigli e di rose, e anche di gelsomini, presenziare a quelle nozze odiate, che si prefiguravano per lui come il funerale della propria adorata gioventù, insieme a quella del diletto Albert. La bella vita di viaggi, rapimenti, entusiasmi, cavalcate e corteggiamenti era per sempre terminata! Soprattutto avrebbe voluto fare intendere a Elmina che l'aveva veduta e giudicata, come alcuno, a causa della di lei quasi fanciullesca età, e le grandi grazie, avrebbe ritenuto possibile. E ciò, assieme a qualche finezza di un gioielliere di Chiaia che, nonostante tutto il suo malanimo, egli si era recato, in attesa della partenza, a visitare, avrebbe dovuto essere il suo vero dono di nozze – rimprovero e commiato – a quella coppia senza scrupoli (così vedeva la cosa il povero principe, nel rodimento di essere stato tradito da entrambi). Ma, come s'è detto, partì prima della vendetta, e senza potervi assistere. Ma era veramente finita la sua guerra? (Conoscendo il brutto carattere del principe, ne dubitiamo).

Nodier rimase a fare compagnia e porgere assistenza al giovane fidanzato impegnandosi a restargli vicino per tutto il tempo che si prevedeva necessario, cioè fino a quando gli sposi non si fossero trasferiti nella casetta di Posillipo che don Mariano precedentemente si era recato a visitare, proprio allo scopo di studiarne qualche opportuna modifica.

E qui si rende utile una piccola considerazione sulla perdita di memoria che la felicità opera a volte sugli uomini migliori.

La insensata gioia dell'artista non era stata menomamente appannata dalla partenza dell'amico adorato (per non dire, fino a poc'anzi, venerato), al quale in questo mondo, dopo la sua bellezza, egli doveva tutto. Non una parola di rammarico, non un: « peccato, avrebbe potuto essere con noi, quel giorno », ecc. Nulla di nulla. Forse, il giovane innamorato, nemmeno si era reso conto che Neville era volato via. E non se ne era reso conto anche perché Nodier, con animo veramente paterno, benché non fosse che un giovane ventiquattrenne, e anche per l'immaginaria vecchia amicizia che gli piaceva attribuire a se stesso per don Mariano, aveva assunto lui, in tutto e per tutto, la parte di padrino e amministratore fatato che avrebbe dovuto essere del principe. E tornerà conveniente, crediamo, riferire del modo in cui si erano svolte tutte le faccende pratiche, e cioè le discussioni, se si può parlare di discussioni, e non di affettuose conversazioni, tra don Mariano e Nodier (Albert ne veniva sempre lasciato fuori, come fossero cose non adatte alla sua sensibilità fanciullesca), circa la parte che il Belgio, ovviamente una perifrasi per alludere al munifico principe, avrebbe avuto nell'accrescimento delle sostanze patrimoniali della famiglia di Napoli. Converrà dire tutto, benché non vi fossero quasi sorprese rispetto alle ammissioni preliminari. Di Albert, di cui Nodier riconfermò la modestia della nascita (un titolo di barone non aveva molta rilevanza) e la esiguità dei beni – il piccolo lascito materno e le quattro stanze in un palazzetto di Liegi, di cui si è detto in precedenza – fu aggiunto questo, che non dispiacque a don Mariano Civile, ma nemmeno lo entusiasmò in modo particolare, dato il suo stato d'animo assai depresso per la morte della moglie, nient'altro che questo: aveva ottenuto da poco la « protezione » di un secondo alto personaggio (del primo, devoto a Neville, si è già detto), il quale, nell'ambito di quei poteri ancora lasciati dalla storia – per pura dimenticanza! – al piccolo Olimpo belga, e disponendo ancora, l'Olimpo, di grandezza e speranze segrete aveva riservato alle arti il primo posto, o uno dei primi nel progetto chiamato Avvenire. E, in breve, concreti tesori e orgogliose passioni intellettuali ne avevano ricevuto impulso e collocazione. E, ancora più in breve disse, il talento dei giovani ne era stato favorito. Per Albert Dupré – concluse – e i suoi meriti artistici era stato approvato e disposto un vitalizio di cui l'artista avrebbe goduto anche all'estero, vita natural durante, vitalizio trasferibile, in caso egli fosse mancato prima della consorte, alla medesima e suoi eventuali figli. E dato che l'espressione « meriti artistici » fece sorridere tristemente don Mariano, che non ne apprezzava il valore, Nodier parlò di una commissione già ricevuta e portata a termine dall'artista, di dieci busti di vescovi belgi per il Parco Reale di Bruxelles, e altrettante *testine* di bimbi e dame ignote per il cimitero inglese di Roma. Disse che lui e Neville, dal quale erano state messe a punto in quei giorni, a Napoli, gran parte di quelle disposizioni (e la cosa rispondeva a verità, in quanto il principe si era vergognato, dopo la conversazione avuta con Nodier, di avere così insanamente trascurato i doveri della praticità assunti da molti anni verso il suo pupillo); disse che lui e Neville, quindi, avrebbero curato personalmente, da Liegi, ad ogni inizio di anno, la spedizione a Napoli delle somme pattuite, tratte su Banche del Regno; e ciò fin quando Albert fosse stato in vita, trasferendole successivamente (ma si sperava il più tardi possibile) al nome di Elmina. E garantiva la prima di queste lettere di credito che il principe aveva indirizzato ai suoi banchieri napoletani, e di cui presentò copia, la garantì con la propria onorata firma di mercante belga, cosa che non gli sarebbe venuta in mente fuori dei territori napoletani, ma, in quei paesi di miraggi e imbrogli, si presentava addirittura come indispensabile. E ad avvalorare in modo inequivocabile tali premesse e dichiarazioni, tolse da uno stipo chiuso a chiave (la conversazione si svolgeva appunto nella camera del mercante, dove don Mariano era venuto a trovarlo) un sacchetto di rustica tela stipato e rigonfio, fino a scoppiarne, di monete d'oro, più un fascetto di lingotti, anche di purissimo oro, che doveva, disse, anticipare graziosamente l'insieme di almeno dieci vitalizi, creando un fondo già disponibile ora per vari anni a favore dell'artista; e lo depose – era piuttosto emozionato – sulla mensola del caminetto, facendone brillare il contenuto, dietro la trama del sacco, davanti agli occhi dell'indifferente Guantaio. E fu a questo punto, mentre Nodier si chiedeva che cosa mai al mondo avrebbe potuto rianimare e rallegrare quel buon vecchio, per il quale provava la più profonda simpatia, che egli si accorse che la miniatura della bimba scalza, che tanto lui che il principe avevano ricevuto in dono ammiratissimo, non era più al suo posto, sostituita da un'altra raffigurante un cavaliere in sella a un cavallo nero nell'atto di fuggire, contro un cielo di incombenti nuvole temporalesche.

Nel suo occhio cilestrino passò un lampo d'incertezza, di smarrimento, perché egli pensò subito che Neville, geloso della figurina che voleva per sé solo (era la gelosia, spesso estrema, una brutta componente della sua natura), gliel'avesse sottratta.

L'occhio dorato di don Mariano espresse, a questo punto, insieme a un lieve trasalimento – quasi egli avesse compreso, in quell'attimo, di cosa era stupito Nodier, e cosa mancava, e perché, sulla mensola –, espresse una ben consolidata malinconia; segno che di codeste stranezze, nell'atmosfera della sua casa, egli era più che consapevole da tempo, e non certo allietato.

« Sì, » diss'egli a questo punto – inutile e misera giustificazione alla spiacevolezza del fatto – « Elmina si lamenta spesso della scomparsa troppo facile, in questa casa, di alcuni oggetti, del resto di nessun valore, e di come poi vengano ritrovati per caso in altre stanze. E di questo lei è certa, come lo sono anche io, sia causa una domestica che noi vorremmo licenziare da tempo, ma non siamo sicuri se ella non soffrirebbe molto allontanandosi, come pure se il suo desiderio di oggetti brillanti (del resto comprensibile in ogni animo umano) non sia dovuto, piuttosto che a capriccio dispettoso o a meno innocente avidità di denaro, alle piccole ombre di un animo malato, dato che Dio solo conosce tali ombre. Comunque, della perdita della miniatura sarete senz'altro, *mon ami*, voi e Neville, che forse ha subìto una stessa esperienza, ricompensati con una miniatura uguale, e anche più bella ».

Nodier, uomo, come s'è visto, di indole benevola e incline a subito scusare le cose malfatte, o curiose, di questo mondo (forse per avere, semplicemente, una preoccupazione in meno, piuttosto che in più, e questo contribuiva alla sua bella salute), assicurò il padrone di casa che non occorreva minimamente inquietarsi per la scomparsa dell'oggetto, forse solo momentanea; e riportò la conversazione al punto in cui era rimasta, sulla dote di Albert, non solo illustrando, per così dire, i valori che aveva davanti (soppesandoli e lodandoli con scarsa finezza), ma confermando ancora in qual modo, e ogni quanto tempo, seguendo le vie stabilite, sarebbe giunto a Napoli il denaro concordato. E vedendo un disinteresse così poco comprensibile nell'atteggiamento del padrone di casa, davanti a tanti valori monetari, si azzardò a suggerire come sarebbe stato consigliabile dapprima depositarli in banca, ma successivamente investirli nell'acquisto di case e terreni, al fine di costituire una cospicua dote per una qualche bambina che gli sposi avessero ricevuto da Dio.

« Bambina? Spero di no » fece don Mariano sorridendo, ma con una sorta di rapida pena sul viso, pena che lasciò perplesso il buon Nodier, aggiungendo subito: « Del resto, come sapete, ad eventuali ingrandimenti della famiglia basterà la dote di Elmina... Essa è cospicua... No, non è il denaro il cruccio della famiglia, se devo essere sincero... » e concluse come pentendosi: « se di crucci, e non di malinconie del vivere, si possa parlare... ».

Nodier stava per chiedere, Dio sa con quale prontezza e interesse: « Qual è, dunque? », ma si frenò in tempo, perché non glielo consentì la buona educazione ricevuta, insieme al sospetto che vi fosse, in quella casa, un qualche delicato mistero, che doleva a tutti, e sul quale era bene non indagare.

Tuttavia, quel « Bambina? Spero di no », così inaspettato, dalla sua mente, pur così spensierata e lieta, non se ne voleva andare.

Se il geloso Neville avesse ben considerato questa verità in quasi tutte le situazioni che mostrano un qualche punto non risolvibile e comunque non penetrabile a lume di logica – e ciò lo si vede da una certa infelicità che si respira in qualcuna delle dette situazioni – cosa che finora era sfuggita a Nodier e tanto più poteva sfuggire al principe, né interessato né affettuoso verso quei poveretti; se dunque Neville avesse appena riflettuto sul fatto che la curiosità non è sempre un bene – anzi, se impietosa, il massimo male – e si fosse interrogato sulla scarsa opportunità dei suoi interventi, o anche solo desideri di verità nei confronti della famiglia del Guantaio – avrebbe forse deciso, come la gran parte degli uomini di buon senso, che dai dispiaceri degli altri è meglio girare al largo piuttosto che picchiare su una porta inchiodata, perché, se dispiaceri di amici, picchiandovi faremo solo danno, e se di nemici, come per lui era Elmina, eserciteremo unicamente la nostra crudeltà.

Ma egli non poteva stare al largo di nulla. Benché apparentemente così distaccato, il nostro principe era la passione e l'indignazione stessa – pronta, cieca, assoluta – contro ogni fuscello che sembrasse prendersi gioco di lui, e gli parve quindi più che suo diritto, gli parve un vero dovere, dopo una *rivelazione* che in realtà egli aveva cercata e provocata, intervenire contro quelle odiate nozze, riprendendo di colpo, in tal modo, una guerra che sembrava cessata, e rompendo una tregua che, dai nuovi eventi, quali li aveva giudicati, si configurava adesso come un vero insulto alla giustizia.

Non erano passati due giorni dalla sua partenza, così come aveva annunciato, per Liegi e quindi Bruxelles, e mancavano dunque solo altri due giorni alle disgraziate nozze, che egli si rifece vivo, al chiaro fine di renderle impossibili (o molto amare) col terrificante messaggio che segue, diretto a Nodier. Tale messaggio solo apparentemente era pervenuto dai Paesi Bassi, affidato perciò (per gli ingenui) ai più veloci cavalli di quegli Stati, o a qualche fantastica bufera. Da ciò che vedremo, e come qualcuno più tardi suppose, solo Caserta era il suo luogo di origine, e unicamente un domestico – servo devoto del Ruskaja, riconosciuto tale dopo una descrizione dei suoi tratti somatici, principalmente dal naso pulcinellesco, ma anche dal colore giallo della sua uniforme, descrizione fatta dal gioielliere, da cui si precipitò, conoscendo la firma inglese della ditta, l'infelice Guantaio – unicamente questo domestico era il latore della infernale ingiunzione. Tale domestico, che designare col nome di allocco è pura cortesia, giunto a Napoli sul mezzogiorno, e ritirato dai Brothers & Co. di Chiaia uno straordinario gioiello, già commissionato da Neville per Elmina, e intendendo, secondo il suo rozzo talento di giovane casertano, semplificare la missione, subito si recò al Pallonetto, e il tutto

– lettera e cofanetto col dono –, invece di dividere fra i relativi destinatari, insisté per consegnare personalmente a uno solo di essi, e non affatto a Nodier, come gli era stato supremamente raccomandato, ma alla sfortunata Elmina. Il dono era incantevole, e di alto valore in tutti i sensi. La lettera, destinata a Nodier, non lo era... per non dire altro: non era né bella né civile, e quasi vertiginosamente annullava la raffinatezza del dono, con le insinuazioni e calunnie ingiuste, se non infami, che riguardavano la povera Elmina. Nei confronti, appunto, della Giovane Pietra, o Capra del Golfo, come la designava Neville, il principe si esprimeva, da vero pazzo, in questo modo:

Liegi, in maggio

Mio caro Alphonse,

costi quel che costi – ovviamente mi accollo io tutti gli immaginabili danni –, porta immediatamente via il nostro Albert dalla Casa del Pallonetto. Da fonte insospettabile, più pura del diamante e, credimi, *altissima*, posso assicurarti che corrono pericolo mortale non solo il suo corpo, ma l'anima sua stessa. Egli è perduto, ove tu, con la velocità dei raggi solari, non faccia qualcosa. Libero di disobbedirmi, ma sappi che ti maledirò in eterno se non lo strappi alla sua sorte crudele. Conta pure, per l'intera faccenda, e le debite spese del risarcimento morale (ma, dati i personaggi, temo solo materiale), sull'intero mio patrimonio. Detto tra noi: il Cestello, che invio, resti alla Capra. Che vi bruchi la sua *vera* erba.

Neville

Come scorse queste parole, senza capire, e poi le scorse nuovamente, la signorina Elmina, che era in salotto con la sarta a provare l'abito da sposa, forse non raggiante, ma certo ingenuamente soddisfatta, e soffusa di un vago colore di felicità e bontà (cercando

76

nel contempo di tenere a bada l'eccitatissima Teresina e due serve giovanette che si estasiavano per le decorazioni in merletto argentato sparse sul meraviglioso velo), impallidì dolorosamente: ebbe appena il tempo di porgere la lettera – e respingere il gioiello, mentre con l'altra mano si copriva gli occhi – all'innamorato Albert, il quale entrava in quel momento recando un delizioso bouquet di roselline rosa spruzzate di pallido biancospino, che si abbatté tra le braccia della più anziana delle domestiche, la fedele Ferrantina di Carlo (il prenome vale a distinguerla da altre due Ferrantine che servivano in casa del Guantaio da altrettanto immemorabile tempo), domestica che aveva preceduto, con un piccolo ghigno, l'entrata di Albert.

« Oh, Vergine Santa » fu udita esclamare, secondo una versione, supponiamo fedele, della sarta lì presente « e Madre Pietosa della Gabbietta, come pago, in questo momento, la mia durezza per il Cardillo! ».

Tale esclamazione era la più commovente dimostrazione della innocenza del suo cuore, come pure di qualche difettuccio di esso, o anche di non felici circostanze della sua infanzia al Pallonetto: manovrate da qualche creatura a lei ostile, ora si rivolgevano contro di lei la sua gioventù e l'avvenire stesso (ammesso che Albert Dupré rappresentasse, senza ombra possibile di dubbio, asserzione non dimostrabile, l'avvenire della integerrima giovanetta).

Oh, se il dispettoso Signor Neville fosse stato presente! Avrebbe avuto vergogna di sé, o solo trionfo? Così insondabile, e privo di perspicacia, è il cuore umano, allorché alla sua guida sono salite le ruggenti Passioni! (In ogni caso, *non era* presente).

*Si rivela, dietro il messaggio,
il dolore di un principe, e partecipiamo
alla illecita indagine su una remota
questione infantile*

Se il benevolo e forse incuriosito Lettore di queste pagine si aspettasse da noi una accurata e circostanziata raffigurazione della scena che seguì la consegna del messaggio nella Casa del Pallonetto, dovremmo deluderlo. D'altra parte, come forse potrà vedersi in seguito, tale scena si ridimensionerà da sola. Urge piuttosto l'obbligo, per lo scrupoloso narratore, di riprendere il filo della vicenda stessa là dove si è imbrogliato, nel suo vero luogo, non vogliamo dire malvagio, ma irresponsabile sì. E questo luogo era il cuore stesso del *principe-mago* di Liegi.

Come avevano subito supposto coloro che trovavano strana, a soli pochissimi giorni dalla partenza del nobile, la consegna a Napoli di un suo messaggio proveniente dalla remota Liegi, egli non si era diretto, partendo, verso la sua colta, severa, verde patria, benché là, in definitiva, nel suo animo ferito e incollerito, anelasse tornare, bensì a Caserta, dall'amico della sua defunta madre, Benjamin Ruskaja, esule polacco di antica data, e mago di recente. Qui, non ebbe bisogno di riassumere minutamente l'insieme della vicenda, che tanti felici giorni prima, sotto il più azzurro dei cieli, egli aveva annunciato con chiaro timore al suo amico; già Benjamin era al corrente di tutto, sia per le amicizie di cui godeva in Napoli (e che avevano molte orecchie in ascolto perfino nelle cucine del Pallonetto), sia per le sue ben note doti di veggente e mago; e, vedendo entrare Neville tutto pallido, anche per il vento che gli aveva battuto in faccia per alcune ore (avendo egli voluto arrivare a cavallo prima del suo seguito), disse:

« Figlio mio, ora è fatta! Bisogna che tu metta in pace il tuo cuore! ».

Questa espressione, che faceva supporre che egli, Neville, fosse in realtà malato d'amore per Elmina, e soffrisse l'inferno nel vedersi sostituito da un altro, sia pure Albert, nel di lei cuore, fece tremare di sdegno il nobile, che oltretutto non giurava sul fondo segreto del suo animo, e che subito rispose:

« Ammetto di non essere stato del tutto insensibile al di lei fascino, caro Duca; ma ora la questione è altra. Si tratta unicamente di Albert. La ragazza... la ragazza che egli sposa, quella dolce Elmina, è una... è una di noi, mio caro. Ecco il segreto ».

« *Una di noi!* Che vuoi dire? ».

« Ella pratica le arti magiche, tutte, comprendi, le arti magiche, fin le più pericolose, servendosi perciò, come di schermo, della stessa santa religione ».

Benjamin si mise a ridere.

« Ne hai le prove? Puoi fornirne una? ».

« Questa è una... la più piccola e superficiale » disse Neville, mostrando col suo parlare che ve ne fossero ben altre, mentre non ve n'erano, e in ciò barava disinvoltamente, e cavò dal portafoglio di marocchino azzurro che aveva in petto la miniatura del Cavaliere, che anche lui aveva trovato, ma di cui non aveva fatto parola a Nodier. E come la vide, sbiancò ancor più in viso di quanto non fosse già per il vento. Nella miniatura non era raffigurato più il Cavaliere, ma di nuovo la bella bambina scalza.

«L'immagine che c'era prima!» osservò semplicemente il Duca.

«Sì... e questo è terribile. Che questa immagine, che mi ha incantato, convengo, al primo vederla, muti da sola in un'altra! Perché se a mutarla, nella mia stanza di Napoli, potrebbe essere stato qualsiasi domestico geloso dei beni di famiglia, a cambiarla, durante il mio viaggio, stamane – dopo Ponticelli, ancora la estrassi e osservai, e la bimba non c'era – non può essere stato che un potere inspiegabile, che tutto vede e domina, anche la mia vita e i miei atti. E devo attribuirlo *a lei*!».

«E a te non viene in mente» proseguì, molto calmo, il buon vecchio «che proprio il tuo ammirato pensiero l'abbia qui riportata?... e che tu sia il mago, Ingmar, non la povera Elmina?».

«Dei miei... dei miei poteri non nego di essere a conoscenza;» piuttosto imbarazzato e nervoso il principe ammise «ma ora, Duca, è questione di altro; questa immagine rappresenta... un'ombra, un mistero di *quella* casa, una casa dove io avverto qualcosa di non buono, non chiaro. Chi è mago,» quasi gridò «non perciò è necessariamente uomo di minor cuore e intelletto di chi non abbia lo stesso dono... Io lo nego. Benché dotato di alcuni poteri, mi sento uomo, e peccatore, come chiunque altro, e prego il Cielo che la mia anima, alla fine della esperienza mondana, sia salva... Ecco tutto. Ciò non credo di Elmina».

Si gettò, quindi, in un'ampia poltrona di velluto a ramages verdi e bianchi fiori, situata comodamente davanti al camino (fuori si sentiva fischiare crudelmente, a intervalli, il vento triste dell'Est); e proseguì:

«Non vi è chiaro, no, nell'animo di Elmina. Di ciò temo, affidandole il nostro Albert. E sono timori che non domino più. Non rifiuto l'idea che vi sia in me, contemporaneamente a questo orrore, una invincibile tristezza, perché sento la fondamentale *virtù* di

Elmina, rispetto il suo carattere di donna forte, ma ella *non è sana*, davanti a Dio, dico: un mistero non buono è alle radici del di lei cuore, un cuore che si penserebbe volentieri del tutto innocente ».

Con sua grande sorpresa, in luogo del rimprovero che il principe si aspettava, tremando, e per tutta risposta alla sua aperta e spaventosa calunnia (ché tale poteva dirsi un'asserzione non fondata altro che sulla intolleranza del principe per quella giovanetta, o Capra) il Ruskaja, che seduto di fronte a lui, in una più grande e soave bergère di velluto rosa, andava rigirando tra le dita la squisita miniatura, disse, come tra sé:

« Alludi, evidentemente, a una colpa, se non a un vero e proprio peccato. E quale potrebbe essere, mio caro, secondo te? Ella non è certo malvagia ».

« No, » balbettò Neville « questo non credo ».

« Nel tuo cuore stesso guarda, dunque, mio giovane amico » riprese, fissandolo, il Ruskaja. « Di solito » disse « si è portati a credere che il cuore dei fanciulli, o dei giovanissimi, sia immune da almeno un peccato. Ma guarda dentro di te... fin da quando eri ragazzo, e ancora adesso: non vi è forse mortale dolore per la bella felicità di un altro... piuttosto che preoccupazione, come credi, per il suo avvenire? ».

« Sì... forse... non so... Oh! Chi può dire il suo cuore! » quasi gridò Ingmar. « Io... io non lo posso! » come in un gemito concluse.

Benjamin gli gettò uno sguardo pieno di compassione.

« Questa creatura, » disse subito dopo, crediamo per mutare argomento « questa piccina... ora lo vedo nitidamente... Dammi, per favore, quella lente » fece il maestoso vecchio, indicando a Neville una grossa lente lattiginosa, adagiata come un occhio in un astuccio di velluto verde posato sul basso tavolo (tale lente pareva, ma certo era inganno, girarsi cautamente). Fu obbedito all'istante, con cuore in tumulto, da Ingmar, che subito dopo udì le seguenti parole:

« Ingmar, questa creatura non ha l'aura della vita intorno al suo biondo capino. E questa lente, tra le cose più care lasciatemi da mia madre, non mi ha mai ingannato.

« Essa – la piccina – non è più di questo mondo, non tuttavia da molti anni... da pochi. E ti so dire che... aspetta che guardi meglio... essa si è spenta semplicemente di dolore... otto o nove anni fa, e il Pallonetto assisté a tale dolore (e vide e ricorda tuttora tale dolore). Era la più giovane delle figlie di donna Brigitta (avuta da un primo marito, il defunto colonnello Helm, e qui le mie precedenti informazioni difettavano), la più mite creatura del mondo, la gemma della casa... amata dai fratelli e dai servi per la sua grazia e bontà... e dal secondo padre adorata. Meno che da Elmina, allora di otto o nove anni. E perché? Dio solo può dirlo, perché Elmina, anche se diversa da Florì, non era meno bella, e gioiosa, e amata. Ma questo mistero, dell'orribile patimento di un cuore per un qualcosa *di più* che esso crede di intravedere in un altro – quanto mistero doloroso del cuore umano (all'origine, forse, di ogni dramma dell'Universo) –, questo mistero nessuno, solo la religione, chi l'abbia, saprà mai illuminare. Povera Elmina, devi compiangerla. Florì aveva un cardillo... ».

Ingmar, con gli occhi spalancati, pendeva, come si dice, e non tanto retoricamente, dalle labbra del vecchio.

« Avete detto, Duca: *Florì*? Avete detto: *un cardillo*? ».

« Sì, figlio mio, il suo nome, il nome della piccina, era Floridia, e la sua religione erano i figli dell'aria, per quanto si recasse anche, ingenuamente, in chiesa. Ma solo gli uccelli adorava. Ammalò, intanto, di un male molto ricorrente, come sai, tra le nostre povere fanciulle, il languore, e il suo nuovo padre (quel don Mariano, di cui ti ha colpito la infelicità profonda: essa ha dunque una causa) non faceva che farle mutare paese... passava di villa in villa, di giardino in giardino... da Portici a Sorrento... in tutti i più rinomati luoghi di cura – ma Florì non guariva. Si ridusse quindi nella sua casa del Pallonetto, a una stanza dove nessuno poteva entrare, tranne donna Brigitta e il Guantaio – Teresa era ancora presso la balia – ed Elmina talvolta, ma non sarebbe stato necessario; stanza che dava su un giardinetto interno; e lì conduceva ormai la sua vita estrema, sempre più pallida, in compagnia di alcuni uccelli. E fra questi, padrone non solo della gabbietta di canna, ma della stanza dorata della piccina, era Dodò, il cardillo del cuore, regalatole dal padre... Ecco, vedo qui tutta la scena... cose di cui la gente ha già parlato, ma accresciute e peggiorate dalla propria immaginazione... Ma questa lente, che fa rifiorire il passato, non sbaglia... non ha mai sbagliato... è di Cracovia, opera di un artigiano di genio come non se ne trovano più... (Soffiamoci sopra... Sembra appannata). Ecco, vedi nulla, tu, adesso? ».

Spaventato (la magia non lo turbava, ma le cose del cuore sì), Ingmar guardò nella lente, e vide, o credé di vedere, come nei nostri apparecchi televisivi, la sera, quando si spengono, un punto luminoso nel buio, ma un punto che s'ingrandiva invece di rimpicciolire, e al suo centro scopriva una semplice struggente scena: Floridia, nel suo letticciuolo di seta, dormiva. Il Cardillo, sul cuscino, presso il volto della padroncina, le baciava i capelli, come ella fosse solo un altro uccelletto, di lui un po' più grande... con molta tenerezza e scherzoso spirito. « Ed ecco... » (qui, la voce di Benjamin intervenne nella magica scena del passato, a illustrarla e forse animarla e dirigerla dottamente) « ecco che la porta si apre... Ecco entrare Elmina, di forse nove anni, dunque più grandina di Florì, entrare impettita e superba nella cameretta, forse per chiudere la finestra (incombenza da lei assunta, per solito spirito di comando) che era aperta sulla notte di primavera. Vede subito l'uccello, e coglie la squisita tenerezza di questa creatura per sua sorella. Di colpo, i suoi tratti s'induriscono. Ella si accosta veloce al lettuccio. L'innocente uccello la guarda stupito. "Via di qua... via di qua... cattivo!" ella sembra gridare. L'uccello fugge. Ella lo rincorre silenziosa, lo afferra e stringe la creatura, con crudeltà inaudita, tra le piccole mani. Riapre le dita... La piccola meraviglia affettuosa non è più: un corpicino da niente le sfugge dalle dita, scivola come un oggetto sul pavimento. Elmina esce in fretta dalla stanza. Florì, in quel punto, si sveglia, riapre gli occhietti di perla, cerca il suo amato, vicino al proprio volto. Ma Dodò è a terra... morto, non risponde più ».

« E poi? » gridò Ingmar.

« Calmati, figlio mio... Non piangere... » (Ingmar piangeva infatti dirottamente). « Queste cose, nei fanciulli, non sono rare... per niente è rara la gelosia anche in quegli angioletti. E poi, » lasciando andare la lente, che era sospesa ad un elegante cordoncino « ora ricordo bene quanto mi fu detto di lei dalla marchesa Durante (mia ottima amica, se mai dovessi rientrare a Napoli, recati a visitarla, se non è già in villa, e salutala da parte mia...) ».

« ...Vi fu detto? ».

« ...che l'angelica Florì non era neppure lei senza colpa... al mattino aveva provocato Elmina con una parola grave... pesante, in una piccina... ».

« E... quale? ».

« Aveva inizio con la lettera *b*... (posso supporre, quindi: *brutto*) e indicava (temo) un aspetto del volto di un povero domestico, che Elmina (sai, le bambine...) allora capricciosamente proteggeva. Non so altro, purtroppo ».

« Resta un'infamia, ugualmente. Qualsiasi cosa la povera bimba avesse detto, lei » (intendeva Elmina) « *non doveva* punire il povero Cardillo... Ma ditemi, » (l'indignato principe) « ditemi, almeno: si pentì? Che

scuse addusse al suo gesto malvagio, se pure ve n'erano? ».

« Che posso dirti? Chi può più saperlo a tanta
distanza di anni, figlio mio? Purtroppo, la notte stessa, anche Florì (che dopo un debole grido non aveva
più dato segno di riaversi, restandosene calma e as-
sorta nel suo lettino, gli occhi aperti sull'ultima visione del piccolo amico), la notte stessa Floridia si spense. Elmina, a quanto mi fu detto, gettò via dalla
finestra il Cardillo, suppongo per eliminare le prove
della sua colpevolezza... E si dice, bada bene, *si dice*
soltanto, che durante la notte la creatura, improvvisamente ridestata dal suo sonno (forse per effetto
dell'aria soave), aprisse le ali... e volasse volasse...
verso le stelle che infioravano tutta la scura volta del
golfo di Napoli ».

Questa immagine fece scuotere addirittura dai
singhiozzi il nostro tremendo Neville, il quale si rivelava così degno amico del suo Albert; ma le lacrime lo
calmarono almeno un po', nel suo odio per la figlia
del Guantaio. E vi fu qui un'ultima rivelazione: la
povera Brigitta se n'era andata lei, spontaneamente,
dalla casa di Napoli, per rifugiarsi nella villa di Casoria. Non voleva più rivedere la figlia maggiore. Questo fu il vero movente del suo allontanamento da
casa, non la scoperta (e la severità) di Elmina per le
ascendenze servili, e anche borboniche, di quella
degna donna che era sua madre.

Senza cogliere, nel racconto del vecchio mago,
almeno questa contraddizione, tra una « voce » e l'altra, rispetto alla sua precedente esposizione dei fatti,
che era stata Elmina ad esiliare, per punirla dei suoi
rapporti con la Corte, la madre a Casoria (ma si sa
che la verità è sempre fluttuante e cangevole, specie
se affidata a racconti di congiunti malevoli e di rim-
bambiti camerieri), il principe, esausto, accettò l'o-
spitalità, per quella notte, del Duca. Ma era – se così
possiamo dire di un ardito gentiluomo e di un diplomatico esperto di tutti i vizi e le menzogne delle più

celebri Corti di Europa, per una storia, tutto sommato, di bambine dispettose e di Cardilli innamorati – era un cuore distrutto.

L'indomani mattina, di buonora, egli spedì a Napoli un domestico del Duca col messaggio che sappiamo per Alphonse, messaggio che era finito in mano di Elmina, mentre il dono per Elmina, il Cestello d'oro e rubini, ritirato a Chiaia dai Brothers & Co. e respinto dalla poveretta, come vedemmo, con indicibile emozione fu – dallo stesso sbalordito cafoncello, rimasto un attimo nella stanza – consegnato con una reverenza allo sbigottito Nodier. E il resto di questi burrascosi eventi si svolge adesso, sensibile Lettore, nella casa del Guantaio.

Non un attimo passò nel cuore di Albert tra la vista
del foglio recante il messaggio (con alcune rose rica-
mate, come allora usava, sul margine dentellato del
foglio stesso, essendo tutto ciò di cui il Duca disponeva nel suo secrétaire per una lettera, cimelio della sua
infanzia lontana e delle cure di *maman* nella prossi-
mità dei suoi Natali), non un attimo, dunque, passò,
e già la più terribile delle indignazioni devastava quel
cuore candido. La povera Ferrantina, di Carlo, come
sappiamo, domestica tra le più anziane della casa,
che ne aveva viste e sentite di ogni genere in cinquan-
t'anni di servizio fedele e di orecchie particolarmente
attente, raccontava ancora, vent'anni dopo – a una
nipote che l'assisteva durante una malattia, da cui
fortunatamente guarì, e ne raccoglieva ciecamente i
deliziosi *mémoires* per un gazzettiere francese incaricato di testimoniare dell'odio del popolo, ai tempi
della Repubblica, per l'oppressione borbonica –, raccontava che dalla Montagna, tanto temuta e favoleggiata, nessuno in quella occasione, dopo i tempi di
Plinio, poteva aspettarsi di meglio; vogliamo dire di
peggio della valanga, e furia, e colata lavica di impro-

peri che uscì dalla bocca di Bellerofonte davanti alla mala azione del suo amico. Collera, indignazione, disperazione, per lo stato in cui vedeva ridotta la sua adorata e, in più, vergogna per il Belgio intero, davanti al di lei padre. E pare si esprimesse, riferiva poi nelle sue pagine il disinvolto gazzettiere, così, piuttosto insensatamente:

« Oh! Oh! Oh! Si sentì mai di un demonio simile? Mia dolce Elmina, riprendetevi, o ne morrò! Tu, Nodier, per l'anima mia, mi vedi e comprendi: giudica dunque se un solo attimo io debba essere così aggredito dal migliore e più fedele degli amici, senza chiedermi se l'Universo stesso non sia ribaltato e spezzato, e, per disgrazia, Satana stesso regni ormai al posto del Nostro Signore Gesù! Oh, Elmina mia, cuore innocente, riprenditi, rinvieni, o io non mi salverò. Certo che lo ucciderò, e subito! Madame Ferrantina, dei sali, per piacere! *Mademoiselle Thérèse! Mademoiselle Louisette!*, dell'acqua! Tu, Nodier, prendi subito la mia spada – dev'essere sul cassetto delle cravatte, in fondo all'armadio – e falla lucidare. Non penso neppure minimamente che ti rifiuterai di fare da padrino. Un altro lo troveremo. E il Mascalzone dov'è, attualmente? Che sia ricercato e informato. Un prete ci assista. (Non siamo ancora sotto i Giacobini, grazie al Cielo!). Pensate voi a tutto ciò, Monsieur Civile: questo lato penoso della vicenda vi compete ».

Intanto, Adelmine, riaprendo, muta e bianca, quegli occhi d'oro, che avevano reso schiavo per sempre, e dolorosamente, l'artista, allungò a lui, stancamente, la fredda manina, e quasi appoggiandosi al di lui omero, debolmente:

« *Vuie pazziate, Albert. Mon ami,* » (una delle poche espressioni francesi da lei usate durante il fidanzamento) « tu... non sei in te... Quello... neppure l'amico vostro *raggiona...* ».

A questo punto Nodier, il grasso e beneamato provveditore alla pace e al benessere dei suoi amici di scapestrataggini, dalla prima gioventù in poi, ebbe la visione benedetta della salvezza; l'àncora offerta dal cielo, o da amici spiriti, fu vista e tosto afferrata dalle sue salde mani, e la navicella del matrimonio belga-napoletano con lui uscì dalle sabbie del nulla. Egli, atteggiando tutto il viso a una placidità infinita (e chi voleva poteva comprendere, non fosse stato di duro cuore), e anche a una divertita compassione, uscì in un:

« E così doveva finire, per una rabbia gelosa, una vera amicizia! ».

La parola « gelosa », e anche quel compiaciuto rammarico che attribuiva la calunnia a una « rabbia », furono subito intesi e afferrati nel senso giusto da tutti i presenti, che vi si aggrapparono, compresa la smarrita figlia del Guantaio.

« E... che volete dire, con questo, Monsieur Nodier? » il povero Guantaio, che era entrato da poco, ma aveva compreso tutto.

« Non volevo... esitavo... mi pareva terribile assai, » così il mercante, torcendosi vistosamente le mani « ma ecco... vedo i frutti della mia prudenza... ».

« Che vuoi dire, Nodier? Che cosa significa? » gridò lo stesso Dupré scattando in piedi. « Tu sapevi dunque qualcosa? La ragione di questo odio ti era manifesta? ».

« Non odio! Amore! Don Mariano, » egli rivolgendosi al Guantaio che se ne stava abbattuto e come spaventato accanto alla figlia « don Mariano, dovete perdonare alla signorina: non è colpa sua. Il nostro amico Neville... quello ha perso la *capa* per vostra figlia... e ciò, nonostante sia il migliore amico di tutti noi... ».

« Volete dire... Nodier, che avrebbe sposato lui, volentieri, la mia Elmina, e che accuse tanto infamanti dipendono dal suo dolore... volete dire questo? ».

« Esattamente » con aria grave Alphonse Nodier.

« A parte ciò, » intervenne una delle lavoranti presenti alla scena, e che aveva sbirciato la lettera caduta a terra « la signorina nostra non è una Capra ».

L'osservazione passò sotto silenzio.

« Amor mio » qui Albert che aveva ritrovato una disperata calma, ponendosi di nuovo in ginocchio davanti alla dormeuse di raso giallo, dove Elmina si era, semincosciente, adagiata. « Amor mio, ti credo senz'altro, credo che il tuo cuore sia tutto mio... ma dimmi, *ma reine*, non gli hai dato per caso qualche motivo di sperare? Quel suo orrendo regalo... » (e alludeva al discusso eppur mirabile Cestello). « Che voleva, da te... Sperava, forse? ».

A ciò, la bella Elmina (la cui avversione per il principe abbiamo già illustrata, e che tali domande, quindi, non potevano che esasperare e abbattere ulteriormente, ma di ciò l'incauto innamorato non poteva avvedersi), non rispondeva. Un rombo, come di uccelli in un bosco, come di Cardilli arrabbiati, era nella sua testa.

« Le accuse... Le accuse... Su quali fatti, eventualmente, poggiano le accuse di Sua Signoria... » andava dicendo qui, come tra sé, il misero padre. E scoppiò improvvisamente in singhiozzi, come non solo in quelle accuse egli non credesse, che erano veritiere, ma anche come se di tutta la faccenda, non gli ipotetici sentimenti colpevoli del principe lo colpissero, ma un di più, dell'altro, un male reale della sua adorata figlia, che era stato solo sfiorato, in quella tempesta, e che egli non poteva, *non doveva* ad alcuno rivelare.

Fu a questo punto che allo sventurato giovane amico di Sua Grazia tornò in mente quella esclamazione tanto afflitta e strana, uscita dalle labbra di Elmina alla vista del dispaccio: « Oh, Vergine Santa, e Madre Pietosa della Gabbietta, come pago, in questo momento, la mia durezza per il Cardillo! ».

Coprendole le mani di baci, egli invocò una spiegazione.

Questa venne, senza quasi farsi aspettare, e sincera

che fosse, o dettata da qualche fanciullesco terrore del castigo, fu la seguente.

Il vero Cardillo della storia (anche se di un secondo Cardillo forse Albert ricordava di aver sentito parlare, in quella dolce sera di stelle e silenzio in cui si erano conosciuti), non era quello morto poche ore prima del loro arrivo per essere stato lasciato senza acqua nella vaschetta; era un altro, ed era appartenuto a suo tempo a una sorella di Elmina e Teresa morta bambina: Dina, o Dinuccia, detta anche *Soricinella*, una piccina disgraziatamente non bella, come egli poteva intuire dal soprannome, e ciononostante molto amata. Ma l'indole non era buona... dispiaceva, a Elmina, ricordarlo. «Essa aveva due cose che le erano piuttosto care, come a tanti piccini non perfettamente a posto con la *capa*» (don Mariano, dolorosamente assentì): un quadretto della Madonna della Gabbietta, che si venera nella Cappella delle Grazie, alla Vicaria, e sotto la cui protezione donna Brigitta l'aveva posta dalla nascita, vedendola così poco fortunata, e un uccelletto, un *cardillo*, del tutto uguale a quello che il giorno del loro arrivo era morto.

«*Eh bien?*» l'appassionato Albert, con gli occhi ardenti di speranza nella innocenza e virtù assolute della sua amata.

«Ebbene,» ella riprese a stento, ma con grande onestà fermezza «con Nadina io ero severa, questa la mia debolezza, anzi vera colpa, oggi credo; papà se ne dispiaceva sempre, ma io la volevo guidare, volevo che crescesse buona e sincera. (Non lo era, devo dire). E morì, non più di sei o sette anni fa, gettandosi dalla finestra della sua stanza, perché aveva trovato morto il Cardillo, e di ciò lamentandosi poco prima con una servente, che me lo riferì (Ferrantina può testimoniare), aveva accusato me, che ero stata io a uccidere il Cardillo. In tal modo assecondava *maman*, che la idolatrava e, al tempo stesso, non aveva molta simpatia per me. Si gettò dalla finestra credendo

– questa la sua innocenza – di resuscitare subito dopo... Doveva essere uno scherzo... finì male... *Maman* non me la perdonò davvero più. Questo » di nuovo profondendosi in lacrime « l'antefatto, caro Albert. Fui accusata di avere odiato il Cardillo, per pura malvagità, e così mia sorella, e che alla disperazione l'avevo spinta io (e *maman* per questo se ne andò di casa!). Per fortuna, papà non lo crede. Papà, » rivolgendosi appassionatamente a don Mariano « è vero che credete ad Elmina vostra?... che mia sorella Nadina disse la bugia...? ».

« Sì... sì » faceva don Mariano, spingendo il povero mento su e giù.

« E ti credo anch'io, amor mio » qui, ridendo e piangendo, Albert. « Tutto sommato, anzi, mi sembra una storia puerile, e non mi spiego l'invadenza di Neville... che cosa abbia capito, e da chi sia stato influenzato per calunniarti tanto con una allusione, mi pare chiara, » (gettando un'altra occhiata al foglio che era adesso su una sedia) « a una storia di magie, di potenze contrarie all'anima... È veramente straordinario... ».

« Perché non conoscete la gente...! » interloquì con grande amarezza la sarta, signora Olinda Benincasa, togliendosi due spilli di bocca. « Ma Napoli, purtroppo, è fatta così. Ci tagliamo i panni addosso l'uno con l'altro... perché non pensiamo alle conseguenze... anzi, perché non pensiamo mai a niente ».

« E soprattutto l'innocenza ne fa le spese » con quasi eccessiva indignazione una delle piccole lavoranti.

Albert sospirò, tutto incantato.

« Non mi avete detto poi, » disse amorosamente ad Elmina, porgendole le rose col ciuffetto di neve in cima, che qualcuno aveva con premura raccolto e deposto su un tavolino di marmo « non mi avete detto se voi, Elmina adorata, siete davvero religiosa... se credete in Dio e nella Vergine Santa ».

« In Dio, nella Vergine e in tutti gli Angeli del Cielo » fu la spontanea, innocente risposta.

« Mi è di gran sollievo questo... credetemi... E... da che cosa altro vi lasciate guidare? Avete una qualche – perdonatemi – *philosophie*? ».

La poverina non capì la parola (latina o francese che fosse) «*philosophie*», ma prontamente e tristemente rispose:

« Credo nello Spirito del Male ».

E ancora una volta, serio e grave suo padre assentì, e le donne, intorno, fecero cenno di sì, di sì, che il Male – tale Spirito, o Maestà che sia – veramente esiste, e i segni del suo passaggio sono sotto gli occhi di tutti.

« E... che sarebbe... in che consisterebbe, *ma reine*, questo *Esprit du Mal*» chiese graziosamente, piegandosi un po' su quel volto amato, il giovane Albert, che già dimenticava il suo dolore, e aspettava di sentirsi dire: «l'orgoglio... la menzogna... il tradimento... la calunnia... l'invidia», tutti i difetti del principe, gli stessi di cui la poverina era accusata, e invece ella rispose, rassegnata e calma:

« La felicità è male, Albert. Amare le creature è male. Solo Dio si deve amare, e il Re. Il resto è peccato ».

« Il Re? Il Re? *Est-ce donc le Roi qui a fait les créatures, ma petite Elmina?* » qui intenerito e con intensa e spiritosa grazia quell'appassionato amante (che già aveva dimenticato il lato molesto dell'amicizia e degli sponsali fra nazioni diverse). « Il Re è Dio stesso? *Vous aimez Ferdinand, est-ce bien cela que vous voulez me dire?* ».

« *Oui, Monsieur Albert*. Dio ha fatto le creature e il loro dolore. Le creature vivono nel dolore, e solo il dolore si deve amare, solo quelli perduti si devono servire... anche Sua Maestà obbedisce... » con una sorta di santa grandezza la figlia del Guantaio; ripetendo, come in un ritornello triste, non percepibile invero dalle orecchie di tutti (tranne di *uno*, e non diremo per ora *chi*): «Solo la vita è male, solo la gioia è male!».

E pure lacrime di assenza, vorremmo dire di dissennatezza, pari almeno a quelle del suo innamorato belga, sì dicendo – o farneticando – scorrevano sul viso della bella Elmina, tracciavano non so quale parola incomprensibile, oscura su quell'anima radiosa di soli sedici anni: ma non oscurandola, bensì illuminandola, come l'aurora illumina talvolta, prima ancora di levarsi con un palpito rosa, gli oscuri giardini del mondo.

Il Dupré non sentì, e capì, tutto il napoletano-francese di lei, in alcuni momenti più che fanciullesco, ma il suo entusiasmo per la propria sposa, la sensazione fulminea che ella fosse, semplicemente, una delle poche anime sublimi che si posano a volte su questa terra (ancora tremanti per il precipitoso volo), lo scossero come un brivido. E una immensa gratitudine lo invase, quasi pietrificandolo di stupore, per trovarsi ad essere colui accanto al quale, e per il quale, ella avrebbe speso una così santa vita, conferendo anche al marito quella bellezza sovrumana di cui sembrava godere lei sola, misteriosamente, il privilegio, e che Albert, a differenza del cinico Neville, vanitosamente, ma anche profondamente, onorava.

Di nuovo, silenzioso e in preda alla più alta commozione, egli si piegò a baciare quella manina adorata.

Effetti della sublime « spiegazione » di Elmina
e sue conseguenze benefiche a Caserta

Dal suo rifugio di Caserta, Neville, arroccato nella casa del Duca, aveva assistito (o credeva, ch'è quasi lo stesso) all'intera scena, in parte tramite la lente magica, che il Duca manovrava come un binocolo, puntandola verso sud-ovest, in parte affidandosi alla sua esasperatissima immaginazione (e in questa, onestamente, credeva un po' meno, e aveva ragione); ma soprattutto si trovò ragguagliato della conclusione a causa di certe chiacchiere che giunsero il mattino appresso da Napoli (e la sua informazione ne fu arricchita, quindi, in retrospettiva), tramite quella sarta, signora Benincasa, che si era trovata al Pallonetto, quel tragico momento, per la prova dell'abito, e che era anche sarta della marchesa Durante. Ella (Olinda Benincasa) aveva riferito tutto, la sera stessa, alla Marchesa, che ne informò il suo amante più fidato, cavalier Del Giorno, il quale, a sua volta, ne discusse con un tale Bartolomeo Percoco, servo di posta, altrettanto fidato, che aveva però conoscenze utili tra il servidorame del Duca. Dettagliatamente Neville ne fu edotto – prima ancora, com'è giusto, lo fu il suo ospite – e alle dieci del mattino dopo si ebbe la storia con tutti i particolari, insieme alle brioches col miele, al caffè e al « Monitore » locale, che ben poco lo interessava.

Cadde, come un gran vento, a sentire tante, almeno apparenti, contraddizioni e scempiaggini (la bruttezza di Florì, se si trattava della stessa sorella, o l'invenzione di una cattiva, sgradevole *Soricinella*, e tutta la storia pietosa riguardante sia il Cardillo che la misteriosa piccina), cadde, in una specie di mortificato stupore, tutta l'ira di quel gran signore; e, in qualche modo, divenne meno aspro, a causa del disprezzo, il suo malevolo sentimento per Elmina, che egli dichiarò al Duca di considerare, senza scampo, dopo quanto aveva udito, la più incredibile bigotta, non solo legittimista e mezzacalza di Napoli (a parte la sua prodigiosa facoltà di mentire). Come! « La felicità è male. Amare le creature è male! Solo il dolore si deve amare. Il resto è peccato ». E che ne avrebbe fatto, a questo punto, del Dupré? Ma già, l'uomo era perduto! Sola differenza faceva adesso, nell'animo di Neville, il suo atteggiamento verso la prevista sciagura: meritata! Più che meritata! Quasi dava ragione ad Elmina: non si devono amare le creature. Troppo aveva amato Albert! Non voleva più intervenire.

Ciò ascoltando, il Duca sorrideva.

« Mio caro... tu non la pensi esattamente così, » fece « lasciamelo dire, e lascia che ti confessi la mia persuasione. Tu sei triste, commosso, deluso. Tu ami ancora quella poveretta – benché un po' meno, a causa della sua fortuna, Albert Dupré. Ebbene, ti sbagli. Non voglio dirti di più, perché riconosco di non saperlo e forse di non volerlo. Dio non mi permise, facendomi questi doni che anche tu conosci, e non lo permise a te, di giungere fino a sollevare il velario dei giorni futuri. Mi consentì solo di vedere, per brevi attimi, i fatti, di udire le parole, ma a frammenti, di eventi in corso, o già passati, non di discernere i loro interni, veri moventi, o atroci legami; non mi permise, e non lo permise a te, di giungere fino a incontrare e guardare negli occhi i terribili Giorni Futuri. E lì dorme il segreto, e riposa la verità finale, in quanto solo nelle conclusioni è custodito il vero di una vita e, qualunque sia stato il suo inizio, si svela il Destino. Ne ringrazio il medesimo Dio, almeno in questo caso, perché, ecco, provo ogni volta che dico: *Dupré! Albert Dupré!* – provo una sensazione che non so definire, di freddo e malinconia mortale... o di gioia? Da due giorni la provo! A questi due giovani voglio bene, pur non conoscendoli personalmente, come a due creature innocenti... sì, supremamente innocenti, anche se confuse e spesso superbe come Elmina. Esse, come tutti, vanno come in volo, radiose e soddisfatte nella prima luce del mattino; ancora non vedono il carico che per esse si prepara... Ma non farmi parlare ».

« Oh, per questo!... Tale carico è per tutti! » rispose non benevolmente Neville.

« Secondo me, adesso, » continuò il Duca « tu, mio caro, dovresti dimenticare il tuo piccolo » (sorrise dicendo *piccolo*) « dolore in questa vicenda; e, come già facesti in modo che io ampiamente approvai, giorni fa,[1] mostrarti elegante, benevolo... ».

« E... come? » il commosso Ingmar.

« Non so bene... non vorrei impicciarmi. Ma, se te la senti, torna ancora a Napoli – sabato 31 sono le nozze, manca dunque più di un giorno – e manda un nuovo messaggio (ma pentito, sincero messaggio) al Palazzo di don Mariano, un pensiero affettuoso e degno, che cancelli il primo, e assicuri che sei in pace con loro, e auguri tutta la fortuna. Inoltre... ».

« Inoltre...? ».

« È un mio pensiero, bada, non un consiglio. Recati, se puoi, al Cimitero Maggiore di Napoli. Ve ne sono due, contigui: quello in basso, più grande, è dei

---

1. Cosa, come vedemmo, non vera, ma la lode faceva parte del metodo educativo del Duca.

poveri; più in alto, e di minori dimensioni (come nel nostro vivere), il luogo di riposo dei signori. Ti suggerisco di fermarti al confine, segnato da una breve scala che collega i due diversi livelli, o anche stati finali. Nel Cimitero superiore, ordine, luce, bellezza; nell'altro... lì, su quel confine (non guardare in basso) è il luogo che ti esorto a visitare. Vacci, non appena arrivi, con l'Avvocato Liborio Apparente (don Liborio è mio amico, ti faccio un biglietto per lui) e cercate e fermatevi insieme alla Cappella Vecchia, o Cappella di Famiglia di Monsieur Civile. La prima che incontri, subito sul viale, a destra. È assai piccola e modesta, non meravigliarti. Ve n'è un'altra più grande, che egli intestò anni or sono – fatta erigere apposta, e opera di un artista eccelso – a donna Brigitta Helm, il suo unico amore. Questa interessa meno. Là, alla prima, riceverete – o riceverai tu solo, se sai guardare, leggendo le iscrizioni – più informazioni di quante te ne potrebbero venire dall'intera nobiltà e il servidorame di Napoli. E un'altra raccomandazione, ma questa, figlio mio, è in un orecchio, per te solo: abbi un pensiero buono per don Mariano. Egli, il povero Guantaio, è l'uomo più colpito in tutta questa storia. Altro non posso dire ».

E veramente, dopo di ciò, il Duca non aggiunse altro.

Nemmeno il Neville, del resto. Il volto imbronciato, ma non come per una sola nuvola bensì come se su tutta la sua anima fosse sceso l'inverno, e fosse un grigiore delicato, continuo; egli era freddo e insensibile, ormai, a tutte queste storie di innamoramenti e di dame, di dispetti di bimbe e disgrazie di Cardilli, e solo recriminava la leggerezza con cui aveva deciso di lasciare Liegi, coi suoi dilettissimi amici, un mese addietro, prima che iniziasse il maggio.

Oh, non avesse mai abbandonato la sua casa e la noiosa vita mondana della ricca, solida, fredda, ragionevole e molto perbene società in cui era nato!

Progettò e dispose il principe, questa volta in pochissime malinconiche ore, la sua partenza per Liegi, prevedendo una sosta, per dir meglio una deviazione, che non sapeva, tuttavia, se di alcuni minuti oppure di uno o più giorni, nella capitale del Regno.

Qui giunse di venerdì, sul mezzogiorno, scendendo di nuovo al triste, ormai, Cappello d'Oro, dove fu calorosamente riconosciuto e noiosamente riverito da tutti come il più nobile e amato dei clienti, il più liberale, simpatico, ecc. – e non solo, crediamo, per le generose mance lasciate. È che non v'era nessuno, tranne Elmina, che non travedesse per quel viaggiatore fatato!

Non sopportando, tuttavia, lo stile di tali apprezzamenti – egli sentiva quasi di essere sul punto di scoppiare in lacrime per l'inevitabile confronto con la spensieratezza, la festa, l'assoluta felicità dell'arrivo di alcune settimane prima, e tutto quel sole, quella luce rosa e azzurra sulle navi a vela del porto e il Castello, confronto con l'attuale grigiore dell'animo e del paesaggio di questa volta –, subito si cambiò d'abito, e si recò all'indirizzo di quell'Avvocato Liborio (Apparente, il cognome), che il Duca gli aveva raccomandato d'incontrare. Non lo trovò; ricordò, invece, di aver qualcosa da fare, e andò un po' in giro per l'elegante centro di Napoli, tra capre e coupés, in cerca di un nuovo dono per gli sposi, che si augurava riportasse la pace almeno nel suo proprio animo. Visitò ancora una volta, a tale scopo, alcuni gioiellieri. Presso uno di questi, i Fratelli Smith, scelse un dono che doveva, secondo lui, fare gran dispetto e insieme piacere (almeno per il suo alto costo) alla Capra; e consisteva in una gabbietta di purissimo oro, con le sbarre tutte incastonate di zaffiri, al centro della quale, su un'asticciola mobile che doveva servirgli anche da altalena, era posato un bellissimo cardillo di smalto colorato – grigie le penne come il fumo o la nebbia, e la testina levata in su, spiritosamente, a guardare qualcosa; e sia sulla testina che sul petto anche grigio, una mediaglietta rossa che sembrava il sole. E la novità, rispetto ad altri cardilli che aveva ammirato, era in questo: che girando una chiavetta d'oro sul dorso dell'uccello (nessuna paura che scappasse, era assicurato con una catenina a tre anelli infissa nel tetto), l'uccello *cantava*; cioè, alzando e abbassando la testina ingenua, lasciava uscire dal becco, che si era aperto, alcune note melodiose, che evocavano quasi una barcarola in una notte di luna, un semplicissimo:

Oò! Oò! Oò!

e poi ancora:

Oh! Oh! Oh!

che sembrava a momenti, a chi fosse stato di udito fine, contenere un pianto; e questo pianto, nell'inconsulto cuore del principe, doveva ricordare ad Elmina quanto, nei cuori altrui, ella avesse non lietamente lavorato; e al Dupré quanto avesse tradito – ampiamente! – un altro cuore. Incosciente era Neville, in questo suo violento appellarsi agli amati affinché lo ricordassero, e ricordandolo lo rimpiangessero... e volgessero un tenero pensiero al « povero Ingmar! ».

Non siamo tanto d'accordo sul « povero » e su tutto il resto. Ma così, Lettore, è il burrascoso e infelice cuore dell'uomo quando improvvisi lo scuotono i venti lunari della giovinezza.

Nel primo pomeriggio (aveva intanto incaricato il gioielliere di voler far pervenire al più presto il dono riparatore al Pallonetto) egli, rintracciato quel *Notar* Liborio (e non « Avvocato », come aveva detto il Duca), introvabile finché qualcuno non gli aveva spiegato che il vero nome del Notaro, a Napoli, contava assai meno del generico soprannome, il quale era, per lui come per tutti gli intellettuali di allora, « Pennarulo »: don Liborio Apparente, *Pennarulo* (uomo di penna!); e messolo al corrente sia della sua amicizia col Duca, sia del breve tempo di cui disponeva per vedere Napoli (e questo lo disse per convenienza, in quanto non la voleva affatto vedere, anche per averla già abbastanza veduta), sia della sua intenzione di recarsi a porgere un saluto, per conto del Duca, ai familiari di don Mariano, pregò il Notaro di volerlo accompagnare in carrozza in quel luogo dove si trovava da tempo, sempre destinata a crescere, tutta una popolazione che aveva ballato, pianto, era stata triste o felice, a Napoli, dai primi tempi aragonesi; gente di palazzi e tuguri, di Corti, di mercati, di teatri, di chiese; gente che adesso non era più.

Questo Notar Liborio, uomo sui cinquanta, dall'aria talpesca e afflitta (senza probabilmente esserlo davvero), con molta civiltà acconsentì. Neville, che si era procurato dei fiori, precisò che in particolare desiderava portare un saluto e una prece alla tomba della defunta Brigitta Civile, moglie del Guantaio; al che, come nulla fosse, benché, dopo avere udito il nome della dama, con un piccolo trasalimento, si fosse fatto silenzioso, il Pennarulo fu d'accordo, dicendogli:

« *Très bien*, Monsù, purché questa Cappella la troviamo ».

« Come! » disse burbero il principe « la *troviamo*? » (intanto la carrozza svoltava, da una stradina colorata, nella più ampia e aerea via Costantinopoli) « che intendete dire, Monsieur? Non ci siete stato prima d'ora? Conoscete, però, il luogo? ».

« Oh, *pardon*. È che... vedete, Monsieur, vi sono ben due, non una sola Cappella della... ehm... famiglia Civile. Una è la sua, di don Mariano, dove riposano tutti i guantai della famiglia, ottime e oscure persone che gli dettero mestiere e bontà (don Mariano è un uomo di grande bontà e ricchezza d'animo, nella sua modestia, solo per questo amato). L'altra... ».

« L'altra? » chiese interessato Neville.

« L'altra è più distante, molto preziosa, molto bella. Quella della seconda moglie, che tale, però, non era – benché avrebbe potuto esserlo –, appunto donna Brigitta Helm, che tutti conoscevano, a Napoli, come Brigitta Civile. Questa Cappella, molto importante, non mi ha mai ispirato... ecco perché ho detto "se la troviamo"... Non ci sono mai stato... ma conosco il luogo ».

« Monsieur Civile ha avuto due mogli? Non lo sapevo » fece vagamente sorpreso – e molti pensieri scendevano a stormi, silenziosi, nella sua mente – il principe. « Strano come non ne sia stato informato » soggiunse quasi tra sé. « E come, poi, non volle legalizzare il secondo legame? ».

« Non che non volle, signore, diciamo che ne fu impedito. Per la verità, la stessa donna Brigitta ne fu impedita, in quanto, in un testamento del defunto colonnello Helm, il vero padre dei suoi dieci figli, era disposto che ella avrebbe potuto condurre, dopo la di lui morte, la vita più libera che intendesse: ma non risposarsi, se non voleva perdere l'usufrutto della intera sostanza patrimoniale (le sue proprietà personali, di donna Brigitta, erano passate automaticamente, quando si era sposata, al marito), tanto benefica a lei e di riflesso (il Colonnello conosceva i sentimenti della signora) a don Mariano. E questo, per il nostro Guantaio, fu un dolore... Anzi, *è un dolore* » proseguì meditabondo il Notaro. « Egli, di ciò era malato. Perché illegalità vi fu, sebbene apparente, e di questo solo le due ultime figlie erano destinate a pagare le conseguenze... ».

« Capisco sempre meno » disse Neville. « Ma se in ciò vi è qualcosa che non deve essere comunicato ad estranei, non fate complimenti, *mon ami*: non desidero saperlo ».

Il Notaro, per un po', non disse parola. La carrozza era già entrata nella mirabile via Foria, fiancheggiata da bei palazzi.

« Guardate là » fece don Liborio, indicando una palazzina rossa che si distaccava, circondata com'era da un alto muro rosa e verde, coperto di rampicanti, dalle vicine case. « Quella che vedete, con le persiane chiuse, era la casa di città di donna Brigitta Helm. Ma ella, dopo la morte dell'ultima figlia, avuta dal primo marito, la piccola Floridia Helm, non volle tornarvi più, e si isolò a Casoria, lasciando a don Mariano la cura di Elmina e Teresella (quest'ultima, non sorella per sangue, ma presa da un convento, un'orfana, per tenere compagnia alla desolata Elmina). E il suo esilio da Napoli, in certo senso volontario, durò fino a quando la povera donna non abbandonò questo mondo. Fino a un mese fa, credo... ».

Neville, essendo tuttora di cattivo umore, e sempre più segretamente maldisposto verso la famiglia del Guantaio, aveva seguito tutto questo racconto, per la verità ingarbugliato e lento, con una distratta attenzione, per non dire franco disinteresse. Ma, a un tratto, fu colpito da tutte le enormità che aveva udito (se voleva credere al Pennarulo), e parevano illuminare blandamente, come sparsi lumini a olio, quella accidentata storia, che si palesava come un quadro di rovine del tutto inimmaginabili.

« Scusatemi, » disse « non vi ho seguito. Madame Helm abitava lì? ».

« *Oui, Monsieur*. Era la casa dove aveva vissuto vent'anni con suo marito, il defunto colonnello Helm, del quale mai – neppure quando conobbe, e poi, rimasta vedova a trentotto anni, quindi libera, contraccambiò i profondi sentimenti del signor Guantaio –, mai volle, o poté, dimenticarsi. Diciamo che rimase sempre la signora Helm ».

« La ragione? ».

« Dieci figli, signore, come già ho accennato; dieci baldi giovani, e tutti legati, per legge e propensione, al Colonnello, e interessati quindi – è comprensibile – alla proprietà paterna, che era e resta considerevole... arriva al Casertano... Boschi, case, vigneti... Don Mariano, anche allora, non possedeva niente, solo una grande operosità e stima universale... ma nient'altro. Del Palazzo del Pallonetto, tra le proprietà di donna Brigitta, anche lei stata ricca di suo quanto il Colonnello – si dice fosse imparentata con la Regina –, del Palazzo al Pallonetto, quando si conobbero, e proprio a causa di questo contratto d'affitto, egli occupava all'inizio solo un modesto appartamento. Ma non era, per la sua bontà, un problema... Uomo parco, sobrio quanto non ve ne furono mai. Del resto, non è un mistero, a causa dei suoi figli che sarebbero diventati un giorno proprietari di tutto (come aveva deciso il Colonnello), ella non poteva alienare nulla... e neppure sposarsi in seconde nozze – almeno per l'occhio della gente – senza scontrarsi con la durezza di quel testamento... Ma fingere (di essersi risposata), poteva. Quindi... – cocchiere, volta da quella parte – quindi, passato il giusto tempo, recitò, davanti a tutta Napoli, la parte di una seconda moglie, con un secondo matrimonio celebrato nientemeno che davanti al Papa... nell'anno... Non era vero, signor mio, ma valse a don Mariano un credito immenso... e questo gli portò fortuna. Gli affari, che erano piuttosto fermi, prosperarono, ingigantirono... almeno così si dice. (Perché resta incerto, a tutt'oggi, come egli abbia perduto, poi, ogni suo avere: forse speculazioni sbagliate, forse donazioni – può darsi all'amata Brigitta –, forse impegni precedenti, che lo legavano... Non ha più nulla). Donna Brigitta, intanto, non divise mai con lui la vita al Pallonetto... ci veniva in visita... C'era un disaccordo tra le due damigelle, Floridia ed Elmina, davvero insanabile, e questo tutta Napoli lo sapeva... L'assenza di lei fu vista così ».

« E quale disaccordo, prego?... » (egli riteneva di non essere indiscreto, dato che il disaccordo riguardava due piccine).

« Adelmine, la bella Elmina, non figlia del Colonnello né del Guantaio, ma lontana parente del primo (dicono che la madre fuggì con un oscuro musicante di Colonia, umiliando per sempre il suo titolo nobiliare, ma questa è storia da non raccontare – ambedue i genitori finirono male), Adelmine e la figlia più piccola, e quanto mai legittima, di donna Brigitta, l'angelica Floridia Helm... non si vedevano bene... ».

Di bene in meglio! Inoltre, non si parlava di nessuna Nadina, o *Soricinella*, e il principe, sempre più maldisposto e incupito, si riconfermò nel sospetto che l'esistenza della brutta piccina fosse una invenzione, dettata da qualche cattivo istinto di Elmina.

« Seppi di questa Floridia... Era sui nove anni... ».

« Sì, signor mio, quando morì. La nostra bella Elmina, era sui dodici ».

Le date, in questa lunga storia a più voci, o voci diverse, non coincidevano, ma nulla coincideva, a guardare bene, nell'insieme di questi racconti o versioni di una memoria familiare così al limite della chiacchiera, così anomala in quanto a virtù reali, segno che vi era una menzogna di base, e molte aggiunte della immaginazione popolare al suo nucleo forse insignificante. (Meglio così, concluse rattristato Ingmar).

« La piccola Floridia morì di languore, mi fu detto » quasi per cortesia, più che vera curiosità, il principe.

« Di languore, sì. Non poteva reggere a questo mondo, tanto era buona... Una malattia universale, sapete... Per quanto, secondo me, non si sarebbe ammalata, senza... senza il brutto incidente occorsole anni prima... di cui fu accusata la scarsa vigilanza – per non dire di più – di Elmina. Erano al Pallonetto, le due piccine... la madre – era di sabato... sabato della Settimana Santa –, era in visita alla famiglia del Guantaio. Floridia, allora sui quattro cinque anni, attendeva alla finestra... La vide rientrare... si sporse con le braccine aperte, per salutarla... Elmina, era accanto a lei, non la trattenne. Andò di sotto. Non morì, cadde su un cesto di biancheria, ma rimase molto scossa... E allora cominciò la malattia ».

« Elmina era accanto a lei, avete detto? ».

« Sì, signore, purtroppo... e anche lei ne fu scossa, per ragioni varie... fu accusata, in breve, per lo meno di scarsa attenzione... per non dire di assenza di bontà. Comprendete... non è vero...? ».

Improvvisamente, tutte le stranezze di quelle versioni, dell'incidente e malattia, udite qua e là, si composero in un'unica intuizione, e il principe vide chiaramente, sebbene con grande tristezza, e assolvendo tutti (soprattutto la povera Elmina), com'erano andate le cose. Capì che, da allora, la madre disperata si era lasciata andare, il suo non caloroso amore per don Mariano era finito, pur serbando fede, con grande senso di solidarietà e amicizia, all'impegno sociale. Ella era rimasta sempre, per la gente, la di lui ottima moglie... In realtà, solo una buona, fedele amica, che aveva sopportato per lui, con cristiana fermezza, la probabile ostilità e diffidenza dei suoi numerosi figli, oltre la sicura avversione di Elmina, e soprattutto la perdita di questa Floridia. Ed era stata questa la piccina del Cardillo (escludendo dunque che vi fosse una terza piccina disgraziata, Nadina o Dinuccia, soprannominata *Soricinella*).

« Anche don Mariano risentì molto della disgrazia? ».

« Signor mio, come di più non si potrebbe. Adorava ambedue le figlie (Teresa, benché amata, non era ancora stata accettata dalla famiglia), e per Elmina avrebbe dato gli occhi: era il suo sole; ma questa Florì aveva una grazia particolare – *vous savez* – era una voce di gioia. Mia moglie, che l'aveva vista, dice che rassomigliava tanto a un cardillo ».

Di nuovo, tornava l'uccello della storia! Ora, a questo punto, non riuscendo più a capire se vi era stato, nella vita della piccina, un solo Cardillo, o due, e se due volte, per così dire, la dispettosa Elmina avesse maltrattato l'uccello; egli, Ingmar, il Benefattore, sentì solo una fitta al cuore, un senso di vergogna per la sua ultima mala azione: il secondo regalo di nozze ad Elmina. Quello era un tragico uccello, quello era un ricordo da non rievocare, nella vita degli sposi. Che villano impudente era stato! Oh, avesse potuto ritirarlo!

Di colpo, poi, mentre seduti nella carrozza erano già in vista delle quiete colline del Cimitero Maggiore, lo colse un pensiero di stupefacente chiarezza, un pensiero che sconvolse, come un terremoto devasta un giardino, tutta la sua precedente, tra scherzosa e appassionata, inchiesta sulla situazione, e distrusse la pace di una già discutibile unione tra i due giovani, l'una testarda e un po' sciocca, per quanto affascinante, l'altro totalmente pazzo d'amore... Elmina, la bella Elmina Civile, non aveva quasi certamente più un soldo. Con la morte di Brigitta Helm, tutta la convenzione della sua grandiosa situazione patrimoniale era caduta. I dieci legittimi eredi del

Colonnello sarebbero balzati fuori come cavalieri armati.

E Albert non sapeva nulla!

« La più giovane, la dodicesima – diciamo "figlia" – di don Mariano (come Elmina, non fu mai veramente adottata, e risulta estranea alle due famiglie), cioè Teresa, non risentirà di questo terremoto » – si schiarì la voce il Notaro. « La Baronessa, su preghiera di don Mariano, che l'aveva ottenuta da un convento a tale condizione, le costituì una piccola dote. Solo Elmina non eredita nulla. Questa fu una precisa disposizione del Colonnello, prima di morire: che la figlia di un oscuro suonatore di organo di Colonia (peggio che figlia del peccato: figlia di una caduta di *classe*) fosse totalmente esclusa dall'asse patrimoniale... Sì, Elmina non possiede nulla, tranne la devozione infinita del suo falso padre ».

Una storia, questa del Pallonetto, del tutto esemplare del disordine delle famiglie borboniche, e del tutto terrifica, poi, se si teneva conto della sorte di Elmina.

Per Albert – se il principe non avesse provveduto, come invece aveva fatto, ma non si sognava di rivelare al Notaro – sarebbe stata la miseria.

Neville, come un automa, rivolse a don Liborio Apparente un'ultima domanda, molto meccanica e, a giudicare dall'accento, quasi indifferente:

« Dove andranno ad abitare? ».

« È inteso, per l'occhio del mondo, che don Mariano, con le due "figlie", resti per qualche tempo al Pallonetto, se vuole; gli eredi non sono ancora arrivati, né è da escludere che i poveretti si affidino, per qualche deroga del testamento, agli avvocati, sebbene, nella loro qualità di semplici beneficati, o anche amici, di donna Helm, non gli tocchi neppure una sedia.

« In quanto a Elmina, che domani va sposa, il padre pensò a lei col dono di una casarella, niente di speciale, anzi una casarella malconcia, sopra Sant'Antonio a Posillipo, che Brigitta gli cedé, all'inizio della loro conoscenza, a condizioni eccezionali. È lì che andranno ad abitare e lei dovrà fare a meno del servidorame... cambia tutto, ora. Porterà con sé unicamente la vecchia Ferrantina, che allevò, quasi, don Mariano, e conosce tutte le loro disgrazie... Un po' d'oro, naturalmente, ce l'ha... collane, qualche spilla; e di un negozietto di don Mariano, di chincaglierie – quello non è ipotecato – divide gli utili, se ce ne sono, cosa di cui dubito, con Teresina. Ma siamo quasi arrivati... Volta, cocchiere! ».

Il povero Guantaio. Nomi, su una tomba,
che appaiono e scompaiono, fra cui quello
di un certo Hieronymus Käppchen (Berrettino).
Neville ritrova la pace di Dio

A Neville pareva di sognare, e per il resto della strada non pronunciò più parola, fingendosi occupato a guardare lo smorto paesaggio. Si chiedeva anche se quest'uomo, così bene informato, non avesse mentito o inteso calunniare, per qualche losco movente, come avrebbe potuto essere un vecchio rancore, o per qualche sua acida ragione professionale – non era, evidentemente, il notaio designato dagli Helm –, la povera famiglia del Guantaio. Era diviso, sempre più, tra sbalordimento e una cupa pietà. Gli tornavano in mente le parole di Benjamin: «...Egli, il povero Guantaio, è l'uomo più colpito in tutta questa storia...». E qualcosa come uno smarrimento totale, non dovuto alle sole sconvolgenti rivelazioni finanziarie, ma alla insipienza umana, sua e di Albert, e infine dello stesso Benjamin, che tutto aveva visto, con la sua lente, meno il nulla patrimoniale e il disastro morale della famiglia del Pallonetto, lo portava a sentirsi indegno di se stesso, indegno, come uomo beffato, della propria stima. E vedeva, ne era certo, che anche la raccomandazione del Ruskaja, lungi dal potersi attribuire a opera di magia o divinazione, non era che il frutto di un continuo e atroce pettegolezzo tra Caserta e Napoli. Tutto, là, era noto, fra signori e domestici, tra locande, palazzi e stazioni di posta... solo le verità profonde erano ignorate. E disprezzati, poi, e quanto! i canoni fissi della lealtà e correttezza, nei rapporti commerciali e umani.

Come avrebbe reagito Albert, se ora, in questo momento, qualcuno lo avesse informato? E sarebbe stato libero di ripartire, tornarsene indietro – salvo! – al natio Belgio?

E come pensò queste cose, e pronunciò dentro di sé la parola « salvo », si vergognò di nuovo. Vide che Elmina era innocente o, almeno, ignara della gravità del disastro, e così, in modo confuso, il di lei padre; e che se vi era stato calcolo, in lui, non era dovuto al denaro (tutto sommato, nemmeno Albert possedeva, era stato detto, beni di fortuna), se vi era stato calcolo, nel volere quel matrimonio, ciò era dovuto non ad avidità di denaro, ma a qualche misteriosa ragione di cui solo l'atterrito don Mariano era a conoscenza. Una ragione che riguardava la salvezza di Elmina, ed era affidata al suo allontanamento, con le nozze, da quella casa silenziosa, e alla possibilità di stendere un velo sulla triste oscurità della sua nascita. (Rifiutata da un padre « ufficiale », e affidata a un altro che non aveva neppure potuto adottarla!). E a questo scopo, di rassicurare un don Mariano perduto e umiliato, ella aveva acconsentito – pur non amando realmente il Dupré, anzi, non essendo neppure portata al matrimonio, né ad amare alcuno – aveva acconsentito a sposare l'artista. Per uscire da quella casa, finito l'inganno di una Brigitta sposa e madre esemplare, ella aveva acconsentito; oppure, forse, proprio suo padre l'aveva indotta a questo: per non dovere più, pensando a lei, al suo futuro, sentirsi morire.

Intanto, la carrozza correva, e non passò molto che si arrestò davanti a un grande cancello spalancato.

Percorsero a piedi un largo viale – il principe sempre silenzioso – e poi un viale più stretto, che girava e disegnava una esse. Giunsero in un campo – in altro modo non si poteva chiamare quel terreno al tutto privo di piante – che conduceva a un modesto giardino. L'animo di Neville era così cupo e oppresso, che poche cose avrebbero potuto accrescerne cupezza e oppressione. Tutto stagnava, tutto era fermo, calmo, di inesprimibile malinconia. Egli si guardava intorno, e vedeva sempre lo stesso deserto; e poco più in là, davanti a lui, il Notaro che camminava un po' curvo, quasi bighellonando, come fanno i ragazzi oziosi, con la testa bassa e le mani incrociate dietro la schiena. E, in giro, non un'anima. Poi, ecco, si avvertirono dei passi, dal fondo di quel piccolo campo, e quale non fu la sorpresa dei due nello scorgere l'alta figura del Guantaio. Anch'egli lì, con dei fiori, entrato da un vialetto laterale, si disponeva certo ad avviarsi, per un omaggio, alla recente tomba della sua signora. Ma prima, trovandosi sul luogo, era passato a dare un saluto alla vecchia Cappella, che custodiva tanti dei suoi familiari più amati.

Ingmar e il suo compagno, avendolo intravisto, si guardarono, per un momento, senza parlare.

« Suppongo... devo supporre che Monsieur Civile desideri non dividere con alcuno le sue emozioni... o semplici sentimenti » Ingmar si corresse in tempo « e oso domandarvi, amico mio: come sarà meglio comportarsi? » e sì dicendo tremava egli stesso di troppe confuse emozioni.

« Il più semplicemente possibile » quella equilibrata talpa rispose.

« Sì... sarà meglio così... Avete ragione » e subito dopo, facendosi avanti per il vialetto di un secondo giardino, confinante col primo, e quasi scontrandosi (ma lo aveva voluto) col padre di Elmina, il principe si tolse il cappello.

Non una parola, ma un sorriso fine, delicato...
Coraggioso anche. Don Mariano lo guardò come
non identificandolo subito, avendo la mente lontana,
e poi, con una specie di strazio riconoscendolo:

« Ah! principe!... Amico mio! ».

Si fermarono, si strinsero le mani, ambedue rigidi,
distanti. E poi di colpo si abbracciarono.

« Perdonate le mie follie » disse impetuosamente il
principe.

« Oh, sono cose da nulla... » dopo un po', lucendo-
gli gli occhi di lacrime, il Guantaio. « E anzi, oserei
dire che il messaggio conseguì un effetto benevolo ».

Si resero conto che era con loro un estraneo, il
Notaro, cui erano dovute delle spiegazioni; ma il
principe, nella sua furia di sincerità, distrusse, per
così dire, quella appena abbozzata convenzione, in-
formando Monsieur Civile che egli era là per una
curiosità di cui adesso gli dispiaceva, sentendone
l'inutilità, ma soprattutto perché di marca non
buona:

« Volevo conoscere, *mon ami*, quali i vostri rapporti
con... con questo freddo mondo... con i vostri amati
che non sono più. Leggere bene il nome di vostra
moglie ».

« Mia moglie – ma forse voi già lo sapete, signor
Neville – riposa in altro luogo, distante da questo,
non così umile. Ed ella non porta il mio nome, non lo
portò mai; la vita, le circostanze, si opposero. Non
ebbe neppure un nome paterno, e unicamente quello del primo marito, del Colonnello-barone, è il suo
nome. Un nome rispettabile, qualunque fosse poi il
peso di tale rispettabilità sull'animo mio. Si chiama
sempre, quindi, Brigitta Helm, e con tale nome è
adesso davanti a Dio... spero ».

« Ciò cambia qualche cosa, per voi? ».

« Per noi, per me, no... (una grande amicizia, sapete... un rispetto assoluto... sempre...); e spero neppure per mio genero... Appena lo saprà, non ora ».

« Vi pregherei d'invitarmi a casa... se non temessi

113

di recarvi noia... e disturbare i preparativi delle nozze – mi dicono imminenti. Avrei voluto parlarvi da solo ».

Il Guantaio, mostrando di aver capito qualcosa di terribile per i due poveri sposi, impallidì subitamente.

« No... non temete... Non è ciò che pensate » disse con pietà il principe. « Forse ciò sarebbe stato... direi, solo per rassicurarvi... e il più ampiamente possibile ».

Di queste parole, il Guantaio, finché visse, serbò una gratitudine così grande da indurlo a perdonare, in anticipo, qualsiasi inimmaginabile dolore, o semplice pena, all'amico di Dupré fosse piaciuto di dargli; nello stesso tempo, esse s'infissero come chiodi nella sua mente. Comprendeva che tutta la sua vita era allo scoperto... dentro di sé avvertiva come un gemito... il suono di un'acqua profonda.

« È arrivato il vostro dono, mio caro principe, poco prima che io uscissi di casa, e lo stato d'animo dei miei figli è adesso tutto animato e scherzoso... Di ciò volevo, vedendovi, subito ringraziarvi... e poi capii – proprio vedendovi – che vi era nota la mia disgrazia... nota la mia colpa... e la mia situazione... ».

« Di ciò, Monsieur, non parleremo più... o ne parleremo, se credete, solo a vostro vantaggio... Ma ditemi presto, » pregò il commosso principe « il regalo della Gabbietta non fu preso in mala parte da vostra figlia? Fu gradito alla signorina Elmina?... Solo da poco mi sono reso conto del male fatto, inviando il cardillo ».

Come il Notaro, per delicatezza o perché annoiato, camminava un po' più avanti a loro, finché sparve dietro una piccola costruzione sormontata da una croce, i due amici si guardarono sinceramente, l'uno con infinita benevolenza, l'altro con suprema devozione, e poi il Guantaio disse:

« Vorrei, con queste vostre parole, calmare la tristezza del mio cuore. E così dovrebbe essere, se questo Universo fosse appena più semplice... benevolo come voi siete, caro e nobile signore. Ma vi è... vi è qualche *noeud*, in questo mondo, qualcosa che non capiremo mai: e ciò pesa sulla vita di mia figlia... e sulla mia per conseguenza. Di più non vi dirò, ora, e neppure, forse, in nessun altro giorno della vostra vita, che auguro lunghissima, ma, ahimè!, sento che non potrei rincorrerla. Il mio viaggio terminerà assai prima ».

« Oh! » disse Neville, tra corrucciato e affettuoso (quel peso del cuore egli attribuiva al segreto dell'umile nascita di Elmina, altrimenti non avrebbe trovato facile rispondere). « Oh! parlate come un uomo che ha un gran dolore, certo, e comprendo che piangete ancora vostra moglie. Ma ecco: l'albero delle rose continua a fiorire » fece con un sorriso degno di un bambino. « Vi restano due figlie. Perché disperarvi? ».

« Non avete sentito che ho detto: un *nodo*? ».

« No, in verità, non avevo capito questa parola ».

« Un francese alla buona, il mio, vogliate perdonarmi. Forse volevo dire altro. Meglio così... » con uno sguardo amaro « meglio così, mio signore ».

« Qualcosa che non capiremo mai! » ripeté a questo punto, tra sé, Neville. « E invero... » (cerimoniosamente) « il cuore di una donna, intendete dire...? » (pensava al rustico cuore di Elmina).

« No, signore; quello della donna, dopotutto, è un cuore abbastanza semplice. Ecco: mi riferisco al cuore stesso della Natura, signore ».

Queste parole dispiacquero a Neville, che vi colse una specie di affettazione, come, riferendosi a sua figlia, il Guantaio chiamasse in gioco, per alterigia, l'intera Natura che l'aveva generata; vero abbaglio, in quanto Monsieur Civile gli gettò, di fianco, uno sguardo freddo e umile, e non aggiunse altro, come timoroso di interpretazioni che lo avrebbero imbarazzato e di un più grave discorso che non era bene affrontare. Si limitò perciò, il nostro principe, a dire, spingendo col piede una pietra:

« Sì, quello della Natura è un ben profondo cuore, signore. Ma quanto lontano da noi! ».

« Non sempre, o non, almeno, quanto gradiremmo che fosse... almeno in certi momenti » rispose, come parlando a se stesso, il Guantaio.

Erano arrivati, a questo punto, davanti alla Cappella dei Civile, che insieme a quella della signora Helm era meta della loro passeggiata, e qui trovarono il Notaro che tentava di leggere, forse per tenersi occupato, e quindi per discrezione, qualcuno dei nomi scritti su colonne alterne, con lettere dorate, in una finestrucola cieca della Cappella, che risaliva ai primi del secolo decimosettimo e ne registrava molti. E avendone trovati alcuni, anche recenti, un po' sbiaditi o mangiati dal fango e la pioggia dell'inverno precedente, grattò con l'unghia su qualche lettera, e lesse, o per meglio dire sillabò, con voce abbastanza udibile:

« Nadina Civile di anni 3, 1788.

« Hieronymus Käppchen (il Piccolo) di anni 300, 1805.

« Albert Dupré (Babà) di anni 2, 1798 ».

Trasalendo, il Signor Neville, che era a due passi dalla finestrella con le iscrizioni, si piegò e lesse, o gli parve leggere anche lui, con atterrito stupore, oltre il primo e il secondo nome, il terzo, tutti nomi di bambini fra i due e i tre anni, salvo il secondo, cui però solo per errore erano stati aggiunti, al 3, due zeri. Rimasero scritti, assai visibilmente, ora, in caratteri neri, meno l'ultimo che brillò un attimo in piccole lettere d'oro; ma come egli tornò a leggere, disperato, esso sbiadì e insieme ai primi due disparve; mentre un immenso sollievo gli riempiva la mente di gioia, per quanto la paura lo gelasse ancora. Si aggiunga che la stessa indicazione degli anni, e delle date di morte di quei piccerilli, la rendeva assurda. Un Albert Dupré bambino, poi!, quando Albert i due anni li aveva superati da ben prima della Rivoluzione!

Per quanto tornasse a sbirciare nella finestrella, non vide più nulla.

Non era sfuggito al principe che quei nomi li aveva letti, prima di lui, il Notaro; ma vedendo la di lui faccia muta e vuota come prima, si rese conto che anche quel sillabare era cosa da lui, Ingmar, sognata.

Si rese conto, infine, che il suo cuore – di lui, Ingmar – era malato di malinconia. Leggere *Babà*, come se il suo giovane amico avesse proprio due anni (e, detto fra noi, in realtà li aveva), e Nadina Civile (*Soricinella*), in luogo di Floridia Helm (nomi di una stessa bambina, come aveva dedotto dall'appassionato racconto di Elmina il giorno del « messaggio »), lo avvertiva chiaramente del proprio errore di lettura, dovuto a un di troppo della immaginazione e alla malinconia. Senza dire di quel cervellotico Hieronymus il Piccolo, sostituito poi da una graffiatura. I nomi di quei poveri bambini, veri o immaginari che fossero, avevano danzato come folletti sul marmo, e come tali erano subito (meno forse il reale nome di Nadina) scomparsi. In loro luogo si leggevano ora vari nomi del mondo napoletano di fine secolo, come Gaetano, Gaspare ed altri, che a Neville non interessavano. Ne dedusse, il principe, che il suo cuore era ossessionato da ombre e presentimenti (o non forse memorie di eventi infelici?) che non era bene ospitare; e solo da queste memorie avrebbe dovuto guarire.

La voce profondamente buona del Guantaio lo tolse alla sua pallida e grave emozione.

« Reso il nostro omaggio, » diss'egli, come nulla avesse visto « muoviamoci da qui, usciamo all'aperto, mio bel signore. Da Madame Helm ci recheremo una seconda volta, oppure le porterò io il vostro saluto.

Usciamo di qui. Non è luogo da restarvi molto, anche se intendo che siete devoto alla vita che è stata. Usciamo, e vediamo, se non avete nulla in contrario, in che modo gli sposi hanno ricevuto, come il più gentile degli Augelli, il vostro Cardillo: come il più amabile dei doni, l'augurio del vostro Cardillo ».

La Casarella. Nuove disposizioni a favore
degli sposi. Piove su Napoli e sull'animo
del principe che l'ammira. « Oh, non dimenticarmi
tanto presto, amico mio! »

I nomi che egli, Ingmar, aveva letto o creduto di
leggere sul marmo della Cappella, gli sarebbero rimasti impressi nella mente per la vita, ma non nel
senso che il Lettore può essere indotto a supporre, di
fanciullesca superstizione, quanto di chiaro segno di
quella malattia dell'animo cui da anni egli si proponeva continuamente di sfuggire, sia con i viaggi, le
amicizie, una ostentata dissipazione, e perfino una
ars poetica purtroppo non tanto notevole da varcare
la stretta cerchia degli intimi estimatori; imprese tutte inutili, in quanto tale Malinconia è ineliminabile
dal cuore in cui è nata, insieme al desiderio della più
ardente e generosa vita. Ineliminabile! Il principe
aveva compreso da tempo codesta natura del suo
male, ma mai come a Napoli, in quella fatata circostanza della sua giovinezza – un matrimonio in cui
venivano messi a confronto, per dolersi reciproca-
mente, i due primi e dolorosi sentimenti del suo
cuore: l'amore per Albert Dupré, e quello (che non
osava dichiarare a se stesso) per la di lui sposa, la
bella Elmina.
  Ma non vogliamo, né forse osiamo, perderci in

sottili descrizioni del cuore umano, in una vicenda oltretutto risalente alla fine del terz'ultimo secolo della nuova Europa; epoca ormai remota, e dove soprattutto sono in questione cose estremamente volatili come denari e pasticci di mercanti, risoluzioni e destini di spose intemerate, e inoltre litigi fanciulleschi, storie di piccine dispettose, ma anche troppo tenere per sopportare questa vita.

Torniamo dunque, Lettore, ai complicati e ridicoli fatti che tessono la trama stellare delle belle passioni umane.

Rientrato al Cappello d'Oro, col proposito di trovarsi l'indomani mattina alla cerimonia delle nozze di Elmina e Albert (proposito, come aveva già fatto intendere al Guantaio prima di congedarsi, del tutto effettuabile), e dopo aver dato ordine al suo cameriere personale di volergli far rinfrescare l'abito azzurro scelto per la funzione in chiesa, Neville (erano ormai le dieci di una bella sera di primavera) sentì crescere a dismisura quell'atroce malinconia del pomeriggio; e l'accompagnava un desiderio crudele ed egoista: quello di fuggire subito da Napoli, partire per Roma, e da Civitavecchia imbarcarsi senza indugio per un porto del Nord. Non voleva più rivedere nemmeno le Alpi, che avevano salutato così gioiosamente la discesa del Carro di Pegaso verso la misteriosa luce rosa-azzurra del Mediterraneo.

« Addio, e per sempre, mio caro Bellerofonte! » diceva con le lacrime agli occhi, passeggiando su e giù per l'ampia stanza del Cappello d'Oro, la stessa della prima sera dell'arrivo a Napoli, davanti al balcone che aveva chiuso per non vedere l'azzurro della notte illuminato dalla torcia rossa del Vulcano e l'ampia piazza sul Molo. « Addio anche a te, crudele Elmina! ».

Ma ben presto, nella sua mente, dove mai alcun pensiero veramente si fermava per un giusto riposo, né, per fortuna, lo abbatteva in modo durevole, si delinearono i tratti di tre azioni, e comportamenti, che dovevano concludere con onore, per il generoso principe, quella dolente esperienza della sua vita giovanile. Prima di tutto doveva scrivere a Nodier una lunga e particolareggiata lettera, parlandogli della rivelazione avuta di *qualche difficoltà*, così avrebbe detto, in cui era venuto a trovarsi Monsieur Civile, e pregandolo sia di voler tenere gelosamente per sé ogni accenno a tale rivelazione, sia di volersi regolare, per conseguenza, come se tali accenni (suoi e di altri, in Napoli) non potessero giungergli all'orecchio per le più ovvie difficoltà della lingua; sia di volersi puntualmente attenere alle istruzioni e disposizioni già fissate insieme prima dell'*incidente* (era sottinteso a quale incidente il principe si riferiva). Ora più che mai esse dovevano essere rigorosamente rispettate, e di conseguenza ogni più largo e discreto aiuto doveva essere fornito alla sfortunata coppia e al Guantaio, se appena se ne fosse profilata la necessità: aiuto e assistenza di cui lo pregava di rendergli poi minuziosamente conto con lettere inoltrate, tramite corriere diplomatico, a Liegi. Ribadiva, quindi, che di qualsiasi anche minima difficoltà, ed emergenza, era sottinteso che egli, Ingmar, dovesse essere fulmineamente avvisato; e così fulmineamente avrebbe provveduto.

Fatto ciò, il nostro principe comunicò a Nodier la sua decisione di ripartire l'indomani stesso per Roma e Civitavecchia, senza presenziare alle nozze, essendosi ricordato di impegni urgenti presso un Ministro. Gli raccomandò infine di dare disposizioni, affinché fosse subito riattata e dipinta di nuovo (meglio se nel suo vecchio colore rosa) la casa di Sant' Antonio a Posillipo, che l'indomani, prima della partenza, egli si sarebbe recato a visitare, per un controllo e un eventuale preventivo delle *opere da attuare* (così disse).

E se queste si presentavano sicurissimamente come azioni del tutto cervellotiche e impensabili rispetto al comune senso della misura, sconsiderate già *allora* per il nessun senso del ridicolo cui un grande della terra così si esponeva comportandosi come un fanciullo fantasticante; se, ecc... non sapremmo davvero come presentarle *oggi*; vogliam dire in tempi come i nostri, così al riparo, e totalmente, da amicizia, delicatezza, generosità; ma darne cenno, anche arrossendo, ci appare consigliabile, tenendo per scusante, a tali peccati di bontà del povero principe, che la Rivoluzione non aveva compiuto, allora, che i primi passi, in fatto di culto dell'economia e della decenza (o limiti) del soccorso, non validi, in ogni caso, per il nostro eroe, essendo il «povero Ingmar» nato alcuni decenni prima del '93, e non ancora, ahimè, educato al senso vuoi della Ragione, vuoi della mano stretta. Ricordiamo inoltre, volentieri, che allora – Illuministi a parte – sogni e presagi per la debolezza del cuore umano, e timore e pianto per l'invadenza di un qualche ignoto e sciocco Cardillo, dominavano ancora i comportamenti comuni. Non solo *l'argent*, Lettore, passava come un raggio nei boschi fioriti del cuore, nella sua primavera che era, allora, prodigiosa: ma amori, amicizie, damigelle... e sogni e scherzi ed eleganze di vita, erano ancora un traguardo nello stile dei Signori. Quindi, niente scandalo, né sorrisi, né compassionevoli ammiccamenti: solo un grazie sincero al Cielo che i tempi, e la perfetta educazione democratica, ci abbiano esentato per sempre da simili febbri di grandezza e gioia, e insane confusioni tra corporea giovinezza e reale fantastica purezza.

Subito dopo, il nostro Ingmar scrisse due righe (con inchiostro azzurro) al suo beneamato Albert, righe in cui pose tutto il suo cuore; e mentre pregava il Cielo che con mille benedizioni illuminasse e proteggesse sempre la di lui vita e felicità, gli pareva di avere accanto l'amico adorato, e di vedere a pochi passi, sotto il dipinto arco di una porta, la bella Elmina, tra corrucciata e dolce, che lo guardava, e chiedeva ai suoi (di lui, Ingmar) occhi attenti e generosi:

« Perché, perché, signor Neville, ci fate tanto male? ».

« Ma io non voglio il vostro male, mia cara Elmina, » si trovò a rispondere l'esaltato amico di Albert e Nodier « solo il *vostro* bene! Ed è per questo che parto! E vi lascio l'essere più caro che abbia, il mio Albert! Oh, sono dunque io che devo pregarvi di non fargli del male... come ne avete fatto (oh, solo un po'!) a me... Perché voi, cara Elmina, avete un segreto! ».

E gli parve, a queste parole, vedere la giovanetta che si girava verso una piccola servente, o forse la sorellina Teresa, che aspettava a due passi, con una gabbietta di canna fiorita tra le mani, ed esclamava tra le lacrime:

« Si porti dunque il Cardillo! Venga avanti il Cardillo! E sia noto, e perdonato dagli Angeli, il mio segreto! ».

E come disse queste parole (al principe pareva proprio di vederla, nel suo abituccio rosa della prima sera al Pallonetto), sparì, e gli occhi pieni di lacrime di Neville si volsero sconsolati intorno, cercando gli amici, e tutti coloro (meno Nodier) che temeva non avrebbe riveduto mai più.

Vergate le sue lettere, le chiuse, sigillò e affidò a un servo che sempre era con lui, affinché le consegnasse l'indomani di buonora alla casa di Monsieur Civile. Al medesimo servo ordinò che si riponesse l'abito azzurro da cerimonia. Al matrimonio di Dupré non sarebbe andato più.

Così erano già suonate le undici alla pendola nel corridoio, quando egli, più tranquillo, sebbene neppure lieto, si dispose a riposare, in previsione delle fatiche del domani, cosa che non gli riuscì facile. Si addormentò tardi, e si svegliò anche tardi. Il cielo era grigio, pioveva finemente, e la città, anche dal bianco balcone della sua stanza, sembrava un'altra.

Una carrozza, verso le nove, lo portò senza fretta, come forse avrebbe desiderato, a Posillipo, di cui il principe ammirò quella mattina un versante sublime e umile insieme, molto deserto. La roccia sembrava viola. Poco, da quella parte, era il verde. E in cima a uno sperone, cui si accedeva da una stretta scalinatella tra i sassi, e che la vettura raggiunse da una più comoda stradina laterale, c'erano alcune casucce d'aspetto misero e abbandonato; e una di queste, il principe la vide subito, perché isolata dalle altre, sembrava, ma non era, a un piano solo (il secondo quasi invisibile da basso), di forse cinque o sei stanze, più una specie di baracca aggiunta sul tetto. Almeno, così si presentava, perché poi, vista più da vicino, era una diroccata torretta, con uno o due pertugi muniti di inferriate rotte, e da una di queste sporgeva un bastone, puntato come un'alabarda verso il cielo triste. Sul bastone erano stesi ad asciugare alcuni straccetti (forse bandierine di bambini?).

Correva intorno alla casa uno stretto e disordinato giardino, quasi un lungo balcone di pietra, con dei susini e dei ciliegi che il vento, battendo di continuo, aveva per sempre deformato.

Era quella la casa degli sposi.

Le persiane celesti erano chiuse, come occhietti stanchi, ma il cancelletto – quasi che la casa in sé non avesse nessun valore, fosse un semplice pezzetto di carta, o una pietra, ed entrasse dunque chi voleva – era aperto.

« E come farà il mio Albert » si disse sconfortato e quasi spaventato Ingmar « a scendere ogni volta da questa cima per recarsi a Napoli, se non in carrozza? Come farà donna Elmina » (la chiamava già col titolo di *donna* che, a Napoli, competeva alle donne sposate, fossero esse gran dame o semplici portinaie, in segno di un doveroso riguardo). « E poi il suo studio, qui non sarebbe possibile. Dove metterebbe le statue? ».

E mentre si chiedeva questo, in un preoccupato interrogativo rivolto a se stesso, era entrato nel giardinello, e scorse, al pianoterra della casa, dal vetro appannato di una finestra, una grande stanza che parve contraddire le sue preoccupazioni, e sembrava proprio adatta a diventare lo studio di uno scultore, tanto era vasta, col pavimento di terra battuta, e piena di blocchi di marmo allineati in bell'ordine e contornati da tutti gli attrezzi indispensabili per scolpire. Già, dunque, il Guantaio, o lo stesso Albert, avevano provveduto a tutto, e adesso la grande stanza era pronta per le lunghe giornate di solitario lavoro. Più in là, sulla parete di fondo, una gran tenda pareva caduta, anzi piuttosto un tendone, di quelli che riparano dalla luce estiva gli occhi delicati, e davanti a una nuda vetrata, una donna alta, girata di spalle, era intenta a raddrizzarla e sistemarla di nuovo. Suppose che fosse Ferrantina (non la di Carlo), la più anziana delle tre domestiche del Pallonetto, distinte da tale nome, ma (poi pensò) certo la vecchia donna doveva trovarsi, a quest'ora, in chiesa, tra luci, addobbi e profumi stordenti di rose; questa doveva essere un'altra domestica, forse una custode.

Il principe non stava bene. Anzi, dobbiamo supporre che avesse raggiunto, dalla sera avanti, proprio il massimo del suo stato di esaltazione malinconica; non si meravigliò quindi, sicuro com'era della sua « malattia », oppure – sperava – semplice indisposizione di uno spirito troppo vagante, quando vide la vecchia girarsi, rivolta a una figura nascosta nell'ombra di un lungo blocco di marmo; mostrava adesso una statura minore, e un viso ancor bello e gentile, mentre diceva con calma:

« Non fate così, Albert. La vostra è una ossessione. Ditemi, piuttosto, se la tenda va bene così. O volete un altro *pocurillo* di luce? ».

Colui che era nell'ombra, e si doveva supporre malato, o impigrito, o angosciato, disteso su una dormeuse malandata, non rispose affatto, e, dopo un certo vuoto silenzio, la donna, la finestra, il tendone, tutto sparì.

« Dovrò curarmi, a Liegi! ». E subito dopo: « Dovrò dire a Nodier di preoccuparsi soprattutto di questo giardino. Che sia lieto! Che ci siano rose e specialmente garofani gialli dovunque! » si disse il principe, che quasi voleva piangere, consolandosi al pensiero che, col sole, e non come ora, con la pioggia, quella povera casa sarebbe stata *divina*. E poi, quando ci fossero stati dei piccini, ancora meglio. Dopotutto, Nodier sarebbe rimasto per un po' di tempo a Napoli e, dietro sua raccomandazione, avrebbe messo Albert in relazione con artisti famosi, stranieri e del Regno, di cui Napoli abbondava. E chissà che serate, in quello studio! E potevano, inoltre, gli sposi, ove la casa fosse parsa loro troppo triste e inadeguata alla felicità, trasferirsi in un grande appartamento a Chiaia, cui Ingmar aveva più volte pensato. Nodier doveva occuparsene, pensò inconsultamente, invece di perdere tempo con quella spelonca. Ma a ciò si sarebbe presto provveduto.

Gli venne in mente, a questo punto, che la cerimonia da lui tanto temuta si andava certo svolgendo, in quel frattempo, o forse era per finire; gli apparve il fasto dorato e menzognero della chiesa di Santa Lucia, vide le belle vesti delle dame e gli pervenne l'onda dei canti e l'emozione dei partecipanti, insieme al lamento sereno delle campane. Dimenticò la donna e lo studio in ombra, per ricordarsi solo del povero Guantaio, e di tutto ciò che lui, Ingmar, aveva promesso di fare per il vecchio commerciante. Meglio ripartire subito, dunque; e rientrato in patria avrebbe riesaminato ancora tutta la situazione, e organizzato i giusti rimedi con più ordine e libertà.

Risalito in carrozza, il mantice abbassato, gustò meglio, dal finestrino, la vista soave e digradante della collina, di quel suo versante che scendeva ora con colori smorti e lievi pennellate di grigio e giallo fino ai giardini violetti e alle belle case gialle della

Riviera di Chiaia. E qui il vetturale tirò finalmente un sospiro e disse, carezzando col fiocco della frusta il dorso scavato del povero cavallo:

«Signorino mio,» a Neville, ingannato dall'aspetto etereo e stranamente giovanile di quell'uomo ormai sui trent'anni, e così ricco che per lui le stelle del cielo erano semplici pezzettini di stagno «signorino mio, quanto mi è dispiaciuta quella casa! Ma se vi devo dire perché, non ve lo saprei dire. Vi chiedo un poco di fuoco... posso?».

Pensando ad altro – oh, proprio pensando molto ad altro, che non era il fuoco, il fumo e la luce del sigaro – Neville lo accontentò.

Ed ecco, nel fuoco, nella luce azzurrina che accendeva il sigaro del vetturale, e mentre il vetturale e la carrozza sparivano, si vide nella pioggia sottile avanzare il volto ridente del beneamato Albert; e questi correva, e non era più certo se tra sorrisi o tra lacrime, gridando:

«Aspetta, Ingmar, mio caro! Oh, non fuggire!».

E poi, fermandosi con affanno, e levando una mano verso il principe:

«Oh, ricordami! Oh, non dimenticarmi tanto presto, mio caro!».

La pioggia, ora, cresceva, e così li divideva, crescendo, quel muro d'acqua sottile, quella grigia strada.

«Non ti dimenticherò, Albert!» così rispose – o gridò? – appassionatamente, e tuttavia senza più voce, il pallido Neville.

La conclusione del lieto viaggio.
Neville rientra nel palazzo di Liegi.
« Se viene un Cardillo a chiedere di me,
fatelo passare »

Non saremo tra quegli autori che abbandonano tranquillamente i loro personaggi, magari nella piazza o le vie di una città straniera, quando si profilano per essi grosse difficoltà, cui nessun padre, del resto, anche il più indifferente, vorrebbe sinceramente assistere. No, non abbandoneremo del tutto, o non per sempre, Albert Dupré, la sua bella sposa e Monsieur Civile, mentre sta allontanandosi, almeno dal primo dei tre, la ingenua giovinezza, e la felicità del non sapere; e la classica facciata del Pallonetto, o Casa del Cardillo, anch'essa, con moto di danza (che strazia chi lo mira), anch'essa si allontana. Ma prima di tornare (ahimè, non subito) tra quelle colline, quelle acque trasparenti, quelle locande all'insegna del Cappello d'Oro, di affrontare di nuovo scene di bimbe divenute però giovanette, e di Cardilli nascosti, e taciturni cuori di uomini e donne, divenuti (forse) più saggi, seguiremo con la mente il nostro principe munifico, lo accompagneremo lungo le strade del ritorno, fra le Alpi Minori, che egli valicò scegliendo questa volta la via di Nizza, e scenderemo con lui dalla carrozza davanti alla bella casa di Liegi...

Solo! Né l'artista, né Alphonse Nodier sono adesso (e forse saranno mai più) con lui.

Tra due brevi ali di Servi in abiti sgargianti, il principe varca dunque i cancelli dorati del Giardino, sale le brevi scale del Palazzo, attraversa l'atrio grandioso e muto... entra nel suo studio, il luogo più caro al suo cuore.

Zitti... Il principe siede adesso, con volto affabile e diremmo raggiante e sereno (per i superficiali), al suo scrittoio delle Corrispondenze Personali, tutto in cuoio verde e rosso, intarsiato d'avorio (costò un patrimonio a un'asta inglese); i lumi sono accesi, i Servi tuttora schierati intorno a lui, in silenzioso ossequio. Da una finestra aperta sul Giardino, tra il lieve moto delle tende animate dalla brezza serotina (anche quassù, nei Paesi Bassi, sembra ancora il maggio), un uccello, forse un usignolo, fa sentire il suo verso appassionato, scherzoso, limpido...

« Giunse posta per me, miei cari, durante la mia assenza? ».

Ma non attende risposta! Di un cuore solo – o di due? – vorrebbe avere notizie, e il nome più caro non si sa se comincia con A o con E.

Nessuno ovviamente risponde.

« Mi coricherò presto, stasera; non ricevo, quindi. Ma se un Cardillo dovesse chiedere di me, » aggiunge poi sorridendo, per non spaventarli « eh bien... fatelo pure passare ».

Rispondono gravemente, e scioccamente, di sì.

Rimasto solo nella stanza severa, egli piega come stanco il capo altero sul tavolo, chiude il viso smagrito, pensando al Cardillo, tra le bellissime mani.

Fine del « Lieto viaggio »

II
BREVE STORIA DI BABÀ (LA JOIE)

Gli sposi ritornano ricchi

Quegli amici del principe che, rimasti a Napoli, si diedero da fare, come sempre accade, intorno ai due sposi, per alleggerire loro il peso della felicità, ben presto vi riuscirono, non solo col noioso diffondersi in notizie di « regali » annunciati o fatti pervenire da Neville, dopo la partenza, ai suoi protetti (si parlava di una villa in Calabria, e anche di gioielli che *cantavano*! per Elmina – per dire, in modo popolare, di un diadema della defunta Leopoldine, ornato da due zaffiri che a un semplice tocco facevano udire alcuni suoni di sogno); tutte notizie assolutamente infondate; ma anche col malizioso insistere su alcune di queste notizie, che rivelavano, o dovevano rivelare, nelle intenzioni, una accentuata predilezione di Neville ora per l'uno, ora per l'altro dei due innamorati. E questa, secondo noi (ci perdonerà il Lettore l'intromissione indiscreta nella leggenda), era piuttosto una falsità, per non dire iniquità, in quanto quel caldo cuore, uscito direttamente dalle nubi, le folgori e (pensiamo) i fiori della terra che conclude l'Europa ai piedi del Mare del Nord, era di una specie più sottile, insondabile e quindi impensabile per i mediocri e i portieri del Sogno: in quanto *ugualmente* Nevil-le era diviso tra i due aspetti fantomatici della vita: il grande entusiasmo e l'infinita freddezza dell'esse-re. È inutile dire che l'entusiasmo – da lui privilegiato – era tutto per il tenero Albert, mentre Elmina si presentava al suo cuore torturato, quale custode di una freddezza da alte notti d'inverno, resa tuttavia preziosa da quel segreto cui aveva alluso nelle fanta-sticherie del principe, e di cui si era favoleggiato anche nella mancata visita alla tomba della signora Helm. Ma su ciò non insisteremo. Tali gradi di pu-rezza non sono accessibili a tutti, intendiamo dire, e chi può, comprenda, chi non può, continui a pensare ciò che gli pare.

Invero, giunsero da Liegi, per molte vie e per molto tempo, doni tali che la condizione finanziaria dei Civile-Dupré avrebbe potuto esserne sollevata mirabilmente, anche senza tener conto della grande sicurezza concessa dal vitalizio, cancellando così tutte le conseguenze della brutta caduta patrimoniale del Guantaio, solo che quei tre ne avessero fatto un uso ragionevole. Fu donato ad Albert (*non* ad Elmina), un « giardino » in Calabria, dalle parti di Tropea, luogo divino; vi era annesso un villino; e il tutto rappresentava un valore molto più consistente della « villa » fantasticata dai malevoli. Accompagnato, poi, da una « rendita », per quei tempi, degna di una Casa Reale. Doveva servire a sostenere tutte le spese per il mantenimento della famiglia contadina che lo avrebbe curato e fatto fruttificare.

Per Elmina, giunsero poi di continuo (tramite il Ruskaja, che aveva messi particolarmente fidati, con-trollati com'erano dalla famosa « lente »!), giunsero stoffe che portavano il nome delle più accreditate manifatture belghe: sete e velluti, damaschi e merlet-ti d'inarrivabile bellezza; ma anche doni spiritosi, come pentole di porcellana fiorita e soffietti di piume radiose, tutte cose ugualmente inadatte a un realistico uso. Giunsero anche, tramite Notar Liborio e altri personaggi del « giro » napoletano degli sposi, doni sontuosi per il Guantaio, tra cui l'atto di proprietà, e chiavi annesse, di una nuova dimora alla Riviera di Chiaia, davanti alla neonata « Villa », e questa doveva, nelle intenzioni del donatore, passare a suo tempo tra i beni da trasmettere agli sposi e loro eredi. Così era indicato il movente, ché, in realtà, movente era solo l'affetto. In breve, tutta Napoli seppe che i Civile-Dupré erano tornati di nuovo ricchi, erano anzi ricchissimi, come mai il Colonnello e la sua consorte, che li avevano, con il testamento, spogliati di tutto, avrebbero (con vero dispiacere) immaginato. E della defunta signora Helm, e dei suoi dieci figli viventi, e predatori di altissima qualità, esclusa per fortuna la povera Floridia che era da tempo fuori di tutto, a questo punto non si parlò più, se non in tono di compassione e ironia. Avevano smesso di essere interessanti! Si riprese tuttavia, dopo un po', a parlare con compassione di don Mariano e dei due sposi, tra i quali contrasti e dissapori – non certo a causa dei « regali », ma nemmeno indipendentemente dalla scoperta benevolenza del principe ora per l'uno, ora per l'altro dei due – non mancavano. Si diceva, fra l'altro, che il principe avesse avuto da Elmina, che non era così fanciulla come sembrava, ma già sui trentacinque quarant'anni, un bimbo, poi morto, soprannominato Cardillo, bimbo d'incredibile bellezza e soavità; e altre infamie. E qui non sarà superfluo, per quella maggiore conoscenza del cuore umano, cui sempre deve mirare un narratore di storie, non sarà superfluo accennare un momento al reale stato d'animo dei due sposi e del Guantaio, in quel tempo, e proprio in rapporto alla mirabile fortuna, che di nuovo, causa la munificenza del principe, si era presentata davanti alla loro porta, e posta, per così dire, in ginocchio, in attesa di ordini.

Tale stato d'animo – la risposta, in breve, che essi

mostravano di poter dare a tanta bellezza, meraviglia
e bontà del donatore lontano – fu presto riassumibi-
le, oltre qualche: « Ah, guarda! Veramente bello! Ma
Neville non doveva scomodarsi tanto! »; oppure:
« Diglielo tu, Albert » (o: « diteglielo *voi*, Albert! »: *tu*
e *voi* a seconda dell'umore), in una specie di non
luminosa indifferenza. Sembrava che nessuno di
quegli esseri avesse mai tentato il più piccolo calcolo
dei valori monetari nella sua povera mente. E se
poteva anche stupire che un uomo d'affari, un mercante, un operatore d'industria, si direbbe oggi, come Monsieur Civile, ricevesse con un sorriso malinconico l'atto di proprietà, e la chiave d'argento finemente lavorato di un grandioso appartamento alla
Riviera di Chiaia, non meno stupiva l'indifferenza
totale di Elmina davanti a quei rotoli di sete e velluti
che essa si affrettava (per *non sciuparli*, diceva) a
rinchiudere in un vecchio armadio situato in un passaggio dietro la cucina. Rinchiudere per modo di
dire, poi, in quanto ciascuno poteva – almeno nei
primi tempi domestiche e altre ragazze, in aiuto di
Ferrantina, non mancavano –, ciascuno poteva fruga-
re in quell'armadio, e prelevarne, se gli garbava, un
taglio di seta, o un rotolo di prezioso merletto, o una
tovaglia di Fiandra. Così di pentole e collane! Tutto
giaceva abbandonato, in altri armadi o su qualche
alto scaffale del corridoio o la cucina, ogni cosa appena coperta da un telo che doveva riparare quelle
meraviglie dalla polvere o dal fumo di carbone. Di
Albert Dupré, a questo punto, non ci sarebbe da
meravigliarsi, se già, ancor prima del matrimonio,
aveva ignorato i vantaggi di rendite, vitalizi e privilegi del genere. Quel « giardino » in Calabria non era
mai neppure andato a visitarlo, limitandosi a pregare Alphonse – quando avesse avuto un po' di tempo –
di andare a darvi un'occhiata. Egli si era messo, fin
dal primo giorno di matrimonio (dal Pallonetto si
erano subito trasferiti, dopo la cerimonia, a Sant'An-

tonio), si era messo con grande e quasi cupa energia a scolpire testine, lavorando proprio in quella stanza poco illuminata che aveva dato fastidio al principe nella sua visita alla Casarella. Non vedeva altro. Tra statue neoclassiche, di cui aveva preso l'incarico (gli erano state commissionate per ornare ville e istituti napoletani), e queste testine, nelle sue giornate non c'era quasi un minuto di tempo per Elmina, che del resto non se ne lamentava, anzi sembrava assolutamente serena. Serena anche davanti al fatto che, invece di prendere lei, sua moglie, a modello delle famose testine, Dupré scolpisse continuamente *una sola* testina di bimbo, di grande bellezza, ma che Elmina non poteva proprio sopportare, manifestando la sua disapprovazione, o indifferenza, del tutto tacitamente. Si trattava di un bimbo ricciuto, che non rassomigliava ad alcuno dei conoscenti o amici dello scultore, e assolutamente neppure a Neville (come avrebbe potuto essere in una sua immaginaria infanzia), ma che, a detta di tutti, ricordava a ciascuno *qualche cosa* appena intravista o subito perduta e per sempre amata. Il volto era bello, molto bello, di grazia irreale, ma non era la bellezza, in quel volto (che l'artista voleva intitolare *La Joie*), ciò che più veramente colpiva, quanto una espressione di disperata attesa, o visione di un bene insopportabile per i sensi umani, che quegli occhi miravano; e però era invisibile all'osservatore, quasi un raggio ricevuto dall'alto, o un bacio materno, o chissà che altro. Di questa *Joie* Albert aveva già scolpito, dal giorno stesso del matrimonio (che aveva passato lavorando), almeno settanta « varianti », e sempre era tormentato dal pensiero di non avere ancora *espresso tutto*.

« Ma che volete ancora esprimere, Albert? La *creatura* è bella, e si vede. Non vi basta? » diceva placidamente Elmina.

« Oh, per quello! Si vede anche che gode buona salute, e mangia di tutto! » rispose una volta, con uno strano sguardo, l'artista. « Per favore, Elmina, non mi fate perdere la pazienza » questa la nervosa conclusione dell'innamorato.

Innamorato fino a che punto? E fino a che punto innamorata lei?

Su quel matrimonio nessuno avrebbe potuto dire una parola, ma è anche vero che si poteva dire di tutto. Albert voleva bene ad Elmina, ed Elmina accettava senza scomporsi che egli le volesse bene; e vi erano anche giorni tempestosi, o particolarmente teneri, tra loro; ma giorni e notti sempre *così* – cioè senza importanza – in quanto, era chiaro, il fine, lo scopo del vivere dell'uno come dell'altro, non era più, o non era mai stato, il vivere matrimoniale.

Questo « vivere » era una circostanza, ormai, più che altro.

*Declino di don Mariano e suo attaccamento
a una scatola di cartone. Ingmar riceve lettere
da Napoli firmate dalla Capra
e da sua sorella Teresa*

Per un certo tempo tutto andò, o sembrò andare, abbastanza bene, ma accadde a un certo momento che la salute, forse l'equilibrio morale – là era quasi buio –, di don Mariano, che pure aveva resistito a tante scosse, vacillasse. Disturbi della salute, acciacchi dell'età, ma soprattutto una grande depressione lo avevano obbligato a cedere l'ultimo negozio, anche se era dote di Teresina (ma il ricavato fu messo scrupolosamente da parte per lei, da venirne in possesso quando avesse raggiunto la maggiore età). Si aggiunga che egli, che mai si era deciso a occupare l'appartamento donatogli dal principe, sulla Riviera di Chiaia, trovando sempre scuse infantili per rimandare il trasferimento, alla fine vi fu costretto; lo studio del Pallonetto, un paio di stanze che gli erano state lasciate in uso temporaneo da una lettera di Brigitta Helm al suo legale, gli fu tolto da un giorno all'altro, con una ordinanza del Tribunale; e questa fu opera di Pasqualino Helm, il figlio minore di donna Brigitta, un mascalzoncello venuto a far parte della Polizia Borbonica, e l'unico della tribù che si fosse presentato a reclamare la sua parte di

139

eredità (gli altri, probabilmente presi in altri commerci o affari vistosi in Africa, si rimisero agli avvocati). E per don Mariano, il distacco improvviso e definitivo dalla casa amata, da cui non si era allontanato neppure un'ora dopo la partenza di Elmina, fu tremendo. Egli ne uscì, per trasferirsi nel nuovo appartamento, a notte alta, poco prima dell'alba, portando con sé, su una carretta, nascosti da un telo, solo alcuni oggetti personali, fra cui una scatola di cartone che sembrava contenere forse un po' di vento, tanto era leggera. Seduto accanto a quella scatola, pianse per tutto il tragitto, e poi, giunto a destinazione, balbettava parole – sia rivolto al cavallo, sia a qualche amico invisibile – che testimoniavano del suo sfinimento e grande confusione morale. Iniziava così la sua nuova e, ahimè, breve vita.

Si trovò a ridire (e chi si sarebbe trattenuto dal farlo?), in questa occasione, sulla nuova solitudine di don Mariano, e *l'egoismo* degli sposi. Ma le cose non stavano proprio così. Era stato don Mariano, e lo sapevano, quasi con desolazione, i più intimi, a non voler seguire assolutamente la figlia e il genero nella casa di Sant'Antonio, malgrado la cara Elmina avesse fatto approntare da tempo, al piano di sopra, due belle stanzette, con certi mobili dorati del Pallonetto (in questo, il Notaro si era sbagliato, qualcosa gli era rimasto), e in più lasciato a disposizione torretta e terrazza per i suoi giorni di « nuvolo ». Mai don Mariano, anche prima di ricevere le chiavi di Chiaia, e come abbiamo visto neppure dopo, si era rassegnato ad accettare, se non con grande strazio, un trasloco. Sembrava che là, nella vecchia casa, fosse rimasta l'anima sua, dai tempi stessi in cui aveva conosciuto la signora Helm. E alla fine si era ridotto a obbedire (di notte, e piangendo) solo a una ingiunzione del Tribunale, ma portando con sé la scatola preziosa (bucata persino e legata con brutti spaghi) di quelle che erano facilmente ritenute, tanto la custodia era leggera, le poche lettere « d'amore » della signora Helm a lui. Cose, queste, che ci sembra anche più facile perdonare. E da quelle « lettere », e da quella casa, dono del principe, da allora non si era allontanato più, nemmeno per andare a trovare i « figli ». Sedeva in anticamera tutto il giorno, e in quella elegante sala, fra specchi e consoles dorate, aveva fatto sistemare una brandina; mentre su una sedia erano appoggiati una ciotola per l'acqua e un piattino per il mangiare, che la portinaia andava a ritirare ogni giorno – estrema miseria! – alla trattoria sotto casa. La scatola, in genere, era posta presso la brandina, e qualche volta, come riferì la portinaia a un'amica, gli spaghi risultavano smossi. Segno che le lettere preziose nottetempo ne uscivano, per una accecata lettura di memorie a lume della candela, o della luna che brillava sul mare.

Altro non ci sentiamo di aggiungere, e forse non è necessario, per dire lo strazio di quella vecchiaia, insieme al declino dell'affabile intelligenza, la benevolenza e la grazia di quel signore (e lavoratore) eccezionale, una volta scomparsa colei che egli riteneva, sbagliando o meno, essere stata la sua moglie adorata.

Si può dire che pure l'affetto per la figlia ne fosse uscito appannato, ed egli, infatti, non mancava mai di rispondere, al di lei dolce: « Come state, babbo? », quando ella veniva a trovarlo, con uno stanco: « Starei meglio se fossi morto, figlia mia ».

« Papà, non dite così » tremando la poverina.

Un sospiro:

« E tu, figlia mia, puoi promettermi – te la senti, davanti a Dio – di fare il tuo dovere quando io non ci sarò più? ».

« Papà, » (con emozione) « voi camperete cento anni ».

« E tu, Elmina, mi prometti che dopo questi cento anni farai ancora il tuo dovere? Me lo prometti, figlia mia? ».

« Papà, io morirei se non facessi il mio dovere. Solo

gli Angeli me lo possono impedire, ma non lo fanno» era la dolente e pur sempre sibillina risposta.

Detto ciò, a volte la poverina si appressava alla scatola, sfiorandola con la preziosa manina che aveva reso così fuori di mente il principe, e indugiava in una carezza piena di devota appassionata mestizia.

Che le «lettere» fossero, dopo la sua morte, sottratte a crudeli curiosità di eredi e forse semplici conoscenti, sembrava la disperata ossessione di don Mariano. E perché mai egli non si decidesse a distruggerle, salvandole così, mentre era ancora in vita, dal peggio o dal meglio dei giorni futuri, questo può comprendersi perfettamente da chiunque viva di ricordi, e sopravviva solo a causa dei ricordi.

Erano quelle «lettere» – per ora non possiamo chiamarle che così – il suo unico respiro.

Ma, chiaramente, l'animo di don Mariano era ormai malato, e alla figlia non era dato il bene, secondo un'ottica egoistica, di ignorarlo. Perché non dimenticheremo che suo padre era anche il suo vero Dio.

Ciò premesso, si può forse intendere perché non vi fosse una vera felicità, pur sotto la protezione di alte costellazioni belghe, nella vita dei due giovani sposi. Per Albert, ovviamente, l'impedimento era solo in quei limiti che, a volte con autentica disperazione, egli vedeva al suo ingegno, nella realizzazione di una perfetta testina (*Joie*). In Elmina, l'indifferenza alle testine, e loro sublime bellezza, e ai rovelli dell'arte, si mescolava a quell'amore senza fine, devoto e semplice, che ella aveva votato a suo padre. Ed ora, l'oggetto di tale amore impallidiva, svaniva. Di ferro, era la giovane anima di Elmina, ma il vivere lontana da suo padre, e anzi vederlo sparire tra gli eterni tramonti del mondo, strappava ai suoi occhi interiori lacrime di fuoco, che tuttavia mai una volta ella fece vedere ad Albert. Egli era fuori del giro magico della poveretta, e del resto, avesse pure voluto comportarsi diversamente, non l'avrebbe capita. A poco a poco,

Elmina era disperata, e quasi si pentiva di quel matrimonio che aveva separato il vecchio dai giovani, affrettando la decadenza del primo, e non certo per volontà di questi ultimi, ma per il fatale disporsi delle circostanze, relative al carattere e l'età dei protagonisti. In certo senso, ella non amava più Albert (se pure mai l'aveva amato, essendo il suo cuore di donna stregato dalla grave pietà per il proprio padre). Ne conseguì un certo distacco dai pensieri, se non proprio felici, almeno sereni di prima, rispetto alla sua propria vita; distacco che, purtroppo, sfuggì ad Albert, e di questo, un po', ella si dispiacque, come di una trascuraggine.

« Voi lavorate, lavorate alla vostra *Joie* » osservò ella un giorno, con amarezza (gli dava generalmente, da quando erano sposi, il « voi », secondo l'uso antico di Napoli) « e basta così. Ma del resto non vi accorgete ».

« E di che dovrei accorgermi, scusate? ».

« Mio padre sta veramente male, sta morendo, tanto per dirne una. Forse vi è sfuggito? ».

Di queste parole – e questa verità che, però, considerava « esagerata » – Albert si risentì grandemente, e anche con dolore sincero, in quanto correva, tra lui e il vecchio Guantaio, un'amicizia naturale, spontanea, derivata dal comune disinteresse per i valori esteriori, e da una qualche passione segreta che nessuno dei due rivelava mai veramente (forse una *memoria*, un'idea, delle idee sulla natura celeste del mondo), e questo, assai più del rapporto familiare o patrimoniale, li legava, come non legava Albert ad Elmina; tanto che la sposa, a volte, senza esserne gelosa, trattandosi di suo padre, ne era forse amareggiata.

« Che è amico vostro, si sa; non sembra, però, che finora vi siate preoccupato per lui » diceva per mortificarlo.

Dupré, per alcuni giorni, lasciò scalpelli e marmi e varianti della *Joie*, e si stabilì quasi, nel senso che passava a Chiaia moltissime ore, presso il Guantaio. Da ciò, in un momento di vera angoscia, di insopportabili strane fantasticherie e rimpianto, derivò l'unica – sembra – lettera che egli indirizzò a Ingmar.

Era redatta in questi termini:

Sant'Antonio, Naples, brumaio[1]

Mio caro Ingmar,

sono afflitto come difficilmente ti riuscirà d'immaginare. Ti ho ringraziato a stento di tutti i tuoi doni (perduto com'ero nelle novità del mio nuovo studio e del lavoro che sto eseguendo), ma devo dirti che li darei tutti per due cose: riavere te, qui, subito, a me vicino, e ancor più di questo veder tornare in salute, e a nuova felice vita, il nostro caro don Mariano. Sai che sta molto male?

Non esce più, non passeggia, non lavora.

Prima, si vestiva e passeggiava, almeno questo.

No, è troppo difficile vivere (o capire, se non altro), e ignoro quindi se potrò più lavorare alla mia *Joie*.

Che dispiacere! Era quasi finita.

Vieni presto, se vuoi, caro amico, cara stella, o nuvola del mio cuore.

(Abbracci da Elmina!).

Albert

Ricevuta questa lettera, segnata, fra l'altro, da alcune grigie e brutte macchie di lacrime, Neville, diviso tra gioia e affanno per essere ancora amato dagli amici, sebbene in sì penose circostanze, subito diede

1. Per il giovane Dupré, immerso, come sempre i giovani, nel linguaggio del suo tempo, i rovesciamenti del calendario di allora erano accettati quietamente, come le fogge degli abiti e altre frivolezze del costume.

disposizioni al suo segretario particolare per la preparazione di un secondo viaggio verso il Sole, cioè nel Basso Mediterraneo. Contava di essere a Napoli, viaggiando questa volta per mare, in quindici giorni, ma un incidente che gli occorse mandò il progetto per aria. Una caduta da cavallo, semplicemente, ma partire non poté più, e seguirono quindi, immobilizzato com'era a causa di un piede, due mesi tremendi. Quando ebbe di nuovo notizie dall'Olimpo, fu a firma di Elmina. Gli balzò il cuore in petto, ma poi, per altre ragioni, mancò. Infine lo agghiacciò il fatto che la firma (stentata) fosse di lei, e la dettatura anche, ma tutto il foglio fosse vergato dalla mano di Teresina.

D'altra parte, la povera Capra non avrebbe potuto, senza aiuto, indirizzare una vera lettera al Benefattore di Liegi (e aggiungiamo che non aveva sofferto nel non farlo). La lettera era del seguente tenore:

Sant'Antonio, Napoli

Illustrissimo Signor Neville,

mio marito, Albert, mi incarica di scriverVi io, in quanto si trova attualmente impossibilitato per il suo lavoro delle statue, e anche un dolore all'occhio. Mi incarica di dirVi, e mi dispiace per Voi, che mio padre, don Mariano, è ora col Signore. Una Messa sarà detta in Santa Lucia il 10 corrente mese, ore nove. Unitevi (sono Teresina che scrive) in pensiero con noi.

Ebbi la *pupata*. Tanto bella.[1]

Mio marito – sono Elmina che scrive – Vi dice che aspetta un fanciullo, e lo chiamerà come Voi. È il meno che meritate. Per me, sono indifferente: francamente, avrei preferito il nome di papà, ma non fa niente.

---

1. Breve accenno a un dono, per Teresa, memorabile. Ma non se ne sa di più.

Da parte di mio padre, Vi mando questa catenella.
Portatela (dice papà) sempre con Voi.
Mille benedizioni dal Cielo. (Elmina).
Ora vado bene a scuola. (Sono Teresina).
La medaglia dev'essere lucidata. I due cornetti
sono a parte (per gli scongiuri). Sulla medaglia è
raffigurata la Chiesa Vaticana, e sul retro i Monti
Somma e Vesuvio.
Il Vostro amico avrebbe molto piacere di rive-
derVi.

Teresina ed Elmina (le sorelle)

Su questa lettera, Neville pianse e rise, mentre in
lui si faceva chiaro il moto del tempo, che fino a quel
momento gli era quasi sfuggito. L'Olimpo era caduto
nel mare. Morto don Mariano, distratto e forse disperato (l'occhio malato) Dupré, la Capra aveva imparato a parlare, e gli mandava quella missiva con
l'aiuto della gaia sorella, e forse della bambola di
quest'ultima.

Sì, in mezzo a molti altri pensieri, Ingmar si fermò
molto sul passare del tempo. E gli parve di capire che
altro tempo – tanto! – sarebbe passato, con misteri
tanto semplici, freschezza tanto dolorosa. E dentro
di sé riudì improvvisa la voce dell'uccello meccanico,
il suo: « Oò! Oò! Oò! » e poi: « Oh! Oh! Oh! », come
un grido, ma non si capiva (e lui almeno, Ingmar, era
disperatamente sicuro di questo: che non si capiva
perché non vi era nulla da capire) cosa intendesse,
che terminava in un piccolo gemito abbandonato.

« Oh, felicità! » esclamò. « Oh, meravigliosa benedetta felicità! E tu, giovinezza! Ma ditemi, chi siete
voi, o sorelle? Perché ci ingannate? Oh, potessi rive-
dervi ancora, Albert, don Mariano, Elmina, ma già
so che questo giorno non è compreso, o non nel
modo che io spero, fra i giorni del mio, del nostro
avvenire ».

Nascita di Babà. Esultanza alla Casarella
e nuovi piccoli misteri del cuore di Elmina.
(Da una lettera di Nodier)

Riprendiamo da altre lettere, di Nodier e Teresa, le seguenti notizie. Il bimbo nacque nell'aprile dell'anno successivo a tanti eventi (18 germinale, per Albert), e fu occasione d'immensa letizia per la famiglia della casa di Sant'Antonio a Posillipo, e per i loro amici, che avendo un po', negli ultimi tempi, trascurato i Dupré, ora si affannavano a recuperare i meriti perduti. Grande motivo di eccitazione veniva poi dallo straordinario incanto del piccino, cui fu dato non più il nome del principe, come promesso, né quello di don Mariano o di Albert, ma lo stravagante nome di Alì Babà, che non faceva pensare a nulla di familiare o domestico, ma solo a qualche favola del Vicino Oriente. Era stata, quella di scartare nomi onorati e cari per fermarsi su un nome tanto assurdo, una iniziativa di Elmina, visto che Albert non pensava proprio al principe, ma solo a suo suocero, e Mariano doveva essere, secondo lui, il nome da dare al piccino. Strana – e contraddittoria, rispetto a quanto asserito in precedenza – obiezione di Elmina alla preferenza del marito: « il figlio è vostro, voi siete il padre, Mariano sarebbe una superfluità » (voleva dire: *una esagerazione* dell'affetto, un affetto che non vi compete). E Albert non poté non notare (esserne lieto era un'altra cosa, appunto *una superfluità*) il grande equilibrio, e forse qualcosa di più, una serenità distaccata che era al fondo dell'anima di sua moglie. Probabilmente, ella faceva una distinzione tra i suoi affetti, e per lei il nome sacro del padre non poteva essere prestato ad alcuno, nemmeno a un Dupré. E poté dirsi: « Ha mai amato davvero qualcuno, costei? ». E poi, intenerito e triste, doveva riconoscere che essa aveva veramente amato, appassionatamente amato, quasi in modo religioso, suo padre, l'imprevidente don Mariano che aveva raccolto fanciulli altrui; e con quest'atto, dichiarandone intrasferibile il nome, riconoscendo al di sopra di chiunque il valore di quel nome, separato anche in questo dai Dupré e da chiunque, quel nome restava più veramente suo, nella chiesa o tempio silenzioso del cuore. Almeno, tali furono le deduzioni dell'artista. Ingmar, invece, appreso della diversa scelta, non ne riportò certo un senso di tradimento (alla cosa non teneva in modo particolare), ma sì d'inquietudine, quasi, nel dimenticarsi di lui, almeno Albert obbedisse a una sorta d'incantamento, che si faceva luogo nella sua nuova natura (come sale l'ombra su un palazzo prima esposto al sole, se dietro ne sorgono a poco a poco, silenziosamente, degli altri), e lo staccava dai vecchi entusiasmi della giovinezza. E vi era infine un'altra ragione, per cui quella scelta non lo rendeva contento: gli pareva che, portando il suo proprio nome, di lui, Neville, chiamandosi Ingmar, il bimbo sarebbe stato posto, per così dire, sotto la sua giurisdizione, e a lui, Ingmar, sarebbe stato riconosciuto qualche concreto diritto a presiedere alla di lui felicità avvenire; mentre così non poteva, o non era la stessa cosa. Insomma, era inquieto, e si prefisse perfino, quel despota, di intraprendere adesso, con vera ragione, quel secondo viaggio, che tanto aveva desiderato, a

Napoli, e che l'incidente occorsogli aveva disgraziatamente impedito. Una volta là (ovviamente era il
suo cuore che cercava vere ragioni), ne avrebbe
approfittato per far cancellare il già registrato nome
di Alì Babà, e disporne un altro, magari doppio,
dove i due nomi dimenticati, di don Mariano e di
Ingmar, avrebbero ottenuto la loro giusta collocazione. Nome secondario, a questo punto, poteva
anche essere Babà; una piccola stravaganza si poteva
accettare. Ne scrisse subito allo scultore, ma non gli
pervenne alcuna risposta. Egli credette di capire che
agli sposi si fosse presentato qualche altro, impensa-
to motivo di infelicità; e provvedendo a un primo
fantastico regalo per il battesimo del piccino (un
medaglione, con una crocellina di zaffiri da una
parte, e la figura dell'Orsa Maggiore e del Carro di
Pegaso – nel fondo la Chimera, tutta in diamantini –
dall'altra, opera di un geniale orafo di Liegi), regalo
che incaricò Nodier di voler consegnare ai genitori
del bimbo, chiese all'amico se per caso vi fossero
laggiù nuovi motivi di preoccupazione, dato che da
tempo non riceveva notizie da Napoli. Giunse la
risposta di Nodier, e giustificò il silenzio degli sposi,
e di Teresina insieme, con la notizia – che notizia,
poi, non era, ma semplice riconferma – della più
solare, straordinaria, dirompente felicità, causa appunto di silenzio e indifferenza per l'amico lontano.
Il piccolo Albert (come secondo nome Albert era
stato accettato) che tutti, però, continuavano a chiamare col barbaro ma legittimo nome di Alì Babà,
dunque Babà-Albert cresceva in salute, fascino, benedizioni, ed era la gioia della casa. Dire che il padre
ne era pazzo, è dir nulla. Aveva scolpito in quel
periodo le sue testine più belle, per quanto ancora
non fosse riuscito ad esprimere « la mia idea, capisci,
Alphonse, di una cosa superiore alla comprensione
umana, di cui non c'è spiegazione, e perciò rassomi-
gliante a un gemito in un cielo di bellezza altrettanto

azzurra, totale, festosa, inesplicabile ». « Questa, dunque, mio caro Ingmar, la sua strampalata (e però, quanto sensibile!) emozione per la paternità ». Leggendo ciò, Ingmar, che si era fatto pensoso (il nome di Albert, dopo Babà, gli sembrava adesso una contraddizione), andava chiedendosi se il suo diletto si sentisse veramente amato da Elmina, e gli pareva di no, in quanto ben sapeva, per esperienza, come un amore, anche il meno ricambiato, se autentico, non lascia più spazio e pensiero per altre figure di sogno. Comunque, giudicò che per quel periodo fosse bene astrarsi dalla sua passione per l'Olimpo napoletano; e anche perché aveva beghe politiche da seguire: e inoltre serbava in programma, da tempo, una visita in Germania, per un matrimonio che intendeva combinare tra due staterelli vicini – anche per questo pensò che una vacanza dai suoi vecchi pensieri non gli avrebbe nuociuto, avrebbe anzi fatto al caso suo. Così fu. E quasi un anno, tra un viaggio e l'altro (si spinse perfino in Turchia), passò tra grandi e fiere emozioni, alternate a squisiti divertimenti, finché non si ridusse di nuovo a Liegi, dove il giorno stesso del suo arrivo poté leggere con gioia, presto oscurata da una non gradita sorpresa, due lettere giunte in date diverse, una di Nodier, l'altra del Ruskaja, che lo invitavano contemporaneamente, per caso, in quanto i due non si conoscevano, a farsi vedere, se possibile, di nuovo a Napoli, non fosse che un giorno solo, « per apprendere strane vicende e cose, mio caro Ingmar, che alla tua esperienza, io penso, molto gioverebbero. Benjamin ».

Nella lettera di Nodier, che egli aperse subito dopo, per tornare, quindi, con mano tremante, a quella del Ruskaja, vi erano dapprima notizie degli affari che Nodier aveva intrapreso a Napoli, e che procedevano assai bene, mentre la città, per quanti divertimenti e piacevolezze offrisse, per lui non andava più tanto, e meditava di venirne via per almeno un po' di tempo, «nella nostra cara Liegi, che non dimentico».

In realtà una delusione, per Nodier, veniva proprio dai loro amici, che all'inizio erano stati la ragione prima della sua entusiastica scelta di Napoli. Per il bimbo – osservava – grande gioia, ma per il resto più di qualche ombra. «Nessun vero e profondo disaccordo, certo, ma un'antipatia dei caratteri, *una cosa sottile, caro principe*, divide quei due. Ovviamente, l'educazione di Babà è alla base di ogni questione, ma anche l'avversione, sempre più manifesta, di donna Elmina per l'arte del marito, che ella non giudica mai (quale educazione, veramente superiore, se non proprio istruzione, le diede suo padre!), vi ha la sua parte; ed ella non potrebbe dir meglio ciò che ne pensa, così come fa con un semplice staccare lo sguardo dalle opere di lui, se per avventura le accade di posarlo su un naso o una spalla di quelle testine. Non approva l'arte, ora mi è ben chiaro, né la cultura in genere (in questo, divinamente borbonica!): solo le virtù domestiche e familiari; e ritornando a quanto dissi più su, ella è una perfetta madre, ma quanto poco interesse emana da lei, Ingmar mio caro, per la sua creatura! Non li vedevo da vari mesi, e proprio ieri, tornando per una visitina alla casetta di Sant'Antonio (molto luminosa, devo dire, per quanto, caso strano, trattandosi di due giovani innamorati, supremamente disadorna), tornando, come ti dicevo, a visitarli, mi sono reso conto di qualche cosa che prima mi era sempre sfuggita, e questo qualcosa mi ha turbato. Era sera, il tramonto, per meglio dire; la casa era tutta illuminata di rosa dal sole calante, e Ferrantina (ricorderai l'anziana governante che reggeva l'andamento della casa di don Mariano, al Pallonetto, e appena poteva si ritirava come un pipistrello in cucina? non mi era mai andata, e mai mi andrà), Ferrantina entrò dunque, con un lume, nella stanza, per annunciare che il

pranzo era servito. Ora – seguimi – mentre ciò diceva l'anziana governante, delle bambine di un tempo,
se non pure di don Mariano, come a volte sarei
portato a credere data la sua grande età – ma adesso
è quasi bionda –, mentre ciò diceva Madame Ferrantina, la signora Dupré, che in questi tempi è un po'
più pallida, e indossava lo stesso abito rosa di quella
deliziosa sera del nostro arrivo al Pallonetto, la signora Dupré, dunque, sedeva presso la finestra,
cucendo un giubbettino per Babà. Udite queste parole, subito si alzò, e gettò un'occhiata dolce ma
severa al nostro Albert, il quale, seduto presso la
culla, si gingillava col *guaglione* (così chiamano a
Napoli, burlescamente, anche i piccini di un anno).
Questi, in piedi nella culla, sporgendosi come a un
davanzale sull'orlo di quel grosso cesto, tendeva le
mani verso la gabbietta del cardillo, dono mirabile
che tu mandasti in segno di riconciliazione per le
nozze già avversate, ricordi? Ebbene, mentre con
una mano il giovane padre stringeva una manuccia
di seta di Babà, con l'altra alzava e abbassava velocemente quell'oggetto desiderato davanti al naso del
figlio; e il gioco consisteva in questo: che, abbassan-
dosi con la gabbietta fin sul naso e il visetto tanto
ansioso del ragazzo (inutile dirti che l'uccello, all'interno, sembrava morto, la macchinetta del suono
essendosi rotta), egli, il padre, ripeteva rapidamente, in tono di canto, queste parole:

> *E vola vola vola lu Caddillo!*
> *E vola vola vola... Oh! Oh!*[1]

1. Questa *Canzone del Cardillo*, che diamo qui come conosciuta
fin dal Settecento, è storicamente datata, invece, ai primi decenni di questo secolo. La dislocazione da un secolo all'altro non è
dovuta a mancanza di riguardo per la storia della canzone,
piuttosto alla capacità di alcune canzoni, o canti popolari,
di fissarsi nella memoria degli uomini, quando udite da fanciulli,
senza più barriere di tempo, come alte cose *naturali*.

levando poi via, subitamente, la gabbietta lontano dalle mani di Babà, e in atto così rapido che il bimbo faceva una grande smorfia, tra pianto e risata, e allora Albert la riabbassava, gliela faceva girare davanti al viso, ripetendo tenerissimamente il grido che sai:

Oò! Oò! Oò!
Oh! Oh! Oh!

« Ed era questo ritornello, un po' roco, quasi emozionato, che faceva scoppiare a ridere freneticamente fino alle lacrime Babà, il quale, rapito dalla gioia, ripeteva col padre:

Lucadillo! Lucadillo! Lucadillo!

e poi:

Aà! Aà! Aà!

variando, come vedi, solo il ritornello della mesta barcarola.

« Capisci, mio caro, piangevano dal gran ridere, per queste lacrime che erano nel ritornello! (Come ora sai, il bel giocattolo è rotto, e l'uccello, di suo, non emette più una nota, si limita ad abbassare appena la testina sul petto macchiato di rosso, ma loro, quei due, il canto l'hanno imparato). Era insomma un momento di strana, di pura gioia, e immagino che nessuno, neppure Sua Maestà li avrebbe mai interrotti, deliziato da quella scenetta di amor paterno e filiale; ma lei, Elmina, dopo averli osservati con calma (aveva già richiamato Albert, che non aveva risposto), si accostò alla culla e tolse dalle mani del marito, con cortesia, ma anche molta energia, la gabbietta scassata, dicendo:

« "Quante volte ve lo devo ripetere, Albert, che questa gabbietta è già rotta, e dovete lasciarla dove l'avete trovata, cioè sul mio comò. La chiavetta si è spezzata".

« "Scusatemi!" fece pronto Albert. "Era nello scatolo dei cappelli, non sul vostro comò. Perciò mi sono permesso di prenderla".

« "Io non dico bugie. Non era nello scatolo dei cappelli".

« Se avesse mentito Albert, per fanciullaggine (ma io non ricordo che lo abbia mai fatto da ragazzo, tanto è caro e sincero), o mentisse lei per animosità verso lo sposo, non saprei dire; purtroppo, il bimbo cominciò a urlare come un pazzo (mai sentita, credimi, Ingmar, una voce così folle e appassionata, ma il piccolo adora suo padre, mentre per lui Elmina è un po' una nemica), e a dimenarsi e torcersi tutto. E divincolandosi e tremando gridava, nel suo ridicolo furore infantile:

« "Caddillo a Babà! Caddillo a Babà! Caddillo a Babà! Caddillo a Babà!" diventando roco e perdendo, a momenti, la voce dal fuoco che aveva in cuore (ma non spaventarti, perché così sono tutti i piccini di quella età, quando li si contrasta freddamente).

« Senza far conto di sua moglie, Albert lo prese in braccio, con un impeto e una compassione, Ingmar mio, che mi sentii rabbrividire, e tremai per Elmina. Ma ecco che ella, come si trovasse semplicemente davanti a due piccini da separare mentre litigano, e non davanti al suo nobile e avvenente sposo, e al suo tenero figlioletto, toglie con forza il bimbo dalle braccia del padre, e lo consegna con calma a Ferrantina (il nome ti dice quanto questa anziana e, mi dicono, devota serva, sia, nel carattere, come ferro), prende dalle mani di questa il candeliere, e tranquillamente, avviandosi verso la scala, fa:

« "E speriamo che la lezione vi è servita" senza badare, come vedi, al congiuntivo.

« Andammo a tavola, poco dopo, e ancora si sentiva Babà gridare da una stanzetta di sopra, e la voce roca della vecchia cercare di calmarlo. Gli occhi mi si riempirono di lacrime, ed ebbi l'impressione che quei due, il Figlio e il Padre, fossero come Dio Padre e Gesù Bambino, una bontà unica, sola, indivisibile (con altri), inseparabile. Ma Elmina, tra loro, non è certo lo Spirito Santo.

« È una creatura, ora me ne accorgo, taciturna e dura ».

Il Duca è dell'opinione del mercante.
Effetti di una lente ottimamente riparata.
Declino di Alì Babà, e ciò che vide la lente
nel giardinello di Sant'Antonio

Per la verità, questa intromissione di Nodier (tale almeno per la disposizione d'animo in cui egli, Ingmar, si trovava dopo il viaggio), questa intromissione del mercante in un piccolo contrasto sorto tra i due sposi, forse per la prima volta, a causa dell'educazione del bimbo, non piacque molto al principe; vi intravedeva quasi una malevolenza, e tutta pregiudiziale, per donna Elmina, che già molti in città, almeno a detta di Nodier, consideravano non proprio la moglie giusta per l'artista, e soprattutto non la donna che avrebbe compreso la sua arte. Riaffioravano anzi, per lei, titoli sgradevoli, di « tedesca » e « strega », ma anche, curiosamente, « giacobina », qualche volta, essendo il popolo (e quello di Napoli non faceva eccezione), nella sua passione per la giustizia, i drammi familiari e le pene di morte, sempre propenso, anzi felice di esagerare in sospetti e giudizi. Si ritornava a parlare bene della *povera donna Helm*, vittima di Elmina, senza dimenticarsi della fine, rimasta misteriosa, della piccola Floridia; e così via; e si compiangevano di volta in volta la nonna e il nipote. In realtà, a Napoli, Albert Dupré non mieteva successi,

156

nella sua arte e nei rapporti personali, per un che di troppo... – Nodier non sapeva come dire – che vi era in lui; o forse, così interpretò il principe, per *qualcosa di meno*, in quanto gli era abbastanza nota la propensione degli abitanti del Regno di Napoli per tutto ciò che nel vivere e in un carattere vi può essere di giocoso e di superficiale, e che all'inizio pareva una dote di Albert, mentre si era mutata completamente, risiedendo a Napoli, la natura di lui; e quel giovane incantevole e ridente – non per nulla Bellerofonte, un tempo – si era fatto, specie dopo la perdita del suocero, e tranne per quel breve periodo di entusiasmo che aveva contrassegnato la nascita di Babà, si era fatto solitario, spesso malinconico, mutevole nell'umore, e soprattutto superbo e sarcastico nei giudizi che dava degli altri artisti, e inoltre sempre meno innamorato della moglie. Ciò, alla città e agli amici, dispiaceva. Tutti, a questo punto, dopo aver prima compatito il marito, ora compiangevano apertamente la moglie, per lo stile di vita povera e ritirata che conduceva e che certo era conseguenza della mancanza di interesse da parte di Albert... Vero o falso che fosse questo giudizio – illuminando, come faceva, l'origine della infelicità nella innegabile freddezza di lei – dispiaceva a Ingmar che vi intravedeva, appunto, un'antipatia abbastanza scoperta per donna Elmina. Ma quanto lesse più avanti, passando alla lettera del Ruskaja, doveva preoccuparlo ancora di più.

Essa così iniziava:

Rimarresti stupito, caro Ingmar, se potessi dare un'occhiata, dopo questo lungo lasso di tempo, ai tuoi protetti di Napoli. Non essendomi più servito della lente (a causa, come forse ricorderai, di una vitina che si era di nuovo staccata dal manico, e non sapevo a chi portare per una riparazione non indiscreta, ma anche, ti dirò – non ridere – perché lo promisi al buon padre Alexander, che da tempo furoreggia a Napoli per le sue prediche contro il Diavolo, prediche cui accorre, in San Domenico, tutta la nobiltà) mi rivolsi, per averne notizie, alla mia cara marchesa Durante (la Marchesa madre – non sua figlia, che non è amica di Elmina), e ti meraviglierai di apprendere quanto ella mi disse. Mi disse, praticamente, questo: donna Elmina ha alienato quasi tutta la sua nuova fortuna (sapevano quindi che la prima era finita con la scomparsa di donna Brigitta), compreso il « giardino », cioè il podere in Calabria, e l'appartamento di Chiaia, vendendoli all'insaputa di Albert e, ovviamente, con una truffa. Artefice, o complice (queste, dunque, le amicizie di donna Elmina, te le raccomando!), è stato don Liborio Apparente, quel Notar Liborio meglio noto come il Pennarulo, genere inviso a Sua Maestà Dio Guardi, e per questa sola ragione bisognerà essere indulgenti con lui e non dare corso alle voci che circolano sulla parte da lui avuta nella faccenda. Ormai, purtroppo, la cosa è fatta, anche se illegalmente, e indietro non si torna. Ad Albert, tutta la cosa è stata presentata come una dura necessità a seguito di altri debiti e catastrofi varie venute alla luce ultimamente negli affari del suocero. (Fra parentesi, a me la cosa si presenta assai improbabile, i debiti non erano poi tanti, e furono sistemati senza sforzi dopo la morte di don Mariano). Così, rassegnati, fu alienato ogni tuo beneficio, e scomparve, credo, ogni tuo dono, tranne, mi dicono, una gabbietta con un canarino o altro uccello tutto d'oro, che era stato donato ad Albert all'epoca in cui era fidanzato. Sbaglierò i particolari, ma la realtà è questa. Smentisci, o ne sei al corrente anche tu? Povero Ingmar, una cosa, però, certo non sai, e ti potrà consolare confermando la grande purezza d'animo dei tuoi assistiti (o della sola donna Elmina?): che non un soldo di quella straordinaria fortuna fu trattenuto da donna Elmina per sé e per i suoi, ma, onorati i famosi supposti debiti, l'intero ricavato di tante vendite e cessioni, dal primo all'ultimo scudo, ella passò in donazione a un istituto di carità famoso in Napoli: gli Artigianelli, pensa! e ad altri ospizi o istituti per l'accoglimento e assistenza dei bisognosi, orfani e vecchi in primo luogo. Altra cosa strana è che Albert, conosciuta la fine della sua stessa fortuna, si è mostrato completamente indifferente, quasi ne ricevesse, più che preoccupazione, sollievo... E mi si dice che la stessa fine stiano facendo le rendite... i tuoi benefìci, mio povero Ingmar: ai poveri! agli orfani! ai perduti! agli ultimi! a tutte le anime perdute (o dimenticate) di questa città doloro-sa... Donde viene – ora molta gente qui a Napoli si domanda – questa generosità contro natura, se non addirittura mostruosa, in una donna giovane, bella, ben maritata, con un figlio, e che monaca non è davvero, e nemmeno, anzi per nulla, dedita a prati-che pie, donde viene, se non da una colpa appunto inenarrabile, mostruosa, e di cui ella non sopporta il peso se non rinunziando, appena possibile, ad ogni bene e felicità personale? Il folle – posso ben dirlo – suo sposo non ne ha avvertito un solo momento la stranezza, direi disumanità se pensi che hanno un figlio! Qui – non vorrei, ma infine perché non dir-lo? – qui *si mormora*, e la calunnia meno infame è che ella protegga, o sia protetta, abbia insomma dei vin-coli, o parentele nascoste, che hanno chiuso nei loro lacci la sua vita... fin da quando era piccina. Forse per la morte della sorella Floridia, a lei attribuita? Chi può dire? Ma ella *non è libera* – ecco ciò che appare a un vecchio curioso come il tuo Benjamin... Sta di fatto che quei due, ora, vivono solo del piccolo lascito della madre di Albert, e *del lavoro* di Elmina. È cami-ciaia, pensa, Elmina, e pur senza mostrarsi mai affa-ticata, lavora alacremente, come un uomo, per una clientela sempre più estesa, procuratale dalla Duran-te madre, tra le amiche sue e della figlia (che si maritò recentemente con un cavalleggero di Sua Maestà Dio Guardi). In quella casa, quindi (io mi ci recai in visita con la vecchia Durante, intendendo commissionare

ad Albert una statua di Hermes per il mio giardino),
in quella casa non ci sono più che camicie, e braccia e
braccia di seta, cotone, lino o cos'altro occorra per
confezionare le dette perfette camicie da uomo o da
fanciullo. La Durante dice che l'abilità raggiunta da
Elmina in questo genere di confezioni rasenta il sublime, e così pure la sua resistenza al lavoro. Ha
assunto (unico lusso) quattro ragazze per le rifinitu-
re, Teresa se ne occupa... In quanto a Babà, è affidato adesso alla sola Ferrantina, dato che lo stesso Albert sembra così distratto... Che ne pensi tu, caro
Ingmar, di tutto questo? Io non oso pensare nulla. So
che, giustamente, a mio parere, il povero Babà scop-
pia in pianto quando vede sua madre... ne ha un vero
terrore, eppure ella, mi dicono, non lo ha mai sgrida-
to. L'amore di lui è sempre suo padre, quando lo
vede ride di gioia e, malgrado adesso parli benino il
franconapoletano, ripete come incantato un certo
ritornello che finisce in:

Oò! Oò! Oò!

oppure in:

Ahà! Ahà! Ahà!

(un gemito, dunque), chiamato, sembra, *Barcarola*, o
Pianto del Cardillo.

In casa, non si sente certo odor di miseria, ma c'è
severità molta. Albert ha affittato uno studio fuori del « negozio » (come chiama la casa), una stanzac-
cia a poca distanza da Sant'Antonio, e quando lo si
incontra, ora ride, ora piange, parla da solo, ha sorrisi celestiali e scoppi di furore che fanno tremare
l'interlocutore. Ha anche bonacce grandi, calme di
deserto, in cui sembra che l'anima sua se ne sia andata. Parla senza molto buon senso, e suppongo che
causa di tutto sia l'impossibilità, per quell'artista nato, di rendere al meglio l'opera sua più cara, *La Joie*,
che ha raggiunto il bel numero di duecento versioni:

tutte testine di Babà, o «il Cardillo», come egli chiama suo figlio.

Il ragazzo ha ormai due anni, e dopo un periodo di straordinaria salute e prosperità, mi sembra palliduccio. Sono tornato – te l'ho già detto? – a servirmi della mia lente (povero padre Alexander!), e posso quindi affermarlo, contrastando il parere ottimista della Durante, sempre pronta a scusare l'amica: non è più il ragazzo di prima. Sua madre dice – se ne parla – che ha «i vermi», e la gente, a sua volta, dice che tali «vermi» sono effetto della paura senza ragione che sua madre gli ispira. Eppure, sempre dolce e bella è Elmina. Giorni fa puntai di nuovo (non voglio dire *per caso*) la mia lente su Napoli, e visto che funzionava deliziosamente, non ressi alla curiosità: risalendo un po' a sud-sud-est, raggiunsi il giardinello in località Sant'Antonio, e qui mi sorprese l'andirivieni insolito di gente, e l'assenza del bimbo e della governante.

Alla parola «governante» seguiva un segno di croce che rimandava a fondo pagina, una digressione che non era solita nello scorrevole e lieto stile del Duca, e che il principe interpretò come una riconferma dello spirito di pettegolezzo che si era impadronito di quella nobile mente trafficando con Napoli. La riportiamo per pura curiosità: «...Non ti ho mai detto che l'avere affidato a questa donna di servizio, di oscura nascita, com'è ovvio, quasi l'intera responsabilità del piccìno mi sembra una delle più grandi imprudenze di Elmina... e di Albert, vorrei aggiungere, se il tuo protetto non fosse nelle condizioni in cui è... Ti basti dire che ella, Ferrantina, quel piccino non lo lascia un attimo. Anche se spazza i pavimenti, o traffica in cucina, lo ha sempre in braccio... Non gelosa, forse, ma paurosa che glielo tolgano, o per qualche altra ragione non buona. L'altro giorno, a questo proposito, la Marchesa mi raccontò di avere alzato la testa, mentre usciva dalla casa (era stata a trovare la nostra camiciaia), e di aver scorto, in quell'atto, sul tetto, la vecchia che guardava in giù, col piccino in braccio, quasi aspettasse di veder arrivare qualcuno. In quell'attimo entrò, dal cancelletto, Albert, e subito la donna (che anche lei, ora, sembra diventata bionda e bella) si ritirò come temendo di essere vista. Spiava, dunque, il rientro dello scultore. Che dirti! Il piccolo Dupré, adesso mi sembra un uccello malato: stringe le braccine al collo della vecchia, senza mostrare il viso, e voci e canti e risa non suonano più... Per me, ella, Ferrantina, sta aspettando qualcosa... Ed è la caduta totale della famiglia di Sant'Antonio. Il *tuo* capitale, per me, è stato alienato da lei, servendosi del suo potere su Elmina... E la ragione? Mah... Questo mondo è indecifrabile, Ingmar mio. Posso dire solo una cosa: guai alle famiglie senza Dio – giacobine principalmente (*sic*).

« Distolsi la lente, impaurito. Due giorni dopo seppi dalla Durante che il bimbo aveva avuto un attacco di *convulsioni*. Superato, fortunatamente ».

La lettera di Benjamin proseguiva con altre notizie e supposizioni. Neville, leggendola, entrò in uno stato d'animo indicibile: lo spavento lo faceva tremare, e infine l'indignazione, vedendo che non avevano chiamato un medico, l'ansia per Albert e soprattutto per Babà, gettarono paura e stanchezza lontano da lui, ed egli, pure essendo reduce dal lungo giro che sappiamo, diede ordine di preparare subito le carrozze con le quali intendeva raggiungere il porto di Marsiglia, da cui imbarcarsi immediatamente per Napoli. Forse, pagando più volte il prezzo del viaggio, lo stesso impossibile si rendeva possibile. Ma era destino del nostro alato signore di essere costantemente fermato in quelle imprese che volevano trascinarlo ancora verso il golfo fatato di Napoli per provvedere alla salvezza dei suoi tesori. Non pensava affatto a Ferrantina, ma solo ad Albert gravemente malato, al bimbo deperito e alla cara Elmina così assente. Babà, si diceva, lo avrebbe portato via subito da quella casa maledetta (ma quale casa abitata da Elmina non era maledetta?), magari simulando un rapimento, con la complicità di Nodier; alla povera Elmina non voleva pensare, del resto aveva la sua marchesa Durante, le sue camicie, e certo la buona Teresa... Ahimè! La prima carrozza era già per via, partita da dieci minuti, e i baldanzosi cavalli riempivano la strada – fiancheggiata da siepi e invasa dal profumo molle e stordente della primavera –, riempivano l'aria dello strepito degli zoccoli, quando un messo del palazzo la inseguì a cavallo con un messaggio urgente, appena recapitato. Era di Nodier. Babà era deceduto il giorno prima, mentre era in giardino con suo padre che lo imbeccava. I « vermi », cioè le *convulsioni*, avevano compiuto l'opera loro. Dopo aver cercato di rianimarlo con baci, implorazioni, schiaffetti e altre cose pietose (anche massaggi frenetici con l'erba salvia), accortosi che il piccolo Babà assolutamente non si muoveva più, Albert era scoppiato in pianti e grida d'inferno, gettandosi poi sulla povera Elmina, che accorreva senza capire, con un pugnale... Per fortuna li avevano separati, ed egli, dopo, non ricordava più nulla, accettava anzi docilmente – non sempre riconoscendola – i calmanti che ella gli preparava.

« Così stanno le cose, caro principe » concludeva, in una postilla aggiunta in data incerta, ma chiaramente successiva, il buon Nodier. « Quella bella famiglia e la sua felicità sono finite in un tempo più breve di quello che il più grande pessimista del mondo si sarebbe divertito a immaginare. Ora dobbiamo felicitarci con Elmina per la sua ostinata volontà di assumere responsabilità lavorative. Ella ha ripreso il suo lavoro di camiciaia, straziata, dicono, ma supremamente calma. E ha ogni bontà e cura per il marito, che non lascia mai solo. Teresina, sua sorella, che ora sta con loro, si è rivelata, in questo frangente, ragazza di grande umanità. Cura Albert in ogni modo, e quando, dopo un po' che la fanciulla parla ammucchiando mille sciocchezze, egli si volge e la scorge, il suo sguardo doloroso e grato, ma pieno al fondo di strazio, fa male a chi lo vede. In quel cuore c'è una luce e un rimpianto che mai spariranno: così amato era – e non aveva che due anni – il povero Babà ».

Venne in mente, a questo punto, al principe, tutto il passato felice, fino alla visita con Notar Liborio alla tomba di famiglia del Guantaio, e a quella triste iscrizione sul marmo: « Dupré » (le altre due le aveva dimenticate).

Quanto vera! Chi avrebbe detto, allora, che egli non avesse sognato? Sì, forse aveva sognato, ma l'iscrizione non era meno vera: « Albert Dupré (Babà) di anni 2 ». Se solo avesse insistito per il nome di don Mariano o il proprio, il piccolo Albert, pensava il superstizioso signore, sarebbe sfuggito al destino. Invece il cristiano nome Albert, come si seppe, era stato inserito per *primo* nell'atto di battesimo dallo scrupoloso parroco e solo perché Elmina si era dispiaciuta gli aveva fatto seguito l'amato nome di Babà. Ma queste cose, di un nome o di un altro, ora non importavano più. Solitudine e orrore di ombre, solitudine ma soprattutto crudeltà, avevano fermato, ne era certo, dopo tanto battere e tanto attendere, il piccolo cuore del povero *Cardillo*.

Inatteso ritorno della serenità a Sant'Antonio.
Neville si calma e, dopo altre avventure,
dimentica Napoli e la sua giovinezza

Una grande stanchezza successe alle violente emozioni di quel tempo nel cuore di Neville. Egli non poteva più sopportare, e quasi nemmeno pensare, il nome di Elmina, tanto intorno ad esso avevano lavorato non solo gli eventi, ma le cattive lingue e il di lei stesso indecifrabile comportamento. Eppure la Capra (come continuava a chiamarla nel suo cuore, con amara ironia) gli faceva adesso una compassione che teneva buona compagnia alla compassione per Albert.

L'idea di andare laggiù, tornare di nuovo nei paesi del Sole, per la prima volta non piacque più al generoso Ingmar. Gli pareva di aver sognato *tutto*, l'incanto e l'entusiasmo come la rovina e la morte, e non voleva più rivedere i luoghi dove aveva portato a splendere (ah! un attimo solo!), a innalzarsi e perire, la fiaccola ardente della gioventù, tutti i suoi sogni di nobile europeo; non voleva accettarne la fine.

Seguirono tuttavia due mesi d'incessante corrispondenza con Napoli in cui egli apprese da Teresina (che si rivelò, forse per il lontano dono della *pupata*, la ragazza più cara e la mente più pratica che fosse in Napoli) notizie ogni volta più riconfortanti sulla famiglia dei suoi amici. Albert migliorava, e Sua Maestà, informato dal cavalleggero Argante (il genero della Durante) della gran disgrazia dei Dupré, si era molto intenerito (il che era tipico di quell'uomo piuttosto *grossier*) e gli aveva commissionato tre statue di Minerva per i Giardini Reali. Tutta Napoli, ora, fosse l'alto esempio, o una spontanea compassione, stava dietro allo scultore, per incoraggiarlo, non dimenticando la grande virtù di Elmina e la sua beneficenza. Un principe polacco era entusiasta delle testine, specialmente la penultima, che, al solito, raffigurava Babà. L'artista era riuscito, si diceva, a rendere finalmente, forse per il gran male che aveva patito, tutta la dolcezza di quel visino, e lo sguardo spaurito degli occhi che sembrava seguissero una *palummella* invisibile ad altri, mentre si spostava nell'aria. E anzi Albert aveva chiamato quell'opera proprio *La paloma* (mentre solo una colombina, non una farfalla, accucciata sulla spalla del bambino, sembrava avere originato quella bontà e quella pace).

L'ultima testina, però, che aveva commosso tutti, servi e signori (cosa che una statua non dovrebbe mai consentire, ma già allora il Romanticismo la faceva da padrone), superava ogni limite della umana espressività. Valeva quasi la pena di essere nati – si pensava di Albert – per realizzarla. Rappresentava un fanciullo dormiente, come stanco (sempre Babà, ma qualcosa di più e di nuovo), la testa reclinata e una manina sulla fronte, quasi a difendersi dalla intensa luce del giorno, e un debole sorrisino sulle labbra. Ma la fronte, se il visitatore gli girava intorno e guardava sotto la piccola mano, rivelava una immobilità di sogno, e anche una pace e serenità assoluta, quasi il sogno stesso fosse ormai superato; rivelava, in un certo senso, più che Babà, lo stesso Albert, forse quando era bambino. Come del resto era tuttora nell'animo suo. («Vi sarebbe piaciuto vederla, ma Sua Maestà l'ha acquistata per la sua anticamera. È un grande onore. Teresina »).

« Insomma, va meglio » continuava Teresa. « In quanto ad Elmina – molto cambiata, più silenziosa di quanto sia mai stata; non fa che pregare per l'anima del bimbo, sebbene non creda ve ne sia bisogno. Non aveva peccati, lui. Oh, tutti ricorderanno Babà per la sua grande allegria ».

« Quale allegria! » pensò il principe. « Tra un padre pazzo e una madre fredda, egli è morto di solitudine, l'hanno ucciso » si disse « le paure. Forse un altro Cardillo che era nella casa... » pensò sarcasticamente.

E come pensò, o si disse, queste cose, si pentì, gli parvero superstizioni da donnette, quelle di cui tutta Napoli si nutriva infantilmente, pur senza credervi; ma di Napoli provava adesso, anche sognandola spesso, la notte e il giorno, non so che orrore: pari al sentimento che lascia nel cuore di un uomo ingenuo e degno il ricordo di una fanciulla adorata nella cui natura egli ha scoperto per caso qualcosa di orribile. Ma che vi era, poi, di così crudele e orribile a Napoli, che non fosse sparso a dovizia sotto il belletto della religione o l'educazione, che non fosse retaggio di tutti gli uomini (e le donne!) in tutte le città del mondo, che si agitavano incessantemente, e senza scopo, sulla superficie azzurra del globo che ci ha generati?

« Povera Elmina, » pensò « tenera Chimera, e tu, mio sfortunato Bellerofonte! Di noi tre, solo Alphonse, mi sembra, si è salvato. Ma già, » concluse senza troppa bontà « i mercanti si salvano sempre. Non temono i sogni, e non ne hanno neppure. *Ils sont vraiment chanceux* ». Buone notizie, se tali si possono chiamare, ebbe poi dal Ruskaja, circa il comportamento della Ferrantina, che era stato causa non minore di tante sue angosce. Dal dolore, la povera donna era invecchiata e mai – diceva il povero Ruskaja, pentito delle sue calunniose allusioni o solo fantasticherie – mai era stata bionda e bella. Ora non sopportava più Albert (« sai, quando s'invecchia... una suocera »), ma aiutava, pur trascinandosi, aiutava Elmina in ogni modo. Aveva portato poi in camera sua (« nella torretta sul terrazzo, la ricordi? ») le povere robe del Guantaio, e soprattutto la scatola delle « lettere », « ...nella quale si avvertiva ogni tanto, spostandola, un tenue suono, quasi di campanelli – la scatola di cartone su cui don Mariano aveva tanto pianto. Povera donna, e povero anche don Mariano! Ricordali nelle tue preghiere, figlio mio. Benjamin ».

Neville non mandò, per il momento, altri regali laggiù, né scrisse molte parole ai suoi amici, già abbastanza soddisfatto di apprendere che godevano adesso di nuove e alte protezioni; ma di nascosto a tutti vincolò ad Albert e ai suoi eventuali figli – se ne avesse avuti ancora – un decimo della sua fortuna, che d'altra parte non conosceva quasi confini, e per questa ragione talora gli pesava.

Accadde poi quello che accade spesso in tante vite, che sembrano frivole e folli (e così sempre era stata, o era sembrata essere quella di Neville), e poi, improvvisamente, per un incontro, si fanno serie e mutano totalmente il loro corso. Egli incontrò, e sposò, una ragazza di grande e severa famiglia, che accrebbe e non diminuì mai i suoi beni, e per qualche tempo lo rese anche felice e soddisfatto della sua vita. Viaggiò molto, con lei, ampliando le sue già vaste conoscenze, e ciò rese più uniforme e benevolo il suo umore. Non ebbe figli, e ne fu contento. Ma verso il settimo anno della sua vita matrimoniale, di cui gli ultimi cinque trascorsi quasi interamente a Pietroburgo, con incarichi affascinanti, che gli fecero dimenticare ogni altra regione e città del mondo, la salute di Geraldina (il nome della sposa) cominciò a declinare: come era già stato per la bimba del Cardillo, ella si ammalò di languore, e nessuna ricchezza poté salvarla.

Neville era allora sui trentasette anni, e l'emotività era in lui un cavallo domato. Soffrì, e forse migliorò nel suo animo, senza esserne sconvolto. Era tornato in Belgio. Risiedeva ora di nuovo a Liegi. La sua vita divenne meno movimentata e attiva, ma sempre ricca di interessi politici e umanitari. Era sempre un uomo pieno di grazia, e di un sorriso particolarmente affettuoso, di una gentile malinconia, anche quando parlava con ignoti.

Fine de « La Joie »

III
LA SECONDA DOMANDA DI MATRIMONIO

Si sapeva di luoghi, in Napoli, forse nemmeno panoramici, ma dotati di una singolare dolcezza, che neppure i secoli, per non parlare dei tanti quasi soprannaturali eventi storici, sembrava avrebbero mai potuto cancellare, almeno dalla memoria. Così, fino a settanta ottanta anni fa, avresti potuto sentir parlare, da persone di grande età e sentimenti gentili, non tanto lontane, per nascita, dal mai abbastanza lodato e rimpianto Secolo dei Lumi (ma questo interessa poco), della via, o salita, anticamente conosciuta come « Scalinatella », ma in seguito con la più modesta indicazione di località Sant'Antonio a Posillipo; scena non provvisoria della nostra storia, che supponiamo potesse trovarsi dalla parte del mare, ma potrebbe anche essere stata dalla parte opposta ai Campi Flegrei, o temuta Zolfatara. Come che fosse, ben ricordato o male, o addirittura immaginario, il luogo dove abbiamo rintracciato la casa di Elmina, Albert e Babà, e seguìto i loro ingenui movimenti, il luogo era quello; e se esistente nel reale o nell'irreale, e fino a che punto nell'uno o nell'altro emisfero del nostro vivere, non osiamo indagare.

173

Era quello. E vi conducevano, oltre la ricordata stradicciola adatta al passaggio di una carrozza, vi conducevano, paralleli, almeno mille diruti gradini (il numero non è, ovviamente, controllabile). Erano, tali gradini, scavati nella viva pietra della collina, accanto alla detta stradicciola; e dagli uni come dall'altra, inerpicandosi verso la solitaria casa dell'artista, non si scorgevano che terrapieni verdi o grigi, scarsamente macchiati di lilla, o la sommità di vivaci giardinelli, con cespi di rose e nuvole bianche impigliate dentro le corde, tese tra un ramicello e l'altro, a sostegno di minuscoli bucati. Ma un'anima che attraversasse quei giardini in giro non si scorgeva, come se la collina fosse disabitata. E una di queste casarelle, muta e sbiadita, immersa a metà, col suo poco rosa, entro un giardinetto verde di piogge eterne quanto sottili, era la medesima che don Mariano aveva acquistato, ma non finito di pagare, in lontani anni, dalla donna amata, e poi lasciata in dote alla figlia e al genero, diventando il luogo selvaggio dove si era da tempo rifugiata, e quindi era stata modificata nella sua composizione iniziale, la famiglia di Elmina Dupré. E come fosse stata mutata, e a motivo di quali altri mesti avvenimenti, non vogliamo, per ora, indagare. Ma mutata lo era, come mutate, necessariamente, erano adesso le abitudini, e quasi l'aspetto, i modi, dell'antica, altera figlia del Guantaio.

Pressappoco nel tempo che il Signor Neville, in Liegi, doveva constatare come gli interessi mondani e il continuo divertimento avessero nella sua vita lasciato posto – senza far molto rumore, tanto che egli non lo aveva quasi avvertito – ad attività più calme e raccolte, a buone letture e alla cura di vecchie amicizie, di modo che la tristezza per Geraldina non lo prendesse proprio di fronte, ma appena di lato, e di notte, come un sospiro filosofico; pressappoco in quel tempo – o per meglio dire un po' dopo –, una sera di novembre, che pioveva come in certi autunni, a Napoli, città stranamente vantata per i suoi cieli asciutti e lucenti, pioveva in modo fitto e interminabile, una sera di novembre, verso le dieci – tanto era tardi – saliva per quella scalinatella buia e deserta sotto la pioggia fastidiosa, saliva, senza troppo scomporsi, una figurina di donna che non si sarebbe potuta definire meglio, badando solo al suo modo di vestire, che come « antiquata ». Parola un po' triste già ai primi di quel diciannovesimo secolo; per noi, un po' grave. La gonna, non ampia, era lunga, e mostrava di essere stata, in passato, di un bel verde bottiglia, adesso sbiadito. Il giubbetto e la mantelletta erano guarniti di una triplice fila di perline blu, e così la cuffia, ornata però di un veletto scuro che lasciava sfuggire qualche ricciolo dorato. Con la destra (il polso sottile usciva delicatamente da una manica a sbuffo) reggeva il manico di un ombrello dalla cupola sfrangiata e leggera come un tetto di paglia; un tetto solcato anche da due o tre strappetti (aperture sarebbe stata la parola) dai quali intravedevi ancora quel cielo d'acqua; mentre la sinistra mano porgeva a un'altra donna, ma tanto piccina da non arrivare alle sue ginocchia; o almeno una piccina vestita interamente da donna. Era, questa damigella, la piccola Alessandrina Dupré, chiamata Sasà, di anni tre. Suo padre era morto da due anni, dopo molti altri di vaneggiamento, e l'antica Elmina, ormai vedova Dupré, rincasava con lei, come tutte le sere da qualche anno, uscendo dalla casa di donna Violante, a Chiaia, casa dove si recava ogni pomeriggio a lavorare di cucito e rammendo per la vasta famiglia, quasi tutta di domestici, della vecchia Marchesa (la giovane sempre fuori, perduta in balli e feste); ed era questo lavoro, ormai, unito a qualche faccenduola più umile, quando i servi la scansavano, la sola fonte di cui la vedova disponesse, dopo aver rinunciato ad ogni altra certezza, per procurarsi il necessario pane. Si portava dietro, immancabilmente, la seconda figlia di Albert, perché Ferrantina, quasi cieca, non poteva badarle, e non sempre Teresa, che era divenuta il braccio destro di una badessa al vicino convento, veniva a trovarla, e poteva alleggerire almeno in parte la grande stanchezza della vedova.

Della luminosa e fiera giovanetta in rosa, incontrata con i nostri Signori di Liegi in casa del Guantaio, quella sera di maggio al Pallonetto, sembrava non essere rimasta che una vaga immagine. Era lei, e non era lei. Non meno bella, al modo « appartato » di talune opere d'arte di cui l'aura fondamentale resta, ma svanita quasi al tutto la luce dei suoi colori: il biondo, il rosa, il turchese; non meno dolce e insieme più fredda; oscura ma ancora luminosa; sempre le medesime guance rosa, i corti riccioli dorati, il naso breve e ardito, quegli occhi piccoli dalle palpebre rosa e le ciglia d'oro, su verdi tramonti; ma qualcosa se n'era andato: quel confidente entusiasmo del portamento, la sicurezza di sé, la dolce arroganza. E una velatura, come di un sole nascosto o una luna autunnale, era scesa su tutta l'aggraziata figura e quel trionfo dei sedici anni. Ne aveva adesso venticinque. Era una donna ch'è stata colpita: non nel suo orgoglio – questo era indomabile – ma nella sua consapevolezza del mondo, nel passare delle creature e delle altre certezze a lei davanti, e svanire. In poco meno di una decina d'anni, aveva perduto tre persone della sua famiglia; aveva allontanato quasi del tutto, non fosse stato per l'eccezione di Teresina, i familiari di don Mariano, e la casa del Pallonetto era diventata un sogno infelice. La sua quasi innaturale attività – o almeno sorprendente per una donna imparentata, si supponeva ancora, con personaggi della Corte –, il lavoro di camiciaia, che le aveva un tempo recato soddisfazioni e sicurezza economica, era stata distrutta dalle prove affrontate: la scomparsa del figlio, la lunga malattia del marito, che nessuno sapeva più se fosse stata pazzia o altro; e l'umile vedovanza. Quella vita, soprattutto nei primi anni seguiti alla scomparsa di Babà, era stata terribile, le crisi di Albert senza fine, e l'attività di camiciaia resa a poco a poco impossibile. E poi, se n'era andato ogni risparmio. Non sorvegliate, le ragazze rubavano, e Ferrantina non era più capace di tenerle a freno. Licenziate, dunque, e da sola non era possibile far nulla. C'era infine l'ultima figlia, preoccupazione non lieve. Volentieri Elmina l'avrebbe affidata a una famiglia più sana ed economicamente più solida di quanto fosse ora la sua, composta da lei, Elmina, da Sasà e dalla vecchia Ferrantina. Ma uno scrupolo, o qualcosa di meno, o qualcosa di più, la fermava ogni volta sulla soglia di questo pensiero. La sorella di Babà non aveva nulla di quello splendore del mattino che aveva distinto il primo figlio di Albert. Era minuta, silenziosa (così la vedeva), poco intelligente, e alla madre, che pure ne spiava con affetto e pazienza ogni lato appena buono, sembrava anche bruttina. Soprattutto, non parlava né rideva mai, ed Elmina cominciava a pensare di non essere amata da lei.

Questo era un destino, pensava Elmina, di essere presto dimenticata o disprezzata da quanti pure ella aveva cari, o aveva avuto cari. E così pensando, quella sera come ogni altra sera, da quando se ne era andato – da pazzo! – Albert, esortandola, per scherno, a risposarsi subito (con disprezzo e ingiuria, ella credeva, per la sua fedeltà di moglie), si guardò intorno, guardò gli alberi grondanti di luce lunare immersi nel fruscìo monotono della pioggia, e poche luci lontane, e provò un senso di paura. La figlia, accanto a lei, camminava come un piccolo spirito, toccandole appena la mano con le sue ditine fredde, in una delle quali, sapeva Elmina, era infilato un anellino di ferro, con una pietrina blu, regalo di Ferrantina, e che la piccina non si toglieva mai. Ed ecco – si trovò a pensare la vedova Dupré – in questo mondo le cose appaiono e scompaiono, piove, spiove, c'è festa, non c'è più festa; e c'è qualcuno, dietro, che muove ogni cosa. Sono gli Angeli!

Uno spirito!

C'erano ancora, per giungere alla porta della Casarella, centocinquanta scalini, mezzo rotti, e da fare attenzione quando ci si posava il piede, perché scivolosi, specie con quella creaturina per mano. La vedova si strinse la grossa borsa al fianco: conteneva pochi grani[1] da lasciare a Ferrantina, il domani, per il pane – passava, ogni venerdì, il ragazzo di un fornaio, e una panella si conservava tutta la settimana –, e una umile corona color marrone, per il Rosario, lascito e raccomandazione di don Mariano (Elmina pregava poco). Se ne ricordò, perché aveva paura: da qualche giorno si sentivano brutte storie, a Posillipo: operavano, nella zona, alcuni ladri, ma questo era nulla, perché i ladri non fanno male a una vedova e la sua bambina che posseggono solo, in due, pochi grani. È che, purtroppo – lei non era mai stata di queste idee, ma ora le accadeva di sognare –, si parlava di apparizioni, di anime di giustiziati che ritornavano: avevano abitato a Sant'Antonio, e subito, appena uscite dal grande stordimento, ritornavano: come l'avvocato

1. Monetina napoletana del tempo.

Giuliano Feroce (triste nome), passato a miglior vita perché aveva sparlato del Re; già era stato visto nei paraggi, e si era pure presentato, per un po' di pane, al convento dove stava Teresa, e la Madre, svelta, gli aveva battuto la porta in faccia. Tra l'ombra di questo Giuliano (e altre e altre), e l'apprensione per i ladri che potevano, anche senza farle del male, portarle via le sue piccole monete, la camiciaia non sapeva cosa temesse di più. E automaticamente, col cuore un po' sossopra, si mise a pregare le anime dei trapassati, in particolare quelle dei trapassati in malo modo, che certo conoscevano di più l'abbandono del mondo. Confidava che un lume sarebbe apparso da qualche parte, benefico, a illuminare la dolorosa Scalinatella.

E come aveva pregato, umilmente, nella sua anima, che era ancora l'anima muta e quieta della ragazza di ieri, il lume apparve.

Ma non veniva da un lato o dall'altro del sentiero, dove era incassata l'interminabile fila di scalini. Stranamente, veniva da sopra, dalla cima della lunga rampa che restava da fare, oscura e tortuosa; e partiva, lo capì appena lo vide brillare e muoverle incontro, dalla casa stessa dove lei e Sasà erano dirette, e dove le aspettava Ferrantina.

Ma Ferrantina di certo già dormiva, e poi non vedeva, o vedeva poco, e non poteva arrivare alla scala e agitare quella luce. Non lo aveva mai fatto.

Chi poteva essere dunque?

La vedova Dupré si fermò, molto pallida e grave, e si addossò al muretto che da una parte fiancheggiava la rampa, con l'intenzione, se la luce scendeva ancora, di lasciarla passare. Nella borsa di raso nero, c'era anche il suo massimo strumento di lavoro (come tutte le sarte di allora, ella non lo abbandonava mai), un paio di enormi forbici lucidissime; ed ella, infilata la mano destra nella borsa (l'ombrello lo aveva chiuso e stretto sotto il braccio), ve la pose sopra, energicamente. Fece ciò in modo automatico, senza ferocia. Ma doveva badare a se stessa. Un attimo dopo si trovò a pensare:

« Uno spirito! ».

Ancora un momento dopo, il lume si era spento (forse girato dal lato opposto), ma la figura che lo recava anche spento, figura altissima e ridente, si era avvicinata, e un filo di luna, tra la pioggia già rada e argentea, la illuminava. Era proprio la persona più straordinaria e atroce del mondo: quel Neville che aveva accompagnato Dupré e Nodier a Napoli, col loro carico di felicità e di sventura. Forse era morto, e questa era una apparizione.

« Madame Dupré! » si sentì chiamare.

« Vi credevo morto » rispose con un filo di voce la signora Dupré.

Era così pallida e ferma da sembrare di pietra, una di quelle testine che occupavano da tanto tempo la stanza a pianoterra della casetta e, guardandola, il principe provava ora uno strano sentimento d'incertezza, come di fronte a una maestà senza nome, a un paese irraggiungibile, doloroso e meraviglioso insieme.

Quel viso mite e bianco (così sembrava), senza più giovinezza, sebbene ancora tanto delicato, era di Elmina Dupré!

Accanto a lei, Sasà, come se l'incontro non la riguardasse, era rimasta seduta quieta sul basso muretto, dove si apriva una specie di varco, e dove la madre si era fermata. I lunghi vestiti, identici a quelli materni, scuri e brutti, strisciavano a terra. Sul capo, sotto la cuffia, i capelli lisci, tirati indietro, finivano in due piccole code di topo, appuntate alla meglio, sulla nuca, con un nastrino nero. Il viso, sotto la cuffia, era grigio di freddo e forse stanchezza. Negli occhi senza gioia, una luce nera, fissa e profonda – acqua incerta nel fondo di un pozzo – seguiva con una espressione guardinga ma indifferente l'ammiratore di sua madre. Le piccole mani posavano, quasi impercettibili, l'una sull'altra (così era stata educata!), e quella con l'anellino mostrava la pietra blu. Vedendosi guardata, volse da un lato, come una grande, con imbarazzo, il capo.

Alle parole della vedova, che intanto aspettava:

« Non sono morto, come vedete » rispose pronto, in tedesco, Neville; soggiungendo subito in francese, con spirito e commozione:

« Ed è questa la signorina Dupré? ».

« Sì, è questa ».

Anche Sasà si volse subito, incuriosita, per vedere dove fosse la damigella nominata.

« *Nun'a parlate*. Non vi risponde. Non è intelligente » continuò con grande stanchezza la signora Elmina. Ora aveva quasi le lacrime agli occhi, ma si sforzò di essere garbata, e domandò a Neville se veniva dallo studio.

Sì, veniva dallo studio; l'aveva attesa una buona mezzora; era salito con Nodier. Siccome era preoccupato per la pioggia, era sceso con una lampada per venirle incontro.

« Il vostro amico sta di sopra? ».

« Sì; è rimasto con Ferrantina ».

« E Ferrantina vi ha detto *tutto*? ».

« Sì. Ma Nodier mi aveva già informato. Mi aveva scritto dettagliatamente un mese fa... del vostro nuovo lutto ».

« Mi è rimasta questa figlia » disse dopo un po', con amarezza ma anche dolcezza, la vedova dell'artista. « Non posso dire per sfortuna. Ma per fortuna neanche ».

Stava in ascolto, l'orfana, tutta orecchie, come i bambini non accettati, intuendo che si parlava di lei, e ritornava, con lo sconosciuto, la questione della sua « disgrazia », di aver preso, quando quella casa era felice, il posto di Babà. In seguito a ciò (il conto degli anni le era stato fatto così da Ferrantina), suo padre se n'era andato via dalla casa.

Neville, improvvisamente, sentendo questo, senza pensare null'altro, così come avrebbe fatto Albert, sedé sul muretto, e attirò a sé Alessandrina, non lasciando però di guardare sua madre. Non connetteva veramente, fissando quel calmo viso: ma non sapeva se per indignazione o per gioia. Aveva una notizia straordinaria, da darle, ma non così. Temeva la sua indifferenza, e che gli dicesse: « Vi siete sbagliato; io non ci penso neppure, signor Neville ». Tutto era possibile, con donna Elmina. Non doveva dimenticare che aveva ucciso – bambina ancora – un Cardillo, e addolorato la mite sorella; senza dire che aveva disprezzato sua madre (per quanto solo adottiva e un po' colpevole fosse). Sentiva che superbia e freddezza, in Elmina, sopravvivevano al tempo, erano in uno col suo fascino. E solo un amico poteva sollevarla dall'accusa di malvagità. Erano, freddezza e superbia, come due vecchie porte sconnesse e mute. Dietro, però, non esisteva nessuna casa; dietro quelle vecchie travi incrociate viveva, respirava solo una tremenda foresta.

Un'altra voce, una voce loquace e infantile, questa, in cima alla Scalinatella; un altro mantello, un altro lume. Era, un po' stridula e ansiosa, la voce di Nodier. E quello era il suo mantello.

« Sei tu, Ingmar, laggiù? Siete voi, donna Elmina? ».

« Per servirvi » rispose quest'ultima, senza alcuna – inimmaginabile, del resto – inflessione di festa, ma cortese e pacata. « Stiamo arrivando ».

Tirò a sé, senza veramente vederla, Sasà; e a Neville:

« Quindi, vi fermate? ».

« Sì... sarei contento » rispose Neville, quasi con le lacrime agli occhi. « Sono ospite di Nodier, da ieri, a Chiaia, ma tanto lui che io pernotteremmo volentieri, se c'è posto, da voi. Alphonse, » chiamò poi « alza un po' il lume. Donna Elmina » soggiunse subito, senza alcuna pur comprensibile intonazione ironica « ti *ringrazia* di questa premura ».

E gettò un'occhiata attenta alla giovane vedova, ma sempre il viso di lei restava dolce e impassibile.

Proseguirono così lungo la faticosa Scalinatella. Donna Elmina, nell'ultimo tratto, aveva preso in braccio Sasà, e la testa della figlia, appoggiata sull'omero della madre, pendeva dalla di lei spalla. Siccome il principe seguiva un po' dietro, gli occhietti di Sasà, come inconsapevoli di se stessi, non lo lasciavano, addormentati e vigili insieme. Una creatura così triste Neville non l'aveva vista mai. « Forse perché non sa parlare » si disse. Sembrava anche debole: quasi priva di peso e di ogni capacità e forza, perfino quella di chiudere gli occhietti. E pensando alla sua grande gioia, fra non molto, le inviò un'occhiata scherzosa, che Sasà – dopo un poco, sempre in quella positura di statuina abbandonata, o di straccetto dimenticato – evitò, molto seria, girando da una parte quegli occhietti immersi in una luce di sogno.

Intanto, erano arrivati.

La porta dello studio era aperta, e Nodier, che era arretrato di qualche passo, timidamente, su per gli ultimi scalini, aspettava ora lì davanti, sotto la fine acquerugiola, accanto alla Ferrantina.

Si trovavano tutti, adesso, sul breve terrazzino che l'erba, l'acqua e il buio circondavano e abbracciavano da ogni lato, come una enorme creatura vivente. Ferrantina voleva prendere in braccio Sasà, ma donna Elmina non volle: non si doveva affaticare; Sasà non era stanca. Tornasse pure nella sua stanza; alle lenzuola e coperte ci avrebbe pensato lei.

« Vi abbiamo dato questo gran disturbo » si scusò Nodier, un po' in francese un po' in napoletano, abbassando gli occhi.

« Nessun disturbo. Gli amici di mio marito » (si espresse proprio così, come se egli fosse ancora in vita) « sono sempre benvenuti in questa casa » fu detto con sforzo, ma sorridendo.

Entrando, Nodier non aveva occhi che per lei; mentre Sasà, che si era già arrampicata sul vecchio seggiolone del fratello, non aveva occhi che per Neville: nella sua stupidità, come diceva la madre, tutte le fasi di quell'incontro si disponevano nella sua immaginazione in una storia di folletti e di guardie: era sicura che il Signor *di Nevì* fosse la guardia, che doveva costringere il folletto (sua madre) a versare i denari del *debito* (un'allusione di Ferrantina) fatto per lei. E questo debito non sarebbe finito mai!

Tratteneva il fiato, la damigella, in questi pensieri, mentre *Nevì* la osservava.

Oh, se fosse tornato suo padre!

Elmina Dupré, senza nemmeno andare a mutarsi
d'abito, ma non mostrando neppure grande stanchezza (si era tolta soltanto la mantelletta, e aveva
messo l'ombrello a sgocciolare in un angolo), prese
dalla credenza – mangiavano sempre, fu chiaro, in
quel locale oscuro e mal messo – due piatti e due
posate di grande finezza (i piatti erano di porcellana
fiorata, le posate di argento massiccio), ma solo per
gli ospiti. Per sé e per la figlia dispose sul tavolo due
scodelle di ferro, e posate anche di ferro. Mise a
tavola il pane, in grandi fette un po' secche, e per i
signori due porzioni di patate con la cipolla, fredde.
Per sé e per la figlia, un poco d'erba bollita. Così
facendo, sembrava felice – però segretamente – della
leggera malinconia che forse suscitava nei suoi ospiti.
Ospiti che (sembrava pensare) non erano veramente
graditi: perché in quella casa non ci doveva venire
più nessuno, e chi lo faceva era a suo rischio e pericolo. Suggerire che indignazione e struggimento, nel-
l'animo di Neville, seguendo tutti i movimenti e certo
anche i pensieri della diletta Elmina risorgessero in
folla, dai felici anni passati, per sbalordirlo e rattri-

starlo, ci porrebbe dei problemi di complessità psicologica che per ora non vogliamo affrontare. Ci limiteremo pertanto a dire che egli cominciava a dubitare (e vi era perciò grande agitazione nell'animo di lui) del successo dell'impresa. E dentro di sé ne faceva responsabile Nodier, con la sua entusiastica fiducia nell'attuazione del progetto. Ora, lo prendeva una vera e cupa soggezione di quella giovane donna.

Quasi avvertendo i pensieri del principe – di cui forse, in fondo, aveva pietà –, Elmina si fece più affabile, e sulla tavola, accanto al piatto degli ospiti, aggiunse due tovaglioli bianchissimi, finemente ricamati, dei tempi del Pallonetto. Ciò fatto, chiese il permesso di ritirarsi per un cambio di scarpe a Sasà e a se stessa, e tornò poco dopo, impudentemente, con due scarpe da uomo per sé, e due pantofole da vecchia (erano infatti di Ferrantina) per la figlia.

Sasà cominciò a tossire, e donna Elmina, senza neppure badarle, né farla muovere, trascinò il seggiolone vicino al tavolo, accanto alla propria sedia. Nodier e il suo nobile amico, che già, invitati ad accomodarsi, avevano preso posto, venivano così a trovarsi, una volta seduti, proprio di faccia alla madre e alla figlia. Il tavolo, per fortuna, era grande, e così non si creavano troppi disagi derivati dalle rispettive vicinanze.

« Se qualcosa non gli garba, » pareva dicesse intanto lo sguardo della vedova di Albert, passando con dolcezza sprezzante da una testa all'altra dei due signori « ebbene, lor signori se la prendano con la loro debolezza per le improvvisate. Qui, in casa di donna Elmina, non c'è tempo né posto per le cose del mondo ».

Neville, adesso, non era in collera, e neppure spaventato. Poco alla volta aveva ripreso il dominio di sé, delle sue emozioni, non tuttavia, ancora, quello dei suoi pensieri. Non era confuso, ma perplesso. La proposta che si era impegnato a presentare per conto dell'amico a donna Elmina, proposta della quale, ovviamente, i due amici avevano ragionato per un giorno intero (da due giorni il principe era a Napoli, e solo il secondo giorno Nodier si era con lui confidato, rimettendo nelle mani di Neville, della sua sensibilità e del suo genio diplomatico la propria vita, è il caso di dirlo, tanto era pazzo di Elmina), gli sembrava adesso pari a una strada impraticabile, di sogno o fantomatica montagna, una strada coperta di spine e di rami spezzati, che *non doveva portare in nessun luogo*, questo il suo compito: una strada di rischio, di equivoco e di offesa, soprattutto di sogno e di offesa. Improvvisamente, *vedeva* nell'animo della donna, come un po' aveva veduto dieci anni prima in quello della ragazza, quando avversò il matrimonio di Albert: ella non amava nessuno, e non le si faceva un regalo proponendole nozze, neppure con un giovane perbene, ricco, di buon carattere, e vecchio amico di famiglia, come Nodier. Ché questa, poi, era la ragione della sua visita: proporre garbatamente ad Elmina un secondo e più sensato matrimonio con Nodier, che lei ormai conosceva da dieci anni, e con questo matrimonio, senza lustro di nobiltà o di arte, ma di solo buon senso e praticità, provvedere a una vera sanatoria di tutti i suoi guai, non esclusa la responsabilità della damigella. Avesse voluto continuare a lavorare, o piuttosto riprendere, dato che aveva smesso di occuparsi di camicie da tempo, benissimo. Nodier avrebbe aperto per lei, a Chiaia, un vero laboratorio, e tutto per lei: avevano già visto i locali. Sarebbe stata di nuovo una donna libera e indipendente. La clientela sarebbe ritornata. E questo era ancora nulla: Sasà avrebbe riavuto un padre.

Ed ecco che, proprio pensando all'orfana, e a come se ne stava, simile a una bestiola perduta e indebolita, accanto alla madre, egli capì (o gli parve di capire), con una sorta di meraviglia dolorosa mista a rabbia, che di Sasà, a Elmina, importava poco o nulla. E ciò senza colpa. Nel suo animo, spesso così ridente e dolce, la preoccupazione materna non esisteva. Con intensità la guardava, e gli parve (o credé) di sorprendere un interrogativo, ma tutto inconsapevole, in quegli occhi d'oro, che subito si spense, ed ella disse garbatamente:

« Vedo che mi volete dire qualche cosa ».

« Forse sì, forse no. Dipende da quello che vi ha detto il Cardillo ».

La risposta, o battuta, era troppo fine per Elmina; divenne rossa per un'allusione che credeva di aver colto nelle parole del principe; il Cardillo poteva voler significare l'amore, il capriccio che da quella casa era bandito, mentre anche Neville, in verità, non sapeva cosa avesse voluto intendere: quelle parole le aveva buttate lì come uno scherzo di ragazzetti (quella era la sua indole). Poi, gli era tornato in mente il dispetto che Elmina aveva fatto a Floridia malata (quasi un vero assassinio), e la voce dolorosa di Albert che sollevava velocemente la gabbietta col cardillo meccanico davanti al viso di Babà, dicendo:

E vola vola vola lu Cardillo!
E vola vola vola... Oh! Oh!

finendo poi in uno strano lamento; così che per lei, Elmina, « il Cardillo » poteva voler dire: rimorso.

« Non so intanto che significa questo Cardillo » disse dopo un poco, asciugandosi la bella bocca (aveva bevuto un sorso d'acqua) Elmina. La voce le tremava appena. « Qui, come vedete, non ci sono Cardilli ».

E visto che Sasà la stava ad ascoltare – sentendo quella parola « Cardillo » – con una intensità dolorosa, mormorò di gran malumore:

« *Questa*, poi, sente tutto ».

La signorina *Questa* divenne, essendo stata colta sul fatto, una briciola di bambina, e immerse l'intera faccina nel piatto.

Non occorrevano nuove parole per confondere ancor più il principe sulla vera natura dei rapporti che intercorrevano tra madre e figlia, e sulla non lieta atmosfera che gravava, comunque, su quella casa, e che lui, senza tuttavia annullare nemmeno una minima parte dell'affetto che portava all'antica ragazza di Albert, sentiva, francamente, come un'atmosfera, del tutto voluta, di punizione e castigo, mortificazione e rifiuto del comune vivere e respirare. Come se lei, Elmina, fosse decisa, e non da ora, e forse non volontariamente, a punire, spaventare o almeno danneggiare qualcosa o qualcuno – forse indebolendone la fiducia, e forse semplicemente con delle ponderate omissioni. Era già accaduto con Albert. E nel caso attuale, vedendo quanta durezza Elmina mostrava per sé e per la figlia, e quanta mortificazione per ambedue fosse il risultato più immediato del danno che ella si prefiggeva di recare, mortificazione e paura, l'ospite sfiorò di nuovo la certezza che rimorso – e antico indistruttibile rimorso – si trovasse a monte di un così grave comportamento, si chiamasse, insomma, il male di donna Elmina; e la tanto progettata e quasi millantata domanda di matrimonio che intendeva presentare da parte dell'umile Nodier, e le parole che a questo fine si era proposto di usare, e il sorriso insieme, gli morirono tosto sulle labbra. Gettò un'occhiata a Nodier. Il disgraziato sorrideva.

È consuetudine di molti narratori di storie intese a trattenere facili lettori su vicende di adulti, è superficiale consuetudine, riferendo di scene, dialoghi e possibili pensieri in corso tra costoro, trattare della eventuale presenza, in dette scene, di un piccino, come di un elemento assolutamente privo di interesse, quando non del tutto casuale. Ma la consuetudine non è sempre giusta, e non lo è in questo caso, dato che non sempre i fanciulli presenti in dette scene ne recepiscono i particolari (spesso insani e turbolenti!) con quella ilare indifferenza che tutta una convenzione sulla sanità e felicità dei fanciulli a detti narratori impone. Né sani né felici sono, a nostro giudizio, nella loro massima parte, i fanciulli, né protetti da sentimenti elementari. Con orecchie dappertutto, essi spiano, dalle loro seggioline, e perfino da sotto i tavoli, lo svolgersi delle scene di questo gran mondo. E non poco essi interferiscono sui suoi misteri e sulle passioni dei principali protagonisti di tali misteri. Ci riferiamo qui alla damigella che lo stesso Neville, pur così sensibile verso le creature deboli e mute, aveva con leggerezza, in tutte le battute scambiate con la madre, ignorato: a Sasà precisamente.

Senza tornare molto indietro nel tempo, né uscire da quelle povere mura, dimora di inquietudini e giusti sospetti, diremo che un quinto Personaggio, del tutto invisibile e nascosto, era presente, quella sera, al frugale pasto degli amici, e rappresentava, costui, tutto il pensiero doloroso e triste della damigella. Il Cardillo, nientemeno: quell'uccello che non era un uccello, ma una sorta di destino, e al quale sua madre, e anche Teresa e Ferrantina tornavano spesso, nei loro discorsi, come all'origine di tutti i mali della famiglia, al padrone malinconico delle loro vite; il Cardillo, da quando i signori si erano seduti a tavola, andava e veniva sbattendo le ali d'oro contro il soffitto, e lanciando il suo grido pietoso. Era uno Spirito! In questo, Sasà pensava esattamente come sua madre, e come permetteva il suo stato di quasi sotterranea malinconia. Era un morto che voleva male alla madre di Sasà, e così aveva voluto male all'artista-padre e al loro felice bambino, e ne voleva a lei, Alessandrina; e da quando era apparso, in quella casa (tanti e tanti anni prima), tutti erano stati tristi. Le uova del Cardillo erano le statue! Tutte quelle statue che Sasà andava, ogni tanto, a toccare, erano le uova del Cardillo, che non si dava pace di averle dovute lasciare. E donna Elmina odiava per questo il Cardillo e le statue, e diceva, con Ferrantina (Sasà aveva sentito tutto): « Non fosse mai entrato in casa, quel Cardillo, non gli avessi mai creduto! Ma non lo feci per male! Mio padre così voleva! ». E Ferrantina, spesso, guardando con pietà la damigella, con un sospiro soggiungeva:

« Dio ti guardi, figlia mia, dall'incontrare il Cardillo! ».

(In casa loro, Sasà lo sapeva, si nascondevano anche le briciole di pane per non far trovare da mangiare al Cardillo; ma pur senza mangiare, l'uccello viveva lo stesso, si dava bel tempo, se la spassava).

« Non le capiterà, state sicura, Ferrantina » era la risposta della madre. « Non tutte le ragazze sono così sfortunate ».

Quando andava a letto, nella stanza dietro quella di Ferrantina, o mentre Ferrantina dormiva gettando un respiro come il mare di notte, Sasà rimaneva spesso, per ore, con gli occhi aperti, fissando il lumino ad olio, sul comò scassato, davanti al quadro delle Anime del Purgatorio (che dovevano proteggere la casa), oppure la porta malchiusa su un andito buio.

Tanto da quella porta, spesso cigolante per il vento, tanto dalla finestra socchiusa sul giardino sbiancato dalla luna, a maggio, poteva entrare *di tutto*! E il Cardillo soprattutto! ma anche un nano con una penna di gallina, che Sasà odiava con tutto il suo cuore piccino, e Ferrantina diceva che portava via i bambini. Elmina, invece, non lo vedeva mai. Sempre più Sasà era persuasa che Elmina fosse un folletto, o un angelo. Aveva compassione di tutti, e della figlia mai. Perciò, come suo fratello, Sasà aveva paura solo della madre, che pure non la sgridava mai. Era come fosse la madre di un altro; a Sasà, semplicemente la sopportava.

Questo dunque il cruccio (o il pensare addormentato, se vogliamo il sogno, e insieme il terrore quieto, calmo, continuo) che stringeva nelle sue zampine il cuore della disgraziata piccina. In qualsiasi momento qualcuno poteva prelevarla... e portarla dove? Da ciò quello sguardo senza requie, e la raccomandazione tutta incantata, immota, che ella aveva dedicata al lieto visitatore di quella sera.

E detto questo, torniamo alla nostra tavola male illuminata da una candela sgocciolante, avvicinandoci questa volta al derelitto Nodier, che se ne stava lì, un gomito accanto al piatto, maleducatamente, come un bambino punito, e dava proprio l'impressione di essere vicino a scoppiare in lacrime.

Come donna Elmina aveva detto « sente tutto »,

egli uscì in questa esclamazione piuttosto svagata, se voleva riferirsi alla insensibilità di una certa damina:

« Beati i piccerilli, invece, cara donna Elmina! Dei Cardilli, loro non sanno niente ».

« Spiegatevi, Nodier » rispose donna Elmina, posando la forchetta, con un velo di cipolla, sull'orlo del piatto di ferro. « Non vi lasciate andare alle fantasie ».

« Sono cose che anche una damigella può sentire » si lagnò Nodier, piuttosto vivacemente. « Non c'è paura o scandalo in quello che dico, come non c'è nella luce del sole ».

« E dunque? » lo interrogò Elmina, un po' impazientita, ma sorridendo.

« E dunque... il Cardillo vi ama, donna Elmina » disse l'infelice, piuttosto dolorosamente, abbassando il viso onesto e sciocco (dal solo punto di vista mondano, perché nel commercio, a Napoli, Alphonse si era rivelato un genio, e poteva offrire a una sposa la vita più bella che una donna possa sognare, ma un genio non era nella conversazione); e, ciò detto, parve sul punto di alzarsi e nascondersi a precipizio da qualche parte.

Donna Elmina, nell'udire questo, che il Cardillo si era dichiarato, aveva chiuso gli occhi, e ciò fu interpretato da Sasà come una stanchezza improvvisa, causata dal terrore di quel Personaggio. E aggiungiamo, senza commentarla, che una medesima interpretazione si era fatta luogo nella mente acuta e mordace del principe; il quale, fissando in modo particolare, come si trattasse di cosa che lui solo vedeva, la giovane vedova, soggiunse prontamente, con innegabile affetto:

« Sì, lasciamo stare sogni o paure, Elmina carissima, e il passato insieme... Ecco, noi due siamo qui per aiutarvi a tornare a vivere, a uscire dalla tristezza e la solitudine, uscire dal dolore... Siamo qui per farvi una proposta, che vorreste esaminare... senza fretta... con bontà. Sarebbe cosa gradita... ».

« Senza fretta... con bontà! » ripeté, trasognata, donna Elmina. « Sarebbe, dunque, un'opera di bene? ».

« Sì... senza dubbio... buona, se non di bene... » rispose un po' incerto, turbato, Neville. « Una domanda di matrimonio! Alphonse Nodier vi offre la sua mano e la sua vita, Elmina carissima! ».

La vedova non rispose subito. Anche lei, forse, per un istintivo dominio di sé, dei propri dolori, o per un orgoglio che aveva in comune col principe, temeva le proprie emozioni, e aveva per regola di non rispondere mai subito (come invece accadeva al principe per indignazione) a domande o anche semplici osservazioni, qualunque esse fossero, tanto più quando si trattava di domande gravi e di non troppo semplici osservazioni; di modo che l'eventuale affanno si calmasse, ed ella potesse rispondere come solo dei banali suoni avesse udito, sorridendo. Ma così non fu, o non del tutto, questa volta; perché, dopo essere rimasta mezzo minuto a fissare e ripiegare il proprio tovagliolo, così da far pensare che per lei la cena, e anche la vita, fosse finita (e questo suggeriva l'idea che ella non volesse ascoltare altro sullo sgradito argomento), si alzò per andare a prendere qualcosa sulla credenza e, tornata a sedersi, rispose finalmente con aria di pace e banale contentezza:

« Allora, signori miei, stavate dicendo... ». Pausa: « Stasera Sasà non mangia... pensa! Stavate dicendo... Abbiamo lasciato la frase a metà ».

« No, era intera... E voi avete sentito benissimo » esclamò sottovoce Nodier, quasi piangendo.

« Non lo nascondo... Ho sentito e capito. Ma qui ci sono due orecchie che intanto si sono allungate, e un altro poco cadono a terra... Sasà, figlia mia, va' a vedere da Ferrantina, se non dorme, o cerca, nello stanzino, senza fare rumore, un'altra candela... qui non ci si vede bene ».

Ora, Sasà veramente scese dalla sedia, ma non

andava, non si moveva. Sapeva che nella stanza accanto − stanzino per modo di dire, una dispensa vuota e abbandonata − c'era l'uccello di cui si parlava. Lo aveva sentito.

Per questo sua madre era così gravemente emozionata, colpita; si avvicinò perciò a lei, e appoggiò la testa, in atto di sottomissione, muta fiducia e disperazione insieme, sul suo braccio piegato.

« Va'... va'... » le disse dopo un po' la madre. « Lillot » (era il nano con la penna di gallina, ed Elmina pensava che Sasà avesse paura di lui) « se n'è andato ». Ma subito si dimenticò completamente della figlia. E rivolta a Nodier, con voce fredda, ma dove un nodo di durezza andava crescendo e poi diminuendo, come una collera troppo grande verso la vita piuttosto che verso qualcuno in particolare la dominasse, aggiunse con lentezza, sforzandosi a un non lieto sorriso:

« Signor Nodier, ci vediamo tanto spesso... Perché vi è venuto in mente solo stasera? ». Guardò un momento, con una specie di stanchezza mortale il principe, e subito distolse lo sguardo da lui, soggiungendo:

« Non dico di no. Non lo dico mai, per principio. La marchesa Durante ve l'avrà anche detto, signor Nodier. Una vedova, con una figlia, riflette sempre su ogni proposta; questa mi sembra utile *a entrambi*... La cosa che vi chiedo è solo un po' di tempo. Qualche faccenda − nulla di speciale, in ogni modo − da sistemare in vista di questo mutamento... ».

« Tutto il tempo che volete. Anche un anno! » il disgraziato Nodier.

Ora, a questo punto, Neville sapeva benissimo che ella lo odiava, sentiva di averla ingiuriata presentando e appoggiando la seconda domanda di matrimonio, e non ne capiva il perché; o meglio, lo capiva: ella lo considerava la causa di tutte le sue sventure. Solo la coscienza delle loro diverse situazioni, e di quanto lui, Neville, aveva elargito alla famiglia del Guantaio, e lei, Elmina, aveva sprezzantemente sottratto e disperso in opere che, certo, erano di bene, ma si opponevano, o lo negavano, allo scopo da lui vagheggiato: renderla felice (e questo al fine di separare le loro storie); solo questa consapevolezza impediva o vietava alla crudele Elmina di rispondere nel modo più aperto e tagliente. Ma proprio perciò fu sicuro, il principe, che, in seguito, ella avrebbe accettato Nodier: proprio per pagare il suo debito con Neville, dato che altra cosa non aveva più a cuore che non dovergli riconoscenza in nulla. E il pensiero del di lei odio che, adesso gli era chiaro (e si mostrava inevitabile come risposta ad ogni moto del cuore di lui), sarebbe solo cresciuto, lo impietrì. Tuttavia, sperava sempre di sbagliarsi, e guardava con aria supplichevole, senza saperlo, ora la vedova, ora la sua piccola figlia.

Sasà aveva finalmente accettato che sua madre la ignorasse, ma sembrava anche lei, come gli ospiti, irrigidita in un sentimento che era soprattutto, in Sasà, di paura degli Spiriti e di avversione per il nano nascosto.

« Va'... va' dunque a dormire... va' da Ferrantina » le disse a un tratto, spazientita, la madre, liberando il braccio dalla testina della damigella (e Neville ebbe la sensazione che una Chimera di pietra avesse sbattuto, nel sonno, un'ala), per cui Sasà arretrò incespicando e quasi cascando; poi, incertamente, si diresse verso la porta scura dello stanzino, ma, giunta alla soglia, si fermò di nuovo, con aria di invocazione.

« Apri, dunque! » le gridò quasi, ma del tutto calma, la voce della madre.

Neville si rese conto, girandosi subitamente a quel sereno ma non amorevole comando, che in tutto quel tempo, dall'incontro sulla Scalinatella, sotto la pioggia, e durante la cena, se si voleva chiamarla così, fino all'ordine rivoltole da Elmina di andare a cercare una candela, mai la figlia di Albert aveva pronunciato una sola parola. E nel medesimo istante in cui veniva colpito da questo pensiero, del mutismo assoluto di Alessandrina, una più profonda commozione lo invase: in quanto la damina, proprio nell'atto di girare il pomo della porta, era arretrata, e non volgendosi completamente indietro, per il terrore della madre, non riusciva però a nascondere quella pena sovrumana che afferra talvolta i fanciulli non amati davanti a un obbligo che non osano affrontare, e però *devono*, e quindi li soffoca. In questo caso, alla buia dispensa da attraversare dopo tutti quegli accenni al terribile Cardillo, si era aggiunta la rapida sortita, da detta porta della dispensa appena dischiusa, di una grossa farfalla *nera*, che evidentemente si era appostata dietro l'uscio in attesa di assalire Alessandrina. Con uno scatto, passando prima in basso, davanti al volto di Sasà, e poi sollevandosi, l'oscura creatura era andata a sbattere in silenzio sul muro di fronte, ma all'altezza del soffitto, ed era un prodigio che in faccia non l'avesse ricevuta donna Elmina. Disgraziatamente fu chiaro, per Sasà, che quello era uno degli Esseri appostati dietro la porta, e precisamente *Colui* le cui orecchie si erano allungate fino a terra. Per cui, la faccia che ella mostrò all'appassionato amico di Elmina, e poi al di lei pretendente, fu di totale – avresti detto – panico e smarrimento; e portò le manine davanti alla bocca, per soffocare, cosa che le riuscì, un: Aaaaaaa! Aaaaaaa! di straziato timore, che certo avrebbe fatto male a sua madre, in quanto la causa, ormai innegabile, era la Creatura con le Orecchie, era l'atroce Cardillo, o il suo compare con la piuma, che venivano a prenderla; ma poi non resse e, piegandosi in due pietosamente, fece udire un sussurro; e questo era un triste:

Lucaddillo! Lucaddillo! Lucaddillo!

cui seguì un quasi inaudibile, straziato, nella sua debolezza:

Aaà! Aaà! Aaà!
Aaà! Aaà! Aaà!

mendace improvvisazione infantile, o triste verità?

Gli occhi irati (ben segretamente, ma irati e dolenti) di sua madre si volsero appena e, incontrando quelli di Nodier, espressero adesso una ironia affettuosa che esaltò il Pretendente, come una prova irrefutabile di fiducia, cui fece seguito una sorta di esortazione, o comando, ugualmente affettuosa, ma stanca:

« Don Alphonse, » (mai si era espressa così, era la prima volta) « per favore, vedete voi cos'ha mia figlia. A me, non mi sente ».

« Ha paura, ha visto il Cardillo, ma qui non ci sono Cardilli » fece subito, alzandosi e correndo vicino a Sasà, il suo aspirante padre; e la sollevò tra le braccia, mentre Sasà continuava a gemere pietosamente il suo mendace: « Aaà! Aaà! Aaà! ». Essendosi poi il Nodier, con la damina in braccio, accostato al tavolo dal lato di donna Elmina, quasi a mendicare una parola compassionevole per la signorina, la madre si mise a ridere, cosa che confortò in parte il signor Nodier, mentre rattristò Neville, che disse con bontà, guardando la ridicola mano con l'anellino:

« Signorina Dupré, non dovete avere paura. È semplicemente una *palummella* ».

Egli conosceva, e ricordava, molte espressioni napoletane, e questa parola sortì dunque un vero effetto consolatorio.

« Pa...ummella? » ripeté infatti, con la voce ancora grossa di dolore, la figlia dell'artista.

« Sì, paummella » rispose allegro Ingmar. « E stasera era tutta vestita di nero, ma domani mattina, figlia mia, la vedrai tutta vestita di rosa ».

« *Pa...ummella! Losa!* » ripeté con dolce stanchezza

la signorina; e dopo aver osato di cercare, levando il viso sparso di lacrime, la temuta apparizione sul muro in alto, e avendo scorto soltanto quella misera macchietta, tirò un gran sospiro, come usano i piccini oppressi da pensieri di Spiriti nascosti negli armadi, e tornò a guardare Neville con quella espressione sognante che egli aveva già notato in lei – come lei stessa, Alessandrina Dupré, dimorasse in un armadio o in un sogno – e per la prima volta (ma egli non era sicuro che fosse un vero sorriso, e non un riflesso vago, involontario, del suo), atteggiò l'angolo delle labbra a ciò che comunemente si crede un sorriso. Ed era forse una semplice accettazione di cose, forse un ascolto, di suoni lontani e di pace.

La cena si conclude e il patto anche.
« Nel mio cuore c'è un nome solo ». (Ma di chi?)

Il principe era commosso; ma seguendo con gli occhi la bimba, la testina ciondoloni sulla spalla di Alphonse, come già un'ora prima sulla spalla della madre, la sua commozione non era solo per lei: riguardava la tremenda Elmina e il suo spirito di mortificazione, che era causa di tutto quel suo gelo interiore, di quel suo spazio interiore così vuoto e così abitato, insieme, da durezze quasi soprannaturali. Comprendeva che anche lì, sotto tanto comando e indifferenza, vi era dolore, solitudine... e avrebbe voluto aiutare... soccorrere.

« Ve ne state lì... » lo riscosse la voce carezzevole e fresca, adesso, dell'antica Ammirata, voce percorsa tuttavia da un'odiosa ironia « ve ne state lì tutto impietosito e turbato, come se foste il padre della signorina. Invece, il padre sarà Nodier » concluse serenamente.

« *Vous l'avez donc accepté, Madame?* » non poté trattenersi dall'esclamare, senza capire altro, al colmo della incredulità e di una *triste* gioia Neville. E perché fosse triste non avrebbe saputo dire.

« Sì, in questo momento... vedendolo... Nell'interesse di Sasà l'ho accettato». Elmina lo guardò sorridendo, e soggiunse:

«La cosa mi conviene».

Neville si trattenne per un miracolo dal dire, confuso e agitato com'era:

«*Je vous en remercie beaucoup, Madame*».

Si alzò, invece, in tutta la sua nobile affettuosa figura di uomo educato alla gioia, ma anche alla pietà, ai segreti del vivere, e disse di slancio:

«Sì, Nodier... ora Madame Nodier. Ma il vostro nome, nel mio cuore, carissima Elmina, resterà sempre *uno solo*, credete» e voleva intendere, pensando d'interpretare il di lei rimpianto segreto di Albert, e ciò che credeva l'infelice passione della sua vita, appunto per Albert, voleva intendere: *Dupré*; ma ancora, per fortuna o istinto, non disse niente di ciò che pensava di sé e di lei; non disse: *Elmina Dupré*. Ed ella poté intendere quindi ciò che era vero: «Il vostro nome (*Elmina*) nel mio cuore non sarà seguito da altri» – o qualcosa del genere – con un senso di stupore e tristezza che la rendeva più grave di quanto fosse.

Ella lo guardò, con lo stesso sguardo lento e *legato* di sua figlia, ma non così doloroso, e rispose serenamente:

«Anche nel mio cuore, credetemi... c'è un nome solo».

E questo, per il principe, era al di sopra del tutto, della più che modesta, della fanciullesca opinione che egli aveva del suo posto nel mondo e, in fondo, di se stesso, se non forse dei cuori altrui.

Fine della «Seconda domanda di matrimonio»

IV
BRUTTA STORIA DI SASÀ (LA PAUMMELLA)

Una visita istruttiva alla stanza delle statue.
Piccole tracce di un certo Hieronymus.. Gaudio
di Nodier e vaga tristezza del principe

L'indomani, al risveglio, la giornata, o almeno la mattinata, si presentò del tutto diversa da come i due amici, Nodier trasognato e trionfante, e Neville assai meno, si erano aspettati. Perché, alzatisi verso le dieci, trovarono che donna Elmina era già scesa a Napoli due ore prima, per una chiamata della Durante; la causa era un costumino da ballo di suo nipote, il giovanetto Geronte, invitato quella sera a Corte per una festa di fanciulli; detto costumino si era rivelato tutto da riparare, ed Elmina, uscendo, aveva lasciato un biglietto per Nodier (forse sentendosi già fidanzata). L'ambasciata della Durante a lei l'aveva portata Teresa, in quei giorni ospite di un altro convento, attiguo al Palazzo Durante; alla quale Teresa, donna Elmina aveva affidato, poi, il proprio messaggio, assai laconico e tutto scarabocchiato, per i due signori, e per Nodier particolarmente. Diceva la vedova, in tale biglietto, che amicizia e lavoro la costringevano ad assentarsi tutto il giorno, ma sua sorella Teresa ne avrebbe fatto le veci. In quanto al discorso della sera prima, senza meno sarebbe continuato in modo soddisfacente *per entrambe* le parti e, anche se non subito, la *buona conclusione* ci sarebbe stata.

La grande gioia di Nodier, una gioia ebbra, che era già scoppiata, ma subito repressa dalla presenza di Elmina, la sera avanti, tutta identica, sebbene non così meravigliosa e angelica, a quella dell'artista dieci anni addietro, non gli aveva fatto prender sonno che sul tardi, assediando il principe con tutti i suoi entusiasmi e i suoi progetti; e quasi il disgraziato commerciante si sentiva amato! né si rendeva conto di rappresentare, agli occhi e nella vita della vedova Dupré, sentimentalmente parlando, altro valore che quello di un buon rotolo di stoffa: non seta o velluto per abiti sopraffini; ma comunissima lana per vestiti di tutti i giorni. E dunque non più interessante di una normale partita di contabilità. Non si rendeva conto! Non pensando minimamente di poter intervenire per scoraggiarlo, come aveva fatto in precedenza col povero Albert, anche perché questa volta l'iniziativa era stata condotta proprio da lui, il principe era tutto pensieroso, e non lo aiutavano molto i sorrisi, le grazie e la concretezza di Teresina ad uscire dal suo stato di freddezza e stupore, se non proprio di malinconia, per una astrattezza ed enormità, per non dire grossolanità, che sentiva nella cosa, e che egli, però, non avrebbe saputo dire in quale punto della faccenda risedesse; se non, forse, in una atroce cecità e opacità del suo discernimento.

In questo stato d'animo (i due avevano dormito in una stanza accanto a quella di Ferrantina, con una strana sensazione, tutta la notte, di passetti nel soffitto, di risa e voci infantili, di sospiri e soffi, ed era il vento che si levava dopo la gran pioggia, purificando tutto il bel cielo di Napoli), Nodier e Neville, una volta letto il biglietto, girellarono un po' per la casa, che presentava adesso un aspetto assai diverso da quello offerto la sera avanti, e infinitamente più gradevole.

Erano, s'è detto, già le dieci, e lo studio, come veniva chiamato ancora, per comodità, l'intero villino, dopo tutta la pioggia e il vento che l'avevano tormentato, appariva letteralmente inondato di sole, e tuffato in un piccolo Eden di verde e di rosa, con tutte le finestre aperte sul giardino, e i davanzali coperti di vasi e cassette pieni di garofani e cedrina; mazzetti di pomodori, appesi a un chiodo sui muri, erano messi lì a seccare. Tutto era pulito, meticolosamente pulito e ordinato, e non si poteva dire che donna Elmina fosse una padrona di casa trascurata. Ma che deserto di mobilia, dentro, e, ovunque, quale squallore! Non un ornamento, non un di più, in giro; non un bell'abito, una bella stoffa, una mensola fiorita, una tendina incantata da qualche parte. Non era una miseria di cose, non una vera e propria povertà all'origine di questo rigore, per quanto fosse percepibile, in esso, una certa ristrettezza, una severità di scelte dovute alla penuria di denaro; non era questo, ma era, o sembrava, piuttosto un regime, quasi una regola alquanto monacale e molto imbarazzante che donna Elmina si era imposta, e la privava – e con lei gli abitanti della casa – del minimo piacere o gusto del vivere. Si sarebbe detto che, per lei, il vivere fosse male. Fosse un peccato, un abuso. E tornava, alla mente silenziosa del principe, l'antica domanda: *perché*? E, dietro questa domanda, l'unica risposta ragionevole era che nella vita di lei vi fosse una colpa, o anche qualcosa di più grave, che ella scontava volontariamente, forse per sottrarsi (o sottrarre qualcuno) a un castigo più alto.

Videro in un armadio, mezzo nascosto nell'andito dietro la cucina, molti abitucci bellissimi, da damigella, che certo donna Elmina aveva avuto in regalo per la figlia dalla Durante: erano tutti intatti, appesi a qualche gruccia, protetti con qualche vecchio giornale; mentre altri, più ordinari e miseri, ma accuratamente lavati e stirati, apparivano bene in vista, dato l'uso continuo, su qualche scaffale a portata di mano. Calze, poi, di lana nera, e sottanelle anche nere per la piccina, obbligatorie per il lutto, fissato in altri otto anni, erano appese in giardino, in mezzo a certe rose (strane per quel mese), erano stese ad asciugare su qualche cordella, dopo l'acquata che avevano presa.

Nella stanza delle statue, detta ancora, impropriamente, «studio» (ma tale non era già da molti anni, era solo un deposito di cose *finite*, nel senso di perdute al tempo per sempre, in quanto nessuno sarebbe tornato più a lavorarvi), i due signori, sempre immersi in questo vago sbalordimento, fatto di estasi per l'uno, di malinconia e stupore per l'altro, e per tutti e due di una confusa percezione del passaggio del tempo e delle cose, si soffermarono più a lungo, ritrovando tutte le statue, i busti, ma soprattutto le famose testine che erano state passione e cruccio dell'artista prima che iniziasse (o era già iniziata con quella passione e cruccio?) la sua malattia, e tutte ricordavano il povero Babà. Sparsi qua e là, poi, scorsero oggetti che essi ben conoscevano come la gabbietta d'oro, ma priva del cardillo, che giaceva decapitato in un cassetto semiaperto. Chissà la testa dov'era volata! Altri piccoli tesori (almeno materialmente conservavano un certo valore), come medaglioni, scatoline di smalto, fermacarte e tagliacarte d'argento, orologini di bronzo e penne anche di bronzo, del glorioso tempo passato – il tempo, per intenderci, della Casa del Pallonetto, la casa di maggio, dove era nato il mistero e l'amore di quel mistero – giacevano abbandonati su sedie e cassapanche, coperti da un buon dito di polvere, segno certo che mai una sola volta donna Elmina li aveva toccati, né aveva permesso a Ferrantina o alla sorella di toccarli; e anche ciò rese più grave il principe. Neville scoperse poi, sotto un tavolino di marmo, il cui ripiano appariva spezzato in due, forse per qualche furia di Albert, un orologio francese da caminetto, tutto dorato, e le mani gli tremavano nel tentativo di ricaricarlo. Impossibile. La chiavetta era divelta, e le lancette apparivano come incastrate nei numeri d'oro, e ferme a un'ora che gliene ricordò un'altra: quella della scomparsa, da questo mondo, di Alì Babà: le nove e cinquanta minuti del mattino. Pensò che il giardino, allora, doveva essere come appariva oggi, e comprese perché giacesse così totalmente abbandonato nel suo innocente tripudio di gioia, ma anche come delicatamente velato da un senso di tristezza.

Quello che non comprendeva – o per meglio dire lo comprendeva benissimo, ma non sapeva accettarlo – era perché donna Elmina fosse rimasta in quella casa invece di trasferirsi presso la Durante, a Chiaia. L'amore per Albert, e la miseria conseguente alla sua scomparsa (non trovava altra risposta), sembravano essere la sola ragione che l'aveva trattenuta lì.

Poi ricordò ciò che dimenticava continuamente, quasi in una tranquilla vertigine: era stata proprio lei, donna Elmina, prima ancora della scomparsa di Albert, ad alienare tutto il capitale del marito e del figlio in « opere di bene », come aveva spiegato più volte, approvando energicamente, Alphonse Nodier; ma questa carità, questo altruismo, sempre privi di una qualche pur minima motivazione spirituale, a Neville, che pure non rifletteva troppo, quando sognava (e trattandosi di Elmina, egli sognava sempre), apparivano ora, pensando alla situazione della famiglia, del tutto inesplicabili. Dare via tutto, tutto. Perché?

Nodier lo chiamò dal vano assolato di una finestrina, sotto il cui davanzale erano sistemati alcuni scaffali per i libri – ma libri non ve n'erano, solo pacchi di carte ingiallite, lettere e documenti tenuti insieme con lo spago – per mostrargli un documento redatto in tedesco (registriamo qui, casualmente, l'imbarazzante tranquillità dei due amici nel trattare così indiscretamente delle cose di donna Elmina, ma della gravità di questa indiscrezione essi non erano, ahimè, quel mattino, in grado di accorgersi). Era molto vecchio, e Nodier supponeva riguardasse la nascita di Elmina, la cui città natale era stata sempre indicata, dalla famiglia del Colonnello, come quella universitaria di Colonia. Ma non riguardava Elmina. Dal Municipio di Colonia, in data 1779 – dunque ventisei anni prima – era registrata la data (presunta) di nascita di un tale Hieronymus Käppchen, di cui un facoltoso commerciante napoletano aveva chiesto, su indicazione di benefattori legati alla Corte, l'adozione. Quella specie di certificato garantiva che il « fanciullo » non aveva genitori; le sue fattezze erano umane (proprio così), ed era stato trovato nel cavo *di un albero* della vicina foresta (sottratto quindi, per caso, ai lupi) una notte di novembre. Neville provò un senso di ribrezzo (o solo fastidio per quel vecchiume?), e per la prima volta pensò che il mondo era vecchio, molto vecchio, e benedisse il vento rinnovatore, ancorché gelido, della Francia. Che il povero don Mariano fosse caduto, tramite il suo legame con la Helm, nella trappola di qualche burocrate fantasticante (anche la Germania di allora ne abbondava) non lo sorprendeva, data la di lui semplicità e ignoranza. E poteva, ricordando per un momento la sua visita al Cimitero Maggiore di Napoli, dieci anni prima, e rivedendo come in un lampo le scritte, subito scomparse, sulla lapide, argomentare che la pratica si era conclusa in modo favorevole al Guantaio e a quel piccolo disgraziato: con una regolare adozione. Che poi il sopracitato Käppchen, o *Berrettino*, fosse morto, all'alba della Rivoluzione, di qualche febbre viscerale, comunissima a Napoli, la cosa non poteva che rallegrarlo: per tutto il peso morale che sottraeva alla povera famiglia napoletana. Ricordava benissimo la desolazione del vecchio, la sua riluttanza (che gli era stata riferita) a staccarsi dal Pallonetto per qualche memoria o ricordo straziante. E il ricordo era *quel* fanciullo, forse, non la soave Floridia.

Di ciò, tuttavia, non fece parola al giovane Nodier. Continuando a curiosare per lo studio (aveva restituito il documento a Nodier, che lo aveva riposto rispettosamente nello scaffale), i due s'imbatterono nella famosa scatola di cartone con gli spaghi, cui in passato era stata attribuita la custodia delle « lettere », e forse doveva aver contenuto solo i « giochi » del piccolo disgraziato. Le « lettere », infatti, non c'erano: i piattelli di metallo e le ciotole c'erano ancora; ma, insieme, erano ammucchiate varie paia di scarpe, ancora nuove, del vecchio. Questa scatola, più che il documento del Municipio di Colonia, aprì nella mente del principe un altro spiraglio sulla divertente e insieme cupa vita del Guantaio, sul suo amore per i piccerilli, e questa volta anche sulla durezza di Elmina. Lì, tra le scarpe del vecchio e altre cianfrusaglie, erano dunque finiti i piattelli e le ciotole del piccino prediletto; e un campanello dorato e spezzato, che forse il « nonno » aveva agitato per lui, per incantarlo, giaceva adesso fra quelle povere cose. E nessuna mano al mondo lo avrebbe ridestato nel suo cuore argentino.

In un'altra scatola, questa pure di cartone, per scarpe, che portava la soprascritta ingenua *Lettere della mia Brigitta adorata*, di lettere ce n'era una sola, e ricordava a don Mariano, assai laconicamente, che la Casarellà non era stata ancora pagata. Le rate da lui versate si erano fermate all'84: « ...la malattia di vostro figlio, per così dire! (*sic*) vi ha dato alla testa » concludeva il biglietto. « Ma per l'amore dei *miei* figli non dimentico il contributo in ducati (sonanti) che ancora mi dovete! Vostra Brigitta. (Quindi, affrettatevi) ».

Questo illuminava in modo terribile tutta la storia. Mai donna Helm aveva amato (o non nel modo da lui sognato) il povero Guantaio, e i « figli », per così dire, non lo avevano certo ricompensato di questo vuoto: né Floridia, né l'adottato di Colonia; e in quanto a Elmina, si vedeva in quella trascuratezza e disprezzo delle cose del padre quanto anche lei lo avesse dimenticato. (Ma chi mai non spingeva via dal suo cuore, alla fine, la cara Elmina?).

Insomma, più *vedeva*, più al principe si stringeva il cuore; poiché legava insieme cose banali come l'ignoranza, e cose grandiose come gli affetti; e avvertiva non so che vaga e totale disumanità in Elmina. Comprendeva poi che la vita apparentemente sbrigativa e fredda di alcuni – un povero terreno arido! – non è, nella sua povertà e aridità, che riferimento a qualche povero, ma terribile *altro*.

Si parla del futuro di sposa e di cucitrice di Elmina,
e assistiamo alla millanteria del fidanzato.
Nuove perplessità del principe

Lasciarono quella stanza, che poteva ben chiamarsi Stanza delle Memorie, per far ritorno all'umile
ambiente denominato cucina, dove era stata consu-
mata una stramba cena di fidanzamento la sera
avanti.

Qui, Teresa, che aveva indossato un bel vestito rosa, stato di Elmina giovanetta, servì loro, gloriosa e
sorridente, il caffè. Era felice, spiegò subito, perché
si era fidanzata con uno della polizia, e presto, dunque, sarebbe stata sposa, lasciando, grazie a Dio, il
convento che l'aveva ospitata fino a quel momento.
Un breve accenno alla *pupata*, di cui il principe le
aveva fatto dono quando lei non era ancora una
damigella, fece sorridere *entrambi*, mentre – del resto
vagamente – Ingmar si chiedeva perché le due sorelle, dopo la morte di Albert, non fossero tornate a
vivere insieme, come al Pallonetto; e ipotizzò, forse
non benevolmente, qualche contrasto di carattere
fra le due donne, dovuto alla grande austerità di
Elmina, che rendeva difficile la convivenza di lei con
una giovane di carattere più lieto. Qui, un fuggevole
accenno di Teresina alle « loro » lettere scritte insie-

me, per sopperire alla scarsa istruzione di Elmina, al tempo in cui erano venute da poco ad abitare alla Casarella, fece sorridere Neville, ma non così apertamente Teresa, che a quel sorriso parve perplessa, come se la faccenda della scarsa istruzione della sorella non fosse la spiegazione vera di quella corrispondenza a quattro mani e si aspettasse che il principe lo capisse da sé.

E il principe, qualcosa, in realtà, comprendeva; ma non troppo. Gli pareva, questo sì, ogni volta che la buona Teresa faceva il nome di Elmina, che un ostacolo, un divieto, una difficoltà che lui non vedeva, impedisse alla buona ragazza di andare avanti, e che insomma ella esitasse come sulla soglia di una porta proibita, quasi non stimasse conveniente inoltrarsi, né si addicesse alla grande liberalità del principe tacergli quell'inconveniente. (L'avresti insomma assomigliata a un fanciullo che, inseguendo il volano in un grazioso giardino, si arresti a un tratto davanti a un muro e una porta *da cui non si deve passare*). Quante cose il principe avrebbe desiderato, eppure non osava, chiedere apertamente alla buona Teresa! E una fu questa.

« Vostra sorella, » diss'egli a un certo punto, guardandosi intorno con dolcezza e malinconia, e con quel suo caro sguardo fissando a volte la giovanetta « vostra sorella... – suppongo... penso... non dico di aver ragione, ma lo penso, scusatemi – dovrebbe attenersi un po' di più alle consuetudini del mondo, che vogliono si tenga anche conto della gioia... dell'allegria... Non vi è gioia né allegria, in vostra sorella, mia cara Teresa ».

Non si preoccupava di parlare così davanti a Nodier, la cui larga faccia continuava ad esprimere la più assoluta soddisfazione, fiducia e felicità. (E, se vogliamo dire di più, una vivissima simpatia, del resto spiegabile, per la sorella di Elmina).

« Né gioia né allegria, infatti » rispose la ragazza, facendosi pensierosa, mentre giocherellava con una collanina di pietre azzurre senza valore che pendeva dal suo collo e terminava in una crocellina d'oro, in armonia coi suoi riccioli biondi. «Lavora sempre, adesso, purtroppo in casa d'altri; il taglio, il cucito, gli ornamenti, e non raramente anche le *pezze*» (intendeva il rammendo) «per gli abiti degli altri, sono la sua passione. E travede per la Marchesa! Ma il suo preferito, in questo tempo, è don Gerontino Watteau, dei marchesi Durante, l'unico nipote di donna Violante che, come saprete» (il principe non lo sapeva) «fu amica stretta di nostro padre. Gerontino – o Emilio – pur essendo bello come un angelo, è un cattivo ragazzo; e anche Sasà, mi dispiace dirlo, travede per lui... che però la maltratta...».

«Sasà?... così piccina avrebbe già una simpatia?» fece dubitoso e allegro Ingmar.

«Purtroppo sì...» rispose Teresa scoppiando in una grande risata, da quella buona ragazza che era. «Del resto, signor Neville, i bambini, a volte, hanno le loro passioni... tali e quali i grandi! Ma stavamo parlando di mia sorella. A parte don Gerontino Durante, mia sorella ha una sola passione vera: ed è un grande laboratorio, una camiceria, con almeno sette ragazze come aiuto e per clientela la buona società di Chiaia. E non le dispiacerebbe che Sasà, da grande, ne prendesse la direzione... Invece» rise di nuovo, più debolmente «io penso che Sasà sposerà Gerontino... se queste non sono ipotesi troppo azzardate».

«Non sempre... Non sempre!» si affrettò a commentare, ottimisticamente, l'affettuoso Nodier, del tutto entusiasta, quella mattina, della famiglia di Albert. Neville, invece, a quell'accenno a Sasà, che poteva sposare, da grande, Gerontino Durante, si era fatto pensieroso. Come crescevano i fanciulli! Come passava in fretta la vita, a Liegi o a Posillipo!

«Vi sembrerà strano,» riprese Teresa rivolta a Neville «ma le cose e le vite... anzi le fortune degli altri, sono la sua passione, di mia sorella Elmina... E questo perché la propria vita lei la odia, non la vuole vedere, quasi fosse un castigo... o chi sa che... » soggiunse come a chiarire i pensieri del principe, che sembravano esitanti, e lei lo vedeva.

« Frutto dell'educazione monacale » uscì a dire, con l'aria di un uomo moderno, e che la sa lunga sulle donne, il grasso Nodier.

« Vi pare? Ma mia sorella non è tanto religiosa... in chiesa non ci va mai... perché non tiene tempo, ma anche per indifferenza naturale... il paradiso non la interessa proprio... Il lavoro è tutto, per lei ».

Queste parole, come altre dette dalla semplice ragazza, la sola creatura veramente concreta della oscura famiglia di don Mariano che Neville avesse conosciuto, andavano lasciando da un po', nel suo animo, come degli echi, delle luci radenti, delle bave di perplessità. Anche quel marchesino Geronte! Non figlio di lei, certo, nemmeno per ipotesi – o Teresa non si sarebbe compiaciuta di un suo possibile matrimonio, domani, con Alessandrina –, ma le era caro: probabilmente perché protetto un tempo da don Mariano, il quale a lei non era parente per nulla, ma che Elmina aveva amato come vero padre.

Tornarono al discorso del laboratorio.

« Questo non è impossibile... Anzi, è tutt'altro che impossibile » sosteneva Nodier.

« Un laboratorio, a Napoli, nel quartiere di Chiaia... non è impossibile, dite?... » fece Teresa. « Ma, signor Nodier, ci vuole del denaro che donna Elmina non tiene! » e sì dicendo si morse le labbra, perché anche lei era a conoscenza delle spietate elargizioni di donna Elmina a danno di tutta la famiglia e di se stessa, altrimenti il denaro ci sarebbe stato. Era inoltre imbarazzata dal fatto che il dispensatore, piuttosto incredibile, di quel patrimonio andato perduto era lì, presente alla discussione; e la logica avrebbe voluto che si ritenesse un po' danneggiato e schernito dallo stravagante agire di Elmina (ed egli, in parte lo era, ma soprattutto era intristito dal seguente pensiero: che donna Elmina avesse rifiutato il dono solo per non avere un debito col donatore. Questo pensiero non gli si era mai presentato prima, con tanta evidenza, ma egli non lo respingeva, adesso, lo accettava come parte della sua nuova tristezza.

« Ma non parliamo, ora, di queste cose » concluse la buona ragazza, abbassando la testa dorata davanti al turbato Neville.

« Invece, *parliamone*! » a questo punto, tutto ridente, il mercante, prendendo una mano, e baciandola, di Teresina. « Parliamone, mia cara Teresina. Posso chiamarvi così, perché da oggi sono vostro cognato! Donna Elmina mi ha accettato per marito. Questo era lo scopo della nostra visita – di Sua Altezza e mia – ieri sera. Mi ha accettato, e con ciò è ritornata ricca, anzi, ricchissima. Non è vanità, in quanto tutti, ormai, conoscono la fortuna economica di don Alphonse Nodier, il nuovo re del guanto, a Napoli ». Parlava trascinato dalla felicità e l'enfasi. « Nodier, se permettete, è uno dei più facoltosi commercianti di Napoli, e proprietario di invidiati negozi in via Calabritto e al Ponte di Chiaia. Può offrire a una donna tutto ciò che ella vuole. Da oggi, perciò – anzi da ieri sera –, se ne deduce che donna Elmina, avendomi accettato come padre di Sasà, può permettersi tutto ciò che desidera. Non si parla di un comune laboratorio di camiceria. *Pffff!* Oggi, il denaro, lei può anche buttarlo dalla finestra, farlo correre fino al Vesuvio... cosa che a certuni » si riferiva con un filo di malignità al principe « potrebbe anche apparire esagerata... Ma ne ho appunto per questo. Il denaro (almeno il denaro di Alphonse Nodier) serve, appunto, a questo ».

Si aspettava di suscitare l'entusiasmo di Teresina, di vederla sorpresa e commossa; ma la ragazza non mutò espressione, quasi egli avesse parlato solo tra sé e sé.

« Davvero dite?... e vi ha accettato? » osservò dopo un po', gettando un'occhiata, senza alcuna ragione

217

apparente, a Neville; e in tono sommesso, aggiunse: « Mi fa piacere. Ma per quanto riguarda le difficoltà economiche di mia sorella, e anche la sua tranquillità, la cosa resta difficile lo stesso, signor Nodier, perché mia sorella il denaro degli altri non lo vuole mai. Niente prestiti, e via i regali. È fatta così ».

« Una ragione ci sarà, » osservò vivacemente, ma subito imbarazzato dalla sua indiscrezione, Neville, che cominciava a sentire sconfitta la propria intelligenza davanti a questi misteri della personalità (dunque causa della continua rovina della vedova) « o qualcosa di simile... » concluse timidamente, mentre Nodier, con infantile ma dolce petulanza, e senza badare a quella battuta del principe, correggeva: « Il denaro degli *altri*, dite bene, signorina Teresa, ma il fidanzato e il marito che presto io sarò per lei, non sono *gli altri*! ».

Era un po' piccato dalla indifferenza di Teresa. La risposta di lei fu inattesa:

« Vi sbagliate, signor Nodier, perché anche il fidanzato, il marito, quando si tratta di denari, sono per lei *gli altri*. Vi dico che mia sorella non considera proprietà che quella del suo proprio lavoro. E così non accetta niente da nessuno, perché l'accettare, per lei, è mantenimento, e il mantenimento, la pensa così, è servitù. Preferisce la servitù vera e propria – diciamo lavare i piatti – piuttosto che l'obbligo del cuore verso altri. Lei è fatta così ».

« La libertà, dunque, è il fine per cui si sacrifica! » si disse attonito Neville, il cui veloce pensiero non mancò di concludere: « Ella resta fuori del mondo, e rinunzia all'intero mondo, tanto le è cara questa libertà: certo ne ha fatto da tempo, e ne fa ancora, dono a qualcuno! ». La tristezza – benché il bel volto rimanesse sempre lieto e trasparente come nei momenti più felici della vita – aveva raggiunto il colmo, e tentava ora di allungare la sua ombra sulla povera, ma stamane lieta, cucina e sul paesaggio che s'intravedeva fuori della porta aperta, paesaggio tutto inondato di sole.

Ora, il principe non poteva pensare – e vedeva che tutta la sua vita ne era gravata – che a questo « qualcuno ». Mentre assai diverso, e diremmo con un briciolo di arroganza, era il sentimento (o semplice reazione?) del fidanzato; il quale – particolare comprensibile – quasi alzava la voce, esclamando, tutto ridente, volto a Teresina:

« Mantenimento... servitù! Parole da ridere, per una sposa adorata, quale, ve lo assicuro, signorina Teresa, vostra sorella è da oggi per me. Non saprà più che farsene della libertà quando avrà il suo nuovo schiavo vicino... e tutto il mondo ai suoi piedi... credetemi, signorina! ».

Più sciocco di così! Ma il principe non sentiva. Guardò fuori, e provò il desiderio di uscire in quella lieta e muta campagna. Si alzò e avviò dunque (la porta a vetri era aperta, e gli scalini caldi di sole) verso il giardino.

Gli altri due lo seguirono.

Il giardino felice. Assistiamo al volo della
Paummella sulle siepi mediante l'uso intelligente
del « Journal de Paris »

Nessun paragone sarebbe stato possibile col giardinello che Neville ricordava, di quel mattino in cui egli era salito furtivamente a Sant'Antonio mentre la diletta Elmina si trovava in chiesa, vestita di raso bianco, per il suo matrimonio col biondo Albert. Nessun paragone. Questo giardino era davvero un luogo nuovo, ingenuo, dolce, paradisiaco.

Il sole della mattina rivelava un mondo così calmo, così stipato di sorrisi della Natura da consolare anche un cuore infreddolito come quello del principe. Non lo aveva visto veramente, dieci anni prima, e neppure la notte avanti, con tutta quell'acqua. Nessuna somiglianza, adesso, col giardinello inselvatichito dei tempi di Albert. Eppure si vide subito che Elmina non vi aveva mai aggiunto niente, né aveva sistemato un ramo, né tolto una foglia; il suo disprezzo per la Natura – o meglio, la costante, tenace sottovalutazione, voluta cecità davanti al suo fulgore – lo aveva ignorato. Non vi aveva aggiunto nulla, lo aveva semplicemente dimenticato; e, libero *da* Elmina, il giardinello aveva respirato, era cresciuto: e ora un tripudio di erbe e di rose (tutte fuori stagione!), e poi margherite dorate, e certi misteriosi fiori azzurri e vellutate violette e campanule celesti lo allietavano. Abbandonato! Dimenticato! Grazie a Dio! Per sua fortuna! Le cordelle, tra due alberini, dicevano che era anche uno stenditoio. Grossi cespugli sgocciolavano e brillavano ancora di pioggia da tutte le parti. Due o tre uccelli bene in salute svolavano intorno a un muretto rosa (dove forse avevano collocato un nido). Non più grande, era l'Eden, di tre o quattro stanze della casa messe insieme, ma per lungo, come una balconata; e girava a sud e a levante della casa; là prendeva il sole in pieno, e non so che senso di mistero, in mezzo al sole. E tutto diceva, o pareva dire, all'orecchio del principe:

« Se n'è andata Elmina! È uscita Elmina! Per fortuna, Elmina non c'è. Orsù, fiori, balliamo. Abbandonatevi, palummelle, alla gioia! ».

Mentre ciò pensava, con una fitta di dolore e insieme smarrimento, il desolato signore di Liegi, il visitatore inquieto di solitudini e lunghe e strette scalinatelle del cuore, si vide, sopra una bassa siepe di biancospino, passare lentamente, come un oggetto magico (o un semplice ombrellino rosa?) uno straccio, o anche un foglio di carta, a righe bianche e rosa: si alzava, ma adagio, di pochi pollici sulla siepe, poi ridiscendeva. Svaniva e ricompariva più in là. E non un rumore, un passo, una risatina: solo una muta gioia.

Quasi improvvisamente, mentre tanto Neville che Nodier (Teresina non sappiamo, essendo voltata dall'altra parte) trattenevano il fiato, il mistero si spiegò e il fenomeno si ridusse alle eterne fantasie dei bambini, se liberati da qualche peso o paura. Là dietro, infatti, passava la damigella, giocando un gioco che le era venuto in mente come una ispirazione: Sasà si era alzata in volo, o per lo meno tentava, equilibrandosi, come stringesse un timone, con lo straccetto, che era poi un grembiule di Elmina, tenuto alto – al di sopra del capo – fra le due minuscole mani. Uscì, da dietro la siepe, e passò, senza vederli, a qualche centimetro dal suolo, davanti ai due signori. Meraviglia! Canticchiava. Emetteva un fioco, dolce, monotono:

Aà! Aà! Aà!

ma simile più a un lamento di creatura «naturale» che a un vero canto (non aveva, infatti, voce).

«Ma Sasà, che fai!» le gridò ridendo Nodier. «Ah, la Paummella canta pure! Canta e vola, quando resta sola!».

Sasà non udì, o non rispose.

«Ma Sasà, sei scalza!» le gridò, meno affettuosamente, la giovane zia. «Va' a metterti subito le scarpe, scimmietta. Hai tossito tutta la notte».

Questo era vero, l'aveva sentita anche l'insonne Neville. Ma egli era immerso in un sentimento più difficile, tra stupore e timidezza davanti al proprio stupore. Aveva visto la piccina levarsi dal suolo, e ciò contrastava con tutte le nozioni che aveva in fatto di fisica. Non pensava, in quel momento, alle sue esperienze (solo visive, per la verità) col Duca: nell'innocente – e forse primo volo della damigella – vedeva quasi una colpa, comunque un frutto della indifferenza, se non disamore, di donna Elmina per la figlia.

Al rimprovero di Teresella «va' a metterti subito le scarpe, scimmietta», egli notò infatti che la piccina, benché tutta vestita, era scalza.

Era vestita, ma come vestita! Al modo tutto arruffato e sbrigativo dei bimbi intraprendenti, che nessuno ha aiutato (e forse non aiuta mai) nella faccenda: con un vasto straccio fiorito che era stato un abito della madre, da ragazza, e che lei si era legato tutto intorno alla vita piccina. Di sotto, uscivano i lunghi e rigonfi calzoncini neri; sulle spalle aveva un ombrellino da sole, giallo, cui forse doveva il «volo». Ma era un ombrellino, poi? Alzandosi di nuovo la bimba, oltre la siepe, davanti ai due signori, si vide che era semplicemente un vecchio giornale di moda francese, « Le Journal de Paris », di prima della Rivoluzione, chissà come giunto a Posillipo. Sasà se lo era tirato sulla testa, accartocciandone le due estremità, in modo da simulare due grandi *orecchie* (o due alette attaccate alle tempie?) che certo, movendosi discretamente, favorivano il buffo fenomeno.

Vedendo i due signori, e la giovane zia, che la guardavano, senza aggiungere parola, subito, con un mezzo riso muto, ma anche indifferente, la piccina si abbassò al suolo, lasciò poi andare il giornale e, sedutasi a terra, dietro la siepe, continuò la sua cantilena, quel povero:

Aà! Aà! Aà!

quasi a mostrare la sua indifferenza, atteggiamento tipico dei bimbi sorpresi in qualche cosa che non va fatta; ma adesso la povera voce aveva un riflesso diverso, un che di scuro, scoraggiato, stanco.

E Neville capì che la figlia di Elmina, a differenza (così era ingeneroso con lei!) della madre, che era tutta intera, aveva *due* anime: una piena di paura, e l'altra gioiosa. E la paura era causata – così pareva – dalla triste Elmina. (Ma perché, poi, tanto triste, Elmina?).

Sasà fu portata via dalla zia, a rivestirsi dei suoi cupi vestitelli di lutto e mortificazione, e i due signori rimasero a passeggiare in giardino, allietati dal sole, ma forse un po' storditi dalle rimembranze come dai nuovi pensieri.

In realtà, il principe aveva un solo pensiero: la casa, anche col sole, non gli andàva, proprio come in quel lontano giorno in cui si recò a visitarla per studiarne qualche miglioria che l'avrebbe resa più gradevole agli sposi, e non era tanto sereno riguardo al futuro della madre e della figlia, e al matrimonio che si era deciso per alleviare la di lei situazione. Mentre ne parlava con Nodier, soffermandosi su tutto quanto riguardava la vita e la nuova sistemazione della vedova Dupré e di lui Nodier insieme, il suo pensiero seguiva un altro corso, ma questo incomunicabile, di pensieri minori: gli sembrava di capire che Elmina aveva accettato Nodier come si accetta una capitolazione, solo per salvarsi da un altro male, causa di una profonda disperazione che non la lasciava mai, sebbene controllata, e che la poveretta non dominava più – forse un imminente disastro –, e che la pace e la fortuna di Alphonse Nodier, sempre state amiche del suo buon carattere, ora, davanti alla di lui risoluzione, si coprivano desolate la faccia.

Un disastro! Incombeva un disastro sulla casa, e l'operato altezzoso e contraddittorio – in fondo disperato – della vedova serviva ad allontanarlo, almeno temporaneamente. Tutto ciò che Neville aveva visto e ascoltato non era bene: anche l'assenza improvvisa, non veramente giustificata, di Elmina (alle otto del mattino!) dalla casa dove aveva lasciato il fidanzato che dormiva. E nemmeno la propria parte, al lieto Ingmar, andava più. Sapeva di non essere amato – forse solo «ricordato», come si ricorda la giovinezza – e, con le lacrime agli occhi, si chiedeva perché lei lo allontanava costantemente. Non si chiedeva invece perché, e con quale diritto, si rivolgesse questa domanda.

Cambiamenti a vista. Il Portapacchi.
Sasà graffiata

Ci fu una svolta inaspettata dei fatti nel corso della mattina (stesse ore undici e dieci di questo secolo), che avrebbe dovuto concludersi serenamente, prima del mezzodì, col ritorno alla casa di Nodier, ripromettendosi poi i due amici di recarsi a ossequiare la vedova Dupré a casa della Marchesa, in serata. E la svolta fu questa: che prima del mezzodì donna Elmina fece ritorno inaspettatamente alla Casarella, portandosi appresso, così accennò in un balbettio, attraversando la stanza, un tale Geronte o Gerontino, carico di voluminosi pacchi: non il nipote di donna Violante, comunque, ma un servitorello della di lei casa. Avevano fatto a piedi – ed Elmina per la seconda volta in poche ore – tutta la Scalinatella, invece della stradina laterale e carrozzabile, per portare quegli scatoloni lassù; scatoloni, spiegò Elmina, che contenevano vestitelli da rammendare; e qualcosa colpì subito il vivace Neville, vedendo i due: prima, l'espressione cupa e preoccupata di Elmina, insolita in lei, come se durante quelle poche ore avesse avuto notizie bruttissime o avesse solo pianto e meditato; poi, la singolare beltà e fragilità di questo secondo

225

Gerontino, fanciullo forse sui sette anni, e anche più piccino, e particolarmente malandato; vestito male, poi, di soli abiti smessi e più grandi di lui, cosa inconcepibile, se fosse stato il vero Gerontino, per l'erede di una casata come quella dei Durante-Watteau; sembrava dunque certo che si trattasse di un altro Gerontino.

Inoltre il piccino, che pareva sciocco e timidissimo, e aveva la fronte fasciata da un fazzoletto grigio a righe, portava sul capo, tra i riccioli sbiaditi e mai lavati, una vecchia penna di volatile, forse di gallina, capriccio guerriero a cui di solito non sottostanno i figli dei signori. Fu tuttavia, il principe, subito attanagliato da un altro pensiero: che sulla identità del poveretto Elmina, trovandosi d'improvviso di fronte agli ospiti, che credeva partiti, avesse in qualche modo mentito. Inoltre, che quell'arrivo col fanciullo sovraccarico di scatole per aiutante potesse avere una più seria causa: che Elmina, forse in disaccordo con la Marchesa per il nuovo matrimonio, che alla padrona non andava, avesse rotto clamorosamente con lei e deciso di ritirare tutto il suo lavoro in corso, per terminarlo, se ne aveva voglia, solo a casa propria.

Senza contare che, a questo punto, mentre la vedova, dopo succinte e quasi incoerenti spiegazioni date ai due ospiti, spingeva frettolosamente il fanciullo verso la scala che portava di sopra, si affacciò, alla soglia della cucina, la vecchia Ferrantina, che non nascose affatto il suo disappunto per quell'arrivo, in quel momento. Con due mani molto ferme (per i suoi anni) era intenta a trattenere, stringendola a sé, la triste damigella.

Questa non doveva amare il Portapacchi (non era dunque il famoso Marchesino!) perché, con un visino imperturbabile, ma improntato a grande decisione, e fissando il piccino con odio, stava per lanciarsi, senza una parola, su lui. A Nodier ogni cosa sfuggiva, intento com'era a baciare la mano (o, meglio, a far festa) alla diletta Elmina, tendendo una gamba indietro; ma non era lo stesso per Neville che guardava sorpreso e come incupito, e per la buona Teresina che scorgeva l'imbarazzo di lui.

All'orecchio, e molto rapidamente, Teresa gli spiegò che i due «fanciulli» si detestavano, e perciò Elmina, costretta a servirsi qualche volta del bambino – figlio di *una serva* di casa Durante, non dunque un Durante lui stesso –, evitava sempre che lui e Sasà si scontrassero. Si trattava di un fanciullo «malato».

Dove, poi, fosse la «malattia», Ingmar, sentendo che anche Teresa, per rispetto di sua sorella, mentiva, non provò a chiedere. Quello che comprese, chiaramente, è che anche il Portapacchi si chiamava Geronte e che Elmina lo introduceva, forse non per la prima volta, in casa, e solo di soppiatto. Era anche chiaro che la pretesa passioncella di Sasà per «Geronte» non calcolava questo secondo Geronte (oppure era questo l'erede, ma tutt'altro che amato, di casa Durante?).

Una volta usciti i fanciulli con le due donne (Ferrantina si era portata via Sasà, spingendola, nel retro della cucina), i due amici si ebbero da Teresa la seguente spiegazione. Il piccino, chiamato Geronte il Piccolo, essendo stato adottato dai Durante dopo la nascita del vero Geronte, l'erede, era mutolo, e poco intelligente. Era portato a mancanze e disobbedienze continue, ma donna Violante, per un voto fatto – a somiglianza di don Mariano, e una grande propensione verso gli orfani –, si dimostrava sempre molto indulgente. Teresa non sapeva quanti anni avesse: cinque, o anche sette, ma da tempo *non cresceva più*. Donna Violante non l'avrebbe abbandonato mai; però sua figlia Carlina (la moglie del cavalleggero Watteau) non era dello stesso parere; non lo poteva proprio vedere, e così ogni tanto il piccino veniva spedito alla casa della sarta. Nel frattempo, fra un capriccio e l'altro della signora, il « fanciullo » veniva impiegato in piccole faccende. Non ne era umiliato, perché capiva poco e niente.

« Dunque, non studierà? » chiese con improvvisa pietà il principe; e di nuovo, portato com'era a trarre da ogni pur minimo evento una ipotesi, per quanto combattuta, a favore di Elmina, azzardò qualche lode alla grande « pietà » cristiana di questa, che certo soffriva di tale trascuratezza.

« Ma... non si potrebbe curare? » fece eco Nodier, che aveva notato come il fanciullo, oltre che mutolo, fosse zoppo leggermente dalla gambina destra, che risultava molto più sottile della sinistra, e anche più arcuata, e camminava quindi saltellando.

« No, signor mio » spiegò Teresa, abbassando appena gli occhi; « del resto, » aggiunse « vi sono molti fanciulli, in Napoli, in questa condizione, lo avrete notato anche voi ». (Nodier non lo aveva notato). « O muti, o ciechi, o zoppi. Spesso, anche cattivi. Frutto delle brutte condizioni del popolo, in questa città che ne vide tante... ».

E con ciò, Teresa, quasi pentita di aver detto troppo, ammutolì.

Un piccolo, e forse non piccolo, segreto di casa Durante copriva l'adozione del bimbo mutolo, il nominato Geronte il Piccolo, ed era forse questa la vera pena di donna Elmina, che avrebbe desiderato sbarazzarsene – argomentò Ingmar –, non portarlo più in casa, per non dispiacere a Sasà; ma un qualche obbligo irrefutabile, più che la supposta devozione alla Marchesa, forse glielo impediva. E venne in mente ai due amici lo stesso pensiero, quasi una fulminea comunicazione favorita dal silenzio della casa, che l'uscita imprevista della vedova, quella mattina presto, avesse avuto un solo scopo: ritirare Geronte il Piccolo dall'ospizio familiare dov'era cresciuto, per insediarlo in segreto alla Casarella; e ciò a causa di qualche evento che impediva alle due Durante di tenerlo ancora, e può darsi le obbligasse a nasconderlo altrove... E quale poteva essere questo evento? Restava l'altra ipotesi: che donna Elmina non fosse più gradita in casa Durante, probabilmente per l'annunciato matrimonio: ma allora il fanciullo riguardava proprio la povera famiglia della Casarella. E un pensiero tremendo – ma forse solo avvilente – si affacciò alla mente di Ingmar: che quel fanciullo fosse un figlio « nascosto » di Albert, frutto, era possibile, di una relazione colpevole tra l'artista e la giovane Watteau. Da ciò veniva il tumultuoso sentimento della damigella per lui. Gelosia! Una malattia di famiglia. Per cui anche in casa di Elmina, qui, si ripeteva lo scandalo del Pallonetto, che aveva costretto donna Helm – molti erano ancora di questa opinione – a riparare in campagna. Da ciò, era chiaro, l'infinita tristezza di Elmina e l'accettazione rassegnata delle seconde nozze. Era per dare una sistemazione nuova a quei due poveri orfani.

Non aveva, il buon Ingmar, finito ancora di fantasticare intorno a questa inedita e scura situazione, e attendeva soltanto, in piedi presso il tavolo, di veder ridiscendere Elmina, sola o con l'orfanello, quando un grido quasi soprannaturale risuonò per tutta la casa, un grido infantile, e così straziante, che tutto il marmo di Napoli, messo insieme, non avrebbe uguagliato il pallore che coperse il viso dei due signori, soprattutto quello del tenero Ingmar; né una improvvisa notte sul golfo avrebbe scavato nei loro occhi un tale terrore. Non sapevano più dov'erano; e come videro Teresa lasciare in fretta la stanza, mormorando: « Ci siamo! », e poi gridando: « Non aver paura, Elmina! Vengo subito, Elmina! », furono presi da un pensiero terribile, che poi aveva all'interno solo un più agitato sentimento, il quale si riduceva a un nome: dov'era, in quel momento, Alessandrina Dupré? Era, quel grido, della damigella?

Non ebbero molto tempo per chiederselo, ché

donna Elmina riapparve, assai pallida, portandosi appresso, tenuta per una mano, la sbalordita e tremante Alessandrina. E riannodandosi la cuffia sotto il mento, mostrò ai signori, che erano ancora sotto la scossa di quel grido (ma la casa non ne risuonava più, era ritornato un gran silenzio), la sua divina forza d'animo. Il fanciullo, disse, benché mutolo, aveva mandato quel grido che era effetto di un improvviso attacco del mal caduco. La Scalinatella lo aveva stancato, tutto qua.

E a questo punto, quasi avesse esaurito, con la freddezza di tali parole, quella forza, quella resistenza, quel coraggio quasi celeste trovato nel sopportare una scena forse intollerabile, e reprimerne la vergogna di fronte ai visitatori (vergogna che poteva compromettere, forse, il di lei matrimonio), e anche, era presumibile pensare, nel far cuore alla damigella, fu colta da un improvviso empito di dolore, e questo non trovò altra uscita che in un inatteso, ma non meno doloroso, malumore verso la figlia.

Essa, Elmina, la scostò da sé, non proprio con malgarbo, ma fastidio – quasi fosse, la poveretta, la vera causa di tutto il suo strazio – nel modo preciso della sera prima, e non fu impossibile, ai due amici, trarne la considerazione che davvero qualche rapporto non indifferente dovesse correre tra la vita soffocata della vedova Dupré, e la presenza, in questo mondo, della damigella. E ciò che in quelle paurose emozioni ad ambedue era sfuggito, non sfuggì, stavolta, almeno al più concreto di essi, lo sciocco Nodier, il quale scorse, a un tratto, un lungo terribile graffio rosso – una serie di puntini fiammanti – rigare il visino dell'orfana. Come futuro padre ne fu letteralmente sconvolto.

« Guarda, Ingmar! » gridò. E poi: « E *questo*, che sarebbe, donna Elmina? ».

« È caduta... si è graffiata... Non lo so » rispose la disgraziata madre.

E come Sasà, incerta su dove andare, che fare, con

chi lagnarsi, si era messa a guardare il principe con quei suoi occhietti di sogno, di creatura infinitesimale eppure presente in questo grande e oscuro mondo, il principe provò un dolore molto particolare, che riguardava tuttavia la madre, non la piccina. Elmina gli pareva una persona colpita da una magia, o un destino, inspiegabili: un'anima perduta. E quando ad Alessandrina, che si era messa a tremare e piangere silenziosamente, il principe cominciò a cantare, ricordando lo scherzo della *paummella*, la canzone allora più in voga, si può affermare che tale canzone, e l'appassionato ritornello, non fossero tanto dedicati alla piccina, quanto a un altro essere ugualmente arcano.

« Palummella, » diceva la canzone[1] « salta e vola dentro le braccia della mia bambina / vaglielo a dire, che io adesso muoio, / Palomma mia, diglielo tu! », era evidente a chi il malinconico pensiero si riferiva.

Aveva piegato un ginocchio davanti a Sasà.

« Pa-ummella buo-na? » chiese con un singulto un po' stanco, guardando di sbieco sua madre, Alessandrina Dupré.

« Questo, ormai, è indifferente, figlia mia » rispose con stanchezza suprema donna Elmina. E a Nodier: « Scusatemi, Alphonse, ma questa creatura mi sta riducendo uno straccio. Non può vedere il fanciullo. La gelosia se la divora. E tutte le volte è così ».

E la superficiale spiegazione, che riduceva tutta la scena a una dimensione ridicola, non cessava per questo di apparire, almeno a uno dei due amici, combinata con qualcosa di molto grave.

Donna Elmina aveva infatti dimenticato, forse per la prima volta, le regole sempre da lei osservate della buona educazione; in questo caso, tali regole avrebbero voluto che essa fornisse una adeguata spiega-

1. Canzone assai più antica di quanto assicurino gli storici; già nel Settecento, prima della Rivoluzione, cantata dai prigionieri politici del lieto Regno di Napoli.

zione dei fatti angosciosi svoltisi sotto i loro occhi; e della cosa più oscura di tutto: la presenza e la debolezza insieme del fanciullo; forse lo stesso grido, e non si parla della deformità, erano cose da nulla se confrontate con due circostanze minime: perché la vedova lo avesse condotto a casa, presumibilmente nella certezza che gli ospiti se ne fossero andati; e quale reale rapporto ci fosse tra i due, la sarta e Gerontino, da giustificare la ben chiara preferenza che lei dava al Portapacchi, tutto sommato, figlio adottivo del suo datore di lavoro, e non certo un Dupré; a tutto danno della disgraziata damigella che aveva in casa e alla quale, almeno tenendo conto del nome di Dupré, tutte le attenzioni, se non l'amore, di cui la madre sembrava incapace, sarebbero state dovute. E più si fermavano, i due amici, su questo segreto, che forse, con varie probabilità, segreto non era, ma un semplice scherzo del vivere – il disamore e l'indifferenza di una donna, peraltro buona, per i rapporti del sangue – più ne erano turbati. Senza contare che avvertivano in se stessi una incertezza, per non dire un cedimento, benché minimo, della primitiva immensa fiducia nella grande virtù cristiana di donna Elmina. Forse virtù, ma cristiana era più difficile. Alphonse pensava per la prima volta, con disperazione, che ella « non amava neppure la propria figlia » (come del resto non aveva amato Babà): e come avrebbe amato lui? Neville, poi, era semplicemente sbigottito, per non dire in collera. I misteri sconfortavano la sua natura dolce e generosa; e qui ne piovevano da tutte le parti, come il tetto della vita fosse sfondato; venivano giù come fiocchi di neve, l'inverno, e *cerase* dall'albero, l'estate.

Inoltre, Geronte il Piccolo non gli piaceva. Capiva che non era responsabile del proprio male; ma era proprio durante la crisi che lo aveva colto inaspettatamente che egli aveva graffiata sul collo – così vedeva ora il graffio sul viso – Sasà. E se l'avesse morsicata? Rabbrividì. Mai e poi mai, sapendo della pericolosità del fanciullo, donna Elmina avrebbe dovuto permettere ai due d'incontrarsi. E invece se l'era portato dietro, con la scusa dei pacchi, nella quasi certezza che a casa non avrebbe trovato, ad attenderla, nessuno sguardo estraneo. Per lei, ne dedusse, con rabbia, essi restavano due estranei.

Teresina, che si era allontanata per qualche istante, tornò, poco dopo, e spiegò che il fanciullo si era addormentato serenamente sul letto di Ferrantina, dove era stato per il momento adagiato. Nel dire ciò, appariva pallida e incerta e guardava i due giovani come temendo i loro pensieri e una legittima perdita di credibilità da parte loro. Chiese a donna Elmina se avrebbe gradito un caffè, e donna Elmina rispose di sì, raccomandandosi poi, con un fil di voce, di usare i fondi del macinato usato la mattina. Erano ancora buoni.

« Io lo prendo leggero, un po' acqua, come si dice, *alla monachina*, e a voi, signor Nodier, e al vostro amico, penso che sta bene lo stesso ».

Non l'avarizia, che certo aveva una ragione, e trovava un qualche fondamento nel severo costume di vita che ella si era imposto, quanto la crudeltà di lei, nell'alludere a lui, rivolgendosi al fidanzato, come « al vostro amico », quasi egli non avesse altro merito che essere amico dei suoi mariti, colpì a morte il principe. Questa, più che un'ingiuria, era una tristezza, una derisione, anche per lo stoico Neville.

Ringraziò, tuttavia, e poi chiese educatamente (la cosa, invero, non lo interessava più tanto e si aspettava solo delle parole vane) da quanto tempo il fanciullo era malato, e se si curava.

E la risposta che si ebbe, pur chiarissima e perfino banale, conteneva insieme qualcosa che era anche elusivo e sfuggente, e riconfermò il principe (un po' meno il suo amico) nella sua tristezza.

« Che può importare, *da quanto*? Io, al male, non credo. Il male va e viene, perché viene dal cuore, e come il cuore ha misericordia, il male finisce. Ho visto coi miei occhi, signor mio, un fanciullo che era cionco[1] dalla nascita alzarsi e camminare... se Dio vuole, il nostro fanciullo può guarire... È vero, però, che vi sono malattie che non devono... Dio le manda per la riappacificazione con Esso! Che si compia dunque il destino, e si accetti il comando degli Angeli, signor mio ».

E dicendo queste cose, che erano stranissime e insensate (almeno all'orecchio di uno dei due signori), una piccola e rara lacrima, quasi a conferma di una saggezza sicura tra le informi parvenze della vita di lei, scese sulla guancia ancora rosa e delicata dell'antica fanciulla del Pallonetto a esprimere infinita pazienza e infinita bontà.

1. Storpio.

I due amici ripercorrono la lunga Scalinatella.
Deduzioni sui fatti della casa.
Una luce sul tetto e nuovo volo della Paummella

La decisione dei due amici, quando poco dopo si congedarono dalla futura signora Nodier (non prima di essersi fatto promettere da Teresina che avrebbe vegliato su Sasà, tenendola al sicuro nelle stanze dabbasso, presso di lei, e vietandole l'accesso alla scala, almeno fino a quando donna Elmina non avesse riportato Gerontino alla Marchesa), non era parsa dapprima la più assennata; anzi, per il commerciante, frettolosa e imprudente. Nodier, come fidanzato, esigeva adesso spiegazioni e rassicurazioni sullo sconsiderato e anche pericoloso servizio che Elmina si era impegnata (stando alle sue dichiarazioni) a prestare in casa Durante: sarta? serva? o custode vera e propria di un minorato? – queste le sue crude espressioni. Esigeva, pretendeva delle assicurazioni, e questo soprattutto nell'interesse, disse mentendo, di Sasà, il cui malinconico sorriso, e quindi il terribile graffio ricevuto dal servitorello, tuttora lo sconvolgevano. Ingmar, invece, ancora tutto pallido e silenzioso (rimeditava le parole della vedova sulla causa delle malattie), disse, un po' infelicemente rispetto a ciò che veramente pensava, che, secondo lui, Nodier avrebbe dovuto affrettare le nozze: solo così avrebbe potuto pretendere da donna Elmina un po' della necessaria obbedienza.

« Donna Elmina, per me, » disse il principe (e in cuor suo, al posto di questa comune denominazione, mise: « la nostra carissima Elmina ») « donna Elmina vive sotto l'influsso di un dovere che è un sogno, vive in un inganno che le nuoce. Esattamente questo, » – spiegò all'altro che chiedeva ansiosamente « Quale inganno? » – « esattamente, amico mio, l'inganno di credersi ancora la moglie di Albert, e persistere quindi in un dovere che non esiste più. Forse, tra questi doveri, è la protezione di quel ragazzo » (disse proprio « ragazzo », con una malevolenza innegabile, attribuendogli così più anni e quindi responsabilità di quanto il piccino realmente avesse). « Mi è venuto in mente – perdona le mie intrusioni ma i fatti cui abbiamo assistito giustificano ampiamente questa intriganza – che la palese protezione e la copertura accordate da Elmina all'ossesso dipendano da una qualche colpa di Albert che ella intenderebbe così riparare; e proprio ciò la metterebbe così rassegnatamente nelle mani della Marchesa... a sua volta di lei e dei suoi segreti protettrice. Ti dirò » aggiunse sfuggendo lo sguardo sospettoso e piuttosto irritato del mercante « che la colpa potrebbe riguardare la nascita del disgraziato, e questo spiegherebbe l'avversione, e addirittura l'odio, della figlia di Albert per lui... ».

Delle sue deduzioni, che umiliavano Elmina, era già pentito: ma la passione, spesso, è cieca e fantasticante. Egli, da Elmina, si sentiva sempre più ferito.

« La pensi così? » fece con un mezzo sorriso amaro Nodier, che lo ascoltava distrattamente. « Potrebbe anche essere... » ammise; « a me, tuttavia, il fanciullo, come lo chiamano qui, sembra un fanciullo buono » (lo disse quasi contro le proprie intenzioni) « e non affermerei che la disperazione di Sasà sia dovuta alla gelosia ».

« Già, e quel graffio?... Ti è forse sfuggito, o lo hai dimenticato, sul collo della nostra bambina? Chi potrebbe essere stato? Sua madre ha fatto finta di nulla... ».

« Oh, no, non l'ho dimenticato... Solo che, perdona, Ingmar, mi è venuto in mente (ma non era sul collo, era sul viso mi pare) che forse non fu opera di Geronte ».

« E di chi, dunque? ».

« Non lo so! Certo, in casa non c'è che la madre e la vecchia Ferrantina, che vede assai poco... a parte che, ormai, è quasi novantenne... ». E scoppiando improvvisamente a ridere, come usa la gioventù (e Alphonse, nell'animo, era ancora un giovane) anche nelle situazioni più assurde, esclamò:

« Sarà stato il Cardillo! ».

Ingmar, soprappensiero, non lo sentì nemmeno, quindi non rispose.

Alla fine quei due (stavano scendendo adagio, e ogni tanto voltandosi a guardare indietro, la famosa Scalinatella per la quale erano saliti, e con tutt'altro animo, la sera prima) ritornarono a parlare della decisione che già avevano presa – ma poi non avrebbero mantenuta – di recarsi in visita, la sera, a casa della Marchesa, non solo per controllare se il Portapacchi vi avesse fatto ritorno, ma anche per esaminare *de visu* come stavano veramente i rapporti di Elmina con la nobile famiglia di Chiaia, e se tutte le ragioni accampate da Teresina circa le difficoltà di aprire un laboratorio a Chiaia non derivassero, per Elmina, più da un fatto psicologico (gratitudine per la Marchesa e impossibilità morale di lasciare il suo lavoro di cucito in quella casa cui doveva tutto, abbandonando inoltre Gerontino alla cura, per modo di dire, di mani estranee), non derivassero da un fatto psicologico più che dalla conclamata ripugnanza ad accettare prestiti.

Intendevano, i due, far presente alla Marchesa che ormai Elmina era di nuovo fidanzata e prossima sposa ed era necessario, anche per un riguardo ai teneri doveri che la legavano ad Alessandrina Dupré, che la giovane si dedicasse interamente alla vita familiare, finora tanto trascurata. E che il suo lavoro – se lavoro ci doveva essere – fosse autonomo, e alla di lei, Elmina, esclusiva dipendenza. «Un lavoro *libero*, insomma, e magari assai più remunerativo!» concluse, scotendo il grosso capo, con fare molto deciso, Alphonse Nodier.

Mentre così discutevano, si è detto come andassero volgendosi di quando in quando verso la povera casa che lasciavano lassù, alle loro spalle, sempre più piccola e solitaria. E una volta una luce ovale, che pareva vagare qua e là sopra il tetto e tutto intorno, proprio a modo di una *palummella* (il famoso gioco dei ragazzi, con uno specchietto che manda una luce rapidissima, abbagliante e veloce, tutto intorno, su un muro, su un albero, illuminando a giorno crepe e foglie, a sorprenderli e renderli meravigliosi; e poi con la stessa rapidità la ritira); una luce così si posò sulla torretta grigia della Casarella, e illuminò una figurina, certo una bimba che era in casa, mentre correva, inseguendo un cerchio di luce rosa-viola sul tetto.

A prima vista, si sarebbe detta Sasà, ma certo la cosa non era possibile: Alessandrina era troppo spaventata per essere andata a giocare lassù, con grave rischio e passando per la stanza dove riposava Geronte; e venne in mente ai due, contemporaneamente, che si trattasse di un'altra piccina, parente della domestica che era in casa (Neville ricordò perfino, turbato, la descrizione, contenuta in una lettera del Duca, di Ferrantina come di una donna bionda e avvenente, cosa che lì per lì lo aveva meravigliato). Proprio nello stesso istante la piccina, come sollevata in aria dal cerchio – quasi, finora, non avesse fatto che *prove* di volo –, si alzò un attimo al di sopra e al di fuori di una grondaia, non avendo più sotto i piedi un bel nulla e Neville, atterrito, chiuse gli occhi. Quando li riaperse, la paummella, vera o falsa che fosse – o allucinatoria, ch'è più probabile – non c'era più, e così la fanciulla coi calzoncini.

Quanto al fidanzato, o aveva veduto poco, o era distratto (i due momenti, per noi, si equivalgono); oppure non voleva complicare le cose con nuove osservazioni sulla immensa libertà, anche strana, che Elmina concedeva alle persone di famiglia, in questo caso a chi doveva custodire Alessandrina e non lo faceva; sta di fatto che fu come se non avesse visto nulla, e si limitò a osservare, quasi che solo i suoi pensieri lo avessero finora tenuto occupato:

« Sì, aprire una sartoria giù a Chiaia (e io la preferirei a una camiceria, che suona troppo ordinario), non deve poi costare tanto... e le spese sarebbero presto coperte da eccellenti guadagni. A Napoli, al vestire ci tengono molto, lo avrai notato, Ingmar ».

« Sì, è vero » il principe rispose, ma in tono un po' incerto, come vagamente fuori di mente. E subito aggiunse, quasi a conclusione di un qualche vertiginoso ragionamento interiore, che presupponeva una più vertiginosa, per quanto chiusa, impressione: « Dimmi, Alphonse, tu che, ormai, sei di Napoli, e qui conosci tutti... Non sai, per caso, di qualche buon prete? qualche vero uomo di Dio, in questa città? ».

« Lo scopo? » fece meravigliato il mercante.

Non rispose, Ingmar, se non un minuto più tardi, con queste parole, rivolte, più che al suo interlocutore, a se stesso:

« Sono sicuro, Nodier, che un tempo, non so quando, molto lontano, sta' certo – e che non tocca la sua virtù cristiana –, Elmina ha commesso un peccato, Dio solo sa quale. E di ciò, e solo di ciò, ella soffre in questo momento ».

Forse alcuni, tra quanti seguono queste pagine, avranno notato come eventi della massima evidenza, e diremmo «luminosità», fatti ben chiari e clamorosi, ampiamente dispiegati sotto gli occhi di tutti – oppure non proprio dispiegati, ma intenti ad entrare e uscire liberamente da certe stanze, come attori in costume di cavalieri e dame entrano ed escono, durante le prove di una *pièce*, dalle quinte e scendono perfino in platea a riordinarsi la parrucca e il trucco –, fatti tali restino, spesso, letteralmente invisibili a coloro che pur dovrebbero esserne interessati (tanto la consuetudine spegne l'attenzione); e magari, anche segni nel cielo sfuggano ai distratti; e famosi furfanti (accade anche questo) prendano, senza che nessuno se ne accorga, la direzione di una famosa città, spacciandosi per ottimi ministri o gentiluomini... E accade poi quello che accade. E, insomma, il mondo è disattento e non possiamo non dedurne che solo talune profonde qualità dell'animo, come quelle che emergono in chi ama di puro amore, rendono gli uomini illuminati; mentre l'amore superficiale non vede nulla di nulla. O forse il contrario? Sta di fatto che mai (o non almeno in quel momento) Alphonse Nodier mostrò di aver inteso e afferrato la domanda del principe, e neppure si potrebbe dire, considerando le successive osservazioni da lui scambiate con l'ammiratore di Elmina, che egli avesse scorto la Paummella sul tetto.

O, se l'aveva scorta, se ne era, caro Lettore, dimenticato.

Fine de « La Paummella »

V
PRINCIPE E FOLLETTO

La casa sui Gradoni. Ritroviamo il Pennarulo.
Supposizioni azzardate sul secondo Geronte

Era, la casa di Nodier, benché ricca, tra le meno appariscenti di Napoli, in quanto situata in un punto del Ponte di Chiaia dove quella stretta e famosa via si apriva allora, forse anche oggi, sui deliziosi Gradoni, popolaresca e colorita denominazione dell'attuale Santa Caterina (sorella, in qualche modo, della buia e altissima Scalinatella, che saliva da Mergellina in località Sant'Antonio, cioè casa Dupré).

Il palazzo, in sé poco bello, ma antico e quasi fatiscente a forza di antichità, con cortili non vasti (due) e, dai cortili, scale di pietra non luminose e anzi malinconiche che portavano a pianerottoli (tre), anche di sola pietra, tutti poco illuminati da ampie e fredde finestre senza vetri, non metteva certo allegria. Su quei tre pianerottoli, un lumino era ad ogni angolo, con una fiammella a galla di un vasetto di olio e, sul muro, l'immagine, o il colorato bassorilievo in gesso, raffigurante un gruppo di Anime del Purgatorio, devozione, in Napoli, allora assai profonda e sentita: a mezzo busto tra due o tre fiamme scolorite, con le povere mani giunte sul petto e gli occhi levati in alto, a implorare dal Cielo, o da Dio (per la verità senza troppa fretta), la fine di quei tormenti.

Al terzo e ultimo piano si trovava l'alloggio di Nodier: di dieci o dodici stanze vastissime, arredate con un lusso sbalorditivo (considerato l'edificio quasi cadente), messo su, dopo essere stato rinnovato, con tutto il gusto, ma anche la ricchezza più sfacciata imperante allora tra i grandi mercanti stranieri, e Nodier era tra questi. Dappertutto, dunque, pavimenti di marmo pregiato, tappeti, incantevoli parati di fabbricazione cinese, leggiadri paraventi rosa o verdi con dipinti di grazia impareggiabile (primeggiavano laghetti e giardini deserti). Caminetti, come in Francia, a profusione. I soffitti tutti bianchi erano stuccati di verde e di rosa, e le porte e le portefinestre anch'esse tutte bianche e solo colorate qua e là con motivi leggeri, nelle tonalità rosa o azzurro, ripetevano le decorazioni – laghetti e giardini deserti, o qualche ombrellino, o un bianco volatile – che ornavano porte e parati. I mobili, spesso a metà nascosti da un paravento aggraziato, anch'essi splendidi: trumeaux, cassettoni, consoles, vetrinette, tavolini di marmo rosa, dormeuses, sgabelli e seggioloni dorati – solo per citare i più comuni – evocavano, chiaramente, la santità del defunto Regno dei Capeto (o, se si preferisce, di quello che stava per rifiorire, a dispetto degli Illuministi). Nodier non aveva badato a spese. Come aveva confessato candidamente quella stessa mattina alla sorella di Elmina (con un pensierino per la pretesa avarizia di Neville), il suo denaro – il potere economico di quel nuovo ricco, erede del virtuoso regno di don Mariano – non aveva, dopo dieci anni di lavoro incessante e soprattutto di abilità, alcun confine; e il suo nome poteva apparentarsi, senza offesa per alcuno, a quello del primo Abitante della Reggia di Caserta o di Napoli (per non parlare dei principi e duchi del luogo, con giardini in Calabria e dovunque). Tornando al fatato alloggio in questione, non dimenticheremo – sparsi dovunque fra quelle isole di legno prezioso e tessuti discesi direttamente dal divino Sol Levante – non dimenticheremo dunque altre meraviglie: come specchi di sublime altezza e purezza, quasi fatti di aria, a prima vista invisibili, che però moltiplicavano vertiginosamente tanta ricchezza e bellezza (umiliando le dolci finestre napoletane); né le immagini di tanta festosità che realizzavano negli specchi la loro moltiplicazione ed erano, per citarne solo alcune, altrettante piccole meraviglie dell'arte orientale e francese: come bruciaprofumi, teiere, orologi magici, campane di vetro (quali poi rimasero d'uso sui comò, a Napoli, e chi scrive ne ammirò una in casa di un suo centenario zio, a Pizzofalcone): vere cupole di luce, intente a proteggere dall'aria, o la polvere, deliziose Madonne di biscuit, Pastori e Magi del Presepio chiusi entro scafandri di raso e oro; e poi Angeli e Arcangeli e Santi vari; mazzetti di rose, anche in biscuit; per non dire di medaglioni smaltati d'azzurro e oro; e non aggiungeremo nulla su certi uccellini verdi e dorati che, tirando un cordoncino dorato fissato alla gola, *cantavano* e aprivano lentamente le ali (prezioso segreto posto tra le piume metalliche e gioia impareggiabile per i fanciulli della casa). Tutto ciò cui aspirava (e aveva, infine, sempre aspirato, il nuovo re del guanto, tanto diverso dal severo padre di Elmina), piaceri e vanità, tutto ciò lo aveva ottenuto. E la descrizione (molto barocca) potrebbe non aver fine, ove tornassimo, come siamo tentati, agli sgabelli di raso giallo, o ai tendaggi rosa a fiori minuti che ornavano le finestre; e poi ancora a quella vetrina e quell'altra, e i loro specchietti inseriti tra una portina d'oro e l'altra; e quindi, un po' smarriti, ci volgessimo di nuovo agli immensi specchi d'aria la cui sola corposità era data dalle ricciute cornici d'oro e di bronzo che conferivano a quella casa napoletana l'incanto, la profondità di un salotto parigino, e qualcosa di più:

la solennità e il prodigio decorativo di un vasto appartamento reale. Nodier si trattava bene, pensava chiunque fosse penetrato in quelle stanze e non fosse svenuto prima – o solo impietrito? – a causa di una folle ammirazione. Ed era proprio questo, l'ammirazione, e nulla più, sebbene appaia traguardo un po' inadeguato a tanto potere, ciò che il plebeo Nodier – plebeo di fronte a un Neville e a un Dupré – desiderava su tutti i beni della terra. E, per la gente pari sua, la cosa funzionava. (Non per il principe, no davvero). Ma prima di abbandonare questo seducente quadro di grazie offerto dalla dimora celeste del mercante, non vogliamo dimenticare un tesoro *naturale*, insito nella stessa struttura della casa: ed erano sette o otto balconcelli panciuti che adornavano i salotti, uno per stanza: tutti stipati, come serre, di vasi di terracotta fioriti di gerani e garofani; protetti, tali vasi, da minuscoli cancelletti di canna e da aste anche di canna, scintillanti nell'abbraccio di azzurre campanule al vento; e con l'erba cedrina – e qualche po' di basilico – in tanti vasetti più piccoli, sistemati lungo la ringhiera di ferro ricciuto del balcone. Mancavano, là, solo gabbie di canna per uccelli; e qualcuna, invero, esisteva, ma vuota, avendo Nodier, ultimamente, perso una cocorita assai cara, e dato quindi il volo (in quel cuore di ragazzo tali eccentricità dell'affetto non erano rare) a tutte le altre. E questo ci basti a liberare l'immagine festosa del nuovo guantaio da ogni possibile sospetto di volgarità e melensaggine che su di lui – complici tante grandezze e ricercatezze – potrebbe pure essersi addensato. No, non era volgare, il buon Nodier; o non del tutto; e l'immensa popolarità di cui godeva in Napoli, cui non erano paragonàbili in modo assoluto né la stima che si aveva, quando ci si ricordava di lui, del principe, né la commozione un po' sprezzante da cui era stato circondato, a suo tempo, l'artista, tale successo testimoniava semplicemente dei tempi, e quasi li giustificava: propensione per l'opulenza, purché priva di stile e, naturalmente, ostilità per ogni forma di bellezza interiore e segreta (quindi realmente aristocratica) del vivere. La Rivoluzione c'era stata, ma Napoleone stava incendiando di un nuovo sole il cielo rosato del giovane secolo. La ricchezza non muore! La ricchezza è il reale Paradiso dell'uomo (e peggio per chi è rimasto fuori dai suoi cancelli, come la superba Elmina). Che oggi il mercante di Liegi fosse richiesto dovunque, nonché, ovviamente, onorato e ammiratissimo, lo testimoniavano, oltre le sue stanze nel Palazzo detto (lo avevamo dimenticato) degli Spiriti, lo testimoniavano i fasci di biglietti da visita e d'invito a balli e feste – biglietti di seta lunghi e stretti, con una cifra e uno stemma dorato in un angolo – profusi sugli eleganti tavolini e consoles dell'anticamera, e perfino appoggiati, o infilati di sbieco, nelle cornici degli specchi. Ora, entrando, il principe aveva appena gettato un'occhiata (curiosa come al solito, ma oggi un po' meno, in quanto appariva dominato da nuovi e inquieti pensieri) a quei biglietti, quando un Servo, uscendo quasi da una parete (o una invisibile porticina inserita in quella), come un'ombra, s'inchinò a Nodier, mormorandogli che era stato poco prima a cercarlo un signore mai visto prima, « assai bello e ridente, benché vecchissimo, con una pressa, Monsù, di vedere Vossignoria, che mi impressionò veramente ».

« E ricordate il nome, Fernando mio? » qui Nodier, divertito sinceramente da quella descrizione « ricordate, per favore, che nome vi ha detto? ».

Non aveva finito di formulare la domanda, cui il Servo non rispose, che il melodico campanello a mano della porta a vetri istoriati suonò dolcemente incantato, e mezzo minuto dopo – il tempo, per i nostri, di lasciare l'anticamera, e per il nuovo venuto di deporre la palandrana, il cappello e il bastone d'avorio – mezzo minuto dopo, il Notar Liborio Apparente in persona (colui che era conosciuto col nome di Pennarulo, ma quanto invecchiato!) entrò nel

salottino giallo dove già i due signori si erano accomodati.

Neville non si rallegrò, certo, di rivederlo, perché
quel poveretto gli ricordava a sua insaputa i lieti e
tristi giorni della gioventù, e si tenne perciò in un
silenzio un po' grave, quasi sperando di non essere
riconosciuto. Ma la stanca e pur cortesissima stretta
di mano che il vecchio Pennarulo scambiò con Alphonse, gli fece intendere che i due si erano già visti
più volte, anzi incontrati, e probabilmente il Notaro
era diventato per Nodier una delle frequentazioni
più rassicuranti. E capì anche che ne divideva qualche segreto cruccio.

Passati poi tutti e tre, i nostri gentiluomini e il
Notaro, nell'attiguo salottino cinese, dove Fernando
e un altro valletto erano incaricati di servire i rinfreschi, i tre vennero subito a parlare dell'89 (il '99 era
troppo vicino) e del male, anzi dei brutti esempi,
perché il « male » era sempre lì, che aveva seminato
nel mondo la Rivoluzione giacobina, principalmente
a danno del commercio e della religione. Non ci si
capiva più nulla! Reso omaggio, così, alla moda imperante in quel tempo che era, come sempre, il
lagnarsi dei tempi nuovi, toccarono brevemente il
Passato (di cui avevano fatto parte con Albert e il
Guantaio) e vennero ad affacciarsi con un sospiro *sur
les beaux jours* che avevano conosciuto tutti al tempo
di don Mariano e sulla Casa del Pallonetto. Indi,
Notar Liborio (che non un momento aveva lasciato
di osservare e invidiare umilmente il principe, per
un insieme di doti vitali e mondane che, illuminando eternamente quell'essere favoloso, avevano invece disertato beffardamente la di lui, di Apparente,
sgradevole vita, al punto da ridurla a pochi, pochissimi capelli grigi, per altro molto spaziati tra loro, e a
due o tre cuscinetti di pelle gialla che gli fasciavano il
sottomento), indi Notar Liborio compassionò e am-

mirò la forza d'animo di donna Elmina. Anche questo punto, che era tra i punti fissi nel tipo di conversazione che Nodier e il Notaro avevano per abitudine (cara, naturalmente, più al mercante, ma tristemente cara, forse, anche al Notaro), fu superato brillantemente, e il Notaro che, come si è visto, non aveva mai smesso di osservare il principe, e provarne malinconia, si lasciò andare a chiedere a questi se era già stato in visita alla marchesa Durante (la vecchia Violante, non la figlia, Carlina, sposata Watteau, e dimorante nello stesso superbo palazzo a Chiaia).

« Watteau? » disse il principe, un po' distratto, e aggiunse con premura che si proponeva di recarsi quella sera stessa con Nodier al Palazzo di Chiaia.

Aveva sentito, fra l'altro, che era stata, donna Violante, e ancora era, una bellissima donna. Disse ciò per una sorta di correttezza mondana, non conoscendo personalmente la dama e non potendola lodare per altro.

« Ai suoi tempi lo fu » osservò dopo un po' Notar Liborio. « Oggi, purtroppo, la sua bellezza è passata... Ma cosa non passa, signor mio? D'altra parte, ella ha un animo così profondamente religioso e sensibile alle sofferenze del popolo... e degli oppressi. Ve ne avrà detto qualcosa, oso pensare, il signor Nodier... E così » voleva soggiungere a voce alta, ma seguitò in un bisbiglio « la beneficenza riempie oggi la sua vita, risparmiandole vani rimpianti... ».

« Sì... mi accennò alla sua bontà per donna Elmina, durante e dopo le prove da lei attraversate in seguito alla malattia del marito » rispose il principe, cui non era sfuggito quel bisbiglio. « Tuttavia, a mio modo di vedere... ». Qui, Ingmar s'interruppe, non piacendogli quel genere di discorsi che tendevano, mediante l'esaltazione di una persona, ad accentuare la debolezza e gli errori di un'altra, in questo caso di Elmina, che della prima aveva richiesto l'attenzione e l'intervento (guai a chi gli toccava Elmina!); s'interruppe, quindi, e riprese: « Dico questo perché donna

Elmina mi appare, al presente – e non vi è motivo di dubitarne – quella che fu ieri: persona di grandi virtù familiari, di raro equilibrio e bontà. Ben fortunata, quindi, la sua amica nell'esserle tanto amica... Nessuna beneficenza, in tal caso, suppongo. La parola sarebbe del tutto impropria, se non pure una vera offesa dei fatti... ».

Sempre più, in Notar Liborio, si accentuava il primario timore di contrastare Sua Altezza; ma una certa sotterranea ostinazione (la migliore sua dote infine) non gli venne meno nella presente occasione; e aggiunse: « Non tanto amica della giovane vedova, così definirei la situazione di donna Violante in questi brutti anni, quanto protettrice, angelo custode davvero... Ma qui, parlandoci sinceramente, ritornando alla maggiore qualità di donna Violante, che è il beneficare gli oppressi, devo precisare che non mi riferivo, dicendo "oppressi", alla nostra celeste camiciaia, né ad alcuni vantaggi che le poterono venire da quella insigne protezione; né usando la parola "popolo" mi riferivo alla vedova del barone Albert (ella non è popolo); quanto al vero beneficato di casa Durante, al *fanciullo* cosiddetto (perché di fanciullo è la sua mente), che funesta, e non sembra esservi rimedio, la vita della nostra dolce Elmina. Ne udiste certo parlare! ».

Il riferimento all'*ossesso* era lampante, e anche misteriosamente offensivo.

« Come! » non poté trattenersi dall'esclamare Neville, gettando un'occhiata piena d'incertezza a Nodier « non è questo fanciullo, che io credo di aver già intravisto a casa di donna Elmina, un congiunto, un familiare, così osavo pensare, *di* casa Durante? Sarebbe interessata direttamente a lui, la cara Elmina? Si tratterebbe di un beneficato – e solo di un beneficato – ma a favore *di chi* avete detto? ».

« Sì, signor mio; ma il beneficio – alludo alla protezione cosiddetta – alleggerì, e non di poco, il destino di donna Elmina, costretta, purtroppo, alla di lui tutela. Almeno fino ad oggi » gettò un'occhiata a Nodier « le fu assai utile... ».

« Non capisco... Scusatemi ».

« Egli, il fanciullo, » disse un po' imbarazzato il Notaro « si trova ad essere un beneficato della Marchesa in quanto, a sua volta, già beneficato da donna Elmina, che non poteva più tenerlo con sé... Lo aveva tenuto – tale era la situazione all'inizio – con tutte le cautele, naturalmente, ma poi non poté più. Egli, Geronte, avrebbe potuto restare alla Casarella, ma da quando giunse la signorina Dupré (e una volta scomparso Albert), la cosa non fu più possibile. I due piccerilli si sbranavano... si avversavano molto, voglio dire » corresse abbassando il capo.

Neville, e subito Nodier, si erano fatti pallidi, in quanto per la prima volta, benché parlassero di donna Elmina da due giorni, e il mercante la frequentasse da anni (avendola un po' dimenticata, però, solo durante il matrimonio con Albert), si avvedevano che della sua vita abituale non sapevano nulla, e anzi la banale cronologia di essa era sempre stata, dai loro occhi devoti, tranquillamente trascurata.

Parlò Neville per primo, chiedendo a se stesso il più grande sforzo di freddezza che mai avesse dovuto compiere nella vita sul proprio carattere, per intrattenere giornalmente rapporti benevoli, o almeno educati, con gente di ogni grado, e perfino repulsiva – rapporti che appaiono spesso tra i più inevitabili.

« Volete dire, » chiese, e Nodier, mentre ascoltava, sbalordito, pendeva anche interamente dalle labbra del Pennarulo, odiando per la prima volta la propria grande superficialità « volete dire che egli... questo secondo Geronte – mi dicono ve ne sia un altro in casa Watteau – sarebbe anch'egli un Dupré, forse rifiutato dal padre, o dalla madre, forse per la anormalità, e con infame, ovviamente, esclusione dall'asse patrimoniale?».

Si aggrappava, così dicendo, alla speranza che almeno solo il «padre» fosse colpevole ed Elmina del tutto innocente delle sue avventure e crudeltà, vittima piuttosto di un matrimonio insensato, che egli – e quanto se ne pentiva! – non aveva a suo tempo abbastanza osteggiato.

Il Pennarulo sorrise, ma un sorriso breve e triste, anche imbarazzato, guardando più la punta delle proprie scarpe che il tappeto (decorato da una cuspide rossa, forse in Baghdad), dove una di queste punte andava disegnando qualcosa, così sembrava, del tutto privo di significato.

«Asse patrimoniale! parola priva di senso in casa di poveretti... Comunque, m'interrogate inutilmente, signor mio... Ne so pressappoco quanto voi. Su certe cose, vedete, il mistero non ha mai fine (anche se, certe volte, è un mistero da niente!). E questa è una... Ma ritengo – almeno si pensa questo a Napoli sull'argomento – che un Dupré, forse, egli avrebbe potuto esserlo, se il destino lo avesse voluto. Un vero e sempre sfortunato Dupré, data la malattia, se solo *Albert* lo avesse riconosciuto, almeno formalmente. Purtroppo, causa il suo male, l'eterno vaneggiare della mente, temo non lo abbia mai neppure veduto».

La conversazione fra i tre, nel salottino cinese, si era incrinata, piuttosto fatalmente, e un pesante silenzio, dietro un velo di ghiaccio, era subentrato alla quasi cordialità di prima.

«Un... figlio naturale di Albert, presumibilmente...» azzardò, con l'animo amaro, il mercante.

«Dicono» fu la mezza risposta, sibillina, a occhi bassi, del Pennarulo, che sempre più al tormentato Neville pareva nascondere dell'altro.

«Ed Elmina,» il principe calmo in apparenza, ma soffrendo l'inferno per quei suoi discorsi, benché

sempre deciso a non rivelare le proprie emozioni
« ed Elmina prese allora la di lui responsabilità su di
sé? Quale fedeltà ad Albert, se la verità è questa! E io
che la pensavo a volte fredda, distaccata, quasi disu-
mana! Quanto deve aver sofferto per la presenza di
quel fanciullo! E ditemi, signor Notaro, davvero Albert non sapeva – non sospettò mai della esistenza di
questo... infelice? ».

« Non seppe mai nulla. Forse Elmina non voleva...
Del resto, dopo Babà, nulla gli importava – come non
gli importò di Sasà – di altri fanciulli. La di lui madre,
dicono, si era presentata allo studio, da donna Elmina, qualche tempo prima che le condizioni del
signor Dupré peggiorassero (ma è anche probabile
che ancor prima si fosse consultata con la Durante, in
quanto temeva che Elmina l'avrebbe accolta poco
benevolmente) raccontandole tutto e raccomandandosi in modo da spezzare l'anima... ».

« Era legata al fanciullo, dunque? ».

« Sì, ma a quel tempo non poteva tenerlo (dicono),
stante (dicono) la di lui infermità. Egli era, allora,
muto e cieco, e inoltre soggetto ad attacchi convulsi-
vi. Affidato a una povera serva – tale era la madre –
non aveva molte probabilità di sopravvivere. Lo prese dunque, dopo la inutile prova alla Casarella, lo
prese con sé la nobile protettrice di Elmina, che fu
anche amica devota (ma chi non lo era?) del di lei
padre ». (« E rivale di donna Brigitta, dunque » pensò involontariamente divertito Ingmar). « Sapete bene che Madame Dupré lavorava già presso di lei,
lavorava di cucito per la intera casa Durante, domestici compresi, quando era ancora vivo il povero Albert ».

« Sì, è cosa nota, » con un'ombra sulla fronte il
principe « ma... continuate ».

« Non c'è molto da aggiungere, signor mio. La casa
di donna Violante, sulla spiaggia di Chiaia, è vasta,
quasi infinita, tra saloni, salette, camere, stanze da
gioco e stanzette dei servi. Egli, il malato, venne

255

alloggiato in una di queste... un po' in disparte, era necessario, causa la sua vergognosa infermità... Le convulsioni, sapete, gli svenimenti... Era anche pericoloso, all'inizio, a momenti molto aggressivo... Ma in tutto fu allevato come un bimbo della casa (da qui il nome di Geronte, con l'aggiunta di Piccolo). Donna Elmina poi, non subito, no, ma lentamente (non sarebbe stato umano aspettarsi il contrario) concepì per lui una vera triste adorazione... tanto simile a un rimorso, sapete, perché quel fanciullo avrebbe potuto essere suo, se avesse avuto meno distacco dal signor Albert; e poi, che dire? egli non solo andò migliorando – ora ci vede un poco – ma rivelò, e rivela ogni giorno di più, una natura rara, un animo di dolcezza e pazienza esemplare... ».

Queste, pensò il principe, erano più doti della vedova che non dell'adottato, che ricordava diverso: malmesso e sciocco, con quella penna di gallina ritta sul capo – segno che la gente, e il Notaro non faceva eccezione, quando riferisce i fatti li deforma o abbellisce sempre, perché in realtà non li osserva o non ne è interessata; e questa era poi, ne dedusse, la cosiddetta verità del mondo, sempre varia, affabulante e contraddittoria, sempre sviante come uno scherzo o un sogno di Satana.

« Non diceste che sono in urto, i due fratelli? ».

« La bimba, purtroppo, non lo ama. Logico. Come avrete intuito, non si può dire che donna Elmina adori Alessandrina Dupré. La damigella è sola! Vanamente si sforza di attrarre l'attenzione... direi la pietà di sua madre! ».

« Quindi è gelosa! » esclamò con improvvisa passione il signor Neville (o credé di esclamare, e in realtà restò zitto, perché la condotta di Sasà non era così elementare, ed egli non aveva dimenticato che la Palummella si comportava, quando era sola, in modo da non sembrare troppo infelice). « Così, la gelosia divora quell'angioletto! » concluse. « Che cosa tremenda! ».

E un ardore triste (perché egli era un geloso nato, quindi comprendeva), un mezzo sorriso doloroso illuminò i suoi occhi.

« Sì, è cosa presumibile. Noi, spesso, sottovalutiamo i fanciulli » si lasciò andare a filosofare il Notaro, ancor più cercando, con la punta della scarpa, sul tappeto – ciò che alla fine impressionò Nodier – l'ingresso della rossa Moschea di Baghdad; e concluse: « ...e ritengo che facciamo male, non solo davanti a Dio, ma perché terribili passioni devastano spesso quelle piccole anime... C'è qualcosa di tremendo – intendo una forza – in quei corpicini di passerotti, sotto le loro poche piume... una forza che spesso li fa levitare... Lo si suppone raramente ».

L'osservazione lasciò rannuvolato il buon principe.

« Secondo me, » interloquì a questo punto il signor Nodier, il cui animo entusiasta e ottimista aveva già superato il punto peggiore della crisi, il ritrovarsi, col matrimonio, padre di ben due fanciulli, invece che della sola damigella, e il secondo, oltretutto, d'aspetto fin troppo trascurato « secondo me, poi, la cosa non è senza rimedio. Solo, occorrerebbe reintegrare di fatto i due fanciulli nell'ordine primitivo (mi correggo: precedente) delle cose ».

« E cioè? » con scarsa amabilità Neville.

« Riconsegnare, intendo, Geronte il Piccolo alla genitrice vera (lavandaia o sguattera, suppongo), con una piccola rendita annuale, alla quale io stesso, in qualità di nuovo familiare, sarei ben lieto di provvedere... Ma con l'impegno, per la donna, di non fare più incontrare Elmina col piccolo malato, né soprattutto, questi con la sorellastra... Pardon... donna Alessandrina. Io, almeno, la vedo così. Tutto, a questo punto, sarebbe sistemato... ».

A Notar Liborio sfuggì completamente, o non vi fece caso, quell'allusione a una parentela di nuovo conio del mercante con la famiglia di Sant'Antonio, non lo colpì, o interessò quel perentorio « in qualità di nuovo familiare », ma restando sempre soprappensiero, e come immerso in fantasticherie e consapevolezze più grandi di lui, alle quali evidentemente in quelle circostanze non poteva acennare che in modo vago, fissò il principe che se ne stava anche lui tutto nebuloso, sogguardando lo spensierato Nodier, e disse:

« Volesse il Cielo, caro amico, che tutto fosse così semplice. Ma vi è un dolore, nel cuore di certuni... un pianto che non si acquieta così presto... anzi mai, credetemi; e così vi dico: separare donna Elmina dal suo dolore è cosa quasi impossibile. Non lo tentate. Potrebbe venirne gran male. Ah, comincio a credere anch'io, uomo di pandette, incredulo circa la bontà della natura umana, alla verità di un Cardillo nascosto in questo mondo; e che la voce, e il pianto, di un Cardillo non tace mai ».

*Una strana processione. La piccola Elmina e un
falso don Mariano. Strategia di un capretto*

Non aveva quasi finito di pronunciare queste parole – la cui peculiarità stava nel fatto che anche lui,
l'umile Pennarulo, sembrava a conoscenza dell'uccello di questa storia – non aveva, dunque, quasi finito di
pronunciarle (e, si può dire, esse percossero di nuovo
il cuore dello stordito ma sempre vigile Ingmar),
quando, quasi a conferma, certo scherzosa, di esse, il
caso volle si udisse sotto il balconcello, aperto sui
Gradoni, lo scoppio (altra parola non troviamo) di
una improvvisa quanto sconcertante melodia.
Repentinamente si alzarono, e uscirono sul balcone a vedere di che si trattasse, i due amici, mentre il
Notaro li seguiva più stancamente; e subito, nel sole
del mezzodì (era un po' più tardi, ma tale ancora
sembrava) che tra qualche nuvola e un rigo di pioggia, dopo il celeste smagliante della mattina, si affacciava anch'esso sui coloriti Gradoni, punteggiati di
rosso e giallo dai cesti delle fioraie, scorsero un
breve corteo dorato e infiocchettato come una suite
reale, che moveva ondulando verso il sommo della
vecchia gradinata: si trovava ora in quel tratto di
zona che passava sotto il balcone di Alphonse, prima

di giungere, qualche centinaio di metri più avanti, innanzi al portale della chiesa di Santa Caterina. Dal balcone del salottino cinese, guardando in basso, si distinguevano benissimo (quasi fossero in casa!) una decina di chierichetti, in cotta e stola (tutti biondissimi, come venuti dalla Germania), mentre reggevano – quattro avanti, quattro dietro e due ai lati, facendo oscillare divertiti un incensiere – le stanghe di una berlinetta, tutta dorata (ma le ruote mancavano), tutta damaschi e merletti, dalla cornice anche dorata e infiorata; dietro i vetri della quale berlinetta sembrava si movesse, anch'essa ondulando, non so che figurina bambinesca.

Venivano, dietro la carrozza, due preti, uno alto, uno piccino, dal viso dolcissimo: questi, mentre passava col corteo, alzò un attimo la testa a guardare su al balcone, e precisamente al principe... Seguivano, dietro i preti, varie donne del popolo, in sottana rossa, e uomini con la coppola blu in mano, ragazzi di strada, qualche dama vecchissima e ingioiellata, e – incredibile – qualche guardia svizzera, col berretto a lanterna, più due Ispettori della Polizia Borbonica, uno dei quali guardava in giro dispettosamente.

Ingmar, vistosi osservato dal prete più piccolo, non toglieva gli occhi da quella esile, veneranda figurina, quasi colpito da un pensiero, un barlume di *riconoscimento*, emozione che non avrebbe saputo altrimenti come indicare nel ferito animo suo (tanta gioia mesta gli suscitava). È che quel vecchio gli ricordava qualcuno di molto distante nel tempo, che mai e poi mai egli avrebbe saputo identificare con certezza assoluta, e tuttavia, questo era il tormento, ci si sforzava. Non andò avanti in questo tentativo, anzi, esso non durò che pochi istanti perché un imprevisto movimento della piccola folla (causa, forse, uno scalino rotto) obbligò i reggitori della portantina a uno scarto improvviso, per il quale l'aurea bacheca

si inclinò un poco dal lato opposto al balcone, lasciando intravedere, quasi di piatto, la bambinesca figurina seduta su cuscini di raso rosa all'interno. Sembrava, a prima vista, un Bambino Gesù di cera, vestito di una camiciola bianca, un piedino sull'altro, una
coroncina di roselline di maggio sul capo, gli occhi
chiusi, una manina aperta e un po' alzata come in un
saluto; ma poi, guardando meglio, si vide che era
una bella bambina addormentata... col volto di donna Elmina. Una donna Elmina di cinque o sei anni,
viva e serena (come all'epoca, pensò il principe, dei
suoi delitti), ma con gli occhi chiusi... come in sonno,
o sogno, che dir si voglia. Sulla fronte le brillava una
luce d'oro, ma non fissa: tenue come una lacrima,
saliva e scendeva sull'innocente capo... Talora, là
dietro, passavano fiocchi di neve, o addirittura la
neve turbinava contro scuri tronchi d'albero... Non
era più Napoli, ma un diosadove – un luogo straniero. Una vera visione, insomma, in quanto risaliva
chiaramente a oltre vent'anni addietro e, inoltre, il
luogo del riposo era invernale e nordico insieme.

La bacheca dorata si raddrizzò; i ragazzi in veste
rossa ripresero a salire la vecchia gradinata. Subito le
donne, giovanette e anziane che seguivano il castel-
letto festoso, si misero a scandire, piuttosto sciatta-
mente per la verità, le parole di un inno sacro che si
cantava anche allora nelle chiese napoletane, l'esaltato e triste: « Noi vogliam Dio / ch'è nostro Padre / noi
vogliam Dio / ch'è nostro Re! », ma subito, questa
volta, seguito da un irruente – dapprima indistinto,
poi molto preciso e trionfante – ritornello: il sempre
doloroso al cuore del principe:

> *E vola vola vola lu Cardillo!*
> *E vola vola vola... Oh! Oh!*

Ce n'era abbastanza per scuotere fino alle lacrime
una mente meno solida di quella del nostro diplomatico.

Neville, fortunatamente, era stato addestrato fin
da piccolo, da una fierissima governante spagnola, a

reprimere ogni genere di emozioni, e soprattutto a non mostrarsi mai sorpreso davanti a qualsiasi tipo di assalto l'impavido mondo del mistero universale decida di muovere (e lo fa di continuo, forse non avendo altro da fare) al fragile mondo dell'Uomo. Così in questo caso, essendo agguerrito, e in più, come sappiamo, istruito sulla banalità dei fatti arcani, subito rise, subito comprendendo che la «processione», come tutta la scena cui aveva finora assistito, non era cosa reale, ma semplice proiezione della propria mente. Vi era realtà, nel corteo, certo (benché l'ora di pranzo non apparisse la più indicata alle apparizioni), realtà nella bacheca dorata, e ve n'era moltissima, naturalmente, nei due Ispettori di Polizia (a donna Elmina evitava di pensare) che, proteggendo il corteo, spiavano su ai balconi, ma la sostanza, il cuore insomma, della gustosa rappresentazione appariva essere altrove, nel capo stesso di Ingmar, avendo, infatti, al centro la cara Elmina – e il suo segreto –, come certo non era più da moltissimi anni.

«Ella ama il Cardillo!» si disse Ingmar intensamente, ma senza, per il momento, vero dolore, in quanto la forza dell'indagine lo trascinava. «Tuttavia, il Cardillo non ama lei, o esiste soltanto per il di lei tormento e probabile punizione. Ma di cosa? Povera Elmina! Da quanto tempo soffre, e questo uccello tremendo domina la sua vita! Oh, Dio mi aiuti a scovarlo, e soddisfare io, in qualche modo, i di lei debiti col Cielo... cancellare alla fine il suo probabile reato davanti a Dio!». Pensò poi qualcosa di più concreto; e cioè, che per passare davanti al balcone del salotto, sapendo che lui, Ingmar, era in visita da Nodier, il Cardillo certo doveva avere uno scopo. Semplice avvertimento? O intendeva coinvolgere anche lui in quel dolce terrore?

Con un gran sospiro, il principe si liberò da questi pensieri e fantasie veramente disdicevoli, e anche imbarazzanti per un uomo di mondo come lui, e si limitò a seguire con lo sguardo il corteo, con la bacheca oscillante e dorata, che sembrava muovere le ali come una farfalla ferita ma ancora viva, mentre dispariva tra la duplice fila di fioriste e pescivendoli accampati, insolitamente data l'ora – il meriggio era già passato, e regnava un certo silenzio – lungo i Gradoni. Alla fine, anche la bacheca sparì, e il canto si tacque. Non badò invece, il principe, o gli parve cosa usuale in Napoli, città di caprari, a un caprettino di pochi mesi, forse settimane, bianco e grigio, che apparve quando la scalinata era già vuota, saltellando e tremando. Rincorreva il corteo, era evidente! Si raccomandava, pregava coi suoi « eh! eh! » supplichevoli. Chissà se l'avrebbe mai raggiunto.

« Ecco il mandante! Misero Käppchen, Spirito innevato! » udì biascicare, vicino a sé, le grosse labbra pallide del Pennarulo. Quest'uomo era noto – forse l'abbiamo già detto – per la sua abilità nel comporre poesie, preferibilmente d'occasione, mottetti per nozze, tristi ballate popolari, e il principe, a conoscenza della sua naturale propensione al farneticare, non poteva farvi caso.

Egli seguì dunque, senza quasi vederla, anche la piccola creatura cornuta, finché non disparve, verso la Chiesa, tra raggi di sole e liete lacrime di pioggia (tale era allora lo scherzoso clima di Napoli). Pensava a don Mariano (non osò fare il nome della figlia). Solo allora si mosse, per chiedere a un Nodier quasi in lacrime, tale era stato il suo divertimento, se aveva ravvisato, in quel corteo, qualcuno di loro conoscenza. No, nessuno, era stata la incerta, ma commossa (per quelle risate), risposta; ma aveva udito la canzoncella lamentosa. Secondo lui, poi, la presenza dei due Ispettori di Polizia poteva intendersi come segno di eventi tutt'altro che rassicuranti. Alla Polizia del Regno – disse e il Notaro confermò – non andava troppo questo dolore che era in Napoli... da sempre... cioè, andava, ma non così esibito, dichiarato:

Sua Maestà Dio Guardi lo avrebbe preferito più contenuto, sommesso, attento a manifestare riconoscenza piuttosto che fastidio – come sembrava – per questo « privilegio », ché privilegio doveva intendersi il dolore, voluto da Dio prima ancora che dal Re! Mentre, ciò dicendo, quel bello spirito del giovane guantaio scoppiava di nuovo a ridere, il Notaro soggiunse, quasi in un mormorio delle grosse labbra, quasi stesse solo pensando che, in realtà, tali processioni, benché antichissime e legittimate dalla tradizione, e inoltre molto care al popolo napoletano, parevano tuttavia manifestare da qualche tempo, ogni giorno di più « dopo gli Eventi che tutti ricordiamo » (alludendo ovviamente al periodo dei Francesi a Napoli, a parte le loro mire attuali), non so quale improntitudine, quale alleanza o convivenza di Parigi col dolore o, se si vuole, esibite sofferenze, del « popolo sotterraneo »: un popolo, se non un intero paese, che è il vero popolo, o anche mandante della malavita e insurrezioni varie di Napoli.

Il popolo sotterraneo: semplici dicerie
o verità imbarazzanti sempre taciute dagli storici?
Divertimento di Alphonse e serietà del Notaro.
Si ode di nuovo il suono del campanello

« Diceste "sotterraneo", amico mio? » interrogò
prontamente, sebbene a bassa voce, Neville.
Senza attendere che il pigro uomo di pandette si
decidesse, lui così sempre timoroso di strafare, a una
risposta forse non chiara, il mercante subito interloquì, smettendo di ridere e spiegando con bella fran-
chezza, a Neville, l'origine di certi usi e credenze di
Napoli che il principe non conosceva (ne aveva però
sentito parlare e, doveva ammetterlo, talvolta turba-
vano e commovevano anche lui). Tra questi, ad
esempio, il familiare e pietoso culto dei Mórti, fonda-
to su una credenza popolare che si poteva anche
mettere in discussione, ma non era tuttavia meno
rispettabile: e cioè che le anime di tutti i Napoletani
trapassati da non più di cento anni (ma in qualche
caso anche oltre questo limite, si parlava di tempi
aragonesi), trapassati in modo naturale o meno, tali
anime continuassero ad abitare e trafficare indistur-
bate come ogni altro suddito di Ferdinando nella
bella città... partecipando alla sua vita – ricorrenze,
feste –, partecipando in derisione o pianto, sogno o
azione, come qualsiasi altro suo abitante. Quasi indi-

stinguibili, tali antichi cittadini, dai viventi... Forse appena più pallidi, comprensivi e complici, abitualmente, del popolo reale, cui dimostravano spesso un dispettoso e triste affetto. Il mercante si soffiò il naso, ostruito da qualche divertita lacrima. «Insomma,» concluse «uno stuolo immenso di ombre, caro principe, soggiorna tuttora in queste case, in questi vichi, siede alle nostre tavole, dorme nei nostri letti, si sdraia nelle nostre carrozze... visibile o meno, ma sempre accanto a noi. Non è gente di oggi, ma di tempi remoti assai... Sofferse molto... E, oggi, chiede veramente la pace? O, più banalmente, anela di tornare a vivere nei luoghi amati, tra i propri mobili, le proprie carabattole... i giorni cari di prima? O non intenderà vendicarsi?... Questo è il sospetto... E di ciò (su questo potrei giurare) Sua Maestà Dio Guardi non vede con benevolenza il continuo fiorire...».

«Pensa che, tra tali spiriti, possano trovarsi anche degli studenti... dei liberali? Forse, addirittura qualche intellettuale francese dell'89» con sarcasmo, e un che di sogno, e di scuro, sulla fronte il principe.

«Anche... Non è impossibile. Ma soprattutto Teste Cadute. Molti di quei nobili di oltre Alpe conoscevano Napoli di fama (si erano sempre proposti di visitarla) e, appena liberi del loro peso terrestre, chiesero e ottennero di trascorrere qui il loro periodo di detenzione... Inferno o Paradiso o Purgatorio che fosse. Almeno, tale è la credenza più diffusa... Si sente parlare francese, *vous savez?*, la notte, e ciò sorprende. Il Re ne è convinto. E soprattutto crede che il Cardillo sia francese. E ha messo la Polizia sulle sue tracce, se volete saperlo».

«Questa è una battuta!» fece scherzoso in apparenza, ma sempre grave il principe.

«È anche la mia povera opinione» si permise di interloquire, dopo un istante di esitazione, e vincendo la sua timidezza, il Pennarulo. «Ma vi dirò di più. A mio parere, la presenza del Cardillo in città – che è cosa accertata – non ha assolutamente motivazioni politiche, se pure, a volte, le circostanze potrebbero fare intravedere un nesso tra il canto dell'uccello (una nullità svolazzante nell'aria) e le tristezze o turbolenze del popolo. Perché questo dolore (o gioia? o anelito? o semplice desiderio di gioia?) che il famigerato uccello esprime, non ha, a ben pensarci, molta attinenza col mondo degli adulti, sia intellettuali che nobili, ma solo col mondo dei piccerilli, e insomma di quanti, pur raggiungendo, in vita, i venti o trenta o cento anni di età, rimasero "fanciulli". Vi è un dolore » disse « dei fanciulli, nel mondo napoletano e altrove (fino, forse, alla remota Germania), che supera in gravità e dimensioni il dolore degli intellettuali, degli innamorati delle riforme e perfino degli ansiosi di Costituzione – un dolore *non* degli adulti, di cui sempre si parla, e a cui ci si riferisce generalmente pronunciando la parola magica: dolore. Perché il dolore è un deserto. E solo i fanciulli, nel mondo (mi riferisco, ovviamente, ai veri "fanciulli", folletti o demoni che siano), possono conoscere il deserto ».

Nessuno gli avrebbe badato, in altro momento; non in questo.

« Deserto di che? » incupito il principe, che seguiva a fatica quello strambo e allucinatorio discorso del Notaro.

« D'amore, di rispetto, naturalmente, Monsieur. I fanciulli, sapete, se non appartengono alla *bonne société* conoscono subito, nascendo, il deserto. Ed è là, a Napoli, come a Parigi, Londra o Colonia, che poi scompaiono – si dileguano, dissolvono, come fumo nell'aria – prima ancora di diventare adulti... E quindi, è in questo mondo di case buie, deserte d'amore, che, prima o poi, inesaustamente essi ritornano... ». E, rivolto al mercante: « Voi lo avrete notato, caro Nodier, che quanti sono indicati come *"les revenants"*, in Napoli, sono tutta gente *piccerella*, sono tutti piccerilli ».

Queste parole dettero un brivido al principe.

« Volete dire: di piccola statura? » chiese il mercante con indifferenza.

« Sì; i *monacielli*, o *Käppchen*, o berrettini, come li chiamano, sono tutti di piccola statura: non superano i quaranta centimetri di altezza ».

Il principe aveva già udito o visto da qualche parte, quella mattina, la parola « Berrettino », ma era troppo preoccupato per darsene pena.

« *Essi*, » pensò con sollievo, riferendosi semplicemente ai due piccini della Casarella, la legittima e l'illegittimo « essi sono ben più alti, di almeno cinque centimetri, della misura stabilita da questo buffone »; ma la constatazione non lo rasserenò del tutto; e chissà come era scivolata, poi, nella sua forte intelligenza. Ma il mondo sembrava pieno di sorprese.

« Riprendendo il nostro discorso » proseguì il Pennarulo « e lasciando da parte le nostre povere fantasticherie sui fanciulli, la faccenda del Cardillo si presenta però, politicamente, come assai reale, e io non dormirei sulla ipotesi che Sua Maestà Dio Guardi, avendo prestato orecchio a qualche soffiatina di Morvillo,[1] pensi a *questa* casa, a *questo* balcone, come a un paniere di Giacobini. E che il dolore, che ruota intorno a donna Elmina, che è la nostra regina – *regina di cuori* di tutti i nostri pensieri, inutile negarlo –, questo dolore dell'anima, sempre sospetto alle autorità, si presenti alla sua mente, o a quanto è visibile di essa (il più, non ci appare), come una possibile sindrome di rivolta... ».

« *Des sottises!* » fu la risposta, incupita e un po' sprezzante del diplomatico, che non vedeva, giustamente, alcun nesso tra il *dolore* segreto della cara Elmina e i fermenti intellettuali e un po' vanitosi dell'epoca.

---

1. Celebre ispettore del tempo, di cui molti storici non fanno menzione, accreditando la sua data di nascita a un altro Morvillo, che poi, cambiati i tempi, si convertì alle Riforme, finendo dimenticato dalla Storia.

«La logica vorrebbe questo;» ammise il Pennarulo «io, però, dopo aver visto quei poliziotti aggirarsi tra le donnette, dietro la bacheca, ci andrei piano a parlare di sole ipotesi... di sogni. Il dolore di donna Elmina - il suo rapporto o dimestichezza col Cardillo – è ormai cosa nota, in Napoli; e posso perfino ipotizzare che, timorose di uno scandalo molto possibile intorno ai Dupré, la marchesa Violante e sua figlia, la consorte del cavalleggero, abbiano preso adesso la decisione di rimandare alla Casarella il piccolo sciancato...».

«A questo punto?» non si trattenne dall'esclamare l'indignato principe, indignato soprattutto da quel familiare aggirarsi del discorso di un povero Notaro intorno alla intoccabile (per lui), alla idolatrata Elmina. (Mentecatto! Intrigante!). Ma non erano del tutto arbitrarie quelle sue considerazioni, perché gli era venuto in mente che perfino l'angelica Sasà, a causa dei suoi comportamenti, fra cui egli ricordava benissimo i voletti sulla siepe e le corse sul tetto, poteva essere indiziata. Il suo cuore, davvero paterno, tremò. «Vorrei vedere!» si lasciò sfuggire «interesserei immediatamente certe Corti europee, arriverei piuttosto distante, se è questo che essi *non* temono...».

E un sospetto – sottile ma immediato –, notando lo sguardo di sbieco, prudente, che il Pennarulo lasciava correre sul tappeto, lo dominò: che fosse il Pennarulo, e non il famigerato Morvillo, la vera talpa della Questura, l'informatore del Palazzo. E poiché a una storia tanto intricata e oscura come quella che abbiamo la sfortuna di narrare non occorrono davvero altre complicazioni, diremo subito che sul povero Notaro il diplomatico si sbagliava. Era un uomo infelice, ma non cattivo, e i suoi sguardi si ritraevano, con pena evidente, solo dalla *fortuna* del principe, con la quale, da quando era entrato, si confrontava.

Questi non rinunziò a un'ultima battuta, che doveva mettere sull'avviso il Notaro, nel caso considerasse l'opportunità di mettersi dalla parte, per così dire, del Cardillo: «Peggio per chi non sceglie in tempo la sua parte» disse «nella vita. Non so se sono dalla parte dei Liberali, ma dei Morti neppure, soprattutto quando si presentano ipocritamente come fanciulli (e perfino capretti): a meno che non siano fanciulli essi stessi che, a loro volta, hanno paura di altri fanciulli».

Non è che il discorso filasse molto; ma l'infelice Notaro, pur dopo una comprensibile esitazione, provò l'esigenza morale di ribattere con alcune parole, che non suonavano meno sibilline:

«E queste, Eccellenza, sono cose che purtroppo non si capiscono mai».

Neville, ovviamente, non gli rispose nemmeno; ma rivolto a Nodier, e mentre si alzava – avendo udito insieme al suono melodioso della pendola in anticamera, che batteva le quattordici ore, un nuovo spiritoso tocco di campanello, ed era quello della porta di casa –, apostrofò scherzosamente il mercante:

«Ma stasera, mio caro Alphonse, ne sapremo certamente qualcosa di più, e discolperemo la nostra carissima Elmina dalle accuse che tanti,» e questa era una frecciata per il Notaro «senza il minimo scrupolo, le addebitano: di calunniare, col suo dolore segreto, o solo severità di vita, l'andazzo o i costumi, se vuoi, della Corte che sappiamo. Ma non è così. Mai si vide – lo sai anche tu che la scegliesti come sposa – un cuore più semplice e privo, inoltre, di senso critico per sé come per altri...».

«Vero... fin troppo vero...» ammise, allegro, Nodier.

«Allora, sei sempre d'accordo, mio caro, sulla nostra visita di stasera a casa Watteau?».

«*Mais certainement*, mio caro! E ci divertiremo pazzamente, ragazzo mio» rispose lietissimo il giovane guantaio.

(Era sfuggito al principe, ma non deve sfuggire a noi, il rapido e diremmo cupo trasalimento dell'uomo di pandette alle parole strabilianti del principe: « là scegliesti come sposa ». E possiamo forse sgombrare quel « trasalimento » dalla facile e noiosa ombra di una gelosia sempre possibile. No, vi era in quel trasalimento un non so che di *esterrefatto e pauroso*, sulla cui straordinarietà, per ora, non insisteremo).

Sorpresa in anticamera. La bella statuina
e un messaggio del Duca per Ingmar « il Piccolo ».
A Caserta! A Caserta!

Il suono del campanello non si era più ripetuto, ma Neville e Alphonse erano già in anticamera, anche per accompagnare il Notaro che si congedava, quando – tornavano appena indietro, e nessun maggiordomo si presentava a dire perché il campanello aveva suonato – scorsero, sulla elegante console di marmo, proprio sotto la grande specchiera dorata che la sormontava, una busta bianca accuratamente sigillata. C'era tanta luce, su quella busta, e sembrava vibrare di tanta bizzarra felicità, che gli altri biglietti, intorno, non si vedevano più, come spariti.

A giustificare inoltre la distrazione che impedì al padrone di casa di chiedersi chi l'avesse portata, diremo che tale lettera era appoggiata, come una piuma, a una tonda campana di vetro, sotto la quale rifulgeva d'oro, in mille ricci e capricci, un grosso orologio stile Luigi XIV; e appoggiata a sua volta all'orologio, ma al di qua della campana, c'era una statuina di biscuit, che si rifrangeva, con l'orologio, nello specchio: certamente alcuni minuti prima non c'era. L'interesse di Alphonse nel considerare la statuina (egli era un raro intenditore di cose d'arte) non stava tanto nella perfezione e anzi squisitezza della fattura, ma nel soggetto della statuina stessa. Essa riproduceva niente altro che una pastorella del secolo ormai passato, ma una pastorella deliziosa, tutta in rosa e celeste cielo, il cui volto ridente e luminoso gli sembrava, anzi ne era certo, avere già visto. « A chi rassomiglia mai questa giovane bellezza? » si stava chiedendo, rapito, l'amico del principe, quando questi (il principe) scorse sulla busta il proprio nome, curiosamente completato da un « principe Ingmar il Piccolo », il tutto vergato con la fantasiosa e svolazzante scrittura del suo amico di Caserta, che i Lettori ricorderanno, l'incauto e scherzoso Benjamin Ruskaja, duca di Polonia. Subito, essendo la lettera intestata a lui, l'aperse e si mise a leggerla. E perciò tra i due Belgi (ormai erano soli in casa, e la processione non infastidiva più) era sceso quel repentino silenzio della gioia. È che mentre uno dei due contemplava, incantato, l'immagine di giovane pastora, proposta come un rebus, oppure la sua soluzione (per il mercante da poco fidanzato), l'altro scorreva adesso rapidamente le poche righe della missiva che gli era indirizzata: e aggiungiamo con discrezione che nessuno dei due si chiedeva, come del resto accade nella vita dei giovanotti, che è solo un felice stordimento, come fossero giunte colà quelle due liete sorprese, e *chi* le avesse portate. (No, la cosa non interessava. Interessava la sorpresa).

Ed ecco il testo della lettera (ci occupiamo prima del povero Ingmar, che appare il più ansioso tra i due).

Mio caro figliolo – cominciava la lettera, che recava il timbro delle Poste di Caserta, ma sormontato da un'ala azzurra di piccione, a fare intendere maliziosamente quale via non protocollare avesse garantito la velocità del dispaccio – mio caro figliolo, e non

avertene a male se ho aggiunto « il Piccolo », tale sei
certamente, nessuna bugia (ma so già che non ne sei
capace) per dirmi che rifiuti di vedermi. (Ti cercai
un'ora fa, da Alphonse, forse lo hai capito, ma senza
successo). Non ammetto scuse. Parti dunque seduta
stante, per piacere. Ti aspetto stasera stessa in Caserta, voglio dire a casa mia, per comunicazioni impor-
tanti... notizie di straordinario interesse per la tua
anima, e diciamo serenità... Che tu non senta più il
Cardillo! È il mio voto e, ti assicuro, la mia speranza.
Ti aspetto dunque, ragazzo mio.

Tuo Ruskaja

AGGIUNTA: Mi troverai invecchiatissimo, ma poco
conta. Non dire ad alcuno come ti è pervenuta questa
lettera, né, soprattutto, dovrai informarne donna
Elmina.

SECONDA AGGIUNTA: Dài una sbirciatina al tuo amico, mentre leggi, e mentre egli *contempla* la contadi-
nella francese (un mio dono), e cerca di capire, ma
con spirito, a *chi* egli effettivamente pensa... e se sia
poi così fedele e generoso come dichiara di essere.
Salve!

Quest'ultima frase era scritta con mano poco ferma, a indicare una senilità compiaciuta, ma sottoli-
neata poi in modo vigoroso, a esprimere, insieme
all'età avanzata del negromante, anche la sua intra-
montabile capacità d'intervenire e pettegolare in
ogni sorta di difficoltà o afflizioni che riguardassero
la vita dei suoi amici più cari. E Ingmar, figlio unico
della sua amica d'infanzia (tenendo presente che di
infanzie il Polacco ne aveva avute più d'una, erano la
sua stagione preferita) e di mille avventure – la mai
troppo rimpianta Leopoldine –, era, tra questi, il più
amato.

Inutile dire che il principe, pur sommerso dalla
gioia per questa lettera, e prima ancora di deporla,
per poi rileggerla più liberamente, aveva obbedito

subito al malizioso suggerimento di Benjamin, gettando un'occhiata al padrone di casa, e aveva scorto lo sguardo rapito – innamorato è dir poco – con cui Alphonse Nodier contemplava, in quella deliziosa fanciulla, le fattezze, o qualcosa che ad esse somigliava – in breve lo charme! – della propria futura cognatina. Innamorato lo era: ma *di chi*? Ahimè: quello sguardo, insieme alla raccomandazione del Duca, di non far cenno della lettera a donna Elmina, riconfermò il principe, se ve ne fosse stato bisogno, nella sua misteriosa certezza: che Elmina era di nuovo *sola*, che nessuna salvezza era possibile per lei. Tutto ciò che acquistava – ora anche il secondo marito – Elmina lo perdeva. Ricchezze, felicità, parentele. Perché in realtà, pensò (o credé di pensare) con tristezza il principe, ella *non* desiderava stabilire rapporti (se non di servitù buia e monotona) con quanti l'amavano, ed ella stessa forse amava. L'immagine del *caprettino* che correva tremando e piangendo, col suo « eh! eh! », dietro la processione, lo illuminò sulla condizione di lei nel mondo: di castigo e fuga eterna, forse rimpianto. Non benefica a nessuno, mai, come una creatura dannata... una creatura, anche lei, del sottosuolo. L'idea di una colpa, un reato tristissimo, tornò più grave alla mente del nobile, ma non ne diminuì la pena, tutt'altro. E quanto gli fu cara, in quel momento, per la sua condizione senza dolcezza! E tuttavia la povera Capra – il principe lo sentiva – era meno colpevole di quanto distruzione e miseria dei suoi cari, o addirittura un tribunale ecclesiastico messo in sospetto dalla sua passione per l'indipendenza economica, avrebbe potuto tentare di accusarla. Dei suoi delitti – se tali erano – del tutto incolpevole. Della sua *caduta* là in fondo al burrone, dove si lamentava e ingannava se stessa, brucando un po' di arida erba, anche incolpevole.

Pagava, Elmina, per le colpe, forse senza perdono, di un altro... di qualcuno che ella intendeva salvare: forse (pensò il principe, che mai desisteva dall'attribuire ai difetti di Elmina le causali più belle), forse senza neppure amarlo... forse un emerito delinquente. Per una cieca (e maledetta, pensò, ancora) obbedienza al proprio dovere.

Ma dovere verso *chi*?

Una pietra, era Elmina, davanti al dovere! Salvarla era impossibile! Ma forse, proprio perché impossibile, questo pensiero incendiò la mente del nobile belga.

A Caserta, dunque! A Caserta!

Non più di mezz'ora dopo, pregando Alphonse Nodier di voler presentare le sue scuse a donna Violante e a donna Carlina Watteau, se non si recava quella sera a rendere loro omaggio, il diplomatico belga correva, chiuso in un'azzurra cupa carrozza, alla volta della città regia.

Un Duca assai in forma e un pazzariello *molto
disperato. Riappare la « lente » di Cracovia,
e indaga su un palazzo napoletano*

Trovò il Duca tutt'altro che invecchiato, come avviene infine per le persone molto spiritose, che non soffrono per emozioni di alcun genere e non risentono quindi di danni alla pelle. Essendo, oltre che arguto, anche molto saggio e attento alla propria salute, il Duca, malgrado la grande età, non invecchiava mai. Gli occhi gli scintillavano di gioia, in mezzo a qualche grinza (rara!) di compassione per le follie di questo mondo alle quali, date le sue facoltà negromantiche, si concedeva ogni tanto, come a uno spettacolo teatrale, di assistere, e senza pagare biglietto.

« Mio caro Duca! ».

« Carissimo *pazzariello* mio! ».

Questa lieta e colorita espressione, questo appellativo affettuoso, già udito in momenti migliori, commosse particolarmente Ingmar, che vi ritrovava la tenerezza ricevuta un po' da tutti, durante i suoi anni di ragazzo, e che si confondeva adesso, ai suoi occhi, nell'azzurro e indeterminato rimpianto della stessa dorata giovinezza.

« Ormai, *pazzariello* non sono più ».

« E invece lo sei davvero, ora, carissimo figlio mio.

Anzi ti dirò, ora più di prima: perché, da ragazzo, eri piuttosto saggio e schifiltoso, nulla ti accontentava, chiedevi, anzi – *comme on dit* – "paglia per cento cavalli". Ora, eccoti mansueto e compassionevole con tutti... E se questa » con un sorriso « non è pazzia... ».

« Non credo che sia proprio così... » e Ingmar arrossì pensando al suo astio per il fanciullo con la penna e per il Notaro.

« Non con tutti, forse, ma con una certa Capra sì... ».

« Colei che voi, Duca, scusatemi, chiamate Capra, è una degna donna... Oltre che, come ben sapete, » aggiunse gravemente, ma senza riflettere « l'unico amore del mio povero Albert... ».

« *Unico* non direi » osservò serio serio il Duca.

Si trovavano, i due, davanti alla veranda della casa prospiciente il bel giardino di rose che già ammirammo (al primo arrivo in Caserta) un bel mattino di maggio. Ora, il giardino, tranne una luminosità incerta che saliva da dietro la casa attraversando il verde orientale del cielo, in mezzo a sottili nuvolette sparse, era buio e vagamente malinconico, intendendo forse (in tal modo le cose dette « inanimate » spesso manifestano un qualche sentimento accorato)... intendendo forse ricordare al cuore dei due amici che il tempo era passato, portandosi via, al solito, parte della ricchezza del mondo, e sostituendola con altra ad essi ancora ignota. Un venticello profumato di erbe aromatiche e fiori selvatici, e un vago stormire di alberi, salivano dalla campagna circostante, e di momento in momento la notte (ricordiamo che era novembre) diventava più scura e più argentea, quasi consapevole di una certa infelicità del mondo, e di una opportunità, per riguardo, di far silenzio.

« Ti ho fatto chiamare... cioè ti ho fatto recapitare un biglietto – del modo non domandare, figlio caro – non solo perché desideravo esternarti la mia com-

prensione per la perdita di Geraldina, tua moglie, »
(Ingmar abbassò il capo) « e chiederti scusa di non
averlo fatto prima, ma supponevo non fosse per te
una grave perdita... ».

« Probabile... Non so... » confuso il principe disse.

« Ciò non importa poi molto. Chi ha notizie del
proprio cuore dovrebbe avvertirne le autorità... sono rarissime » ridendo il Duca. « Ma lasciamo andare... Fu per te una buona e saggia compagna, una
degna moglie, e riposa ora certamente nel Paradiso
delle Mogli... *Ma chi* non riposa più è il mio Ingmar ».

« Verissimo... Sono un po' stanco ».

« Rientriamo, quindi, prima di tutto, e sediamoci
accanto al fuoco. Ho delle novità... e nulla più del bel
fuoco di un caminetto illumina le incantevoli bugie
di questo mondo... Ché tali sono, non è forse ciò che
pensi? anche le più sfavillanti novità ».

Ingmar sorrise appena, e il Duca, gettando un'occhiata maliziosa al suo amico, e vedendolo veramente serio e un po' pallido, constatando che sembrava
più alto e smagrito di quanto gli fosse apparso mai,
giurò in cuor suo di consolarlo, senza badare a spese
(cioè a scrupoli di verità o invenzioni sulla verità) pur
di trarlo dalle sue pietose incertezze; e facendogli
strada dall'atrio silenzioso e deserto della casa al suo
studio tanto ricco, scintillante e segreto di sogni, si
convinse che la cosa migliore era di tenerlo non
troppo distante, ma nemmeno troppo vicino ai pensieri che lo tormentavano. (Una *novità* ce l'aveva, o
credeva di averla, ma non sapeva bene – e non voleva
lasciarlo intendere – di che natura, se buona o malvagia, essa fosse. Le possibilità sono sempre tante! E
tanto meno doveva intenderlo il suo Ingmar).

A questo fine, egli non smetteva di guardarlo di
sottecchi, deciso a profittare della minima indicazione dell'animo suo per intervenire con qualche rimedio magari ridicolo, ma sovrano. E che cosa, veramente, gli sarebbe stata più cara del riportare la
pace, con qualunque mezzo, nel di lui animo dispera-

to? (*Disperato!* questo esattamente il Duca pensava di Ingmar).

Una volta entrati nella bella stanza dai parati verdi, e sedutisi a un lato e l'altro del rosso caminetto, davanti al basso tavolo quadrato, tuttora coperto di felpa verde, e sul quale erano disposti alcuni oggetti lucenti (e Ingmar riconobbe, con fastidio, la famosa lente), il vecchio Benjamin disse:

« Tu non conosci Napoli, figlio mio, e credo venga facilmente ingannato dal tuo entourage con false informazioni su molte cose che in realtà non esistono. Oh, non affermerò che in ciò vi sia malizia di altri verso di te, o una tua deplorevole tendenza alle fole... ma certo vi è debolezza tua in qualche cosa... debolezza di cui altri profittano... ».

Siccome il Duca si era interrotto, Neville pensò subito, con disperazione, il nome della creatura che forse più lo ingannava; e, come irrigidendosi, abbassò il bel capo e mormorò:

« Vi pregherei di non fare nomi... sapete a chi mi riferisco ».

« Non ne farò. Ma qualcosa occorre pure dirti, o ti smarrirai davvero, caro figlio ».

« Non sono forse già smarrito? » con malinconia il principe.

« Non del tutto. In breve... ecco, girerò al largo della vicenda. Anzitutto, due parole sul pretino che vedesti a mezzogiorno dal balcone di Alphonse... ».

« Non era don Mariano Civile? » domandò il principe, repentinamente illuminandosi. Infatti, la somiglianza che tanto lo aveva turbato (per non parlare di colei che passava nella bacheca) era quella tra il pretino e il suocero di Albert. Finalmente aveva trovato il nome.

« Non lo era, rassicurati ».

Dal tavolo, fra molti e curiosi oggetti che rendevano tanto brillante e interessante quel riquadro verde, il Duca tolse un libriccino dal taglio dorato, piuttosto gonfio di pagine, con la copertina di vecchio avorio (stampato in Germania nel 1590); portava, in latino, questo titolo, e sembrava anche il titolo onusto di anni: *Dei Sogni*. Lo sfogliò un poco e poi lesse, con una espressione divertita e insieme solenne nello sguardo: « Non sempre ciò che vediamo è reale, e non sempre ciò che ci appare irreale ha meno potere del vero sul destino dell'uomo ».

Ingmar taceva, ma con tutta la luce e l'intensità dei suoi bellissimi occhi interrogava quelli del Duca.

« Mio caro, » scoppiando a ridere il Duca « non ti dirò altro... È ben certo che il *vero* don Mariano Civile si trova da molti anni lontano da noi, come quel galantuomo triste che fu; non è ben certo, invece, che la nostra mente non componga quadri affascinanti, e non sussurri avvertimenti, direi, servendosi di disparite e care immagini ».

Un brivido non è cosa frequente, o non per tutti gli uomini, soprattutto quando il soggetto del brivido sia uomo di grande esperienza mondana e di provata solidità filosofica, e versato poi in ogni genere di rapporti con l'utile e il dilettevole, col mistero e la banalità del mondo. Ma, se di tutto ciò un po' stanco, ebbene, tale brivido non è raro. Neville lo provò.

« Intendete dire... » con un sorriso forzato « intendete che io non incontrai altro, guardando nella strada, al corteo sacro, che un qualche sogno o terrore della mia mente? ».

« Esattamente questo ».

« Dunque... anche la fanciulla della bacheca... che dapprima scambiai per un simulacro di cera... per il Re della Cristianità?... ».

Aveva toccato, d'istinto, il punto doloroso.

« Non t'inganni ».

« Povero me, » fu la conclusione, tra sprezzante e amara di Neville « vuol dire che dovrò al più presto consultare un medico ».

« Questo neppure. E pensare che tutto dipende dal tuo orgoglio, figlio (e quanto poco, in ciò, riconosco la tua cara madre e mia carissima amica Leopol-

dine, così semplice e pronta all'emozione e alle auro-
re segrete del vivere!). Ma coraggio! E accetta il tuo
cuore con le sue nuvolette, Ingmar. Credimi: vi è
presagio, nel sogno, talvolta, vi è un messaggio che
viene da noi stessi, come se qualcosa in noi, o qualcuno, di noi consapevole, mentre non lo siamo noi di
lui, ci amasse... Ascolta... verrò subito al punto che
c'interessava... e che devi conoscere ».

Ingmar non voleva sentire il nome della « piccola »
Elmina, o vedova Dupré, e se ne stava quindi tutto
pieno di segreto dolore, quando le parole del Duca,
vagamente ridenti, lo riscossero. Questi aveva preso
dal tavolo, a un certo punto, e tolto dall'astuccio,
nettandola con la punta del suo fazzoletto di seta
(benché non ve ne fosse bisogno) la vecchia lente che
conosciamo, e la porse al diplomatico.

« Non respingerla... Non ti schermire... Una casa
dove avresti dovuto trovarti stasera sarà la scena per
le nostre rivelazioni. Daremo, dalle finestre, ma te-
nendoci ben distanti dal raggio della luna che batte
sulla facciata, uno sguardo ai saloni... Meglio: solo a
una certa saletta. Non è indiscrezione. La tua educazione non ne sarà scalfita, né il tuo onore rovinato.
Del resto, il soggetto dell'indagine non è che uno
schizzinoso fanciullo ».

Attento, affascinato, distratto da qualche cosa o
qualcuno che andava dicendogli (o gridandogli?) in
cuore non essere ciò un bene per la sua pace, e
amaramente rispondendo, a tale voce, che già da
tempo non era per lui nessuna pace, Ingmar lasciò
scorrere il suo sguardo verso il lato esterno della
lente (al centro non si vedeva che un piccolo lume);
tornò poi al centro, e qui scorse, meravigliato, un
salottino da studio, con una scena quanto mai con-
sueta alla sua memoria di una fanciullezza ricca e
buona... Ma non era Liegi, era Napoli. Vi era, in tale
saletta da studio, presso la finestra, un elegante tavolo dorato, per giovanetto, e qui sedevano un fanciullo e il suo precettore. Il fanciullo, vestito riccamente

di velluto verde, con grande collo di merletto, non aveva più di dieci, undici anni; sedeva di spalle e, con la elegante asticciuola d'oro puntata contro un orecchio, sembrava meditare sulle parole del maestro, un giovanissimo prete. Udirono chiaramente, dopo una nuova giratina di vite alla lente, le parole di quest'ultimo:

«E allora, signorino mio, vogliamo ripetere questa famosa declinazione? O giungiamo in momento inopportuno... meglio adatto per altre delicate meditazioni del vostro animo?».

«*Rosa, rosae!*» il fanciullo ridendo disse; e come si volse, compiaciuto della sua allegria, verso gli invisibili osservatori che lo guardavano da lungi, attraverso la magica lente, Ingmar non riuscì a trattenere una rapida esclamazione:

«Ma è Geronte... l'altro, il vero erede di donna Violante, almeno tale, dal suo aspetto e la beltà, mi sembra...» e subito dopo Benjamin udì questa cupa osservazione:

«Il ritratto, se la memoria non mi inganna, di Albert bambino!».

«Non precisamente,» fu il commento del Duca «voglio dire non proprio nei lineamenti (del resto, splendido fanciullo davvero), quanto nell'allegria, la spensieratezza, la gioia direi sfrenata di vivere».

E prese, per guardare anche lui, una seconda lente, lasciando a Ingmar la prima.

«Allora...» Ingmar quasi tremava «l'altro Geronte, il "fanciullo" così chiamato... l'ossesso, col suo mal caduco e gli occhi ciechi, con la sua ripugnante penna di gallina in testa, quell'orrore vivente (così caro a Elmina), non sarebbe un Dupré?... o m'illudo nuovamente?».

«Meno che mai, mio caro!».

«Oh, quale peso mi togli dal cuore, Duca!» dichiarò, raggiante, Ingmar, prendendogli una mano. «Se c'è al mondo un altro Dupré, è solo questo ragazzetto, dunque, piuttosto maleducato, vedo... ma non insano né deforme. Che gioia mi dai!».

«Dunque... aborri tanto la bruttezza... la miseria fisica... la malattia?» chiese, appena malinconico, in un mormorio, il Duca.

«Oh, sì! È più forte di me... Le detesto!» ridendo, anche se un po' vergognoso, Ingmar.

«Eppure, il mondo è proprio questo: decadenza, orrore, piccolo strazio o deformità quotidiana, e non vi è molta verità in tutto il resto».

Benjamin parlava lentamente, con gravità, ma in un polacco assai antiquato, per cui Ingmar udì e non udì, ad ogni modo non vi fece gran caso.

«La mia disperazione, credimi, caro Duca,» proseguì d'impeto «non era tanto che donna Elmina preferisse ad Alessandrina un altro fanciullo - più trionfante, diremo, e più appartenente al nostro ambiente – quanto che ad Alessandrina» («e me», stava per soggiungere, ma si fermò in tempo) «essa preferisse il Malato, lo Sciocco, il Perduto per sempre. Coglievo in ciò un'aberrazione... una specie di depravazione così lontana da quella angelica immagine che tutti conosciamo... era ciò che non perdonavo» disse tutto veemente e felice, con grazia inconcludente.

«E allora... di quel poveretto – si chiami anch'esso Geronte o Gerontino Käpp, nome da vecchio, mi pare – non ti dirò più altro...» meditabondo il mago «siamo intesi? Non ha più valore, per Elmina, di un anziano congiunto malato... o anche di un gatto con una zampa ammaccata da una sassata di fanciulli. Solo per quel suo carattere portato alla compassione, e al servizio del più debole, Elmina lo preferisce alla figlia. Ma non al vero Geronte... ci siamo?».

«Che sarebbe... o non sarebbe» con ansia il principe «figlio naturale di Albert, ma *comunque* suo figlio...?».

«Che importanza in ogni caso ha più questo,» continuò, ancora in polacco per non farsi capire del tutto, il Duca «se ella gli preferisce, in realtà, il servo, il diseredato, e a lui va dedicando attualmente la sua vita?... Ama il vero Geronte, certo, ma come un di più... come ama il Cardillo, ma senza davvero seguirlo ».

« E... che cosa ne concludi, allora? ».

Non ebbe risposta, per il momento, e qui, tremante e incerto, di nuovo lo lasciamo, per ritornare al vero beneamato di casa Durante-Watteau, a Geronte « il Grande », fosse o non fosse un segreto Dupré.

Continua la rivelazione secondo il Duca.
Attento, principe! Un Ingmar atterrito. Si riparla
di un Käppchen ignoto a tutti

Nella lontananza azzurra della sera, cioè nella stanza-studio di Palazzo Durante (ciò appariva nella lente), era entrata in quel momento la marchesa Violante, in lungo abito amaranto, un ventaglio e un vezzo di granati a coprire il collo maltrattato dal tempo; i capelli erano incipriati, alti sulla fronte come una torricella o un diadema, in breve, *alla* Maria Antonietta. Ancora biondi erano quei capelli così pettinati in alto, e ciò traspariva dalla cipria bianca, tuttora in uso tra le gentildonne di Corte. Era la nonna del bambino, non la sua giovane madre, Carlina, che veramente quella sera si era recata al ballo. Le informazioni, sottovoce, furono un omaggio del Duca.

Dunque, era donna Carlina, non suo figlio, che quella sera doveva recarsi al ballo, contrariamente a quanto riferito da Teresella circa il necessario lavoro di riparazione al costumino del ragazzo. E qui, o vi era menzogna (di Teresella), ed ecco la lente la smentiva, o vi era verità della lente, ed era quindi Elmina, o Teresa per lei, ad aver mentito. Tale menzogna (solo presunta!) non aveva per Ingmar alcuna vera giustificazione, e denotava quindi o le sconnessioni della mente derivate da un momento drammatico, o una naturale indifferenza di donna Elmina alla menzogna, cosa che più avviliva il principe. Soffermandosi su ciò, egli si trovava di nuovo smarrito.

«Stai pensando» disse il Duca, sempre pietoso «che donna Elmina ti ha mentito. Non ti viene neppure in mente che il progetto di portare Geronte al ballo dei fanciulli fosse vero, ma poi, per qualche circostanza contraria, il programma sia mutato...».

«Oh, sì, sì, hai ragione! Non ci avevo pensato!».

«Ebbene... guarda».

La dama era giunta frattanto alle spalle del fanciullo.

«Gerontuccio mio,» diss'ella piegandosi su lui, con indicibile tenerezza, per un bacio «ti sciupi tutto, con questo studiare. Per quello che ti deve servire! Sentite, don Sisillo,» fece rivolgendosi al maestro (era questo il buffo nome del pretino) «non sarebbe il caso di smettere, per una sera, con tutto questo latino? Se avete un po' di cuore, dico» aggiunse col suo malioso sorriso.

«Non sarebbe il caso, no... ma se Vostra Eccellenza lo desidera... per me è un ordine!».

«Lo desidero!» tutta ridente la nobile dama.

La gioia dello studente era più che prevedibile, per quanto disgustosa.

«*Grand-mère!*» esclamò il ragazzo scattando in piedi per la gioia «*merci, grand-mère!* Grazie, grazie».

E saltando sulla sedia, come un grilletto o un ballerino, in tutta la sua dolce eleganza di adolescente, circondò con un braccio la venusta dama, e poi, sceso dalla sedia, la trascinò in un breve giro di danza.

«Gerò! Gerò! Ti prego, lasciami! Non mi sento proprio stasera, bambino mio, in vena di balletti».

La scenetta era tipica dei momenti in cui lo studio è abbandonato, in case ricchissime, e potenti, dove quasi sempre i fanciulli sono abbastanza amati da potere ottenere la chiusura dei libri in ogni istante.

Facendosi di colpo serio, ma sempre tenerissimo, il fanciullo disse:

« Mia cara nonna, hai forse dispiaceri con la tua sarta? ».

« Per donna Elmina... sì. Doveva ritornare questo pomeriggio per riportarmi un lavoro, e anche per parlarmi... discutere di una faccenda che ha in mente... non ho ancora ben capito... e mi ha fatto sapere che non poteva mantenere l'impegno... Credo che ha dei dispiaceri con la figlia... ».

« Chi? Quella scimmietta di Sasà? ».

« Esattamente, Gerontuccio mio. Povera donna Elmina – per me, un'amica e un aiuto impareggiabile – ma che disgrazia, per lei, quella figlia. Se avesse un mostro, accanto, donna Elmina non sarebbe più infelice che a ritrovarsi con quella poverina. Non la sopporta ».

« A me, invece, vuole assai bene... Vero, signora nonna? ».

« Travede per te, fanciullo mio... e non te lo meriti, non te lo meriti davvero ».

Il principe non volle vedere né sentire altro. Sembrava prossimo a scoppiare in lacrime, e sì che non era un carattere tenero. Era poi molto frastornato dai meccanismi, diciamo *tecnici*, che lo avevano servito ed erano abbaglianti anche per individui già iniziati alle scienze magiche. Posò la lente, che il Duca ripose con calma nell'elegante astuccio, accanto all'altra, e si versò un bicchierino di alchermes. Le mani gli tremavano.

Per un po', nessuno dei due uomini di mondo, seduti gravemente accanto al fuoco (ma negli occhi di Benjamin passava una gaia, silenziosa risata), disse parola. Alla fine Neville, riferendosi evidentemente a Elmina, esclamò con assoluta durezza:

« Non la credevo così infame ».

« Questa è una parola di cui devi subito pentirti,

ragazzo mio. Non è infame – come lo potrebbe, la nostra Elmina? – ma è triste. Ed è triste, sappi, perché non può uscire dal suo peccato. Volenterosamente lo espia, da anni, ma non può uscirne ».

Col cuore che gli batteva da scoppiare, il principe si trovò a pensare la parola dolorosa e antica di sempre, « Cardillo », ma non osò pronunciarla.

Aveva bisogno di raccogliere le sue idee, e rimase quindi per un lungo momento immerso nel silenzio, reggendosi la fronte con una mano, mentre con l'altra lisciava il rotondo calice di cristallo. Alla fine disse:

« Duca, mi senti? ».

« Ma se non faccio altro, da quando sei qui, che sentirti... sentire, voglio dire, il tuo cuore, con tutte le sue cattive domande! ».

« Se sono cattive, non so. La vita, da qualche tempo, lo è certamente, almeno con me. Non parleremo, tuttavia, di ciò. Ma promettimi, ti prego, di rispondere ad alcune mie nuove, e queste, sì, davvero concrete domande ».

« Te lo prometto, principe mio ».

« Allora... » Ingmar con le lacrime agli occhi non poté parlare subito « ecco la prima, la più importante: questo odioso ragazzetto che ella predilige (non parlo dell'altro, che venne a casa con i pacchi, non per ora), è davvero figlio naturale di Albert Dupré? Rispondimi subito, esattamente. Ne va della pace di tutta la mia vita... cioè, di quella di Elmina ».

« Oilà! » e il Duca, sogguardando ironicamente l'amico, si versò a sua volta dell'alchermes. (Neville, aspettando, tremava). « Ebbene, no: contro tutto ciò che hai capito, o io ti ho suggerito per prova del tuo animo, Geronte Watteau *non è* figlio di Albert. Non ha nulla a che vedere con i Dupré, e neppure con la Casa del Pallonetto. È un autentico Durante-Watteau: ricco, bello, sano, capriccioso, autoritario, beffardo... Col tempo diverrà migliore, e anche carezzevole. Per ora non lo è, se non con quanti lusingano i suoi difetti ».

« Questo l'avevo compreso. Un ragazzo che prenderei a ceffoni a ogni istante, se fossi io quel disgraziato istitutore... » Neville fremendo.

« Don Sisillo? ».

« Un idiota, appunto, un servo, uno squallido individuo. Ma non meno odiosa la sua padrona... questa Durante. E ora, dimmi: *perché* Elmina odia Sasà, e predilige – l'ho capito bene, inutile nasconderlo – questo abietto piccolo rivale della nostra bambina? Dimmi perché, o dovrò ammettere che tutto quanto ho capito, o creduto di capire finora di questa storia, era errore, e volgare errore, era imbroglio, e nulla più ».

Una luce di pietà accese, a questo punto, lo sguardo azzurro e sempre sereno del Duca, che sospirò e disse:

« *Imbroglio*, hai detto bene, ma non nel senso che pensi tu, non di Elmina verso alcuno, ma di altri verso Elmina. È, per ora, solo un sospetto, ma credo di essere nel vero. Inoltre, vorrei subito rassicurarti su un punto, ragazzo mio. Nell'amore, o quasi idolatria, che la nostra Elmina riversa su questo fanciullo, e nella infinita devozione che ella nutre per il suo *entourage*, professando a donna Violante una gratitudine che la Marchesa accetta, dobbiamo ammetterlo, con vero affetto femminile, lealmente, non vi è nulla che si possa far risalire a un suo sentimento o storia di ragazza, forse con Watteau. Non nel senso che saresti portato, con la tua natura passionale e la tua educazione, in fondo, cattolica, a intendere o temere. Escludi dunque questi pensieri. No, figlio mio, non *peccato* nel senso inteso in mille e settecento anni di cristianesimo... No, non questo... Domandati, piuttosto, se il vero, buio *pendant* di tale predilezione per il piccolo Watteau non sia nel fastidio con cui ella riguarda l'intera *sua* gente, la famiglia di cui anche la nostra disgraziata bambina fa parte... mi permetterai di chiamare così la sorella di Babà...».

«Sì... ella non amava neppure Babà, mi par di capire» con animo oppresso l'interlocutore del mago.

«Né Albert. Mai lo amò veramente».

«Né, forse, ama adesso il suo attuale fidanzato, Alphonse Nodier!».

«No, non lo ama di certo».

«E come lo sai?» con impeto misterioso di gioia e rabbia il troppo generoso principe.

«Lo so, perché, sfortunatamente, ella non ama alcuno, ragazzo mio. Tranne un certo individuo – ecco il mio sospetto – da cui purtroppo è ingannata. E questo rende la sua sventura degna d'infinito e straziato rispetto!».

Si morse le labbra, il buon Duca, temendo di aver detto più di quanto si fosse proposto, ma per Neville, tutto travolto dalle sue fantasticaggini personali, era come se non avesse detto un bel nulla. Il Cardillo – poliziotto o uccello – era per lui il solo demone della storia. E quel nome, dal Duca, non era ancora stato fatto.

Passò un po' di tempo, in un silenzio illuminato solo dallo sguardo pietoso del Polacco per il suo pallido amico. Poi, questi uscì a dire:

«Ella, dunque, non ama nulla di ciò che è bene; nessuna legge morale le consente di distinguere tra il bene e il suo contrario; e, inoltre, peggio di tutto, preferisce proprio quest'ultimo... Ed è in ciò, forse, il suo peccato, io temo...».

«Non che lo preferisca... lo sceglie» disse grave il Duca. «Ciò che le torna di mero svantaggio (secondo il mondo) è la categoria cui si uniforma. Nulla, quindi, di ciò che è propriamente suo, o piacevole, è da lei preferito, anzi... lo aborre; quindi, se vogliamo seguire tali deduzioni, unicamente ciò che danneggia, o rattrista, il suo cuore... la cosa più amara, che lede i suoi interessi terreni, può dirsi la più amata. Ma, intendi, proprio perché non lo è».

«Capisco sempre meno» balbettò Ingmar. Ma non era smarrito, quanto rabbioso e incattivito. «Devo dedurne, intanto,» replicò «di aver avuto ben ragione, io, quando pensai che occorreva un prete... e azzardai che era necessario rivolgersi a un confessore».

Fuoco e fiamme, per così dire, sprizzavano dai suoi occhi.

«E ti inganneresti anche in questo, figlio mio. Nessun confessore è in grado di liberare Elmina dalla gravità del suo impegno... forse lo potrebbe solo la rivelazione dell'inganno di cui è stata fatta oggetto... quando era appena una innocente bambina... Ma non sarebbe troppo tardi per un sì devoto e puro cuore?».

«Mi fai impazzire, Duca! Parla dunque!» proruppe Ingmar. «Chi abusa, e sembra da anni, della nostra carissima Elmina?».

«Chi abbia dato inizio all'abuso, o inganno, non so... Chi lo sfrutti attualmente, neppure... Forse fu una disgrazia, allora, un incidente, in principio, senza veri colpevoli. Ma adesso, presumo che un colpevole ci sia, e sia tale perché al corrente del male che fa ad Elmina, e non desista, non parli, temendo il peggio per sé, temendo... cioè la propria rovina: e quindi alla propria perdita preferisca, nettamente, quella di Elmina. Il male sarebbe, se ho ben capito il segreto di questa povera vita, sarebbe in questo orribile calcolo di un essere – o solo individuo? – molto abietto».

Il principe, disperato, ripassava nella mente in tumulto mille nomi; nessuno, purtroppo, sembrava avere più a che fare con Elmina, tranne i suoi poveri morti, tranne donna Brigitta e il Guantaio, ma erano, appunto, dei morti. Restava - o egli vedeva solo questo - un ridicolo nome: la governante, «Madame...». Ne ricordò, anzi «vide», istantaneamente il nome:

« Madame Pecquod?... Ferrantina Pecquod? » chiese tremando « o sbaglio? ».

« Povera donna... avrà novant'anni, ormai » ironicamente il Duca, subito arrossendo, perché questi novant'anni erano anche i suoi. « No, sei fuori strada... Dimmi, piuttosto, non ricordi il disgraziato che giunse con la madre di Sasà, stamattina, alla Casarella? Il ragazzo con la penna di gallina? ».

« Chi? Il Portapacchi? Quel ladroncello? ».

« Ecco che lo calunni, e ancora una volta parli a vanvera, Ingmar mio, appena qualcosa o qualcuno desta la tua antipatia. Non è un ladroncello, ma un povero menomato, e se ne parlo è perché conosco (non chiedermi come) la sua totale innocenza; del resto, con quell'aspetto, solo uno sventurato, di cui Elmina nasconde a malapena il ribrezzo. (Ma essenziale, forse, alla comprensione della nostra storia è la pietà di Elmina). Dimmi, piuttosto, se hai mai sentito fare, o hai visto scritto in qualche posto il nome di un certo Hieronymus Käppchen. Le mie "ricerche", come preferisco chiamarle per ora, si sono orientate tutte su questo nome ».

« Käppchen... Käppchen... Berrettino, credo, o anche Mantelletto! » gridò alla fine sbalordito Ingmar. « Ma sì, Duca, hai ragione. L'ho letto stamattina in un documento assai impolverato, ritrovato per caso nello studio di Albert... un fanciullo di Colonia, fatto giungere a Napoli intorno al 1779, su suggerimento di donna Brigitta... (avrebbe dovuto essere un dono per il Guantaio), sì, nel 1779... Oggi avrebbe avuto ventisei anni... Ma ne visse soltanto otto ».

« Bravo! E dove altro hai mai letto questo nome? ».

« Sulla lapide che portava i nomi degli antenati e congiunti del Guantaio. C'era, appunto, un certo Käppchen... nato nel 1505. Dico 1505. Ti è chiaro? ».

(Questo, il principe non lo aveva affatto visto, lo aveva soltanto dedotto, e piuttosto automaticamente).

« Che avrebbe dunque, adesso, trecento anni... o starebbe per compierli? ».

« Così parrebbe. Ma chiaramente c'era un errore di trascrizione » azzardò stordito Ingmar.

« Hai visto giusto, invece. E compiendoli, sparirà da questo mondo (e da qualsiasi altro mondo) per sempre. Di ciò è quasi folle e deciso a compiere, per evitare la propria fine, o vendicarsene, tutto il male possibile. Non odia Elmina, credi, ma se ne serve ».

« A questo punto, Duca, » l'allibito principe « non ti seguo più. Mi rifiuto. Siamo tuttora, o quasi, nel Secolo dei Lumi, non voglio dire che io abbia abiurato alla mia fede, per la fede nella Ragione, ma ne tengo conto, se permetti, e in questa storia » disse piangendo e tremando « vedo un insulto, bello e dichiarato, alla Ragione Umana (non, sia chiaro, a quella di marca francese). Contestami, se ne hai l'animo ».

« Povero figlio mio, » disse il Duca con una serietà grandissima, che commuove, mentre ne parla, anche il lieto narratore di questa storia « parli della Ragione Umana (o francese che sia), come se dietro di essa non ve ne fosse un'altra, infinitamente più grande e, credimi, non ignobile. Quella riposta nella Natura! Vorrei ricordarti, a questo proposito, quanto udisti – e vedo che hai dimenticato – dal povero Guantaio, in quella passeggiata al cimitero (il giorno prima delle nozze di Albert), passeggiata in cui egli confessò la sua miseria e ammirò la tua grandezza, parlando di Elmina. Hai in mente le sue parole? "No, signore; quello della donna, dopotutto, è un cuore abbastanza semplice. Ecco: mi riferivo al cuore della Natura, signore". E poco dopo, alla tua osservazione: "Sì, quello della Natura è un ben profondo cuore, signore; ma quanto lontano da noi!" egli commentò: "Non sempre, o non, almeno, quanto gradiremmo che fosse... almeno in certi momenti" furono – rivolte a te, grande lezione! – le parole del vecchio Guantaio ».

Grande lezione! Il principe era sorpreso e stravolto quanto un fanciullo che, piuttosto viziato, scopre improvvisamente nella Madre Vita una terribile serietà. Fece per alzarsi, come a prendere congedo, e uno straziato sorrisetto di ironia – o superiorità? – gli arricciava l'angolo delle labbra.

« Adesso, Duca, » disse, con uno sforzo di semplicità, parlando lentamente « andiamo oltre la mia già povera immaginazione. Perché sarebbe questo, secondo te, il nemico di Elmina, colui che intende perderla, e che comunque l'inganna? ».

« Non ho detto proprio così, che intenda. Non gli attribuisco malvagità. Ma debolezza e confusione e disperato desiderio di salvarsi, costi quel che costi alla sua protettrice, e di vivere ancora, sì. Era lui, comprendi?, il dolore segreto di don Mariano; per lui, per proteggerlo, salvarlo – anche quando conobbe il suo tragico errore – don Mariano pativa, e si ridusse pieno di debiti... ».

« Un ricatto? ».

« No; una disperazione assoluta, che annientò le sue forze. Salvarlo, parlo sempre dello stesso individuo che preferisco non nominare, fargli superare il pericolo di quella scadenza, che ora sta per verificarsi – ricorderai la data *annunciata* della sua scomparsa intravista sulla lapide, cade proprio in questi giorni e non è prorogabile – fu, questo, il gran problema del Guantaio, che egli trasmise alla figlia prediletta. Ed Elmina, come suo padre, non visse che per questo scopo: aiutare costui a superare il destino, vanificare la scadenza verso cui correva il disgraziato Folletto ».

« Folletto, avete detto? » molto calmo il principe.

« Sì, mio caro, e d'ora in poi ti converrà piegarti a riconoscere la concretezza di questo nome ».

« D'accordo, » il principe che sembrava in preda a un tranquillo furore, o forse solo umiliata impotenza « ma, caro Duca, mi piacerebbe conoscere in qual modo la passione di don Mariano per gli orfani lo condusse – o indusse – ad adottare un demonio... furfante o cretino che sia ».

« Non lo indusse. Fu ingannato. Su indicazione di

donna Helm, che ne aveva sentito parlare da un ufficiale di Colonia come di uno sventurato bambino, seppe di questo fanciullo, allora tanto bello e pietoso, e ne fece richiesta alla Corte; lo accolse quindi come un fanciullo normale. Non fece caso alla sua piccolezza – alto quanto una bestiola! –, non vide le orecchie grandi, a punta, lo sguardo troppo puro e strano. Non badò, soprattutto, alle modalità della spedizione: l'Istituto di Colonia lo inviò, infatti, chiuso in un pacco... una scatola con dei buchi... Sai perché? ».

« Ormai non so più cosa devo sapere ».

« Ebbene... perché Käppchen era soggetto, già da allora, a diverse sciagurate, improvvise trasformazioni... Il segno della sua decadenza... In quella scatola era il suo regno... durante le crisi e nei lunghi periodi di sonno che seguivano. Quella scatola, ora molto polverosa (perché il poveretto è cresciuto di statura, ora è quasi sempre di normale altezza, e non vi entra più), giace in soffitta; una scatola con tanti buchi... ».

« L'ho vista stamane. Era nello studio ».

« Da tempo, il disgraziato, l'ha abbandonata... non si trasforma più, ora... è del tutto disperato. Va e viene... non dorme, si lamenta... E con lui la infelice Elmina. (Il graffio a Sasà almeno lo ricordi? Fu lui. Sua sorella lo nascose. Ma Elmina venderebbe l'anima per salvarlo) ».

« Sa tutto di lui? ».

« Temo di no... per quanto, penso, le cose non cambierebbero. Ella lo adora come il più sfortunato dei fratelli adottati... un malato. Adora, in lui, un cuore amato. Che sia... che sia quello che è – un bimbo della Natura, o anche un criminale folletto – questo non la riguarda. È, per lei, suo fratello. E nient'altro che il suo fratello più piccolo. Per lui, ha perduto la giovinezza, e può darsi che stia rischiando la stessa anima ».

Neville aveva quasi riacquistato – tanto l'incredibile, lo stupefacente fanno, infine, parte dell'assurdità del vivere e conciliano con questa – una certa serenità di fanciullo che attende, senza credervi ma contento, la conclusione della favola.

« Io credo di sognare... Temo in qualche modo che siate stato ingannato, spero che la cosa non vi offenda » disse, sforzandosi di non mostrarsi turbato, quando il Duca ebbe finito.

« E può darsi che tu abbia ragione... se badi alla sola verosimiglianza delle cose, che tutti credono sia il vero... ».

« No... Per ora prendo tutto come vero... Non potrei fare, del resto, diversamente; ma mi permetto subito un'altra domanda. È fondamentale, Duca, e dipende da ciò se il *gioco* può o non può continuare, e se tu non ti sia rivelato un vero "fringuellino cecato"... Qual è, a questo punto, la parte coperta dal Portapacchi in questa storia? Chi è, veramente, questo disgraziato, per Elmina? Ora sono io che ti dirò: non accetto menzogne! ».

« Sarebbe da ridere! Avrai la verità, e subito. Il piccino non è, appunto, che un portapacchi... uno schermo pietoso del terribile individuo di Colonia... Il suo andare e venire, peraltro innocente, dalla Casarella a Palazzo Durante, ha l'intento di nascondere l'andirivieni dell'altro... solo di notte, e in notti senza luna ».

« Non mi dirai, prendo per buono il tuo *altro*, che si tratti di un individuo – giovane o vecchio, ora meno importa –, di un personaggio impresentabile...? ».

« No... bello come la luce... Così dicono. E malvagio solo fino a un certo punto. Adora Elmina, e lei lo sa ».

Era troppo per Ingmar.

« E ciò... se non m'inganno, davanti a Sasà! E avrebbe promesso ad Alphonse di diventare sua moglie! Ma tutto ciò non mi sorprende, infine... Sapevo qualcosa, quando venni a Napoli per la prima volta, della vita infernale di questa città, e purtroppo della facilità delle sue donne... il lassismo dei costumi... Elmina non poteva esserne che al centro con la sua bellezza... Non dovrei quindi stupirmi ».

« Dimentichi che Elmina è tedesca ».

« Anche lei trovata nel cavo di un albero, dunque? » con infinita amarezza e disprezzo il diplomatico belga. « Ma procedi, Duca, con le tue rivelazioni ».

« Non procedo. Di Elmina non so nulla, o quasi, tranne la sua infinita pietà, e non ho notizie che della sua virtù angelica. Di costui, demone o folletto che sia, altro non posso dire, in sostanza, che è uno sventurato, fuori – per nascita – della Nostra Madre Chiesa... dannato, dunque, al nulla, e con una scadenza, che farebbe tremare chiunque, sulle spalle... ».

« E... non si può sapere » con orrore e tristezza, ma anche, forse, un filo di pietà il principe « cosa, alla fine, potrebbe salvarlo... e rinnovare il suo permesso di soggiorno in questo Regno (non intendo solo Napoli), liberando così sua sorella... come credo tu la ritenga... dal suo impegno disperato...? ».

« Nulla più che un vero atto di adozione... registrato dal Tribunale di Napoli. Purtroppo, questo documento non fu mai completato, per l'opposizione del marito della Helm, allora in vita – uno scrupolo cristiano. Don Mariano neppure, essendo vedovo (era indispensabile per l'adozione la controfirma di una moglie), poté farlo. Del resto, la stessa governante anni più tardi – in casa c'erano delle bambine, parlo della Ferrantina – si oppose. Hieronymus crebbe, come era possibile, nella cucina del Pallonetto... nascosto ora nel carbone, ora in qualche scatola... gran divertimento delle ragazze, meno Elmina. A lei lo sventurato si affezionò, quindi. Era, a momenti, incredibilmente normale e bello, un divino giovanetto; tornava però subito, al minimo scatto d'ira, quella creatura del sottosuolo, piccina e deforme, che in lui sempre viveva... Passando il tempo, e diminuendo le speranze di un'adozione (e quindi salvezza) il disgraziato decadeva. Quando Elmina fu grandina, e cominciò a comprendere, promise a suo padre che si sarebbe sposata solo per questo... per realizzare l'adozione. Sposò, per questa ragione e solo con questo intento (non amava gli uomini né era portata alla maternità), il povero Albert. Ma il sacrificio, o l'inganno – chiamalo come vuoi –, fu vano. Albert, educato alla francese, prese la cosa a ridere. E il motivo per cui, ora, ella sembrava accettare Alphonse come marito, non era altro: la sognata adozione del giovanotto! Ormai egli ha ventisei anni, per la gente – per chi conosce i fatti, assai di più. E la sua fine è così certa, che quei due non connettono più. Mai tanto strazio in due fratelli... So tutto, se permetti, di loro... Ma in particolare so questo: che mancano solo due o tre giorni, capisci, al compimento di quel povero destino... Allora, anche per donna Elmina sarà la fine ».

Ingmar, quasi indifferente:

« Per donna Elmina?... Non vedo perché ».

« Perché donna Elmina ne morirà ».

Forse il capriccioso Ingmar non era così stupito o scandalizzato come la rivelazione di quell'inganno tramato alle spalle di due mariti avrebbe voluto, o forse semplicemente l'enormità della cosa gli impediva serie riflessioni (e la stessa indignazione); perché a un tratto, riprendendo in mano, come per caso, la lente magica, con apparente indifferenza disse:

« Capisco il tuo stupore, e non credermi, adesso, molto migliore di ciò che sono. Disprezzo donna Elmina con tutto il cuore, non meno di suo fratello... ma mi sembra mio dovere intervenire... per amore del povero Guantaio. Potrei, quindi, firmare io la pratica... ».

« Adotteresti questo... Käppchen? ».

« Lo farei, » rispose il bizzarro signore di Liegi « ovviamente se Elmina mi accetta e, in attesa di divorzio da lei, perché non vorrei davvero averla per moglie un giorno solo; subito ci separeremmo ». Con

ironia che doveva salvarlo da nuove lacrime, il vendicativo signore soggiunse: «Riterrei mio diritto, frattanto, pretendere una franca ammissione dei fatti da
parte di Madame Dupré, e il suo consenso a farmi
conoscere personalmente questo individuo... Ha fattezze umane, era scritto nel certificato municipale.
(Se così non fosse... forse non potrei)».

Il Duca esitò, s'incantò, come chi finora non abbia
raccontato che colossali bugie: così sperò, in un momento di gioia, il povero Ingmar; ma quell'incanto
del vecchio era solo dovuto a una comprensibile
emozione. Il Duca, sebbene avesse fantasticato di
una conclusione tale, ora non la credeva possibile.
Adesso, ai suoi occhi, anche il buon cristiano Ingmar
si configurava come il più eccentrico dei folletti.

«Dicono» si espresse al modo odioso del Pennarulo, e questo portò una nuova domanda alla mente del
principe: perché mai il Pennarulo, pur così devoto a
Elmina, non si fosse offerto come padre del disgraziato. Subito, di tale domanda, si pentì, come del
pensiero più vile; e inoltre si disse che Elmina, col
suo orgoglio, mai avrebbe permesso a un «inferio-
re» di conoscere i segreti della sua famiglia. E di
consentire, inoltre, alla perdita di un'altra anima.
Infatti, pensava il principe, chi adottava quell'*individuo* non salvava certo la propria anima. L'anatema
della Madre Chiesa seguiva immancabile. (Senza
contare l'accusa, se il segreto fosse stato diffuso nella
sua atrocità, di stregoneria).

Quasi avesse letto nei suoi pensieri, il Duca parlò:
«Quello che mi chiedi, che il disgraziato ti sia
presentato, è forse possibile, dato l'influsso di Elmina
su di lui, e la disperazione che sua sorella ha nel
cuore. Ma forse non hai pensato abbastanza alla tua
anima, principe. Tu usciresti dalla Chiesa automaticamente, come, senza colpa nella sua credulità, ne è
uscita Elmina. Sono in buoni rapporti col cardinale
Alexander, il famoso predicatore di Corte – ora è ai
bagni per la gotta –, e potrei evitarti il peggio. Ma

l'anatema sarebbe certo. Ti è noto infatti, spero, come la Chiesa abbia per massima nemica la Natura, che ritiene la vera madre, se non la nonna, del Diavolo ».

« Lo so, purtroppo » il principe abbassando gli occhi. Gli ritornavano in mente tutte le sue avventure umane, e si sentiva ingiustamente privilegiato davanti ai « peccati », se tali erano, degli alberi e dei fiori in genere. « Ma » continuò « ti prego di credermi, Duca: la mia anima vale meno del dolore di una donna... e di un tizio come Käppchen. Non sono forse disperati? ».

« Sì, lo sono » gravemente il Duca.

« Tanto basta » il principe facendo per alzarsi. « Considero il consenso all'altrui patire – di peccatori e nemici che siano – ma soprattutto di uccelli e di fiori, il più triste dei peccati. Non sarà dunque il mio ».

In qualsiasi buon romanzo, anche moderno, che però non travalichi di molto i canoni estetici del Settecento, a questo punto, dopo lo scoppio del fulmine detto: « Riconoscimento » (ne verificheremo in appresso la validità), il Narratore che si rispetti e rispetti egli stesso, giustamente, l'attesa del suo Lettore, che altro non chiede se non di prolungare tale attesa, e a questo fine si è quotato per venti lire, prende fiato, e su un nuovo foglio traccia, a grandi caratteri, la liberatrice e gioiosa indicazione di: *Nuovo Capitolo*.

Così faremo noi.

Passione di principe e sue nuove
(quasi accettabili) riflessioni

Nell'improvviso e innaturale silenzio che si era
aperto, come un vortice in fondo al mare, nell'astrusa convērsazione, i più tristi e tumultuosi pensieri
vagavano di nuovo (*danzavano* sarebbe più esatto)
nella mente del principe. E ci converrà avvertire
subito di una particolarità straordinaria di detti pensieri: che alla promessa testé fatta, che implicava, con
l'adozione di Berrettino, o Käppchen, la perdita della propria anima, il principe non pensava per nulla.
O perché mai aveva pensato alla propria anima e al
suo valore, o perché non gliene attribuiva alcuno, o
forse perché il lato fantastico, e probabilmente menzognero, del racconto del Duca e la dichiarata temibilità di Käppchen per lui erano già sfumati, e ritornava a fremere solo la sua antipatia per il Portapacchi, e il suo strazio per la protezione accordatagli da
Elmina. Quello era il vero dolore. E quasi quasi
avrebbe dato anche un occhio per proteggere a sua
volta (o salvare?) il presunto Folletto, in luogo della
sua controfigura miserabile, il *ragazzo con la penna*,
che sempre gli ingombrava il cuore, come il più
odioso rivale di Sasà e suo. Una figura disgustosa, in

302

quanto assai più «bisognosa» del nomato Käppchen, e in cui adesso gli pareva scorgere – data l'indole pietosa di Elmina – il vero «Grande Nemico». Anche quel «caprettino» che si arrampicava piangendo per i Gradoni di Chiaia, era certamente una fantasticheria di lei, o controfigura, a sua volta, ma del Portapacchi. E lo prese, tra quei due figuri che la mente gli rappresentava come implacabili creditori di Elmina, o esattori delle imposte dell'Eterno sul di lei cuore, una assoluta disperazione. Ad essi, più o meno, con diverse motivazioni, Elmina aveva dedicato e dedicava ancora la sua vita. Idem per don Mariano: ecco la sua tristezza, e lo scatolo coi buchi che lo accompagna, sul calesse, di notte, dal Pallonetto alla vuota residenza di Chiaia, che egli non abiterà veramente mai. Non vi erano, intorno all'amata, che mostriciattoli, naturali o meno, che anime perdute o in procinto di sparire per sempre, che si raccomandavano per qualche cosa o per la vita stessa, e indegnamente la ricattavano. Così, poteva quasi capire la superficiale predilezione della sventurata per il frivolo Geronte Watteau, che almeno non le ricordava doveri e rimorsi, ma solo la leggiadra spensierata scena del vivere, che avrebbe potuto essere sua. L'infelice, quindi, *espiava!* Ma che cosa, che non fosse, appunto, un peccato di altri (la imprudente, folle vocazione paterna di don Mariano, la spietatezza di donna Brigitta e il vacuo egoismo di Albert che si era rifiutato, ridendo, all'adozione?) e, all'origine, la crudeltà di chi aveva assegnato al figlio dei fiori germanici un destino umano, di cui certo gli era chiara la impossibilità, e che ora altri pagavano? Perciò, vide, donna Helm era fuggita, e i suoi figli avevano disertato per sempre la casa tremenda del Pallonetto. E forse si era ammalata Floridia, e lo stesso Babà era morto per solitudine e orrore di sua madre, e Albert, quel mattino, aveva tentato di pugnalarla. Misera Elmina! E adesso, accanto a lei, sola creatura era Sasà... e capì perché la bimba si alzava in volo.

Stregata! Anche lei stregata! E si udiva, dovunque, il pianto del Cardillo. Era, quello, il lamento dell'amore addolorato, l'amore vano di tutti quelli che erano attratti da Elmina, e perduti dietro la sua dannazione. Capì anche – o gli parve – perché Elmina bambina avesse ucciso il Cardillo di Floridia. Perché ne sentiva l'eco nel cuore, e non voleva sentirlo più.

Ma doveva esservi un mezzo, pensò con subita ira, per catturare e respingere nei loro abissi naturali sia lo «zio» di Sasà (ormai lo considerava tale), sia il ragazzo con la penna. Per impedire ad essi, quale dei due fosse stato davvero il responsabile, di graffiare ancora Sasà, e soprattutto mortificare Elmina per sempre, tacitando in lei ogni voce dell'affetto – o almeno la gratitudine! – verso persone che l'adoravano.

Sì... la soluzione era questa: liberare Elmina dal suo lutto (così poteva indicarsi il suo «debito» verso la sventura altrui) con l'adozione del disgraziato «fratello», e infine con una terza domanda di matrimonio, in luogo di quella già dimenticata da Nodier. Ambedue le proposte: adozione e matrimonio, le avrebbe firmate lui, Ingmar: e dovevano portare entrambi lontano da quella demoniaca città di tormentati e tormentatori.

Non un istante egli pensò di poter lasciare Napoli e il vecchio Olimpo, trasformatosi lentamente in quella a lui ben nota Città Sotterranea, senza portare con sé l'antica ragazza di Albert. Era già, a suo modo, un povero gentiluomo mediterraneo, e mai avrebbe potuto abbandonare quelli che riteneva (se con fondamento o no non sappiamo) suoi congiunti nel sogno.

Più volte, durante quel lungo fantasticante silenzio, il Duca aveva gettato un'occhiata inquieta alla lente, che faceva sentire un timido tic-tac, come di orologio o altra diavoleria nascosta nelle sue viscere, e mandava da poco non so che mutevole chiarore verde attraverso la chiusura imperfetta dell'astuccio, segno che là dentro le scene continuavano. Ciò, al bollente Neville era sfuggito, tanto che incurante del maggiordomo in polpe gialle, affacciatosi discretamente alla porta dorata del salottino per annunciare il pranzo, egli, dominato dai suoi ingiusti pensieri, tornò improvvisamente, ancora una volta, sull'appassionante tema delle figurine irreali intraviste dal balcone della casa di Alphonse. Gli era venuto in mente che, alla Processione, non aveva scorto né il Portapacchi né Alessandrina.

« Scusatemi, Duca, » tornando al *voi* nobiliare « ma perché tra i due fanciulli, il ragazzo con la penna e la nostra angelica Alessandrina, corre tanto cattivo sangue? Solo gelosia? O forse la piccina ha identificato, con la mirabile intuizione dei fanciulli, nella disgraziata figura del servitorello la controfigura dell'ipotetico *zio*... di quel delinquente che ricatta *sua madre*? Lo odia per questo? Allora, » con un tremito nella voce « la piccina sarebbe capace di un alto sentire... circa la giustizia? ».

Un sorriso malinconico – in ogni caso non chiaro – attraversò la bella faccia del vecchio, e la sua serena espressione di bontà si tinse di un colore ironico, di dubbio, ma anche un po' severo, chiuso. Egli si limitò a dire:

« Forse è anche questo. Ma la piccina in questione, la tua adorata Paummella, non ama, istintivamente, il fanciullo... no, non a causa della protezione accordatagli da sua madre, credi, ma solo perché disgraziato, sciocco e soprattutto ornato di una sudicia penna di gallina. Ella vede in quella penna così miseramente ostentata una vera e propria sfida al suo spirito borghesuccio, alla sua smania di *successo* (Sasà è soprattutto questo, i suoi sguardi di sogno ingannano), e lo perseguita o almeno aborre solo per questo. È lei, soprattutto, quella che vorrebbe veder scacciato e umiliato, infine messo al bando dalla famiglia, il povero spirito balordo e tenero di Gerontuccio, spirito nato solo per servire in qualche antro di questa città ».

« Nato! » esclamò il principe senza quasi pensare a ciò che si dicesse. « Nato, dici! Se gli spiriti nascono, e non, invece – come io penso – mai nati, ma sempre esistiti, solo *appaiono* e *dispaiono*, e ritornano poi continuamente nei luoghi amati, come le stelle sulle campagne, là dove brillarono la prima volta! » così concluse commosso, contro ogni sua stessa prevenzione, Ingmar. Per la prima volta aveva pietà del fanciullo; confrontato con quel tremendo Käppchen era un angelo.

« Nato, sì, » come in sogno il Duca, riferendosi ancora al povero straccioncello della casa « ma nato morto alla vita, al successo, al mondo, alla luce di qualsiasi città regia, come, per motivi esclusivamente ecclesiastici o dinastici, se vuoi, è anche *l'altro*, il piccino dei fiori, il vecchio Käppchen. Ma per Gerontuccio secondo, il destino è quasi peggiore... a causa di quella sua penna e della naturale idiozia. Per questo Sasà – domani una squisita damina francese, spero – lo aborre. Egli rappresenta per lei, che già sogna, nel suo piccolo cuore di passerotto, di sposare il vero Geronte, il Durante-Watteau, egli rappresenta il nulla e la morte. Lo calunnia anche, credimi, e nel suo terrore di lui c'è non poca intenzione di mettergli contro Elmina. In realtà, è Gerontuccio che ha paura di lei... Ed è questo il preciso motivo per cui Elmina lo soccorre sempre... ».

« Povera madre » uscì a dire il principe spensieratamente. Ma lo aveva colpito assai più l'accenno al futuro che sembrava essere nei progetti di Alessandrina. E così seguitò:

« Sposare Watteau... da grande? Come nuovo padre glielo impedirò, ovviamente... Un farabutto, un cacciatore di dote! ».

« Dimentichi che ha solo dodici anni! ».

« Ma vedi come ha ridotto Alessandrina! » l'indignato Ingmar. « Frivola, vana... e sempre pronta a discutere con sua madre ».

Il Duca lo osservava con una strana espressione:

« Nuovo padre, hai detto? Già, dimenticavo. Speriamo che lei ti accetterà ».

« Per me... » arrossendo « non so poi se m'importi davvero... Lo scopo della mia offerta, lo sai... è unicamente salvare questa famiglia disgraziata. Potremmo anche dividerci, subito dopo, te l'ho già detto... » mentendo Ingmar. « A proposito, chi ha i documenti relativi alla prima adozione contestata dal Colonnello? ».

« Credo siano in mano di don Liborio Apparente, almeno una copia. Elmina si rivolse a lui, ier l'altro, nella sua disperazione... non si aspettava la domanda di Nodier, che ora, purtroppo, è cancellata. Un'altra copia deve trovarsi nel cassetto in alto dell'armadio, in corridoio... ».

Si erano alzati, stavano raggiungendo la soglia del salottino, dove sempre era in attesa il maggiordomo, il Duca nuovamente allegro, Ingmar ancora rannuvolato, quando li richiamò indietro, questa volta più acuto del ticchettio, una specie di fischio, proveniente dall'astuccio: per effetto della pressione delle immagini si era aperto da solo, e scaturiva di là, sul tavolo verde, una viva luce, e si udivano voci napoletane e inquieti rumori.

« Me lo aspettavo... » fece il Duca con una certa apprensione e, aprendo del tutto l'astuccio, porse l'altra lente al principe, che la prese con mano febbrile, mentre il maggiordomo, discretamente, riaccostava la porta. Guardò... Guardiamo anche noi.

Teresella entra nella lente.
Il Portapacchi fuggito e beffarda canzonella
dello Spione di Polizia. Strazio di Elmina

Si rivide subito, là dentro (si allontanava nella lente
una specie di candela), la scena precedente: la facciata lunare del Palazzo, e lo studiolo di Geronte Watteau... Ma don Sisillo, oɼa, è un po' distante, presso
uno specchio, come scandalizzato, e così la buona
donna Violante. Ecco infatti entrare improvvisa dalla comune – il termine teatrale ci sia consentito – la
sorella di Elmina, in cuffia gialla e mantelletta azzurra a fiori, torcendosi, se così possiamo dire di una
fanciulla tanto ironica e aggraziata, le piccole mani.
Il servo che l'aveva introdotta nella stanza, dove,
come s'è visto, erano ancora don Sisillo e lo studente
con sua nonna, aspettava sulla soglia, incuriosito involontariamente.

« Marchesa, scusatemi » si sentì la voce ardita e
inquieta di Teresella « se m'introduco così! Mi manda don Alphonse a vedere da voi... se per caso è
venuta qui, se si trova da voi la vostra amica, la mia
cara sorella ».

« No, figlia mia ».

« Perché, vedete... mia sorella non si trova più...
donna Elmina è sparita ».

Non furono tanto queste parole a riempire di angoscia Neville, quanto qualcosa che non era sfuggito neppure al Duca, e per cui il vecchio impallidì.

Dietro il Servo (per la cronaca, tale Geronzo degli Esposti), sulla soglia dello studio del giovane Watteau era apparso il piccolo Sofferente della mattina, la controfigura, socialmente parlando, di Hieronymus Käppchen, zio di Sasà. Il piccino, con una manina levata in alto, sudicia oltre ogni dire, incerto tra stupore e dolore, sembrava minacciare Geronte Watteau: ma molto più lontano i suoi occhietti ciechi – e dobbiamo dire assai belli, di un celeste arcano, di innocenza e smarrita bontà – si rivolgevano, era indubbio, a Caserta... guardavano là dove i due gentiluomini credevano di stare non visti... guardavano al principe.

« Ci ha visti! » esclamò perplesso, ma anche commosso il Duca.

« E che ne dite, Duca? ».

« Che certi fenomeni – egli sembra a conoscenza dei vostri più intimi pensieri su di lui – sfuggono alla regola, o almeno alle leggi parafisiche che io ho finora studiate. Egli non vi odia, povero bimbo, ma vi rimprovera. Per il resto, non preoccupatevi; donna Elmina può essere scesa benissimo dalla Casarella a Napoli, per fare la spesa... ».

« Con questo buio? ».

« Non credo che ella abbia molto bisogno della luce – e del mondo naturale. Ha una sua propria luna, in cuore... ».

« Non ne dubito. Resta il fatto che... non penserei che ella abbia con sé molto denaro... sono convinto anzi che non ne ha punto » fu l'atterrita risposta.

« E con ciò? ».

« Non credo che per fare la spesa sia scesa a Napoli. Ella è scesa, è corsa giù dalla Scalinatella, perché qualcuno ne era fuggito prima di lei... se sia Sasà, o suo zio, o questo balordo di Gerontuccio, lo ignoro. Ma il mio cuore, Duca, sta tremando. Sento che un grave pericolo minaccia Sasà... e forse sua madre... ».

« O non, per caso, il povero mutolo? Non ci pensi, a lui, figlio mio? ».

Gerontino, là sullo schermo della lente, si era portato un braccino davanti al volto... È che lo studente, giratosi per caso, lo aveva visto e, con l'improvviso furore dei giovani altezzosi e ben protetti, aveva gridato:

« Spione! Spione! ».

E il mutolo (data questa particolarità!) non poteva rispondere.

Subito dopo il Marchesino, per educazione un vero plebeo, attaccò una canzoncina beffarda, allora in voga tra i ragazzacci di Napoli, testualmente:

Lo Spione di Polizia,
porta la lettera alla Signorina,
la Signorina non ci sta,
lo Spione se ne va!...

dove la parola « Spione » stava chiaramente per « Portapacchi », mentre la famigerata parola « Polizia » si riferiva senza dubbio alla severa protettrice del piccino, cui questi, si sarebbe detto, usava molto facilmente rivolgersi in casi disperati.

Arretrò, alle note di beffa, l'antico fanciullo, curiosamente movendosi tutto di traverso; e qui il diplomatico ne colse una stupefacente proprietà fisica: almeno in quel momento, Gerontuccio era tutto trasparente, e dietro di lui si scorgevano i lussuosi mobili di una saletta, e più in là, da una finestra aperta, le nuvole che erano in cielo; arretrò fino a un elegante trumeau munito di secrétaire (dove lo studente nascondeva anche libriccini licenziosi); e qui, non vedendo le cose vicine, causa l'acutezza sovrumana dello sguardo, che discerneva solo quanto è lontano, incespicò e cadde. Subito Teresella, che lo aveva scorto, lo soccorse, ma egli sfuggì alle sue manine buone, come un povero gatto tormentato dai monelli... o un caprettino... Diventò la metà più piccolo, e tutto bianco, e si precipitò fuori dalla stanza, mentre don Geronte Emilio Watteau rinnovava il suo grido vittorioso:

« Spione! Spione! Lo dirò alla nonna e farò licenziare tua sorella... Dovete morire di fame tutti e due... E a te ti porteranno al Riformatorio! ».

E, come illuminato, attaccò un altro canto di guerra, della canaglia napoletana (quando passavano per le strade, incatenati, prigionieri politici, sospetti di volere la Costituzione), il noto:

> *Arraggiati, Canaglia,*
> *che stai dentro al Serraglio!*[1]

« Non sta bene, signorino mio » si udì la voce vellutata, e un po' vile, di sua nonna.

La scena sembrò oscurarsi lentamente. Quando la luce ritornò, l'infelice non c'era più.

« Lo ha scambiato per Käppchen! » si disse con un piccolo brivido il principe, sentendosi improvvisamente un po' sconnesso (non ignorava che di Käppchen, quasi certamente, lo studente non sapeva nulla).

Oltre che sconnesso, continuava ad essere un po' ingiusto. La crudeltà di Elmina verso tutti quanti le erano accanto, fatta eccezione per il ragazzo con la penna, era veramente difficile da sopportare.

« Ecco, » diceva intanto il Duca, accostando la lente, questa volta all'occhio, quest'altra all'orecchio, « credo che il piccino stia tornando a casa – o errando nella notte? E la povera Elmina che lo chiama... Senti il suo grido, principe? È proprio lei! ».

Si udì, lontano lontano, non so che mormorio d'acqua e poi, all'orecchio del principe, giunse la voce diletta. Aveva una nota di strazio di incomprensibile pianto:

« Lillot! Lillot! Caprettino mio!

« Torna a casa, Lillot!

« Fallo per tua madre! » (testuale).

---

1. La traduzione dei due versetti è la seguente: « Arrabbiati, Canaglia, / che sei chiusa nel carcere! ».

« Ella si sente madre dello sciagurato! » proruppe, ma con una calma nefasta, investita di beffa, il principe. « Ella ama davvero, dunque, il peggiore, come dicesti dianzi, Duca. Lo preferisce addirittura al proprio fratello... Più in basso di così... ».

« Se lo preferisce, non so... Se sia proprio il peggiore, non so » fu la risposta cauta del Duca. « Ma bada, principe, che questo Lillot – come ora chiama Gerontuccio – è un bambino. E perseguitato, anche. A parte che risulta, come sai, essere un suo dipendente... Con qualche diritto, se non erro, ad essere tutelato ».

« Il secondo orfano, dunque! » l'esasperato Ingmar. « Con altri diritti, chiaramente! Tutti hanno diritto, sembra, all'aiuto di Elmina, tranne coloro che l'amano! Davvero inesauribile è donna Elmina nella sua passione per gli afflitti e i dipendenti, la stessa, vedo, di don Mariano! Adesso si aggiunge questo... *Lillot*, nome stomachevole che ella dà allo sciancato... Un po' troppo, direi, anche per un futuro padre, e giustamente il nostro Alphonse si è allontanato. Tocca a me, dunque! Non dimentico le mie promesse... ma due fanciulli sono troppi ».

Il cuore del diplomatico pesava come una pietra e ribolliva come un vulcano ancora rinserrato.

« Disingannati, Ingmar » gli parlò qui, con pietà, il buon Duca, quasi all'orecchio. « Questo *secondo orfano*, o congiunto adottivo – come vedo tu consideri il servitorello – non esiste, non almeno nel cuore di Elmina. Uno solo è colui per cui ella sta gettando via la sua vita, il disperato di Colonia. Ma "Lillot" è stato sempre il nome con cui lei lo ha chiamato da fanciulla, e chiama ancora, chiunque devasti il suo cuore... ».

L'invidia torturava di nuovo Ingmar.

« Sta bene! Mi ricorda tanto un certo Guillotin! Forse ha pensato bene Nodier ad allontanarsi. Vale una sentenza, questo nome, per gli amici di Elmina! ».

L'orribile battuta non fu accolta dal mago: conosceva gli eccessi del dolore (e la gelosia umana!) ed era quindi incline a sorvolare, piuttosto che a ribattere, davanti a certe osservazioni.

« Ella non ama che il perduto di Colonia! » fece udire dopo un momento. « Ma, come un violino, il suo cuore duole per ogni soffio di vento che glielo ricordi ».

« Perduto? » con grande astio, ma voleva piangere, Ingmar.

« Perduto, perché fanciullo, malgrado le sue metamorfosi, non tornerà mai... Né cittadino di questa terra. Non dimenticare i suoi trecento anni meno due giorni... È alla fine, ormai. E sappiamo anche, per certo, che Alphonse non travede più per Elmina, anzi vi ha rinunciato per Teresella... non se ne ricorda nemmeno. Del resto, una sola volta, nella vita, si sente il Cardillo... ed Alphonse, al contrario di te, non lo ha sentito neppure quella volta. L'adozione, che può salvare l'infelice, è ormai solo nelle tue mani... ».

« Lillot! Lillot! bambino mio caro! » continuava a chiamare, debole come quella di una ragazzina malata, la voce di donna Elmina. Che alla fine fu scorta – dai due di Caserta – in una via napoletana, precisamente l'azzurra, nella notte, salita dei Gradoni. Portava per mano la piccola Sasà, tutta compunta, e piangeva silenziosamente. Nell'altra mano, stringeva la borsa della spesa.

Un rivale era scomparso (Ingmar non aveva neppure avvertito, e del resto non ci pensava più, le ultime parole del Duca sulla fine, ormai imminente, del vecchio Folletto di Colonia), che il vero rivale appariva ben più imbattibile del primo, il cosiddetto Lillot, lo sciancato della Casarella. Sì, più imbattibile. Era proprio costui (decorato col titolo di « Caprettino »), era proprio costui, pensava di nuovo il disperato Ingmar, quello che ella veramente amava, e quasi trovava delle ragioni nell'orribile comportamento dello studente. Spione di Polizia! Ben detto!

Si ricordò in tempo che aveva fatto una promessa; urgeva interessarsi subito all'adozione di Käppchen. Sgomberato il campo dal vecchio Folletto, rinchiudere Caprettino (non dubitava che sarebbe rientrato da solo a casa) nel famoso Riformatorio di Napoli; a questo punto, prendere il volo con Elmina e Sasà sarebbe stata cosa da poco, ma la più importante della sua vita. Perciò, come togliendosi dalla disperazione di trovarsi intorno, ancora, in luogo del temuto zio di Sasà, questo ridicolo, amatissimo Caprettino (così quella donna senza religione lo aveva chiamato!), il principe si svegliò completamente, o lo credette, a causa delle lacrime che gli rigavano il volto.

« Scusami, Duca, se rinuncio al pranzo, ma devo precipitarmi a Napoli. Fra poco, donna Elmina e donna Alessandrina saranno a casa, e Alessandrina sarà troppo sola in quella baracca che non mi è mai piaciuta, con una custode, addetta alla sua protezione, abbastanza invalida. Non so nemmeno se donna Elmina, nella sua follia o il suo cinismo, non abbia pensato di trattenersi per i Gradoni in cerca di quel disgraziato. In tal caso, Sasà potrebbe rientrare lo stesso alla Casarella... e suo zio, sconvolto com'è, non penserà a qualche atroce dispetto? No... scusami, sono troppo preoccupato ».

In realtà, non la preoccupazione per Alessandrina lo teneva in tanta ansia, quanto il pensiero che « lei » fosse, a quell'ora di notte, in giro con quell'orribile « Capretto ».

Tale, Lettore, è a volte la disattenzione (o cecità?) dei più acuti diplomatici, o comunque delle menti più geniali.

Di nuovo, il Duca lo guardò con compassione.

« Non ti disperare, principe caro » fece gettando un'altra occhiata alla lente, e poi richiudendo di scatto il coperchio dell'astuccio. « La luna » disse a modo di giustificazione « si è nascosta all'antrasatta,[1] e

1. Espressione dialettale per « tutto a un tratto ».

quindi la lente non va più – non ti disperare, perché, anzitutto, so alcune cose della tua prediletta Paummella, che ci mettono al riparo da qualsiasi preoccupazione eccessiva per lei... ».

« Che intendete dire? Ma già, ormai, credo, siamo all'assurdo... ».

« Semplicemente questo: è una piccina che si sa difendere... Niente altro... mentre di te, figlio mio, non giurerei, né di un altro personaggio che non ti aggrada... A parte ciò, ormai mi sembri troppo agitato per gustare anche un solo boccone del tuo soufflé preferito che feci preparare apposta da Armand: lo gusterai un'altra volta. Ordinerò ora la carrozza – o sono più veloci i cavalli da sella? Va'... non restare lontano dal tuo cuore... Avvertirò Alphonse che ti aspetti... Riceverai, appena giunto, nuove istruzioni per quanto riguarda il tuo sublime gesto di pietà... O lo hai dimenticato? ».

« No... no... » confuso Ingmar, che in realtà si sforzava di ricordare cosa avesse promesso.

« Va' dunque, benedetto ragazzo, dove ti porta il tuo cuore, dalla creatura più triste che sia in Napoli, e dall'altra che le porge la piccola mano... e offri, coraggiosamente, la tua protezione... ».

E a quale delle due fate, insediate ormai nella vita dello sventurato signore di Liegi, egli particolarmente si riferisse, se a quella con l'anellino o all'altra – senza religione – non si poteva, dato il suo sorriso malinconico, veramente capire.

Conversazione (disperata) nella notte.
Un principe sconnesso e la inattesa minaccia,
sulla Casarella, di una ipoteca

Non seguiremo Neville per tutto l'affannato viaggio di ritorno da Caserta a Napoli, anche perché non lo vedremmo: la luna, come aveva detto il Duca, si era davvero oscurata, e la notte, sotto una pioggerella argentea, nascondeva continuamente, tra monti e boschi, la sontuosa carrozza.

Era già molto tardi, quando le sue ruote rintronarono per la strada di Chiaia, all'angolo dei Gradoni. Non una sola luce, una sola voce: silenzio assoluto; ma una manina bianca, ogni tanto, tra le frange scure delle nubi, sui cornicioni, faceva un cenno, poi spariva. Il Palazzo di Nodier, o Palazzo degli Spiriti, era, come sappiamo, su quell'angolo, e Alphonse stesso, con un cameriere, aspettava davanti al portone; già in camicia da notte, indossava su questa una preziosa vestaglia azzurra, di foggia cinese, decorata di piccoli draghi rosa. Il suo viso appariva perfettamente ilare.

« Oilà, mio caro! Nessuna paura! È rientrata! ».

Spiegò al principe di essere stato avvertito da Caserta « come, non me lo chiedere, c'era una lettera per me in anticamera – che eri in viaggio da varie

317

ore, e disperato per donna Elmina. Peccato per il tuo soufflé. Il Duca mi disse tutto ».

La felicità, la vitalità insolita di Alphonse stupirono non poco Neville, che si era aspettato – dopotutto non c'era notizia ufficiale del nuovo fidanzamento – di trovarlo stanco o per lo meno molto agitato, se non in collera con donna Elmina per l'affanno da lei procuratogli. La cosa gli parve strana, e anche sgradevole, dato il pericolo (tuttavia, il buon Nodier non ne sapeva nulla) in cui si trovava l'infelice Käppchen, e la conseguente disperazione di sua sorella. Ma di questo, come della sua propria risoluzione a intervenire, decise di non fare parola, per ora, al fidanzato (non si sapeva ancora *di chi*). Troppo gaudente.

« È dunque rientrata? E dov'era stata? ».

« Non te lo immagini neppure. O forse avresti dovuto immaginarlo. A trovare don Mariano al cimitero ».

Tanto afflitta!, pensò il principe – ma non lo disse, morendo di tormentata e non certo limpida gelosia non sapeva ancora verso *chi* –, da sentire il bisogno, invece di recarsi dall'amica, di correre a prostrarsi alla tomba del padre, per implorare aiuto. Non amava, in realtà (ne era sempre più certo), il gaio Alphonse, come del resto aveva capito il Duca, e non desiderava sposarlo. Lo sposava solo per ottenere l'adozione del disgraziato di Colonia, così come aveva sposato Albert per la stessa identica ragione, e ora, ovviamente, avrebbe sposato lui, Neville. Una donna forse non perversa, ma dalla moralità discutibile. E tuttavia il principe si era impegnato a richiederla! I suoi pensieri vagavano quindi senza scampo, smarriti, da un abisso all'altro.

« E... il Portapacchi... il guaglione che fa i servizi... anche lui rientrato? » azzardò (desiderando, con quella parola realistica, di ridurre la di lui grazia).

« Quale guaglione? » Nodier non lo ricordava neppure.

Non altro venne in mente a Ingmar, perché è della

natura umana, quando patisce troppo, starsene in guardia, lontana le mille miglia dal cuore delle cose, dalla loro verità; e questo lo diciamo riferendoci non tanto all'infiammato cuore del nobile, quanto alla verità in sé, che era ben più sottile e vergognosa: la sua gelosia per «lo Spione di Polizia». (Quello era il dolore; non più, o assai meno, il cosiddetto «fratello»).

Si sentiva depresso, stordito, e insieme esaltato.

«Se ciò» riferendosi alla visita a don Mariano «può rimediare ai suoi guai,» egli fece sardonicamente «buon per lei. Io, al suo posto, non crederei sia questo il modo più concreto, per una buona madre, di risolvere il problema dei figli...».

«Ma se ne ha una sola...!».

«D'accordo. Ma il numero non è fondamentale, in queste cose... E poi mi risulta che ella ha dei parenti... e li considera come figli...».

«Se ti riferisci al Portapacchi,» (Nodier aveva afferrato) «mi fai ridere...».

«No... non al Portapacchi, per carità... Ma devi ammettere che per lei non c'è differenza tra chi l'ama e chi la sfrutta, tra realtà e fantasime... tra nobili autentici e indegni portatori... si fa per dire... di penne di gallina...» con vero smarrimento il principe disse. «Non c'è differenza...».

Si rese conto di essere vagamente fuori di sé, e che tale stato d'animo si andava dimostrando troppo apertamente a Nodier, il quale, infatti, lo stava fissando un po' sbalordito.

«Te la sei presa tanto da ritornare di corsa fin qui, stanotte stessa. Ma Alessandrina» soggiunse fissandolo «non correva alcun pericolo».

«Questo... per te... Perché non sai, in realtà, come stanno le cose alla Casarella».

Si morse le labbra, si fermò. Non voleva dire che – ormai ne era certo – la casa era mal frequentata. Così nella vecchia Napoli, come nel moderno Belgio, venivano liquidate quelle dimore dove le persone che le attraversavano non si distinguevano sempre dai sogni o i vapori dell'aria. Non osava aggiungere, nella incertezza di tutto, che andava diventando il suo stato abituale, che era la sua adorata stessa, donna Elmina, la mal frequentata. E sapeva bene *da chi*. E il più temibile dei frequentatori non era certo quel giovanotto di Colonia, che unicamente cercava di aver salva la pelle spingendo sua sorella a un terzo matrimonio mendace (e Neville avrebbe mantenuto senza discutere la sua promessa); il più temibile non era quello, ma « l'altro », lo squallido « Spione di Polizia », come lo aveva ben qualificato lo studente: era colui che non esitava a trasformarsi in caprettino, per correre dietro alla sua (del principe) Capra! Il vero nemico era là!

I due amici, preceduti dal Servo con una lampada, salirono in casa, e la strada dei Gradoni rimase più deserta e bizzarra di prima, nel senso che per un po' (i signori erano al balcone a respirare la dolce aria della notte) si videro su quei larghi e rovinati scalini degli ometti andare e venire con dei lumini e un sacco, in assoluto silenzio, raccogliendo qualcosa. Per Nodier – la cui inebriante felicità, e una sfumatura di sfrontatezza, che sempre accompagna le felicità meno nobili, parevano sostituirsi adesso all'ossessivo pensiero del suo amore per Elmina – quelle figurine erano semplicemente dei raccoglitori di rifiuti vari, di avanzi di frutta e verdura e anche di fiori senza gambo lasciati in terra dai venditori del diurno mercatino – miseri Napoletani che vivevano di questo, come un secolo e mezzo dopo, finite le guerre, si sarebbero dedicati alla raccolta del tabacco usato – ma per Neville, immerso nei suoi tristi pensieri sulla presunta realtà del mondo, la versione era meno banale; ed egli, guardando quelle piccole figure gobbe, che salivano e scendevano saltellando, con una luce in mano, per quella abbandonata povera via, uscì a dire:

« Mio caro Alphonse, veramente misteriosa e tremenda è questa città. Io non so più se vivo o sogno ».

Nodier gli gettò un'occhiata divertita, mentre il Servo, alle spalle dei due amici, nel salotto, si disponeva a versare da un bricco, nelle tazzine di Sèvres, altro caffè.

« Come sarebbe a dire? ».

« Non lo so. Ma mi trema il cuore, se penso di dover lasciare qui, partendo, Alessandrina Dupré ».

« Potresti portartela a Liegi, nulla te lo impedisce » fu la calma risposta, che ancora non riusciva a toccare la rottura del fidanzamento.

« Sai che Sasà adora sua madre... questo me lo impedisce » molto turbato il principe. « A parte che Sasà ha le sue piccole amicizie, a Napoli... ». (Non osò aggiungere quanto gli sembrava ancora più ardito, che Sasà si era « fissata » sul marchesino Watteau, e nel suo cuore innocente si riteneva già a lui fidanzata. Non lo avrebbe lasciato).

« Già, è vero » (a quell'*adora sua madre*). « E devo ammettere che Elmina non è una madre molto sensibile verso quella creatura ».

« Non lo è stata per Babà, non lo è per Sasà. Il peggio si è che nessuna delle ragioni che attribuivamo conversando – ricorderai – al suo distacco dalla figlia, intendo la presenza di un terzo fanciullo, anche questo figlio di Albert, ha più consistenza. Albert non lasciò alcun terzo figlio a nessuna donna di questa città... morì... solo e triste, nella sua infinita fedeltà a Babà. Geronte Watteau, colui di cui favoleggiavamo come il rivale (nel cuore di Elmina) di Alessandrina Dupré, era un perfetto estraneo, per Albert e i suoi ».

« Meglio così » il sognante Nodier.

« Ti sfugge il problema, Alphonse » disse il principe, trascurando del tutto di precisare come e dove avesse ottenuto tali interessanti informazioni, e ciò era il meno, visto che trascurava perfino di accennare che erano due, oltre Sasà, i fanciulli di cui si favoleggiava fossero vere « disgrazie » nella vita di Elmina, e uno, il « vecchio » di Colonia, non lo si considerava neppure di questo mondo, mentre un tale, non meglio precisato Lillot – chiamato anche Caprettino, o il ragazzo con la penna – aveva addirittura fama di spia, o informatore dei Borbonici. (Accenniamo a questa confusione del principe circa il rivale più « odiato », perché cominciava ad essere una delle più consistenti cause di sofferenza nel suo pensare – se quello era vero pensare – al povero Portapacchi, o controfigura del Folletto).

« Ti assicuro che non mi sfugge » fu la risposta un po' tediata del mercante. « Mi rendo conto che donna Elmina è una donna piena di problemi... e non chiari. E anche il suo modo di risolverli non mi pare tra i più consigliabili di questo mondo ».

« Hai... hai saputo qualcosa su di lei? » col cuore che balzava in petto il misero ammiratore della Capra.

« Sì... che ella è superstiziosa molto. Tutte le vie semplici sono per lei impraticabili... Inoltre è diffidente, e ciò non le aggiunge grazia. Non si confida mai – ti dico mai – con nessuno, e talora è realmente disperata. Mi riferisco proprio a *questo momento*. Quando tu andasti via, oggi, Notar Liborio mi si confidò... » (essendo il principe uscito solo dopo che il Notaro si era congedato, questa era una vera invenzione di Alphonse) « mi parlò più apertamente; e ti confesso che rimasi un po' sconcertato. No... non la storia dei figli... quella è niente. Vi è una ipoteca, sembra, sulla casa di Posillipo, e sembra che ella stenti a trovare di che soddisfare l'ultima rata trascurata dal padre, don Mariano, quando era in vita. Pare, inoltre, che il suo creditore sia un congiunto, abbastanza spietato, e rivendichi questo credito solo per impadronirsi della casa. Non le resterebbe, perduta la casa, più niente. Non avrebbe denari da parte, mi disse il signor Pennarulo; né potrebbe quindi (questo non è che un particolare, credi, e non potrebbe certo, data la mia promessa, preoccuparmi, ma turba la mia fiducia), non potrebbe, come si diceva che vagheggiasse, aprire un atelier. Non sincera neppure, dunque ».

Stupì oltremodo il principe, benché l'animo suo non fosse assolutamente più in grado di giudicare alcuno, per quell'accenno di Nodier alla ipoteca e all'atelier, insomma alla misera situazione finanziaria della vedova, come se tale situazione non avesse invece, fino a quella mattina, costituito per il danaroso mercante uno dei maggiori incanti dell'amata. Senza dire del tono freddo e distaccato con cui si esprimeva, quasi egli non fosse più, davvero, il fidanzato della povera camiciaia, e di lei non gli importasse poi molto. Una conclusione che si sottraeva a ogni umano commento.

« Tu... perdonami se sono indiscreto... ma la cosa è grave... » disse dopo un po' Ingmar « tu, Nodier, ti consideri ancora, malgrado quello che ora pensi, il futuro sposo della nostra Elmina? Per te, ella è sempre la moglie ideale? ».

Non sembrò, all'interrogante, che quell'uomo al suo fianco, affacciato al balcone nella calma notte napoletana – come dieci anni addietro al Cappello d'Oro, e ora semplicemente più grasso –, avesse meditato abbastanza prima di rispondere. Lo udì dire:

« Sì, certamente... Nessun dubbio, mi pare... ».

E a questo punto conviene osservare che forse per la prima volta nella loro vita, e vogliam dire in almeno vent'anni di spensierata dimestichezza, quei due erano lontani, si mentivano: uno tristissimo, l'altro solo un po' preoccupato. Neville, infatti, sentiva con disperazione che Nodier aveva abbandonato l'idea – una forma di fissazione, sbocciata del resto all'improvviso – di fare da padre a Sasà... aveva abbandonato Elmina e i suoi affanni alle ombre da cui era perseguitata. Ed Elmina era alla deriva, seguita passo passo da quei due delinquenti che non la lasciavano. Avrebbe sposato lui? Ed egli ne era poi contento?

Non sentiva più nulla, per Elmina, così gli sembrava, come del resto (e torniamo al mercante) era per Nodier. In quanto a questi, infatti, le domande turbate e assillanti del vecchio amico lo avevano reso cosciente che nell'animo suo, di lui, Nodier, qualcosa era davvero mutato. Poteva dire, per quanto assai più crudamente del principe, che non sentiva più nulla per Elmina. La ragione non voleva dirla per il momento, e neppure pensarla, e noi non lo tradiremo, ma non era certo l'ipoteca, o gli altri guai, o il difficile carattere di lei, né la faccenda dei brutti rapporti esistenti fra due piccerilli, la legittima e il disgraziato, o la parte che quest'ultimo aveva nella vita di Elmina (per Nodier, il fanciullo visto al mattino *non era* l'immagine di un altro fanciullo esistente nel cuore di Elmina: era un vero e povero minorato mentale, sulla cui « pericolosità » aveva mentito – vai a vedere perché – anche Teresina); la ragione del suo ripensamento stava piuttosto in una nuova visione di felicità offertagli dalla vita, nel momento in cui aveva contemplato la pastorella francese appoggiata alla campana di vetro. Quella pastorella, col suo roseo visino traboccante di salute e felicità, era il ritratto preciso di una personcina che Nodier frequentava da anni, alla Casarella, e a cui non aveva – l'idiota! – neppure una volta badato. Era lei la moglie ideale! E ora, a donna Elmina, benché non ne fosse del tutto consapevole – non almeno come gentiluomo –, a Elmina non pensava più.

« Nessun dubbio! » disse improvvisamente Ingmar, ripetendo con stupore e amarezza le parole dell'amico. « E assisti indifferente, pertanto, alla sua disperazione! Non posso capirlo, e non lo capisco, mio caro. Dimmi almeno – e perdona la mia intrusione – se conosci il creditore di Elmina, colui che impose l'ipoteca. Immagino di agire da amico tuo e di Elmina, se mi riprometto di andare a trovarlo ».

Gli parve, come in sogno, di udire una parola stravagante, e ne fu talmente atterrito che non indagò, non chiese spiegazioni. Quella parola, anzi più parole, suonavano così:

« *Le Poussin!* Cerca, mio caro, *le Vieux Poussin!* ».

Nella sua mente devastata dall'ansia, il principe pensò per un attimo che Nodier alludesse a qualche altro personaggio, forse un malavitoso, insediatosi da tempo nella povera vita della sua amata, e che rispondeva al nome, ridicolo e buio come tutti i nomi della mala, di *Vieux Poussin*: non osò quindi domandare più altro, non respirò nemmeno, e fece bene, in quanto, un attimo dopo, seguì l'assurda, ma questa volta ben accettabile spiegazione:

« Hai ragione di essere perplesso, mio caro » riprese il mercante, inopinatamente, ma in parte seguendo il filo di sospetto che aveva colto, con genialità, nelle parole dell'amico, e che rispondeva bene al suo bisogno di salvare, come dicono laggiù, « la faccia » dall'accusa di scarsa onorabilità (e se accumulando così false ragioni si contraddiceva, possiamo ben giustificarlo riflettendo che era un fidanzato galantuomo, che cercava scampo da una promessa divenuta insostenibile); « hai ragione di essere perplesso, ma lo sarai meno riflettendo su quanto appreso da me quest'oggi, e che finora ti ho taciuto. Semplicemente questo. Donna Elmina non è senza legami, nella vita, oltre quelli a noi noti, e ciò non importerebbe poi molto se ella fosse stata sincera. Ma ce lo ha taciuto. Non so se ci crederai o meno, ma ella ha un fratello – o fratellastro –, in quanto, come lei, un altro "adottato" del povero don Mariano. È un giovane di Colonia, un povero minorato che ella adora... e vive nascosto da anni in qualche luogo di questa città, presso la gente di lei... la famiglia Civile! Bella civiltà, a mio parere! ».

Il principe sentiva che il mercante, più che annunciare una verità, aveva letto in qualche modo, per profittarne, nei suoi pensieri, e da questa turlu-pinatura dell'amico si sentiva adesso come braccato.

Fissava su di lui i grandi occhi di ragazzo ingannato.

« Scusa una domanda, scusa se mi ripeto, » riprese tremando impercettibilmente « ma poc'anzi, amico mio, ti udii pronunciare questa frase: *"Le Poussin! Cerca, mio caro, le Vieux Poussin!"*, che non mi è chiara. Cosa intendevi dire? È forse il nome di un di lei creditore, forse il più spietato? Colui che intenderebbe, adesso, appropriarsi della Casarella? E... – questo mi sorprende – vi sarebbe relazione tra costui e il preteso "fratello"? ».

Aveva lasciato cadere questa frase solo per prendere tempo, non perché considerasse umanamente possibile una risposta sensata a tale interrogazione. Quella che ne ebbe lo atterrì.

« Pensala come vuoi... » buttò lì il mercante, e aggrottò le sopracciglia per simulare il massimo sgomento e, ovviamente, riprovazione. « Pensala come vuoi... Io intendevo dire che costui, che ella chiama fratello – e più precisamente quel Hieronymus Käppchen, di Colonia, di cui ieri mattina, non so se ricordi, scoprimmo l'atto di nascita tra le carte dello studio –; costui, talora, in seguito a non so quale diavoleria, che ha a che vedere con la personalità malata, non vorrei dire ignorante e superstiziosa, ma è così, della nostra cara amica, costui si trasforma in un volatile, e anche in altri figlioli della Natura; mette su artigli, e corna, e pelo, e piume... e così conta di difendersi. È cosa che accade in ogni circostanza di pericolo, per lui, e a ciò si devono i graffi veduti sul viso della nostra disgraziata Alessandrina... Ieri mattina, quando ci vide, egli era nascosto in casa, e temeva di essere acciuffato e punito... Per cui, se ci sposeremo, Teresella e io abbiamo già deciso di rendere libera la piazza: lei, donna Elmina, il suo caro fratello e, se possibile, anche il bene amato

"Lillot", se li porta via. E Sasà resta felicemente con noi ».

Non vi era una parola, in tutto questo discorso, che legasse con un po' di buon senso, mentre la crudeltà, una cosa sola, naturalmente, con la gioia e la pienezza della vita, non la si poteva negare; e ora il povero principe non diceva più: « È una infamia! », come ai tempi della sua giovinezza felice e indignata; cercava soltanto di uscire da una visione delle cose che lo angosciava (alla già temuta identificazione del Portapacchi col manigoldo di Colonia in quel momento non pensava, non sapendo più, semplicemente, dove collocare, nella sua mente turbata, colui che sembrava conosciuto come Vecchio Pulcino, e con questi anche il povero Lillot).

« Allora... non ti riferisci al Portapacchi, spero, dicendo: "Vecchio Pulcino"? ».

« No... non al Portapacchi » il mercante sbadatamente (sempre improvvisando e ansioso purtroppo solo di calunniare Elmina). « Mi riferisco al giovane di Colonia. Ma non è un pulcino, e tanto meno un vecchio. È una finta! Segue donna Elmina da mane a sera... ».

« Tanto... innamorato? » stava per dire lo sventurato. Si fermò in tempo per udire:

« La paura, mio caro, solo la paura è la spina dorsale di quel balordo. Non seppe far nulla nella vita (e sì che ne ebbe di tempo: trecento anni, mi dicono!); per questo era la spina nel fianco di don Mariano... Nulla, capisci? Perché ha un terrore abietto del mondo... nessun lavoro... nessuna fraternità... Solo sogni e dispetti! Così ha sacrificato donna Elmina! Se donna Elmina lo lascia (o è felice, medesima cosa – lo avessi sentito piangere, quando è solo!), egli si nasconde... muore. Donna Elmina ha rinunciato ad ogni felicità, per lui (e a te stesso, se non lo sai, povero Ingmar), senza quasi speranza di liberazione, solo perché questo fu l'ordine di suo padre ».

« Ed ella... sa, è a conoscenza che... egli la inganna? ».

« Inganna: come? ».

« Che la di lui specie non è umana » il principe, sovvenendosi delle confidenze del Duca « ...che egli è solo un folletto... forse l'ultimo... un'anima persa in questo mondo dopo la dichiarazione dei Diritti dell'Uomo e quindi della sua sovranità...? ».

Alphonse lo fissò senza intendere.

« Se lo sappia, non so. Per lei è suo fratello. E per donna Elmina, purtroppo, altra legge non c'è... più forte della legge del fratello ».

Proseguì da solo, come sognando, mentre il principe lo guardava – o per meglio dire guardava le case notturne dietro di lui:

« Sì, sembra davvero impossibile che una creatura fiera, libera e sorridente come era donna Elmina da giovanetta – la ricordi anche tu » un po' commosso « quella sera, tutta in rosa? – sia finita così, per mantenere in vita un vecchio volatile tanto inutile, per non dire dannoso. Tuttavia, detto in confidenza, ho sentito da un servo, amico della Ferrantina, che vi è una speranza. Raggiunti i trent'anni – ne ha ventisette dicono – all'ombra della pietà di Elmina, egli potrà diventare, o tornare, come già in alcuni momenti, al Pallonetto, un normale giovanotto. Ella aspetta, credo, per essere libera e felice, questa data. Ma tre anni ancora! Ecco perché non posso sposarla. Il tempo passa anche per me, principe caro ».

« Passa per tutti, » disse il principe faticosamente, tornando in sé (ma solo in superficie, da qui la sua calma) « in ogni caso, io ho saputo qualcosa di ben diverso, ma che riguarda solo chi le è devoto... Tu, forse, non lo sei più ».

« Parla! Su, parla! » assai di malumore Alphonse.

« Questo. Il "ragazzo" non può vivere nemmeno

altri due giorni – perdonami la parola "ragazzo", so che vorresti dire "demonio" – se qualcuno non lo adotta come figlio. Cosa che sto per fare io, se non ti dispiace... ma non senza il consenso di donna Elmina. Ci vuole il consenso di una coppia regolarmente sposata. Elmina non lo è più, e non lo è ancora. Quindi, nel caso tu rinunci, la sposerò io ».

Nodier era tutto sorpresa e indifferenza di fondo.

« Ti metti in un bel guaio, » disse « la moglie pazza e il figliastro espulso dalla Chiesa ».

« Non espulso, scusami, nato fuori » corresse il povero principe.

« Se per te non fa differenza... ti metti di tua iniziativa fra i morti alla giustizia, bada ».

« Poco male, se consideriamo che cosa la giustizia fa di questo mondo » rispose il principe che mai dimenticava la occupazione del Belgio, e la infame galoppata della Rivoluzione francese.

« Come ti aggrada » fece qui Nodier, parlando un po' a caso, perché era frastornato da come il principe avesse preso sul serio le sue invenzioni. « Comunque, togliti di mente che farò da testimone alle tue nozze... Donna Elmina l'avevo vista io per primo (e sappiamo quanto l'affermazione fosse menzognera: quella sera, al Pallonetto, i tre giovani si trovavano tutti insieme). E un'altra cosa... se il disgraziato dovesse morire realmente, mettiti in testa che nel giardino di casa mia non sarà sepolto... non ce lo voglio. La scatola coi buchi (chissà come lo sapeva) la porterai tu stesso da qualche parte... sotto un cespuglio... non a casa mia ».

Il principe fissò stranito il suo vecchio amico, e – avrebbe voluto gridare – un singhiozzo asciutto parve soffocarlo. « *Casa mia...* » ora la Casarella era sua... « *scatola coi buchi...* ». Tutto l'orribile passato, destino e umiliazione di Elmina, passione di don Mariano, e angoscia di un povero reprobo, figlio dei fiori e degli alberi, gli tornava come una nube intorno alla fronte. Ma decise di comportarsi come se la storia che davanti a lui si svolgeva, fosse tutt'altra... fosse cosa elegante!

La conversazione si chiuse così.

Nodier (sempre al balcone, spalle voltate):

« Non per me, bada, ma nel tuo interesse, principe caro, ti dico: lasciala, non occuparti più di lei. È una donna stregata, e neppure buona come potrebbe apparire a momenti. Altre cose non ti dico, perché le sai, e odio ripetermi. Ma semplicemente, ella non è una donna da sposare: chiunque le si accosti e la guardi, è perduto. Per me, la vera ragione dell'ira del Cardillo! La Chimera di questi luoghi! Già Albert e Babà, a fissarla, sono diventati di pietra! ». Emise un sospiro. « Se proprio hai deciso, quindi accomodati. Ma non ti invidio, e te lo dico da amico! ».

Ingmar non poté rispondere subito a queste parole. Si sentiva, appunto, di pietra.

« Comunque, » disse dopo un po', sforzandosi di sorridere « hai già rotto il fidanzamento, se non sbaglio ».

« Ovviamente sì. Solo non gliene ho ancora parlato. Ma credo troverà comprensibile la faccenda. Ovviamente » ripeté l'espressione banale « ci sarà un risarcimento, da parte mia, e così la faccenda dell'ipoteca sarà sistemata. Ma, in seguito, mi auguro che la Casarella resti a mia moglie e a me. La trasformeremo, vedrai, ho grandi progetti ».

Tutto risultava nuovamente misterioso, al principe: il nome della nuova innamorata di Nodier (benché un nome fosse stato fatto), e così i sentimenti della figlia maggiore di don Mariano, e cosa sarebbe stato di lei e di suo fratello, ove Ingmar non avesse potuto dar corso alla terza domanda di matrimonio. Il mercante non smetteva di fissarlo.

« Il vero impedimento » disse a questo punto, con un risolino « sai quale si presenta? Neppure lo immagini! Hieronymus il Piccolo è morbosamente legato a quella casa... non so se se ne vorrà andare... nel caso resti in vita... Ma *deve* andarsene! In un modo o in un altro. Sono deciso a ricorrere – se necessario – alla Polizia del Regno... e quella non scherza, lo sai... ».

(Il risolino continuava).

Per Ingmar non c'era, tuttavia, più nulla da sapere. Egli si sentiva entrato in una terra di mostri, dove le azioni più rivoltanti erano considerate ottime o forse intese a una logica cristiana, solo se avessero affermato un principio utile all'interessato. Capì alla fine che la sua vita era mutata, che il mondo era questo – e nessuno può illudersi di cambiarne, con rivoluzioni e tribunali, l'immobilità fondamentale, né procedere alla sua comprensione senza prima averne visitato le città sotterranee, le tristi città del cuore, il vero sottosuolo di tutti i grandi rivolgimenti e poi impietramenti politici. Lì era il male: nel cuore pronto alla menzogna, e inconsapevole della propria ignominia. E cominciò a vedere nella dura e fredda Elmina, fredda di cuore ma anche di parola, nella sua miseria e ignoranza fondamentale, nel suo *No* sempiterno a tutti i programmi della *Joie*, qualcosa di giusto: ma non perciò le perdonava. Si sentiva morire, pensando alla donna amata, e insieme sperava... non sappiamo precisamente in che.

« Toglimi ancora una curiosità, mio caro, » disse volgendo il viso, tanto pallido e assorto, dal panorama notturno dei Gradoni alla luminosità accogliente del salotto (e a un secondo Servo che era entrato, e sostava con volto enigmatico nella luce di un doppiere; Nodier si voltò) « toglimi una curiosità, per favore: dimmi se c'è un'altra, una vera spiegazione al comportamento del... fratello; questa non mi persuade; se sai perché il ragazzo ha tanta paura... di che, dopotutto, avrebbe paura... Ancora non l'ho capito... ma sento che a questa sua paura è dovuta tutta la sventura di sua sorella... ».

« Che dirti? Ma, ecco, mi sembra di avertelo già detto. Un'altra spiegazione non esiste. Egli ha paura! Ma non di una cosa precisa, come di botte, o altro, e neppure del Reclusorio... Ha paura della Cristianità tutta, della Umanità intera – non so che vi veda di male, è tanto gradevole – e soprattutto dei Diritti dell'Uomo, della Costituzione... Questo me lo disse il Pennarulo... Ha un vero orrore della specie umana – tutta, comprendi? –, di questa specie egli salva soltanto don Mariano e la cara Elmina, in quanto li crede anch'essi – da ridere – due folletti, o figli dei fiori. Chiunque, ripeto, sia cristiano, o di altra religione, o potere, per lui è l'Orrore, e lo riconferma nella sua pericolosa, posso dirlo, paura del mondo. A che cosa credi sia dovuta, infatti, quella sua passione per la sudicia penna di gallina » (la terribilità di questo accenno sfuggì interamente, almeno per il momento, al povero Ingmar, egli era come assente) « che ha infissa sul capo? Quella penna, tanto deteriorata, è l'ultimo segno di un suo antico legame... con la natura, diciamo così, naturale, o boschiva, di pulcino, o gallinaceo... o figlio di una creatura naturale. Là, si sente salvo... e piange di gioia... Mentre, fra noi, può solo morire! ».

Con un soprassalto d'improvvisa compassione, che smentiva tutte le sue precedenti malignità, menzogne, calunnie, Alphonse Nodier soggiunse:

« Povero figlio, dopotutto. E migliore, certamente, della tua Paummella... la piccola Sasà. Ami sempre, principe, Alessandrina Dupré? ».

Ingmar fece un vago cenno di assenso.

« Guardatene! » con un voltafaccia improvviso, con una sorprendente contraddizione, il mercante. « Non ti dico altro. Per quanto bambina e innocente del tutto, non è buona come suo zio... ».

« Käppchen è migliore? ».

« Forse sì. Lei è piena di progetti. Käppchen non ne ha nessuno. Solo il respiro... la pace di un giardino... e la grande sorella a lui vicina... come la notte...

come la voce calma e fresca dell'acqua... tale per lui è Elmina ».

Perduto a quel nome sacro, e quasi cercando di comprendere dove fosse, perché non lo sapeva più, il principe si volse.

Il secondo Servo, in fondo alla stanza, aveva posato un altro vassoio su una console dorata e, in piedi davanti a uno specchio a forma di cuore, però macchiato nel centro, che sovrastava la console, andava ritoccandosi, con due dita, i grigi capelli. Alla fine, calzò su questi una deliziosa parrucca di seta bianca, con codino, tutta riccioli, che portava sempre con sé. Intanto canticchiava una pura e gaia canzonella a Ingmar ben nota, l'antica *Paummella zompa e vola!* Poi, di colpo, girandosi – e ripreso il vassoio, avviandosi verso la porta – smise; e da tutte le parti dei Gradoni, come da ogni stanza del Palazzo degli Spiriti, risuonò l'antico grido del Cardillo, quel pianto gioioso che faceva:

Oò! Oò! Oò!

e poi, alzandosi e fuggendo e perdendosi rapidamente:

E vola vola vola lu Cardillo!
E vola vola vola... Oh! Oh!

così, come una memoria, o un prolungato e inutile richiamo, che non si capiva se d'amore o di morte.

La notte azzurra ma non più fiduciosa
di un cuore che va sperimentando
i nuovi mutamenti del mondo

Un biglietto che egli trovò in camera, ritirandosi per la notte, un secondo messaggio del Duca giuntogli per chissà quali strade negromantiche, lasciò il principe indifferente. Era serio e breve:

Non scoraggiarti per i fenomeni cui assisti, figlio mio – *c'est la vie* –, e tu hai abbastanza coraggio. Piuttosto, domattina alle otto, sali nella carrozza che si fermerà davanti a casa tua – *pardon*, del tuo amico – con un mio domestico, e recati dove essa ti porterà. Non domandare nulla durante il tragitto, non chiedere al domestico dove ti condurrà, e confida nel tuo amico devoto.

                                                            Benjamin

Per Neville non c'era altro da fare che obbedire. Ma non andò a letto subito; rimase al balcone che corrispondeva, sul lato sinistro – diviso solo da una sporgenza del muro –, a quello del salotto, e dov'era ancora affacciato Nodier; e per un'ora buona (come già nei beati tempi passati, quando erano scesi al Cappello d'Oro) restò in ascolto dei suoni della dolce-azzurra, nuvolosa e tuttavia azzurra notte napoletana. E soprattutto lo pungeva un odore di cedrina, e poi il canticchiare felice di Nodier, dietro il muro, fissando i Gradoni: « Zompa e vola... Nenna mia... ». Il giovanotto aveva la mente a Teresella! Ingmar, da parte sua, non osava criticare più nulla. Si affidava soltanto, nella sua nuova condizione di viaggiatore solitario e smarrito, alla bontà fedele dell'amico di sua madre.

E rientrò e si addormentò, alla fine, sognando di un certo Poussin che veniva a chiedere di lui per « un prestito », e al quale egli faceva rispondere, crudelmente, di « ripassare più tardi, perché *non aveva tempo da perdere, ora* ». Così, senza rimorsi, o tema della Polizia del Regno! Ma tali sono i sogni, a volte: che si perde o dimentica una lunga preziosa educazione, improntata alla benevolenza verso questo mondo; mondo che, d'altra parte, benevolo non è affatto, ma – soprattutto verso prìncipi e fanciulli – piuttosto persecutorio e incline al cattivo scherzo, comunque al motteggio: come ben sappiamo dalle parole del giovane Watteau indirizzate a H.K.; quel ben chiaro:

> *Arraggiati, Canaglia,*
> *che stai dentro al Serraglio!*

motteggio, o monito, rivolto certo dalla Plebe universale a tutti i prigionieri politici dell'epoca, ma anche, e più atrocemente, a tutti i prigionieri – di quell'epoca e altre future – cosiddetti del Sogno. Quali li vediamo all'alba, dopo una notte insonne, camminare davanti a noi, gli occhi all'Aurora ancora lontana – nel vuoto delle strade risuonano i loro passi –, ammanettati, appunto, dal Sogno.

Fine di « Principe e Folletto »

335

VI
I MORTI

Di novembre.
Rivediamo donna Brigitta e don Mariano.
Voci e scherzi fra le tombe. Una deludente
conversazione

L'indomani, come spesso di novembre, o altri mesi
dell'autunno inoltrato, la giornata era serena e l'aria
dolce quasi più del giorno precedente. Per la verità il
cielo, a blande « pecorelle », come il popolo definisce
certe tenui velature argentee che sembrano, in greggi luminose – una dietro l'altra –, andar brucando
per i pascoli perlacei dell'aria; il cielo illuminava la
nobile e lieta (fino a un certo punto) città flegrea; la
quale, se vista appena (per ipotesi) dalle nubi, da un
pettegolo uccello di passaggio, non sarebbe parsa
che una scalcinata petraia, una violacea distesa di
vecchi sassi, irta di campanili, intersecata da lunghe
fenditure colorate e semoventi (umane, allora?), ral-
legrata da preziose aree neoclassiche (nulla di male:
ricordiamo che il Vanvitelli e il Settecento erano
l'entusiasmo dei signori, allora). Quartieri poveretti
e pastorali, oppure cupamente spagnoli, scendevano
in branchi sparsi dalle colline per ritrovarsi fiacca-
mente accosciati sulle rive del mare, presso la odier-
na via Marina. E il mare, di un trasparente verde-cie-

lo, quella .mattina – almeno là dove il cielo appariva limpido, ma freddo –, rifletteva tutto: i castelli, le piazze, i colonnati, i giardini, le casupole, le locande, come già dieci anni addietro, quando il gruppo alato di Bellerofonte era entrato con le sue chiassose carrozze da Porta Capuana... La Locanda del Cappello d'Oro, sul fronte della piazza prospiciente il Molo, c'era ancora, c'erano le carrozze con i cavalli rossi, c'erano le fioraie, presto ci sarebbero state le dame che andavano per acquisti negli sfavillanti negozi inglesi e francesi di Chiaia. Ma tutto, a quell'ora, ancora dormiva. C'erano bianche vele di vascelli inglesi. Sua Maestà Dio Guardi in quel momento scostava con mano annoiata le tende dell'alcova... chiamando subito «*Gennariello*» (si fa per dire), nome che ci permettiamo di attribuire al suo cameriere di fiducia, per il caffè. Lo preferiva piuttosto dolce, benché amaro gli avrebbe fatto bene (ma la cosa non ci riguarda, anzi la nostra opinione, a questo proposito, non è interessante).

Ecco, invece, quanto ci sta a cuore... È una figurina! Riconosciamo il nostro mesto ed eternamente indignato principe – stamane appare pensieroso! – proprio lui, seduto in una carrozza volutamente modesta e anonima (tale la successiva e riservata disposizione del Duca), una carrozza che sembra volersi nascondere, e ne segue un'altra – segue una carrozza di piazza che si dirige a sua volta verso le strade, e poi per le raccolte, grigio-verdi colline di Poggioreale... dove ha sede il Cimitero Maggiore. Eccolo, il povero Ingmar, o meglio la sua carrozza (non manca molto ai cancelli...). Si volge intorno... a riconoscere e salutare i luoghi che lo videro un giorno, amabile e celebre eroe del divertimento, sotto l'*Ancien Régime*, incontrarsi lì con i poveri amici... don Mariano Civile, intendiamo, e poi l'umile Pennarulo. Ah, quanto tempo è passato, e ora... più nulla. Egli andava proprio a visitare don Mariano nella fredda casa dove il Guantaio si è ritirato, dagli splendori e le inquietudini del Secolo, e ora trascorre il suo nuovo interminabile tempo, dopo il tempo felice e fuggitivo del Pallonetto. Era stata questa l'ingiunzione enigmatica e perentoria del Duca, in un secondo biglietto trasmessogli dal vetturale: Recarsi al Cimitero Maggiore – Primo Piazzale, Cappella Vecchia –, dimora ormai abituale della Famiglia Civile.

Una seconda carrozza precedeva dunque, da qualche momento (forse scesa dalle nubi dell'aria, calata con invisibili macchine teatrali sulla quieta scena autunnale?), e con la medesima tranquillità malinconica, quella del nostro diplomatico... Anche questa, una povera carrozzella di piazza, coi cuscini blu, e il cavallo, testa bassa, pensieroso, che batte di continuo la coda... così, per una vecchia abitudine, ricordo dell'estate, quando le mosche lo tormentavano (sapevano a chi dedicarsi, le carognette, sempre preferivano il più disgraziato). A un tratto, non la si vide più. Infine, una terza carrozza, ma questa piuttosto elegante con uno stemma baronale sullo sportello, aspettava, vuota, presso i cancelli. Aspettava certo, di ritorno, chi ne era già sceso... gente facoltosa, di gran riguardo, pareva. Il vetturale, uomo non certo di bell'aspetto (avresti detto che, sapendolo, si nascondesse), aspettava in piedi lì davanti, con aria annoiata, cupa; sul capo – bizzarria di un incerto abbigliamento, e in contrasto con una orrenda redingote priva di ogni colore, che gli arrivava ai piedi – calzava un berretto a punta, dorato. Le sue guance erano scavate, grigie. Vedendo la carrozza del principe che sopraggiungeva, si ritrasse prontamente presso certi alberi, come temendo di mostrarsi. Ingmar (era arrivato) lo guardò appena; lo sentì, piuttosto, come una musica remota che era nell'aria, e gli ricordava un'altra mattina, che era a Sant'Antonio, e un altro vetturale lo spiava in modo altrettanto triste, preoccupato.

Venne in mente, al principe, guardando, senza quasi vederla, questa vettura, che una povera donna ne fosse scesa da poco, ma respinse freddamente tale pensiero. Non solo perché la carrozza era elegante, ma perché a quest'ora, certo, *ella* era ancora lassù, nello studio di malaugurio, a trafficare con gli straccetti di Sasà da stendere al sole del ventoso giardinello. E gli parve di sentire la voce allegra di Teresella, che chiamava: «Elmina, che faccio con queste calze di Sasà? Le ritiro?», e vedeva Sasà segretamente correre e levarsi in volo dietro la siepe. Strana donnina!

Due viali, come ci accadde di indicare precedentemente, in altra pagina di questa storia, si dipartivano, staccandosi dal vialone centrale, molto ordinato e pulito, che iniziava dal cancello, e tutti e due portavano, girandosi e nascondendosi a volte dietro certe semplici e comuni cappelle, e anche tombe di mediocre stile classico, verso il medesimo luogo, che già visitammo: un tranquillo spiazzo, limitato a nord da una vasta e incolta radura sulla quale tale spiazzo sembrava affacciarsi dubitoso. Proprio al limite di detto luogo, sorgeva, come ricordiamo, la Cappella Vecchia, o tomba di famiglia dei signori Civile. Ma Ingmar, distratto com'era, la ignorò, e giunse a quella nuova, fatta erigere dal Guantaio per donna Brigitta, e che era tuttora proprietà degli Helm, per quanto, formalmente intestata alla Baronessa, avrebbe dovuto rappresentare un dono di questa al suo secondo marito (o, almeno, devoto compagno di una vita). Qui giunto, Ingmar girellò due volte tutto intorno alla elegante costruzione, di un solo piano, ornata di un frontone dove si scorgevano dei paffutelli con alucce intenti a spiare (e poi, sulla facciata, di capitelli e finestrelle murate, adorne queste, a loro volta, di vasetti di fiori secchi fissati con un gancio al davanzale); quindi, vista una porta aperta che immetteva, lateralmente, in una specie di chiesuola, illuminata a sua volta da un pertugio quadrato e privo di vetri, vi entrò. Là dentro erano le tombe vere e proprie, cinque o sei, e si ripetevano su ogni lapide le iscrizioni – dorate o nere o tutte sbiancate dal tempo – che figuravano in altre lapidi sul fronte esterno. Qui era anche donna Brigitta von Helm, e riposava (come si dice, ma chissà se è vero) accanto al defunto barone e colonnello von Helm... Ecco Floridia Helm, di anni dodici... Non si vedevano invece, ed era abbastanza ovvio (non essendo, questa, la legittima tomba del Guantaio e dei suoi familiari), i rispettivi posti di riposo, o gioco, di Albert e Babà. Era solo registrato il nome di don Mariano – in pura qualità di « ospite onorario » – ma mancavano naturalmente Nadine e altri, che il principe vagamente ricordava (non identificando, però, il vecchio luogo in quest'ultimo), nomi apparsi una volta sola e subito spariti: *Albert Dupré*, due anni, *Hieronymus il Piccolo*, trecento anni. No, questi non c'erano, segno evidente che erano stati portati altrove (o solo rimossi, per il momento, dalla memoria dell'illustre diplomatico?). Meglio così. Non era tuttavia una considerazione che lasciasse riposare la mente del visitatore.

« Come mai, » stava quindi chiedendosi il principe, il cui pensiero, ovviamente, batteva sui disgraziati fanciulli della vicenda, l'erede della *Joie* e il disperato Folletto « come mai questo disordine delle iscrizioni? questo andare e venire, apparire e sparire dei nomi? c'era dunque disordine fin da allora, » si chiedeva « il famoso '89, sui rispettivi ruoli delle anime? », quando un rumore morbido di passi, e un soffocato chiacchierio, soffocato per rispetto al luogo, lo distrassero, e vide subito, appena tirandosi da un lato, a sinistra della finestrina, tre persone giungere alla volta della Cappella. Erano là! Ed erano – nessun dubbio su questo – Elmina Dupré, sua figlia e il

Notaro. La vista di quest'ultimo, sempre afflitto e depresso, gli fece intendere che la vedova – così, ora, la chiamava – si trovava in rapporti, con il legale, non assolutamente palesati prima, e che il Pennarulo era probabilmente a piena conoscenza della situazione fallimentare di Elmina Dupré, cioè dei particolari di tale rovina, e forse anche della disgrazia di quel « Berrettino ». Stupì di non averlo compreso prima, e che la cosa, infine, non lo interessasse molto. La terza persona del gruppo, e che, data la statura, non avrebbe forse meritato affatto il nome di « persona », era proprio lei, la dolce Paummella dello studio, l'orfana di Albert. Tutta vestita a lutto, come due sere prima, e con aspetto pallido e compunto, sembrava indicare che i sentimenti di Elmina, per lei, non erano del tutto degradati. Ella aveva voluto portarla con sé, non fidandosi di lasciarla sola con la governante nella triste casa. Forse Teresina era andata a fare la spesa o, peggio ancora, si doveva vedere nascostamente col suo nuovo innamorato (ma Ingmar non osava più condannarla), e la piccina aveva supplicato con successo di essere portata, con la madre e il Notaro, in visita alla tomba del nonno. A quella età, pensò il principe, non c'è cosa che non diverte e non piace. Non pensò invece alla convenienza, per la madre (e vedremo come tale preoccupazione sarebbe stata superflua), di non lasciarla sola con lo « zio ».

Si trovava dunque Ingmar in questo stato d'animo tra indifferente e malato che sembrava divenuto il suo stato abituale, logica conseguenza della esaltazione e le ferite infertegli dal mercante la sera prima, e stava cambiando appena posizione, appoggiandosi sul piede destro anziché sul sinistro, quando un suono di voci, familiari e insieme non più, lo fece avvicinare più arditamente al « pertugio ». Fortuna per lui che una colonnetta in falso stile dorico lo nascondeva perfettamente.

Ed ecco ciò che udì (ci occupiamo, adesso, dei passeggeri della terza carrozza, intravista, ferma, presso gli alberi), e ciò che udì, prima ancora di vedere qualcuno o qualcosa, portò all'estremo la sua povera (nel senso di indifferente o quasi) apprensione per ciò che accadeva. Vi era in lui, oltretutto, adesso, non sappiamo che carenza di emozioni (o forse solo profonda disattenzione).

Registriamo le VOCI, quindi, nella piatta disposizione in cui pervennero al suo orecchio.

VOCE ACIDULA DI DONNA (con spiccato accento casertano-tedesco): Vi siete portata la piccerella, vedo, mia cara Elmina. Brava! Brava! Così ci commovete meglio.

VOCE DI ELMINA (spezzata dall'angoscia): Vi assicuro, *maman*, non è così. Solo, non sapevo a chi lasciarla. La signora Pecquod è malata.

VOCE ACIDULA: E Teresella non c'era?

VOCE DI ELMINA (tremante): Teresella, a me, non mi vuole più bene.

VOCE PACATA E AFFETTUOSA DI UOMO (*molto* legato a donna Elmina): Non lo dire, figlia mia. È da qui che comincia questo peccato amaro. È peccato, la gelosia. Inoltre, mi risulta che Teresella, di recente, si è fidanzata.

VOCE DI ELMINA (senza inflessione, sorda, triste): Sì, di recente. Da ieri sera.

Quale potesse essere il mistero di quelle voci, un po' perché da tempo egli conosceva Napoli come città « sotterranea », luogo di pena, dove si alternavano spesso molte epoche e condizioni umane, un po' per naturale discrezione, e un po', soprattutto, per il nuovo sentimento di distacco dai « fatti altrui », il principe non si chiedeva; si trattava, era evidente, delle medesime persone che avevano frequentato la vita del Guantaio, per non dire del Guantaio stesso, e che egli ben conosceva, direttamente come Elmina, o anche indirettamente come donna Helm. Il fatto che fossero tutte lì presenti, le viventi e le meno viventi, non lo preoccupava; ne deduceva solo che la loro frequentazione, diremmo domestica, non era cessata mai. Un po' più lo sorprese la qualità del loro rapporto, che si palesò subito (come dicono gli specialisti in materia) di natura prettamente economica. Intese presto che si parlava di denaro. Ma l'emozione, se egli poteva ancora riceverne, non fu questa. Ciò che lo scosse (o anche impressionò?), fino a una parvenza di strazio, fu la voce sommessa, toccata per la prima volta in vita sua da una nota di pianto, dell'antica ragazza di Albert quando aveva alluso a Teresina: « *non mi vuole più bene* ». Da ciò ad argomentare che il motivo del cruccio fosse, come aveva detto la Voce d'Uomo, la gelosia, non passò molto, ed egli si trovò a pensare di Elmina in modo che lo disarmò, riducendo a proporzioni più umane, o femminili, la di lei già eroica figurina. Si era promessa a Nodier, aveva creduto – malgrado la sua riluttanza per le cose del mondo – ai sentimenti dell'uomo, aveva creduto di essere ancora amata da un uomo!, e doveva constatare che i suoi fascini (dell'epoca del Pallonetto) erano invece veramente finiti. Non attraeva né incantava più. La vide sminuita, spoglia, nel suo nuovo e mediocre dolore, di tutta la favolosa grandezza che avevale attribuita, e compianse con se stesso (vergogna, Neville!) anche il povero Käppchen e l'umile Portapacchi. Non di altro che del suo sogno spezzato di borghese resurrezione si doleva adesso la povera camiciaia. « *Non mi vuole più bene* ». Infatti, Teresella, e solo Teresella, le aveva sottratto il fidanzato.

Rapportando, ma con una certa freddezza, queste parole dei Colloquianti alla triste scena della sera prima, il principe fu dunque certo che era proprio Teresina la nuova fiamma, se non passione (ché tale non era!), di Nodier. Il fidanzamento si era veramente spezzato. Quindi, di nuovo il baratro, oltreché sentimentale, finanziario. Forse perciò, per chiedere aiuto a creature un tempo a lei care, la vedova di Albert era ancora venuta in loco con la figlia, e il devoto Notaro, a questa ora presta della mattina. (*Chi* poi avesse organizzato l'incontro, al diplomatico era meno chiaro; vi vedeva però non so che ascolto angelico di umane preghiere).

Così si fermò a pensare, per qualche momento, il buon Ingmar. E non sapeva più se essere visitato dalla gioia o illuminato da nuova tristezza. I veri mali di Elmina non apparivano più, chiaramente (così si disse), né il «fratello» né il Portapacchi, i due delinquenti che la pedinavano. La questione non era più «morale» o affettiva, ma solo economica: la Casarella minacciata dall'ipoteca. A quello donna Elmina pensava. Ovviamente – si trovò a riflettere con un sollievo che non oseremo definire infinito, ma a questa parola si avvicinava –, l'adozione del fratellastro non era più necessaria; né Elmina, dopo la brutta prova del mercante, avrebbe preso in considerazione un altro amico di Albert.

Così, almeno, volle dedurre il principe; ma dentro di sé era talmente incerto (se suo dovere non fosse mantenere ancora la promessa dell'adozione) che si sentiva tremare. Tutto! tutto! egli pensava – o pensava il suo cuore disperato – pur di non imparentarsi col Folletto! (Anche la rovina di Elmina? «Sì» rispondeva Ingmar «*anche*! Non voglio morire per le sue predilezioni sfrontate!»).

Si fece sentire, a questo punto, la voce insolitamente precisa ed energica, rispetto alla sua eterna depressione, del Pennarulo:

«E adesso, signori miei, io non cambierei discorso: siamo qui per la ricomposizione di una vertenza che dura, se non sbaglio, dal 1776, data della donazione, e che, secondo me, deve finire; o lo abbiamo dimenticato?».

Seguì un breve silenzio nel quale il principe, al colmo del suo sgomento (per la bruttura degli interessi mondano-economici, bruttura che contagiava perfino i Morti), colse nell'aria un breve fruscio, e vide passare di lato, a destra, la cupa e strana Paummella. La vide passare, come una farfalla, su un cippo, e là sostare. Udì, con un tremendo battito di cuore, la voce di colei che più, al mondo, lo faceva star male (smentendo la di lui presunta rassegnazione), un sommesso:

« Scendi subito di là sopra, Sasà! ».

« *Maman*, non mi faccio male » implorò la damigella.

Dopo di che nessuna voce pensò a redarguirla più.

Risuonò quindi di nuovo, ferma e triste, la voce del Pennarulo:

« Signori miei, non dimenticate la questione! ».

E la Voce Acidula:

« Non dimenticare però, caro don Liborio, che i denari sono denari ».

« La mia cliente non lo dimentica! » fu la risposta, tra dura e triste, del Notaro.

Passò del tempo, e ancora la voce della Dama Acidula:

« Così non mi sembra... scusate ».

E subito dopo:

« Sasà, lascia stare Geronte. Scostumata! ».

Tutto ciò che vide Ingmar non fu molto, ma bastò a far vacillare tante idee dell'epoca – fino a quel momento anche da lui accettate – sulla naturale sincerità dei fanciulli; idee non soccorse, così gli parve, da una giusta nozione della loro più naturale bellicosità e, come minimo, della loro inclinazione drammatica (al male). Alessandrina Dupré, l'orfanella sventurata e tiranneggiata (o, peggio, ignorata) dalla madre e dallo pseudo « zio », stava, in quel momento, sollevata a mezz'aria, inseguendo e tormentando il

348

misero Portapacchi (anche lui, dunque, lì). E con che cosa? Con un cappello da donna, una sola onda di piume rosse fissate su una pallida ala grigia, cappello tolto da una panchina, e con cui gli solleticava il collo. Il cappello di donna Brigitta, certo, perché Elmina non portava cappello. E poi, il principe l'aveva vista la sua Paummella, mentre ghermiva l'oggetto (così un passero acciuffa a volo una briciola di pane, e fugge) sulla panchina. Ma era stupito, anche, dalla mansuetudine di *Geronte*, chiaramente, comprese, deformazione di Hieronymus il Piccolo (« Piccolo » perché di statura ridotta, ma il nome, allora, era comunissimo; anche il figlio degli alberi lo aveva ricevuto). L'identità delle due figure in quel momento non lo preoccupava!

Costui, con una faccia, alla luce del giorno, tonda e chiara come la luna, e un musetto apatico, *boschivo*, come avrebbe detto un poeta, sopportava « santamente » le angherie della Paummella, quasi fosse tutt'altra creatura da quella che al principe era stata favoleggiata, o che egli si era abituato a temere. Vestiva di cenci, come la prima volta e anche la seconda, segno che non godeva di particolari privilegi da parte di Elmina, e ciò sfatava tutte le precedenti tremende supposizioni del nobile sul posto che egli occupava nel cuore dell'amata; non sembrava più, comunque, amareggiato e irato come era apparso nella lente di Cracovia. Un povero ragazzetto sui cinque sei anni al più, altro che ventisette o trecento – altro che astuto giovane coetaneo di Elmina. (Qui, l'impossibilità del nobile di scansare il Portapacchi dai « crimini » del « fratello » si ripresentava, ma supponiamo per poco: già egli iniziava a intravedere la verità di una sola figura – un solo rivale – e stranamente vi si conformava). Non un fratello, dunque, della vedova, né un malvagio genietto ostile alla Paummella; non colui che dà i graffi, insomma, ma l'umile servitorello, il portapacchi in servizio tra le due famiglie, di Chiaia e di Sant'Antonio, della Marchesa e della camiciaia. « Per costui ho perso tanto del mio tempo, e mi sono amareggiato! » pensò con infinito sollievo il principe; e, se non si fosse trattato di un piccino, era pronto a fargli le sue scuse. Ma un diplomatico non poteva...

Chi, poi, veramente fosse, e *da dove* veramente venisse questo Gerontuccio, o Lillot, o Caprettino, come la sarta lo chiamava, con le orecchie a punta, coi calzoncini grigi pieni di toppe, e tante foglie secche intorno alle braccine anche grigie (così il principe lo vedeva!), e che nulla aveva davvero in comune con l'orribile allievo di don Sisillo, questa era cosa che il nobile, nel suo nuovo e un po' stanco stato d'animo, si chiedeva meno. Ma incontrò i suoi occhi (danneggiati da una certa mancanza di pulizia), i due si videro – e per quel fanciullo dallo sguardo sciocco e dolce, incapace di memoria e rancore, egli avvertì una sorta di indulgenza nel profondo dell'animo. Ne capì la natura mite, imperscrutabile nella sua dabbenaggine, e comprese a sua volta perché Elmina forse casualmente, tristemente lo amava. Soggetto a ogni angheria, o rappresaglia, o violenza e crudeltà illimitata di cui abbonda l'immenso Universo, era, tale Geronte dal nome venerando, anche un piccolo genio del bene, un consolatore, forse un incaricato segreto del Palazzo (anche allora si diceva così – ma Palazzo di angeli e demoni, legittimamente al governo delle Cose). Inviato da Poteri occulti a fianco di Elmina, ne tutelava la pace, la tristezza. Portava i pesi, forse procurava denari – nell'emergenza anche illeciti, praticamente rubati – o andava a pagare imposte. Servitorello! Ma, nella sostanza, più fratello, o fratellino, che demone, e anima perduta. E certo, nella sua umiltà, se fosse stato necessario, avrebbe anche accettato di separarsi dalla cosiddetta « sorella », dalla prediletta Elmina, per entrare al Reclusorio – al « Serraglio », e restarvi tutta la vita. Quanto aveva sentito ogni tanto dal Duca e da Nodier sulla sua pericolosità si presentava quindi come una calunnia. Semmai erano la bimba, e la sua nuova famiglia della Casarella, che intorno non ce lo volevano più. Tutto, là, uscita di casa donna Elmina, si doveva rinnovare. Non ci voleva molto per buttarli fuori, quei due. Altro che Polizia del Regno! Bastava un refolo di vento! Bastava un segno di croce! Bastava semplicemente spingerli fuori la porta, e chiudere, come fanno le domestiche con le umili bestiole disperate. Erano ormai, quei due, semplici figli del niente.

E qui, anche per un giusto riguardo alla naturale attesa del Lettore, e alla libertà che deve essere lasciata a chi acquista in dispense economiche un romanzetto che tratta di Amori e Assassini, libertà di fantasticare, e dedurre in proprio, chi sarà il derubato e a chi toccherà di essere inseguito con un coltello, ci facciamo da parte, ignorando le ansietà e supposizioni, a questo proposito, del principe.

Emerse subito – e questo chiarimento della questione fu tutto merito dell'onesto don Liborio – che una somma ingente, o tale ritenuta da quei Napoletani poi sommersi dal veloce tempo, formava il nocciolo della questione: ed era dovuta, tale somma, da donna Elmina a suo padre e, prima ancora, da questi a donna Helm ed eredi (diretti), per l'acquisto, nel '76, della Casarella; acquisto e insieme dono (ma solo simbolico, mai legalizzato) di donna Helm a don Mariano. Praticamente, il fu don Mariano non avrebbe più avanzato richiesta di saldo alla figlia prediletta se, a spingerlo, non fosse stata ancora donna Brigitta. Donna Brigitta non aveva mai perdonato alla piccola Elmina di essere stata la persona più cara al Guantaio. Quando si erano incontrati, la damigella non c'era, ma poi era stata sempre là. E sempre, sempre, aveva dovuto dividerlo con lei, in vita, senza contare lo scandalo del Cardillo, che era di Floridia, e della cui triste fine Elmina non aveva mai potuto veramente discolparsi; e sopravvenuto infine l'Evento Eterno, avendo la Helm ritrovato don Mariano, la questione, tra i due coniugi, si era fatta velenosa. Donna Brigitta, incurante del suo nuovo stato, non lasciava più in pace il disgraziato Guantaio. Anche nei momenti più lieti e nobili di una conversazione, quando entrambi rievocavano il Pallonetto, e si lasciavano andare a tenere speranze e sogni su un possibile Futuro Premio, la questione della Casarella, del suo pagamento mai completato e che, secondo la Legge, concedeva adesso alla parte lesa il diritto al recupero dell'intera somma già incassata – ovviamente un abuso a favore dei proprietari! – tale questione, causa il carattere ostinato e rancoroso della Baronessa, ritornava. Il credito era là. La casa non era stata pagata! Inoltre, il figlio minore (il più brutto e il più amato) di donna Brigitta, tale Pasqualino Helm, appuntato presso la Polizia del Regno, la richiedeva per sé (si era raccomandato alla madre con preghiere e messe)... voleva farne un nido d'amore. O, dunque, Elmina pagava subito l'intera somma dovuta, rifondeva cioè quasi per intero la somma già versata, o sgomberava. E quella mattina stessa!

Sorvolando sull'infamia di un tale ricatto, parve strano al principe che ella, avendo avuto a disposizione (almeno per un giorno ciò era stato vero) l'intera fortuna di Nodier (e da un'intera vita quella di lui, Neville), non avesse subito posto al fidanzato il problema della casa e della ipoteca da togliere per disarmare Pasqualino Helm; più strano ancora che non avesse pensato – questo era in suo potere anche ora, sebbene non avesse più dalla sua Nodier – di abbandonare lo studio e trasferirsi a Chiaia, a casa della Durante. Pensato ciò, il principe si sentì morire di vergogna... È che si era ricordato come ella non disponesse di nulla... Forse, era anche per via delle testine di Babà: dove mai le avrebbe portate? E ricordando inoltre il comportamento del Marchesino, e il suo disprezzo per Sasà, senza dire del vero odio per Berrettino, che sempre seguiva la sorella, si convinse che nessuna via era aperta alla povera Capra, tranne, forse, un improbabile matrimonio (e poteva capire la di lei riluttanza) col Notar Liborio; o, se per caso vi si fosse decisa, almeno per salvare suo fratello dalla tremenda scadenza (di cui solo ora si rammentava rabbrividendo), con l'amico del Duca, cioè con lui stesso, Ingmar. A questo, però, data l'antica inimicizia di lei, non osava più, e con disperazione, pensare. A che dunque era lecito ricorrere per salvare la casa, e Berrettino insieme?

A questo punto, era rattristato da due cose: di non vedere tra i presenti né Albert né Babà, e ciò gli fece intendere in modo definitivo che non smentiremo più in là (come invece accade spesso in questa storia, che è un dire e uno smentire continuo), che per Elmina e l'artista quelle giornate di nebbia rosa, al Pallonetto, erano per sempre dileguate; e l'artista si era diretto diosadove, con Babà, al seguito della sua *Joie*. E gli parve anche di capire come questa assenza infinita dalla casa e dal cuore dovesse rendere così di pietra, e insieme vicina al pianto, la povera Capra; e intenta alla canzone, al vago: « Aà! Aà! Aà! », che del resto si udiva per tutta Napoli, del Cardillo.

Un'altra occhiata al fanciullo che con una manina pallida, e vagamente sparsa di peluzzi bianchi, come la barba di un vecchio, era intento a spazzolare la borsa della vedova, borsa che era stata gettata in terra, mentre si rialzava in volo, da Sasà, e che Elmina, rossa in volto di dispetto, non aveva neppure raccolta, un'altra occhiata dolorosa all'*estraneo* gli aveva fatto sentire con la stessa lucidità che lo aveva soccorso in altri stati dubitativi, che era tra i due, Elmina e il Folletto – e si riduceva a malincuore, in un certo senso svegliandosi, a chiamarlo col suo vero nome –, un legame che non si poteva più scindere, una fedeltà inesausta, mai dichiarata eppure indicibile, dovuta alla comune ascendenza dai sogni germanici; ed era Hieronymus – e la sua condizione inerme, malata – la causa prima del suo dolore, o almeno del fatto che ella non abbandonava la vecchia casa, la solitaria e triste vita di vedova. Si risovvenne, con stupore, delle parole di Nodier: il Folletto non intendeva lasciare la casa. Tutto era chiaro, a questo punto, e anche perché Sasà lo avversava (almeno se Nodier non si era inventato la cosa per intero).

Intanto, il fanciullo, riappesa la borsa al braccio della sua protettrice, guardò lei e poi (non tristemente, ma segretamente, come in sogno) il principe che pure era nascosto; e sembrava dire nient'altro (o cantare?) che « Oò! Oò! Oò! » ma in un silenzio profondo, un distacco da ogni pretesa o consolazione umana, tanto che Ingmar si sentì mancare.

« Anche questo disgraziato, » fece qui la voce grintosa e severa di donna Helm, di cui, sarà bene dirlo, non si scorgeva, dall'angolo dove era nascosto il principe, nient'altro che il fiammeggiante cappello che ella aveva ripreso, stizzita, a Sasà « anche questo disgraziato! Lo dissi sempre a don Mariano: don Marià, *a questo* per la casa non ce lo voglio vedere. Se ne deve andare! Sono e resto cristiana, sebbene nel mio peccato. Già prevedendo, nel '79, quando lo scatolo ci fu recapitato, che la provenienza non era chiara ».

« Povera creatura, non fa male a nessuno! » si interpose la voce dolce di Elmina, e mai, al principe, voce di donna o fanciulla parve più mite e redenta dal peccato di Adamo « povera creatura: e dove dovrebbe andare? ».

« Mi infetta la casa. Quella da voi abusivamente occupata – cercate di ricordarlo – è ancora la "mia" casa. E poi la gente scomunicata non ce la voglio. Ripeto: se ne deve andare! ».

« Brigì, calmatevi! Siamo in luogo sacro! » la voce triste di don Mariano.

« E poi » la voce del Pennarulo con bontà « non è detto che le anime salve siano migliori delle perdute, e il Paradiso più degno luogo del Purgatorio. Questo fanciullo, ripeto, non fa male a nessuno: spazza, rassetta, porta i pesi; senza di lui donna Elmina avrebbe già tolto il disturbo ai signori di questo mondo... e ci sarebbe un'orfana di più, a Napoli. Senza dire, mi permetto di aggiungere, che non ha percepito mai un fiorino per i suoi servigi ».

« E questo ci mancava! » con asprezza donna Helm. « Di essere pure pagato per il bene che riceve. Dimenticate che di pane ne ha mangiato in casa di nostra figlia, se così la dobbiamo chiamare, ché in realtà non è nulla, per me ». Cambiando voce, ma con una sorta di ritegno: « Comunque sia, a me non piace... non mi è mai piaciuto... Senza contare che di furtarelli ne ha perpetrati! Rubacchia, lui, nasconde le cose – danneggia tutto – da vero malato mentale qual è... ».

Tornò in mente, ed era inevitabile, allo stupito principe la scomparsa della miniatura dal caminetto, e la sua sostituzione con la brutta immagine del Cavaliere in fuga, quasi uno scongiuro per buttare male sull'ammiratore di Elmina – o un semplice dispetto di bambino? – che ora solo capiva. Senza dire che la miniatura sottratta raffigurava la bella Floridia... Hieronymus, al culto per la piccola Helm, doveva essere stato sempre contrario, innamorato com'era di Elmina.

« Almeno si fosse pentito! » pensò vagamente il principe. Invece, sporgendosi appena dalla finestrina, e gettando uno sguardo sul gruppo, vide distintamente il piccino, con una manina sugli occhi:

il disgraziato, nemmeno certo di non essere visto, *rideva*!

A questo punto, le voci dei Colloquianti si discostarono alquanto dal luogo dov'era nascosto Ingmar, e solo una frase, pacata e seria, non più commentata dagli altri Sofferenti, gli fece intendere, un minuto dopo, con gli accenti, più che col significato delle parole, che una soluzione si stava avvicinando. E questa soluzione veniva dal Pennarulo:

« Questo vi dico, signori miei. Troviamoci domani mattina, alle ore cinque, tutti davanti al Duomo. Freddo non ne fa, non vi danneggerà la salute. Entriamo e percorriamo la navata maggiore... in punta di piedi! Il denaro del riscatto sarà, in busta, ai piedi dell'altare. Non mi chiedete altri particolari... non sono autorizzato a darvene. Del resto, eseguo degli ordini, ricevo delle istruzioni e a queste mi attengo, ecco tutto: l'iniziativa non è mia. Firmerete una ricevuta. La firmerete col sangue o col fuoco, a piacere, ma suppongo col fuoco, perché il sangue vostro – non vi offendete, don Mariano – è diventato pallido assai, il Purgatorio non vi ha fatto bene, e la compagnia della vostra signora neppure. Almeno verso i parenti poveri siete cambiato, e non vi riconosco più ».

« Grazie del complimento! » tremò d'indignazione, con le sue piume, la voce di donna Brigitta. « Vi dimostrate proprio bennato! Comunque vi ricordo, signor Pennarulo, che si tratta di ben cinquecento ducati. Tale era il prezzo, allora, e non credo sia calato. Anzi, il costo della vita – mi dicono – cresce sempre, e quello del terreno non meno... ».

Questa era donna Helm. E la rassegnazione di don Mariano, dati i suoi princìpi e i suoi affetti, senza dire

dell'umile bontà e fedeltà del suo carattere, era cosa
che non si poteva accettare, né forse comprendere.
Ma questa era infine la sorte dell'uomo in balìa di
una donna non buona...

Madame Pecquod. Il principe viene ingiustamente
scambiato per un certo « signor Immarino ».
Un dialogo di fuoco e una montagna di (inutili)
domande e opinabili risposte sugli adottati
del Guantaio

Il principe chiuse gli occhi... li riaprì; sentì di volare, vide la bella Napoli ancora addormentata sotto di
sé. Di nuovo chiuse gli occhi e, quando li riaperse, chi
lo avesse portato su su per la Scalinatella, fino allo
studio, se ci fosse arrivato solo, o in sogno, oppure se
fosse stata sogno solo la sua visita alla Cappella dei
signori Helm e Civile, invano avrebbe cercato di af-
ferrare. Neppure gli importava. Era disperato.
Era tornato, il suo pensiero dominante – escluso
dal numero dei possibili rivali H. Käppchen, date le
condizioni pietose di orfano e folletto in cui si trovava –, era tornato, il suo pensiero dominante, che
Elmina avesse un amore non « segreto » semplicemente, ma « segreto » perché irriferibile, non benedetto dalla natura umana, a parte che interdetto
dalle leggi divine; e questo avrebbe potuto essere il
famoso Cardillo. Neppure gli veniva in mente l'episodio della prima sera del loro incontro al Pallonetto,
nel salottino, mentre una voce dolce, al piano di
sopra, cantava, crudele documento (quello era stato
il giorno di un delitto) che ella non amava i cardilli.
Pensava solo, nel suo strazio sentimentale – vi è stra-

zio, infatti, nelle fantasticherie sentimentali, e la sua era una –, che ella amava un Cardillo, e sotto il nome di *Cardillo* si potevano celare tante cose: anche un ufficiale di Sua Maestà, un miserabile nobiluccio di questo famoso Regno, e persino – tutto, a questo punto, era lecito pensare – qualche esule francese, giacobino o girondino che fosse (l'Europa era allora piena di esuli!). Non pensò più, per la verità – lo diciamo a lode della sua residua ragione –, al povero don Liborio, non sospettò della di lui pietà. Poteva anche darsi che tale pietà fosse colorata da un sentimento di ammirazione: ma questo sentimento non era ricambiato se non da una rispettosa stima per la professione di lui...

Poi, di colpo, sentì che le sue deduzioni e i suoi sospetti di appassionato signore erano giunti davvero in alto mare... sentì quanto aveva sentito con rabbia e pena infinita altre volte... che non vi era nulla di *cristiano*, in Elmina, malgrado la sua virtù; e la sua indagine su lei, ove avesse avuto successo, poteva condurlo soltanto a desiderare di non essere mai nato. Ella – si disse – non apparteneva da tempo al mondo reale, e a quale mondo appartenesse nessuna Polizia del Regno o nessun Grande Inquisitore avrebbe potuto dire mai. Ella non era, nel caso migliore, che una ruvida Capra!

Si appoggiò al cancelletto di legno che chiudeva il giardino – vi era giunto, alla fine, erano le dieci del mattino, e la Casarella rideva rosa davanti a lui – e si guardò desolato intorno.

Una vecchia era uscita in quel momento dalla porta di servizio sul retro della casa, e stendeva delle calze tra due alberelli.

Era alta, scarna, con gli occhi chiusi (sembrava) e una cuffia nera in testa. Era Ferrantina. Il principe la riconobbe, ma non si mosse a salutarla.

«Abbiamo l'onore di parlare col signor *Immarino*?» chiese dopo un po', con voce da uomo, impassibile e sardonica, incurante di storpiare, o facendolo apposta, quel bel nome – una voce veramente non buona – la vecchia.

Il principe si guardò intorno per vedere dove fosse questo Immarino, ma non vide che piante, e le nuvole sulle piante.

« Non lo cercate » fece dopo un momento, ancora più allegra, oseremmo dire, la voce sardonica. « Quel desso » (parlando il letterario del popolo) « siete voi, signorino mio ».

Avrebbe voluto, il nobile belga, chiedere alla domestica (era lei, Ferrantina) come avesse fatto a vederlo, stante la sua quasi cecità, e con quale diritto gli parlasse così. Era stordito dall'indignazione. Essa lo prevenne:

« Vi ho sentito entrare ».

« Dove? » avrebbe voluto chiedere ancora Ingmar, dato che non era entrato in nessun luogo; ed era tuttora fermo sulla soglia del giardino. Ma preferì tacere.

« E avete visto per caso Lillot? » chiese ancora quella che adesso, al povero diplomatico, appariva più una padrona che una cameriera, o governante della casa. « Dovrebbe essere già tornato » continuò, soggiungendo, col suo fare antipatico: « qui, la mattina, il da fare è grande, ma lui, per il lavoro, non è davvero patito, e appena può scappa per la strada, tanto al mangiare, bene o male, ci pensa la sorella ».

« State parlando del bambino con la penna? » chiese Ingmar, piuttosto freddamente, perché era lontano, o fuori di sé.

« Chiamatelo bambino! Quello lì ha almeno trent'anni, se non trecento, come dicono le cattive lingue... E se lo avete visto al cimitero, come mi pare di capire, non è certo perché sia andato a pregare... o visitare il signor Guantaio, anche se sua sorella lo difende. Toglietevelo dalla mente, signor Immarino ».

Il principe comprese finalmente di chi la donna parlava, e che Lillot risultava il vero nome (o almeno nome familiare) di Hieronymus il Piccolo; ma tutta la parte maligna del discorso gli era sfuggita; e rispose distratto e malinconico, non sentendo nulla più di serio contro il Portapacchi:

« Per quanto ne so, è ancora un bambino. Ed era andato a trovare don Mariano al cimitero... Ha accompagnato la signora Dupré con la spesa; non vagabondava, mi pare... ».

« Difendetelo pure, se vi garba, » fu la risposta acida di Ferrantina « un giorno vi pentirete di averlo fatto santo... saprete chi è veramente... d'altra parte, non è colpa sua... fu proprio don Mariano a farlo entrare in casa, purtroppo per errore... e quando lo capì era tardi... ».

La stessa tesi del Duca di Polonia.

Ingmar era, adesso, tanto in fondo al suo dolore che non poteva provarne di più – non la minima emozione, non una sfumatura di sorpresa – e perciò trovò naturale di muovere lui, invece di dare una risposta, una seconda domanda, ma con indifferenza:

« E... questo Lillot abita qui, se non sono indiscreto? ».

« E dove volete che abiti? Dal Papa? Abita qui... ma non ci starà per molto tempo. La signora si illude. E se volete informarvi sul tempo che resta, a lei e a tutti noi, per usufruire di questo alloggio, fate un giro per le stanze. Tre ore fa, subito dopo che la signora era uscita con Lillot e la figlia, si presentarono gli agenti del Banco di Pegno: hanno messo cartelli, col prezzo relativo, anche sulle pentole, per tutta la casa ».

« No! » gridò senza rendersene conto – più che sorpreso era incollerito – uscendo improvvisamente dal suo stordimento Ingmar. « No! Non può essere! Ciò di cui mi parlate è un abuso, e doveva essere impedito. Ma ora lo sarà! ».

Si stava svegliando, anzi si era davvero svegliato dal suo triste stato sonnambolico, per aggiungere subito, grandemente sdegnato:

« Confermo che è un abuso. E gli autori (o l'autri-
ce!) di questa infamia, se ne pentiranno. Eccome! ».

« A chi volete alludere, scusate? » con un sorriso di
lega non buona la vecchia governante, proseguendo: « Dovete guardarvi dalle parole grosse, signor
Immarino! ».

(Era insopportabile, quella confusione sul nome).

« Neville! » gridò il nobile. « Signor Neville, se non
vi dispiace. Vi prego di ricordarvene! Noi, *non ci
conosciamo*! ».

« E invece, io *vi* conosco! ».

« Voi state prendendo il largo, Madame Pecquod » disse il principe, ricordando di nuovo, fortunatamente, il cognome piuttosto barbaro della governante, udito pronunciare per caso dalla signora
Helm, e che egli considerava ormai una persona
tutt'altro che raccomandabile, forse una fattucchie-
ra, come dicevano a Napoli, certo la vera ombra
nera, da sempre nascosta, di casa Dupré e della
vicenda che lo tormentava. « Ma ripeto, » continuò
« devo avvertirvi – e traetene voi le debite conclusioni –, sono adesso deciso a portare avanti la mia
inchiesta su questa faccenda, e non arretrerò davanti a nulla e a nessuno. Vi conviene dunque dirmi
subito e chiaramente: chi è che potrebbe mandare
via donna Elmina da questa casa? Metto insieme le
vostre chiacchiere e altre, di cui per il momento non
sono tenuto a rivelare la fonte, » (egli alludeva a
quelle dei fantasmi-congiunti) « e altre ancora udite
in quel santo luogo, e non credo una parola sulle
pretese di Pasqualino Helm ».

« Infatti! » con uno strano luccichio di trionfo negli occhi la donna « qui avete indovinato. Il signor
Helm non agisce di suo, è fatto agire da *altri*. Di suo,
non moverebbe un dito. È vero che era già alle
corde col suo fidanzamento, ma non è uno che serbi
rancore: e poi, il "fidanzamento" fu realmente interrotto solo ieri sera. E l'azione giudiziaria è invece in
atto da tempo ».

(Apparve chiaro, a questo punto, con chi Teresella fosse stata fidanzata regolarmente fino alla sera prima).

« Da quando? E mossa *da chi*? ».

Egli pensava solo all'avidissima *moglie* del Guantaio.

Erano, dalla porta della cucina, entrati in casa. Madame Pecquod (tale, dunque, il vero nome di Ferrantina, non più di Carlo) sembrava molto arrabbiata, perfino minacciosa, e spostava ora una sedia, ora un'altra, mostrando malignamente i cartellini del numero col quale erano stati contrassegnati gli oggetti del sequestro. Anche il principe li guardava, stupito più che inorridito. Tutta la casa era sotto sequestro.

« Una parola sola » diss'egli a un tratto, quasi soffocato dallo sforzo di contenere la sua ira, e si sedé a un capo della povera tavola. « Una parola sola, Madame Pecquod: ditemi il nome di chi odia tanto la signora Dupré. Un certo Cardillo, non è vero? O mi sbaglio? ».

Fece questo nome con freddezza, ma anche orrore.

Madame Pecquod si mise a ridere, stavolta benignamente.

« Cardillo, avete detto?... No, non conoscete le cose come stanno. Quella povera creatura non odia nessuno! Canta, e basta! Piange, e basta! Tutta Napoli può testimoniare, e anche il mondo! No, chi odia la nostra signora è persona a lei molto intima, ve lo dico subito, è donna Alessandrina Dupré, la figlia del signor Albert, quella che voi chiamate la damigella, la piccola Sasà. Sorellastra, per così dire, di Gerontuccio nostro... ».

Questi termini fecero quasi uscire di senno il nobile belga, che riuscì tuttavia a imporsi un cupo silenzio. Ciò che udiva, del resto, difficilmente poteva apparire realtà. Tacere poteva aiutarlo a trovarvi un senso.

Quindi, molto semplicemente, e dopo un po':

« Stiamo parlando della stessa persona, o ci sono due Alessandrine Dupré? E, infine, quello che chiamate "Gerontuccio nostro", è... è il ragazzo con la penna? ».

« Dio liberi! » fece udire la vecchia. « Quello non è un ragazzo, e mi sono già spiegata. Sto parlando del Marchesino, don Geronte Emilio Watteau. E, a scanso di equivoci, posso assicurarvi che l'ho chiamato "fratellastro" (della piccina) non perché lo sia veramente, ma perché per anni Sasà lo considerò tale... Lo amava appassionatamente... Insieme si beffavano di Lillot... Alla fine, donna Elmina rivelò alla figlia i veri rapporti che intercorrevano fra loro tre fanciulli. Alessandrina si prese una vera passione per il giovane Durante-Watteau allora di sette anni e concepì l'idea, o proposito, di sposarlo appena divenuta grande, ma non aveva una dote, se non questa casa. E decise, credo con l'appoggio di donna Violante, se non della figlia – donna Carlina Watteau non si occupa che delle proprie toilettes – di appropriarsene legalmente. Sembra che vi sia riuscita. Con la complicità di un congiunto, irretendo, voglio dire, Pasqualino Helm, che frequentava questa casa fino a ieri – se non lo sapete, in qualità di futuro zio –, e dal quale già aveva ottenuto una "carta" con la "donazione" ». (Qui, si mosse per andare a prendere un pezzetto di carta di maccheroni nello stipo, e lo porse al principe). « Ovviamente, la madre non lo sa. E lo scopo, come può capire chiunque, e soprattutto *un uomo istruito* come voi, signor Immarino, è duplice: donare qualche parvenza di dignità (la proprietà è questo) al suo fidanzamento del sogno, e scacciare di casa – con la Legge! – il piccolo Gerò, o Lillot. Qui, non saprei darle torto: ma l'appropriazione della casa del povero Albert, per conto mio, è una vergogna. E la madre non lo sa ».

Il buon Ingmar si guardava intorno con angoscia,

sperando che qualcosa lo svegliasse da questo nuovo brutto sogno. L'età che veniva attribuita ai « fanciulli », la lunga durata della loro storia non corrispondevano ai dati « storici » in suo possesso. Vi era invenzione, o calunnia, nella donna, o sprofondamento di lui stesso nei sogni della sua propria mente. Se ne stava così come un bimbo che ha ascoltato per metà una favola. Oh, avesse potuto svegliarsi! (Ma non perdeva un certo coraggio. Forse, il gruppo di Elmina e il Notaro stava rincasando, di ritorno dal cimitero, e lo avrebbe liberato da quel lento incubo. Ora doveva avere pazienza. Ora doveva far finta di niente).

Con educazione (ma quanto gli costava cara!), rispose:

« Tuttavia, l'*innamorata* ha solo quattro anni! ».

La vecchia lo fissò con ironia.

« Signor mio! Continuate a credere all'età della gente! In genere, è una convenzione. C'è gente che non è nata mai – voglio dire non ha cervello – o è nata solo ora, che è lo stesso, oppure da trecento anni, ma non connette. Gente, poi, che vede solo la roba; e questa è la più vecchia di tutte... Può avere anche tre anni. In realtà ne ha mille e trecento. La vecchiaia è questo ».

« Del fanciullo mi avete detto la stessa cosa... eppure, non è avido di nulla... Non vi sembra che vi sia contraddizione? ».

« Signore... scusate... Quello che voi, e tutti noi, continuiamo a chiamare il "fanciullo"... è un'altra cosa. Solo la buonanima di don Mariano potrebbe dirlo... Ma credo che ora neppure don Mariano lo sa più, e neppure lo ama più ».

« Prima... lo amava? ».

« Da piccerillo... sì. Quando lo trovò alla Casa del Pallonetto, la sera dei Morti del 1779, tutto tremante e bagnato sotto il focolare (lo avevano recapitato in sua assenza), per lui cominciò a travedere... Anche il fanciullo concepì un'adorazione per lui... e donna

Elmina, quando fu più grandina, parimenti... Aveva già quattro anni, la piccola Elmina, e odiava, a quel tempo, la bella Floridia...».

(Anche qui, le date saltavano, ma Ingmar, fuori di sé, non poteva formalizzarsi).

«...La quale aveva un cardillo che si chiamava Dodò?».

«Vedo che sapete tutto...» la vecchia ridendo. «Però, le motivazioni segrete le ignorate. Donna Elmina era un'orfana, una parente povera del colonnello Helm. Questi, di averla presa in casa, e pensato di adottarla, si era subito pentito, e per questa ragione, prima ancora di ammalarsi, la lasciò in affido a don Mariano. Don Mariano, legato sentimentalmente – cosa che il Barone sapeva e non contestava, stimando moltissimo il nostro Guantaio – alla Baronessa, accettò la piccina, e sempre si comportò con lei da saggio padre. Ma la piccola Floridia ormai regnava nella casa e nel cuore di tutti: una legittima Helm e di stupenda bellezza. L'orfana, per l'invidia, incupì... Non era mai stata molto buona... lo avete capito. Divenne cattiva. Per disperazione si legò a Lillot, che era l'anima persa della casa, odiato da donna Helm, come del resto era abbastanza detestata donna Elmina – e la fine crudele del povero Dodò, il cardillo prediletto di Floridia, fu vera. Per opera di Lillot. Non volutamente, devo dire: per incoscienza: sapete come sono i ragazzi... Donna Elmina se ne addossò la colpa... per proteggere il fanciullo».

«Quello che, di tanto in tanto, si trasforma in un povero randagio?».

«Signorsì... a periodi, quando è infelice, o ha paura, appare sotto forma di felino – sordido, strano –, esce di notte. Oppure, andate a capire perché, è un capretto di pochi mesi, o un pulcino che corre dietro alla madre. A seconda delle sue azioni, si deve dire... e per lo più sono stupide. Poi, di colpo, è colui che avete veduto... con la penna sotto il berrettino».

«Triste destino!» esclamò il principe che aveva

dimenticato di colpo la sua diffidenza per la narratrice, e credeva, almeno in quel momento, alla storia del « Randagio » e ne aveva una forte pena.

« Triste destino sì, » annuì la vecchia pensosamente « perché se il fanciullo – era ormai la sua ultima occasione – si fosse mostrato buono, quella sera di tanti anni fa, quando donna Floridia offese donna Elmina, e non avesse acciuffato il cardillo, e lo avesse stretto in bocca (la ragione per cui morì, e anche quella per cui lui fu messo al bando per sempre, in quella casa), adesso sarebbe un altro... il suo destino era già in via di una miracolosa soluzione. Ma il decreto di grazia fu cancellato ».

Il principe era avido di ascoltare, ma anche scosso dal dolore, perché vedeva quanto la sventura del fanciullo (malgrado il confuso racconto di Ferrantina era cosa evidente) avesse pesato come un vincolo atroce sulla piccola Elmina. « Se egli » proseguì la vecchia « non si fosse macchiato di quel delitto, minimo ma atroce – la morte del cardillo –, oggi la sua storia sarebbe stata un'altra ».

« E quale? ».

« Ricorderete la sera del vostro arrivo, signor Ingmar, con il signor Dupré e il signor Nodier... e che aspettavate nel salottino, non è vero? E udiste, di sopra, con la musica delle ragazze, una voce dolce. Questi era Lillot, Hieronymus come è detto nell'atto di nascita, falso naturalmente, che accompagnava la spedizione dello scatolo... Egli era infatti, in certi momenti (dovrei dire "era ancora"), per premio del Cielo a qualche sua azione gentile, era o tornava un bellissimo giovanetto, sui dieci o dodici anni (quale Elmina aveva sognato), vestito di velluto... biondino... purtroppo gli occhiali, in quanto un po' miope, e il difetto gli è rimasto. Destinato – scaduti i suoi trecento anni di innocenza – a divenire un vero uomo... ma non ci riuscì... certe vite non si concludono mai... ».

« Meno male » pensò insensatamente, ma non

367

troppo, Ingmar, che non aveva grande stima della specie umana. Ma non lo disse, e chiese impulsivamente:

« E... donna Elmina lo amava tanto? ».

« Da morire, per lui, intendo a questo mondo... sì. Da allora – mi riferisco alla morte del cardillo e al delitto, ma forse non è la parola giusta, in quanto la cosa fu involontaria, di Hieronymus – donna Elmina concepì tanta indifferenza per il mondo e le sue apparenze – se indifferenza reale o meno non posso dire, era una piccerella. E fece voto alla Madonna della Gabbietta, che si venera, credo, nella chiesa di Santa Maria di Costantinopoli, di dare tutto il suo; fece voto di povertà e silenzio su tutto: e che solo quando suo fratello – tale nella sua innocenza considerava il folletto – fosse sfuggito al decreto che lo dichiarava senza anima, e fosse diventato un vero e felice ragazzo accettato dal Cielo, solo allora anche lei avrebbe accettato di essere felice, di rientrare nel mondo del Guantaio. Prima, no ».

« Ed è perciò » disse con gli occhi spalancati il principe « che si ode il Cardillo? È dunque resuscitato? E non è una vendetta, forse? ».

« Signore, lo ritengo possibile, ma non nel senso che voi date alla cosa, con la vostra malignità umana. Perché, ditemi onestamente, se potete dare un nome legittimo alle persone e cose di questo mondo, tutte poco chiare... e che si perdono lontano. Questa voce, che nasce da un desiderio e un sogno generale di bene, non è di un uccello, e questo uccello, perciò, non lo troverete mai. Questa voce è connaturata alla primavera... alle stelle... alle buone notti d'estate... Fa piangere e diventare buoni. Vi accorgete da ciò, da questa memoria e questo desiderio pungente e disperato di bene, che è passato il Cardillo... È che la vostra vita vi appare non buona, vi pare che ve ne sia un'altra, più buona... più mite, e con quella vorreste cambiare la vostra povera vita... ».

Il principe piangeva adesso, com'era del fanciullo

perduto in lui, dirottamente, con dolcezza, e si pentiva di tutto il vuoto della sua vita. Oh, che avrebbe
dato perché il Cardillo apparisse, e gli suggerisse
qualche rimedio! Sapeva solo, di certo, che dalla
piccola Elmina, come ora la chiamava nel suo cuore,
non poteva scostarsi... non lo avrebbe tentato mai...
O diventavano tutti « grandi » – loro due e il fanciullo –, grandi e felici, o era meglio... ma chi poteva dire
cos'era meglio?

Pativa tanto, in quel momento, il buon Ingmar, e
il peggio di tutto (e il più strano) era che una parte
di lui sentiva la cosa come non vera... una gigante-
sca canzonatura di quella vecchia Madame Pecquod!

Intanto, per l'ultimo tratto della Scalinatella, stavano arrancando varie figurine: la detta Elmina, divenuta un po' più minuta di quanto era solitamente; Alessandrina Dupré, forse appena più grande, e il Portapacchi, l'insensato, che veniva dietro – tra piangendo e lamentandosi.

Notar Liborio, a due passi da lui, cercava di parlargli... per meglio dire: consolarlo.

Era accaduto questo.

Non tutte le cose che la vecchia Pecquod aveva snocciolato come autentiche lo erano veramente; qualche esagerazione, o svista, esisteva: ma che la storia della casa, dote di Sasà da offrire al Marchesino, e nel contempo estremo rifugio di Hieronymus (dall'abbandono del mondo), fosse vera, avrebbe potuto provarlo un recente acerrimo scontro sulla Casarella tra i due piccerilli: scontro nel quale Sasà aveva inseguito Lillot, non più per scherzo, come al cimitero, ma con autentica rabbia, rossa di collera per le di lui risatine dispettose (a una sommessa dichiarazione di Elmina che la casa era di Gerò), riuscendo a strappargli dal capo la famosa penna.

Ora, quella penna non era incollata (né tanto meno cucita!), ma *naturale*, e la fronte di Lillot mostrava adesso una ambigua, anche se impercettibile, fila di puntini rossi. Era stata strappata! La disperazione, i singhiozzi del piccino che, non dimentichiamolo, non sapeva parlare, impietosivano Elmina, che però non era molto spaventata, e agitavano il povero don Liborio, che conosceva esattamente, per averlo appreso da don Mariano, l'importanza vitale, per il piccino, di quella penna... Sulle altre cose, salvo il pignoramento e l'ostilità della vecchia per Sasà, non formalizziamoci – forse il principe aveva sognato – ma la gravità di questo fatto, lo scontro tra i due fratelli, era sotto gli occhi di tutti.

« Non devi piangere, Lillot, » diceva il Pennarulo, molto pallido, cercando di stargli a fianco col passo (era un po' obeso) « è cosa da niente. Adesso, appena siamo a casa, donna Elmina ti mette l'unguento e la fascia, e subito ti passa... ».

« *Maman*, io non l'ho fatto apposta, è lui che mi ha sputato! » singhiozzava, non si sa quanto sinceramente, Alessandrina, riferendosi a una brutta abitudine di certi piccini del popolo, litigiosi e ignoranti, di sputarsi addosso al minimo battibecco, come difesa-offesa suprema (quando la parola non bastava più, o addirittura non c'era, come nel nostro caso). « Mi ha detto che Geronte Watteau non mi sposerà mai... perché sua nonna non vuole ».

« E come te l'ha detto, figlia mia, se non sa parlare? O l'hai sentito parlare, qualche volta, il tuo fratellino? » così donna Elmina, in qualche occasione, tendeva a ridurre di importanza, o portava a livello dell'intelligenza minuscola di Sasà, la sua stravagante parentela. « Non è che sei bugiarda? ».

« *Maman*... Non è mio fratellino, nemmeno zio mi è. È uno Spirito... è il Diavolo stesso. Una volta l'ho visto... Usciva da una pentola, col fumo... e faceva *pffff*! ».

E così via; e Lillot piangeva e piangeva silenziosamente.

Erano ormai in vista della casa malinconica e del giardinello; e il cielo, per non so quale struggimento del sole, si era fatto meno chiaro.

Il principe, pur trovandosi in casa, e a qualche distanza dalla scena, aveva sentito – ma non se ne meravigliava, essendo avvezzo ad eventi che spesso si potevano definire veri miracoli – le ultime battute, ed era subito uscito incontro al gruppo, indifferente al pensiero che donna Elmina potesse colpirlo con una parola sprezzante nel vederlo di nuovo, e senza essere stato chiamato, fra loro; ma gli eventi: il debito, il sequestro, il pignoramento avvenuto, la furia di donna Helm, e poi la storia incredibile di Sasà e i suoi progetti, e adesso, non ultima disgrazia, il litigio tra i due piccini e la caduta della penna, avevano vinto i suoi timori di uomo di mondo. Vide, uscendo tutto sbalordito nel giardino, che piovigginava in quel gran silenzio della mattina di novembre, e che la vedova avanzava con la damigella tutta in lacrime; ma lacrime più vere, meno teatrali, segnavano il visuccio slavato e un po' gonfio del servitorello.

Che il «piccino» avesse avuto una «lezione», a Ingmar, sempre preda della sua assurda gelosia, non dispiaceva; nel contempo, era turbato: il dolore del fanciullo era vero: l'unico orgoglio della sua vita, quella penna di gallina che portava da sempre (dono-sigillo di natura) sul capo, gli era stata strappata, in un momento di stizza, dalla Palummella. Era sperabile almeno che lo strappo non comportasse una infezione (e la cosa non nascondesse inoltre più tragici significati).

Scorgendo il Pennarulo, che lo aveva visto senza mostrare di notarlo, voleva chiedergli dove fosse finita la penna, ma poi la vide tra le mani del fanciullo, stretta al suo cuore.

« Ci sono novità, signor mio » passando davanti a lui il Pennarulo; e col viso molto afflitto, levando gli occhi dalla povera Casarella, che adesso era davanti a loro, alludeva alla visita degli agenti del Banco.

Il principe avrebbe voluto chiedergli quale era, in realtà, la di lui parte nella storia: da chi avesse ricevuto istruzioni per il denaro del riscatto; poi comprese, come in un lampo, che « il denaro » della salvezza era di lui, il Pennarulo. Per donna Elmina egli, probabilmente, rinunciava a tutta la sicurezza della sua già vicina vecchiaia.

Fortunatamente, a questa rovina c'era un rimedio.

« E avete già parlato con Pasqualino Helm? » si lasciò sfuggire sottovoce, mentre il Notaro e il povero infelice gli passavano accanto.

Donna Elmina lo aveva visto.

« Queste, signor Neville, » disse la vedova con gravità e pace, ma anche senza amicizia « queste non sono cose che vi riguardano. I debiti vogliono essere pagati in famiglia, sapete? » (come per dire che lui non era della famiglia). « Se non altro per un riguardo al Cardillo! » soggiunse con un sorriso non buono, quasi terribile, che gli ricordò l'antica crudele giovanetta; ma più che un sorriso, era una smorfia di dolore.

« Credo » soggiunse subito dopo, gettando un'occhiata muta e lontana al gruppo del Notaro e il fanciullo « che il ragazzo si è fatto male. Ha battuto da qualche parte... Non lo so ancora... E mia sorella, l'avete vista? ».

« No... Teresella non è venuta ancora... » balbettò il principe. « Altrimenti, » soggiunse con forza « non credo che don Pasqualino l'avrebbe avuta vinta... ». Subito si morse le labbra.

« A mia sorella, di me, importa poco » disse fredda donna Elmina. « Forse l'avete saputo che si è fidanzata da poco col futuro padre di Sasà. Meglio così; per Sasà due genitori nuovi in una volta sono una bella occasione. Io, per mia figlia, non sono mai stata niente ».

«*Maman!*» protestò, bugiarda e disperata insieme, la damigella.

«Questo fanciullo mi preoccupa» continuò ella afflitta e fredda dopo un poco. «Si è ferito, come vedete...». E aggiunse sottovoce:

«Lui, di qui, non se ne vuole andare. E ora, la casa non è più nostra – di donna Elmina e Gerontuccio suo –, voi, signor Neville, avete visto il nome sulla carta, nello studio, ieri mattina, e perciò ne parlo... Gerontuccio, soffiati il naso... Hieronymus Käppchen – voi avete visto giusto – non è mio figlio, né mio fratello di sangue, né legato da parentela alcuna con me o papà. E non si parla di mio marito. Ma il suo posto è nel cuore di donna Elmina, questo è il suo luogo e la sua data di nascita – lo avete capito, spero... E non ce lo toglie nessuno».

«Sì» disse, o credé di dire, con un senso di esaltazione e disperazione insieme, il principe. E dentro di sé pensava: «Forse la morte... Egli non sembra solo ferito, ma vicino a morire».

La crudeltà e la pace degli uomini durante e davanti ai peggiori delitti, da cui sperano salvezza e gioia, per sé, è cosa quasi sovrumana, e non certo cristiana. Il principe, a queste parole che egli stesso aveva proferito nel suo pensiero, e che nascevano da un'atroce speranza (l'esatto contrario di quella sublime promessa che aveva fatto a se stesso, di adottare il Folletto), si fermò pallido, impietrito. E capì di essere anche lui parte di quella *infamia* di cui accusava sempre, con giovanile vivacità e ingiustizia, il mondo. Per prendere il posto del Portapacchi nel cuore dell'antica bambina, egli aveva già acconsentito, nel suo cuore di razza umana, alla totale rovina e scomparsa di H. Käppchen.

Come formulò questo pensiero, volse la sua mente a Dio affinché, ignorando tutte le distinzioni nobiliari e finanziarie di cui lo aveva insignito alla nascita, oltre alle sue capacità negromantiche – e allo stesso suo amore immortale per Elmina – lo respingesse all'ultimo dei posti. Il più basso e il peggiore. Purché Lillot fosse salvo.

Quando entrarono in casa, Madame Pecquod si era allontanata; nello stanzone, che ora appariva più scuro e tetro nel contrasto con la luce del sole, che rischiarava – anche così pallida – la giornata di novembre, una ingente quantità di piselli, una sorta di ridente collina verde, posava intatta sul tavolo, in attesa di essere mondata.

Donna Elmina si tolse la mantelletta, fece sedere la damigella davanti al tavolo, le sfilò le scarpe bagnate; e intanto lacrime silenziose correvano sul suo viso. Aveva visto i cartelli del pignoramento perfino, come aveva detto la signora Pecquod, sull'unica pentola.

A colui cui sia stato imposto di uscire, per qualsiasi ragione – ma soprattutto morosità, o mancato pagamento di mutui bancari, o anche scadenza di contratto, e richiesta dell'alloggio da parte del proprietario, causa il matrimonio di una figlia –, da una casa amata, e che ora sia in procinto di obbedire, non mancherà la possibilità di capirla. Per Elmina, la perdita della Casarella oscurava il sole, neppure il dolore per lo stato in cui si trovava Lillot – di pericolo e disonore fisico – per lo strappo della penna, era più grave, almeno a momenti, del pianto che ella avvertiva nel proprio cuore pensando di dover lasciare la piccola casa... La sua stessa gioventù misteriosa, eppure tanto dolce, a questo punto finiva.

Il principe sapeva, o credeva di sapere, che tutto ciò era un sogno: la disperazione di Elmina non vera, o per lo meno non motivata: valanghe di denaro sarebbero, a un suo solo cenno, fluite verso la casa di Sant'Antonio: da Caserta, da Liegi, da ogni parte del mondo. Lo stesso Pennarulo lo aveva meditato. Eppure... tutto diceva, nel cuore di Ingmar, che la casa non si poteva riscattare... anzi non doveva essere riscattata. La sua vita, di Elmina – ella stava guardando il Portapacchi ritto, come un cieco, nel vano della porta, una manina sul cuore –, era finita.

Canta, dunque, Cardillo, canta, uccello tenero e maledetto, canta ancora, e apri fontane di lacrime nel cuore dell'antica bambina, e nel cuore di quel fanciullo che resta per tutti – anche a distanza di due secoli – per chi lo ha ben conosciuto – il principe Neville, il signore di Braganza e Liegi – il nostro Ingmar!

E a queste lacrime sul volto dei due desolati esseri umani – e non dimentichiamo la triste Paummella, né l'adorante Pennarulo, né il figlio degli alberi e dei fiori – il Cardillo, che di tutti aveva pena e disprezzo, come i celesti messaggeri ne hanno di questo mondo volatile e implume, fece udire la sua vertiginosa e lieta canzone, davanti alla quale vorremmo tapparci le orecchie, il noto:

Oò! Oò! Oò!
Oh! Oh! Oh!

seguito, per il principe, dal veloce e ridentissimo:

E vola vola vola lu Cardillo!
E vola vola vola... Oh! Oh!

Non occorreva, per Ingmar, un trillo di più, o una malvagità maggiore. Il principe svenne.

Una questione familiare. Chiusi a chiave! Grandi
rivelazioni e, su iniziativa del Duca,
la terza domanda di matrimonio.
Dichiarazione (o preghiera?)
di Elmina al Cardillo e primi provvedimenti
di Nodier nei confronti del Portapacchi

Ridestandosi, con la suprema indifferenza dei morti – ma egli non lo era, solo la vita delle passioni, nel suo cuore, era spenta – Neville prese coscienza di trovarsi tuttora nella vecchia cucina, presso il tavolo, ma completamente dimenticato da tutti. Per fare qualcosa, si era messo a sgusciare piselli, e aveva anche coscienza di stare sperando, nel suo cuore, che donna Elmina lo richiamasse, sia pure con un rimprovero: « Lasciate stare quel lavoro, signor Neville, non è cosa vostra ». Invece, ella si trovava seduta al tavolo, ma dall'altra parte, rossa in viso di collera, e guardava qualcuno che era entrato da un momento. Quel qualcuno era l'eccellentissimo mago di Caserta, il Benjamin Ruskaja.

Doveva essere entrato da appena qualche attimo, ma molte ore dovevano essere trascorse da quando si era udito il Cardillo canzonare tutti quegli sventurati. Era notte, e una piccola luna gialla sorgeva nel riquadro azzurro della porta sul giardino. Nella stanza (lo diciamo subito per evitare confusioni o ritardi) si trovavano adesso anche i due fidanzati e il Notaro, e tutti, poi, *sapevano* che nella stanza accanto, la stessa da cui era uscita la farfalla nera due notti prima, la signora Helm e don Mariano, rinchiusi a chiave dall'esterno, protestavano per uscire. C'era Pasqualino Helm, davanti alla porta, piagnucoloso e implorante, e non smetteva di ripetere:

« *Maman*, ancora un momento e poi vi facciamo uscire... Stiamo parlando ».

« Traditore del sangue tuo! » lo ingiuriava, con passionalità mediterranea, donna Brigitta, che ardeva dall'ira per essere stata esclusa dalla trattativa (il suo carattere violento aveva suggerito questa cautela al buon Pasqualino).

« *Maman*, ancora un momento, e poi apriamo la porta... Stiamo parlando... I vostri interessi sono ben tutelati » ripeteva monotono l'appuntato.

Ma:

« Traditore del sangue tuo! » lo incalzava, sempre più implacabile, la moglie del Guantaio; al che, facendo orecchio da mercante, con la pazienza inalterabile del figlio più amato, don Pasqualino non si scomodava; e assai blando:

« Ancora un momento, *maman*, lasciateci parlare! » con l'occhio di rapace, ma non malvagio, sul Duca.

Questi – ecco il motivo dell'ira della signora Helm e di sua nipote, ma ira di diverse, anzi opposte radici – aveva posato sul tavolo un sacchetto di tela grezza, molto rigonfio, dalla cui grossa trama traspariva uno scintillio d'oro. Veri ducati, e d'ignota provenienza. Ingmar, invece, conosceva perfettamente, ma con indifferenza, la loro provenienza: e che il Duca li aveva ritirati dal di lui conto, presso la Banca Inglese di Napoli, quella stessa mattina.

« Per voi, donna Elmina! » aveva detto imperiosamente, cosa in lui, data l'eterna dolcezza di modi, assai singolare, il nobile polacco. « Sazierete così quella fiera del signorino Helm, e di sua madre... Con Sasà, » aveva aggiunto minaccioso « faremo i

conti in un secondo momento. Non ce ne dimentichiamo sicuramente».

Mentre donna Brigitta, o colei che abbiamo rico-
nosciuta, anche senza vederla, come la Voce Acidula,
continuava a gridare dall'altra stanza: «Pasqualino,
apri la porta! Don Mariano, qui mi si insulta... Don
Mariano, difendete vostra moglie!», mentre risuo-
navano tali proteste, Sasà era scoppiata in un pianto
dirotto:

«Paummella buo-na! Paummella buo-na!» ripeteva in modo da spezzare il cuore degli astanti, umile e
sommessa.

«Si è pentita, dunque» pensò il principe, ma senza
gioia.

Quasi avesse letto nel di lui pensiero:

«Mia figlia non c'entra» aveva ribattuto, calma, la
vedova Dupré.

«Ah! Non c'entra?» gridò, quasi, il Duca di Polonia, l'amico intimo dell'eroe di questa storia.

«Paummella buo-na! Paummella buo-na!» geme-
va la disgraziata.

«Salvo che ha rovinato Lillot, con le sue manine
piccine piccine! La penna, ora, si è staccata! Ecco cosa
gli ha fatto!» gridò più forte il Duca. E a Madame
Pecquod: «Signora Ferrantina, questa ferita si deve
disinfettare».

«Sale e aceto! Sale e aceto! Subito! E un po' di carta
di maccheroni» si affrettò a dichiarare Ferrantina.

Il Portapacchi, inteso che si parlava di lui, tentò di
fuggire.

«Piccerì, statti fermo! Bambino, se non ti disinfetti
muori!» lo aggredì, rude, il nobile. «E butta via»
soggiunse «questa brutta penna tutta sporca».

Con un solo dito, la spinse a terra, senza badare
alla disperazione del Folletto.

Ma a donna Elmina questa non era sfuggita, e
pietosamente si chinò e raccolse la penna. Il «malato» allungò la sua rossa zampetta (aveva una zampetta di pulcino, ora) per riprendersela (e che visino

disfatto, aveva!), ma ancora il Duca si oppose, e questa volta fu Ferrantina che gli rimise, con decisione, la penna fra le braccine piumose. « Tanto, » borbottò tra sé in francese « penna o non penna, il ragazzo non ha più tanto tempo davanti a sé. Le sue ore, Dio le ha contate! ».

E fu a questo punto che al principe tornò in mente la scena di tanti anni prima, nel solitario cimitero di Napoli, e le date e le diciture terribili, apparse per un attimo e subito dileguate, sulla lapide: reali anche se confuse profezie, che si erano poi avverate per i Dupré padre e figlio, mentre la terza, per Hieronymus Käppchen, appariva ora incombente, minacciosa. Erano infatti i primi anni del nuovo secolo. E a questo punto, la vita dello sventurato Folletto era data come cessata.

« Vedo che siete superstiziosa, cara Ferrantina » qui il Duca con un cattivo sorriso.

« Per forza! Le cose si devono sempre avverare; sono *scritte*, signor mio – questo è ciò che chiamate superstizione –, perdonate a una povera donna ignorante ».

« Ignorante? Voi sapete tutto, cara la mia Ferrantina... Madame Civile... e in questa storia ci avete messo del vostro... per distruggere una famiglia ».

« La famiglia, un tempo, ero io... io la vera moglie di don Mariano... la vera e la prima! » piangendo la vecchia serva.

« Zitta voi... di là! » gridò furiosa la signora Helm (prima, per il mondo, signora Civile).

Parole grosse, che però non lasciarono nessun segno nell'aria, salvo il pianto sommesso di Hieronymus. La vecchia (e prima, per la verità delle cose, Madame Civile?) strusciò sale e aceto, come usava allora tra i poveretti per piccole contusioni, sulla fronte del Folletto, concludendo con un impacco della nominata carta di maccheroni, che gli assicurò sulla fronte con un fazzoletto, mentre il Duca e Nodier cercavano di quietare il pianto, o per dir meglio pigolio, sconsolato dell'orfano. Tutt'e due le manine di questi erano diventate *zampetti* – e dunque una di quelle metamorfosi, in felino, capretto o pulcino, di tutte le volte che il Portapacchi aveva paura, si stava adesso verificando, ed era brutta da vedere. Con gli zampetti, egli non poteva rimettersi la penna adorata sul capo, ma lo tentò; alla fine, disperato, la prese in bocca.

(Oh, se lo avesse visto lo studente Watteau, quale trionfo sarebbe stato per lui!, pensò smarrito colui che lo contemplava). Già, inoltre, gli spuntavano baffi bianchi sulle povere gote, segno che la metamorfosi era di tipo misto, e i trecento anni, nel suo portamento muto, ora li dimostrava tutti.

Un gran silenzio gravava sulla casa.

Si riudì la voce canzonatoria e dura del Duca:

« Voi, Madame Civile (Pecquod era solo il vostro nome di ragazza), discendente di artigiani francesi, maestri nella lavorazione del guanto in cerca di fortuna a Napoli nel '34, quando Napoli divenne Regno, voi, Madame Civile, vi siete completamente vendicata. Il vostro amore *legittimo* per don Mariano non era tanto legittimo, se il Cardillo non voleva. E il *Cardillo non voleva!* E siete stata voi, perdonate, che lo avete ucciso, o creduto di ucciderlo, quel venerdì santo, accusando la povera Elmina e, più tardi, questo sventurato Berrettino germanico, per meglio dire fanciullo della natura, incapace di difendersi perché privo di parola. Francia e Germania, una storia che vi brucia eternamente il sangue – gelosia, confessatelo! – e avete rovinato così tanti bambini e ben due famiglie. Elmina, Floridia e la stessa disgraziata Soricinella (Nadine Dufour, per la Storia, il cui nome figura ancora sulla lapide, figlia di una domestica e malvagiamente accusata) morirono così al mondo; e, anche per questo, la nostra ingenua Alessandrina ha appreso le vostre arti... *Vola*, la disgraziata, mentre Berrettino è un pulcino di razza, spesso un capretto, che si rifugia disperatamente in un ran-

dagio (e le sue debolezze morali sono ormai diventate la sua malattia... di ciò muore!). Senza dire che li
avete messi voi, l'uno contro l'altro, i due bambini,
come già un tempo le due damigelle del Pallonetto... ».

« Mi accusate anche della morte di quello sciocco
dello scultore, e di suo figlio Alì... suppongo » la
vecchia con aria sconvolta.

« Questa rivelazione tocca a voi... Ma sbrigatevi ».

« Quella morte, se lo volete proprio sapere, fu
dovuta al Cardillo, *che essi* avevano tanto amato! » fu
la risposta un po' trionfante dell'ex operaia. « Per il
resto, devo ammettere che è andata così. Su una sola
cosa non potete errare: sono e resto *borbonica*, devota
per la vita a Sua Maestà Dio Guardi, e questo solo – la
medesima devozione – mi ha fatto perdonare, alla
fine, la signora Dupré: che è borbonica abbastanza... ».

Questa dichiarazione lasciò indifferenti, per varie
ragioni, gli astanti, meno uno.

« Credete, dunque, che il Cardillo nuoccia a chi lo
ama? » con una cupa ansia, che gli era nuova, il
principe.

« È così... Distrugge chi lo ama... Perché è la nostra
memoria, signore... il desiderio dei giorni belli... i
giorni impossibili, che tutti abbiamo incontrato... almeno una volta, nella vita... ». E la poveretta, che era
seduta, si alzò e andò verso i fornelli. Tolse il coperchio alla pentola.

« È piena di lacrime, ma un poco di sale ci vuole lo
stesso » disse tra sé.

« E io che vi credevo una signora... una donna
buona! » sibilò la voce di Pasqualino Helm.

Si udirono ancora colpi ripetuti e voci di trionfo
dalla stanza dove erano chiusi i prigionieri:

« Figlio mio, ora vedi come tutti, anche tu, vi siete
ingannati sul conto di questa donna discreta (così
pareva), in ombra... che reggeva tutta la casa. Ma io
lo capii fin dal primo istante... chi era veramente, e

tacqui sempre solo per amore della pace... La colpa, però, fu di questo tuo secondo (si fa per dire), generoso e insensatissimo "padre", che tenne tutta la storia per sé... non disse mai di averla sposata, e che il Cardillo anche adesso era contrario; si opponeva al suo nuovo amore... comunque, non lo interpellò... ».

« Egli solo, dunque, » pensò il principe dell'uccello fatale di questa storia « è il vero demone di questa casa, e non Berrettino... Non lo sapevo, non lo onorai... non gli chiesi mai alcun parere, ed egli si prese gioco di me. Potrò mai sottrarre la *piccola* Elmina » (si espresse proprio così, riferendosi chiaramente all'apparizione sui Gradoni) « al suo potere senza tregua... ai suoi comandi implacabili, senza essere distrutto? Ma credo che tutto sommato dipenda da lei... È lei che si deve opporre... rinunziando al primo dei comandi dell'Uccello, il suo amore senza fine per quest'orribile Capretto. Là, nel suo amore così insensato, ha sede la schiavitù, la perdita di donna Elmina al cielo del vivere, che ardo di offrirle io. Oh, potessi liberarla da questo dovere di morte! ».

Risuonò, dietro la porta, con una nota di grande ansia e quasi di delicata consapevolezza, la voce di don Mariano:

« Elmina, figlia cara, tu a questa povera donna e a questo povero uomo di tuo padre, ora li devi perdonare. La vita è passata. E chi l'ha pagata più di tutti » (con sentimento) « è stato quel povero ragazzo di mio genero, con Alì Babà, e anche questa Paummella, ora, che vola sempre e ha pensierini cattivi... Non parliamo del povero Gerontuccio Käpp, e di sua sorella... ».

« Papà, non preoccupatevi, io non sento nessun dolore » disse la voce dolce di Elmina.

« E quando mai *quella* ha sentito qualcosa » brontolò nell'aria la voce di fuoco di donna Helm. « Quella non sente niente per nessuno. Li vede morire tutti: le basta realizzare qualche risparmio... purtroppo anche sul caffè della mattina ».

Di nuovo, a questo punto, suonò con fortissimo accento, e un che di straordinariamente giulivo, e insieme ringhioso, la voce del Duca rivolto a donna Elmina:

«Cara donna Elmina, e non più signora Dupré, ora avete certo sentito e valutato ogni cosa; vi chiedo dunque apertamente, davanti a tutti gli astanti: volete cambiare la vostra vita, rimaritandovi subito con l'uomo più degno e generoso del mondo? Tale, a mio avviso – perdonate la presunzione –, è Ingmar Neville, principe di Liegi, duca di Braganza, diplomatico di fama e, inoltre, mio collega apprezzato in scienze negromantiche. Voi lo conoscete ormai da dieci anni. Adotterà inoltre vostro fratello, che sfuggirà così alla sentenza; e sarà per lui un educatore, di cui – se permettete – ha proprio bisogno, e anche un buon padre».

Si attese a lungo la risposta di Elmina.

«E questo ve l'ha detto l'America, con la sua Costituzione, che la felicità in terra esiste, e anzi è il primo dovere?» sibilò, in disparte, la voce ironica di Ferrantina. «Ma essa pure è stata ingannata, perché la realtà, signor mio, l'America non la sa... non sa dove ci troviamo... ciascuno di noi».

«E sarebbe?...» beffarda la voce di Pasqualino Helm, che aveva sentito.

Ma anche queste parole erano destinate a spegnersi nel silenzio. Una sorta di dolorosa oscura emozione vibrava nell'aria.

In quanto al principe, quell'uomo così autorevole e quasi temuto, tremava adesso come un bambino inseguito dagli Spiriti per le scale di casa,[1] o anche come un esploratore spiato da una tigre nascosta dietro un albero. Poteva salvarlo solo, sebbene per un momento, un nuovo intervento del Duca: ma la cara voce non fu udita. Piuttosto – ferma, cortese, ma

---

1. Esperienza toccata, una volta, anche a chi scrive queste pagine.

inesorabile – suonò la voce, così musicale e dolce un tempo, della regina di questa storia.

La ricordiamo, così come fu registrata nel cuore di lui, eternamente.

Era rivolta, per suprema crudeltà, al *di lui* amico.

« Al signor Neville, signor Duca, sono molto obbligata per le sue cortesie verso mio marito, e per il terzo matrimonio che mi propone in soli dieci anni: ma non è un uomo simpatico, né devoto a Sua Maestà (che non è re di Napoli, né di altri luoghi di questo mondo). I suoi doni li ho sempre dati via, e i suoi prestiti (per l'atelier) non li voglio. Ho ceduto già Monsieur Nodier a mia sorella Teresina. Monsieur Nodier si premurerà di riscattare, in buon accordo col mio fratellastro Pasqualino, la Casarella. Gli lascio anche Sasà, e concedo fin d'ora la mia approvazione al suo matrimonio col figlio di donna Carlina Watteau... quando ambedue le creature saranno cresciute. Io sono, e resto, camiciaia. Mi porto appresso il mio fratello adottivo – parlo di Gerò, sapete, Hieronymus Käppchen è un nome difficile –, ritorno, spero, da donna Violante. Mi darà un letto in qualche stanza di servizio. In quanto a Lillot capirà che questa casa non è più nostra, ma avrà sempre vicino sua sorella Elmina, e sarà quella la sua vera casa. È vero, Lillot, » rivolta al vecchio piccino « è vero che perdonerai alla tua povera Elmina, bimbo mio? Questo vuole il Cardillo, e con lui gli Angeli del Cielo – noi lo abbiamo capito – e questo faremo. E in quanto al signor Neville » aggiunse guardando lontano, al di là di quel viso straziato e incredulo « so che anch'egli mi perdonerà se dico di no, perché sento, e anche lui la sente, spero, la voce del Cardillo. Noi dobbiamo dimenticarci l'uno dell'altro, fin quando il Re della vita vorrà così – perché questa è la nostra regola, di obbedire al Re: lo dico anche per questo povero bimbo mio – non dimenticate il suo nome, signori miei, e di quanto patì. Ma insieme rivedremo i bei giardini dorati della nostra patria, io lo sento... No, non Napoli... già questa pena è finita... Non è vero, bambino mio, che hai capito, e non vuoi più la penna? Ti duole ancora, la ferita?».

Gerontuccio (qualcuno lo aveva guardato) faceva cenno col capo di sì, di sì.

Lo prese tra le braccia, perché il piccino sembrava svenuto tanto era bianco (come un certo nobile molto alto all'altro capo del tavolo) e anche il principe sembrava prossimo a cadere. Ma Ingmar trovò ancora la forza di tacere, silenziosamente avvicinandosi ai due, e di riappoggiare sulla fronte fredda del Folletto – da cui scivolava in quel momento l'inutile impacco di sale e aceto – la fatidica penna di gallina, simbolo per il fanciullo della vita amata e perduta, vita che adesso definitivamente lo abbandonava.

Un generale mormorio di approvazione (e perplessità?) chiuse la scena, e si udirono ancora per un po' voci – di Spiriti, di Fidanzati, di Generosi, d'Insensati e di povere Governanti e Madri inutili – commentare il tutto; si udì ancora, mentre il Duca si allontanava scontento, il piagnucolio lamentoso della Paummella, e il mormorio del piccino di Colonia che finalmente parlava, le prime e forse ultime parole della sua minuscola e terribile vita, tutte contraddittorie, certi: «*Nein... Nein... Nein...* », e poi «*Ja... Ja... Ja...* », sempre abbassando e rialzando il capo, e che cosa rifiutasse, e insieme accettasse fra i singhiozzi, questo non si capiva.

Suonò vicino al principe – ma egli non vi fece caso – la voce di Alphonse Nodier, sommessa ma stranamente fredda e risoluta:

«Mia cara Teresella, fate, orsù, qualcosa anche voi... *Allons... Vite...* Nello studio c'è ancora la scatola coi buchi – provenienza Colonia – nella quale il fanciullo dimorò a lungo, sotto il focolare del Pallonetto... Datele una spolverata, e portatela qua: rimetteremo il piccino là dentro, ormai per la casa non può più circolare... ha le gambine addormentate... inoltre tutto il suo aspetto è sconveniente ».

Un silenzio di piombo, ma distratto e disattento, coprì la triste esortazione.

« Molto angelico e degno di Dio, invece! » si udì un istante dopo la voce serena di Elmina « come non certo il vostro, Monsieur Alphonse – e del vostro Paradiso. Avete voluto ogni bene della terra, e di ogni bene vivrete... finché il tempo vi proteggerà... Non dura a lungo, sapete. Vi raccomando a Teresella... e raccomando al Cardillo il vostro amico. E noi, andiamocene, anima mia ».

E con queste parole mormorate al fanciullo, alla sua testina già abbandonata sul petto, la vedova si mosse verso la porta della scala.

Ma prima di uscire, mentre con un braccio reggeva Lillot, con la mano libera aveva spazzato via, come un vento, tutti i ducati ammucchiati sul tavolo. Che andarono a spargersi dappertutto, rotolando in ogni angolo di quella fredda caverna, spersi e scintillanti come mezzelune in ogni crepa del pavimento.

« *Il vostro amico!* ». Questo ricordava Ingmar, mentre ormai la carrozza del Duca correva sulla via di Caserta – o forse erano già oltre le Alpi e la boscosa Austria –, questo ricordava, e non sapeva più che ore fossero, né il giorno soprattutto, né il luogo sapeva più. Che fosse, quella dove si trovava, la carrozza del Duca lo capiva dal suo lusso, lo splendore blu delle cortine, e il rotolio morbido delle ruote, dal regolare e armonioso scalpitio dei cavalli. Il Duca stesso, dopo la orribile scena, lo aveva accompagnato alla carrozza, che era in attesa davanti al giardinello; lo avrebbe seguito, aveva promesso, su un'altra. Voleva lasciargli piangere, aveva detto, « tutte le sue lacrime ». Ma il buon principe, di lacrime non ne aveva più, ed era solo.

Tutti scomparsi: donna Elmina, il Duca, Sasà, i

Fidanzati, Ferrantina, le « voci » dei suoceri, Pasqualino, il Notaro, e soprattutto l'infelice Portapacchi. Lo rivedeva adesso, a lampi rapidissimi, nel buio azzurro della notte: sui Gradoni, nella stanza dello studente, lungo la quieta Scalinatella, e sempre col piccolo pugno teso contro di lui, Ingmar, e un sorriso amaro... forse non un sorriso: una espressione estatica, supplichevole... finché non reclinava il capino, e dormiva – o così semplicemente sembrava?

« *Nein... Nein... Nein...* » e poi: « *Ja... Ja... Ja...* » in un povero pigolio, chiudendo gli occhietti.

Ed Elmina, la bella e dura sorella, dov'era più?

Oh, che cosa avrebbe dato perché fossero ancora i bei giorni in cui egli progettava con gli amici il suo lieto viaggio verso il Sole, nella misteriosa e affascinante capitale mediterranea; o più tardi, quando si preparava a tornare a Napoli e rivedere la bionda Elmina, con tutta la dolcezza e l'ingenuità di un cuore giovane, anche se eternamente sdegnato. Allora, non c'era ancora il piccolo « fratello ».

Richiuse gli occhi... li riaprì, e non solo la luna sui boschi di Caserta e dell'Austria, o sulle finestre di Chiaia o di Sant'Antonio... non solo la luna era scomparsa, ma *tanto tempo* era già passato.

Conclusione provvisoria del « Cardillo addolorato »

VII
MUTTER HELMA

Ritorno del principe a Liegi e sue tristi
incertezze sulla realtà di donna Elmina
e di suo fratello. Piccole visioni dell'inverno.
Riconosce all'amata il titolo di « Mutter Helma »

È penoso compito del narratore di storie sotterranee, legate a città sotterranee, crudeli storie di fanciulle impassibili, di Folletti disperati, di Streghe sentimentali e di Principi Squilibrati, oltre che di altri
Fantasmi – benché fantasmi non siano, ma solo povera gente del bel mondo euro-napoletano, prima e
dopo il '93; è penoso compito di tale narratore preparare il suo ipotetico Lettore a una tranquilla delusione e insieme cauta speranza... In che cosa? Che il
viaggio istruttivo di Bellerofonte e i suoi amici verso
il Sole del mondo mediterraneo riprenda, e sorprendente sia la sua felicità, giù nei sotterranei dell'Essere... Ma, intanto, tale felicità è lontana, il Cardillo si
apposta e piange dovunque nei regali giardini... i
fantasmi prosperano; postiglioni, serve, domestici
girano dovunque, con vassoi di caffè e cioccolata; i
camerieri propalano pettegolezzi; i mercanti di
guanti e altre raffinatezze dilagano; si intrecciano
fidanzamenti, si combinano matrimoni; suonano le
campane per i matrimoni, in Santa Brigida e Santa
Caterina; la vita inneggia e folleggia. Su, per i Gradoni, salgono e scendono, a notte, piccoli lumi... Fan-

ciulli, a lungo sciancati, risanano di colpo; fanciulli diletti e distinti, di colpo, al tocco di una strega, si fanno sciancati... Chi vive, chi muore; chi prega, chi canta e sragiona d'amore, a dispetto del Cardillo... il quale ha i suoi capricci e le sue cupe intolleranze. Era, il principe, destinato a pagarle per sempre? E risorgerà dalla scatola coi buchi l'amaro fratello di Elmina, e volerà sempre, disamata e fantasticante, la misera donna Alessandrina? Soprattutto, cosa ne è del cuore di donna Elmina? da chi e da che cosa è abitato? o è di nuovo una triste caverna?

Dov'è adesso, per favore, il Lettore silenzioso nascosto nel cuore dei rumorosi tempi moderni? Il Lettore paziente, privo di Senso Comune (il micidiale Sesto Senso!) e fornito invece di una sua antenna privata per raccogliere il « silenzio » glaciale dell'Universo, le liti dei fanciulli del mondo sotterraneo, gli sputi, le lacrime, i *nein... nein...* delle loro implorazioni?

A tale Lettore – eccolo là, il raro e mite gentiluomo – ci raccomandiamo: che tutto scusi, comprenda, veli un poco, ritocchi alquanto, aggiunga (se del caso) anche un po' di sale nella pentola delle lacrime. E soprattutto la vacuità, o la pochezza, di chi narra questa storia – o finisce di narrarla – e la sua dimenticanza dei Peccati alla Moda, così fondamentali in un romanzo, tolleri benevolmente, e alla fine perdoni.

Il principe tornò in patria: sempre nella carrozza del Duca, che cambiava cavalli ad ogni stazione di posta, e anche postiglione, e tutti questi postiglioni avevano un gilet azzurro, calzoni rosa, e un cappello napoleonico, tutto stemmi e frange, che disturbava non poco l'estatico Neville (Neville il pensieroso, dovremmo dire); quindi, oltrepassate, una sera di dicembre, le porte oscure di Liegi, il principe si fece condurre al suo palazzo, nella maestosa rue Saint-Gilles (o della Cathédrale) dove, contrariamente a quanto ci si sarebbe aspettato, conoscendo la sua indole fantastica e vendicativa, riprese puntualmente, senza rumore né lagnanza alcuna, la vita che aveva condotto prima della scomparsa di Geraldina, e del suo furioso (e disingannato) ultimo viaggio a Napoli.

Un diplomatico non è mai in pensione; egli seguitò quindi a occuparsi di amici, ma anche di Stati amici, solo che il suo atteggiamento verso gli eventi politici degli ultimi decenni di storia d'Europa – tale atteggiamento mutò, si fece, da mondano e divertito, vagamente pedante e colto, bizzarramente critico, e quindi più esigente, un po' severo...

Egli teneva a dire di chiunque gli vantasse il famoso benché ancora neonato Progresso, e curiosamente anche di alcuni Stati che gli venivano esaltati come conservatori, ma altamente benefici e amici dell'umanità:

« Sì... d'accordo... Ma si è mai costui (o codesto Stato o Nazione) levato presto, al mattino? Ha sentito il silenzio assoluto del mondo, la gioia imperiale dell'alba? Non lo ha toccato – un minuto più tardi – il grido dell'uccella cui hanno rapito i piccoli, e dei piccoli cui hanno strappato la madre? Parlo dei potenti della terra, Signori, e della loro certezza – democratici o meno, buoni sovrani o cattivi dittatori – di essere "i primi", di essere in diritto di disporre dei boschi e dei loro fanciulli. Ha veramente conosciuto – questo signore dell'alba – la sua propria malvagia vanità, la sua infinita crudeltà che lo porta a disporre dei piccini della terra? Come farà quindi a ignorare la presenza (o riderne) del Cardillo giustiziere? Lassù, nel cielo, sempre più viva e pura arde la stella del grande Mattino. Oh, udite tutti, e onorate, Signori, la voce del grande Mattino. Solo dopo, penserete agli Stati ».

Evidentemente, se anche lui, interrogato circa la propria devozione al Cardillo, non avrebbe saputo rispondere senza peccare di presunzione, o infilare

sciocchezze – né avrebbe potuto appellarsi coerente-
mente a Rousseau o Voltaire e altri eminenti Maestri
del Mutamento, in quanto vero Mutamento il loro
pensiero non aveva portato (comprensione dell'ordine stellare gli sembrava il Mutamento). E avvertiva
che questo, appunto, era mancato, nell'antico e nuovo farsi del mondo: il rispetto dell'alba, del pianto del
Cardillo; e del suo ordine di restare fedeli – come i
fanciulli dei boschi e le loro sorelle – al Nulla, al Poco,
e alla pietà per il Nulla, alla compassione per l'abbandonato, al riguardo sommo per ogni Hieronymus
Käppchen e la sua penna di gallina.

Tentò anche di scrivere i suoi *Mémoires* – in tre
tomi – come usava allora; ma un timore della propria
presunzione, e di poter così dimenticare gli ordini (di
silenzio) della « piccola Elmina », lo fermava costantemente. Senza dire che non trovava a suo sostegno,
nello scrivere, neppure una data, o il più piccolo
indizio che quanto ricordava, o aveva veduto, fosse
verità e non sogno; e questo, insieme al silenzio che
seguì per molto tempo da Napoli, dai suoi amici
dell'Olimpo adorato, come fossero rientrati nel nulla, o mai usciti dal nulla, mai veramente esistiti, lo
atterriva segretamente.

Poi, a poco a poco, quasi lo sciopero delle Poste
Universali (o del Diavolo) fosse a un tratto cessato, le
notizie cominciarono a giungere, e *sembravano* veritiere, miste com'erano a quelle delle vicende politico-
militari dell'ex Regno (e vicende del genere godono
sempre di grande credibilità), come la fuga dei Borboni, l'ingresso del Generale... le feste, le condanne,
le luminarie (in onore dei nuovi Re di Francia), e
contemporaneamente l'inizio del grave, famoso Bri-
gantaggio, ancora adesso appendice un po' noiosa
alla Storia della Liberazione Meridionale.

Povero principe e povera Napoli del Cardillo! Invano, crescendo la sua ansia e tristezza (tutt'uno con
l'assenza del fatale Uccello), il nobile cercava di raggiungere qualche certezza sulla realtà della « piccola

Elmina » e degli altri: il buon Guantaio, donna Helm, il disgraziato Folletto, Sasà... e non si dice dello stesso Nodier, dello stesso Pennarulo, e dei luoghi dove avevano abitato. Queste notizie, per quanto, appena giunte, liete e verosimili, mostravano sempre, dopo un po' che erano arrivate, un che di stinto e di fiacco, quasi fossero state inventate e frutto unicamente della mente addolorata del diplomatico.

Comunque, ecco le principali (dopo alcuni anni dalla partenza tempestosa del principe, e quindi eravamo già ai secondi felici tempi della libertà francese). Le diamo nell'ordine (o anche il disordine) in cui pervennero, sforzandoci di prenderle per buone.

Teresella e Nodier si erano veramente sposati, e loro primo pensiero, secondo il relatore (Notar Liborio), era stato di costituire una dote a Sasà che le consentisse di sposare, raggiunta l'età per questa mesta cerimonia, il figlio di donna Carlina Watteau. Per incidenza: veniva detto che Sasà non aveva mai smesso del tutto di volare appena era sola (quasi la compagnia recasse danno alla leggerezza), ma si era fatta giudiziosa e si comportava con bontà verso i sottoposti (e gli stranieri al clan). Per il principe – era ancora detto – avrebbe serbato sempre il suo appassionato amore di Paummella.

Donna Elmina, questo fu chiaro da una lettera scialba e indifferente, dobbiamo dire, del Duca (e chi avrebbe più riconosciuto, in lui, il lieto e malizioso Negromante, il principe delle Ipotesi e dei Pettegolezzi napoletani?), donna Elmina *non* aveva sposato il Pennarulo, come qualche mente maligna aveva pure pronosticato; né la signora Pecquod (del tutto appassita dopo la fuga dei Reali da Napoli) l'aveva sostituita nei rimpianti sentimentali del Notaro. La prima signora Civile (titolo pienamente legittimo, come emerse poi da documenti legati al suo testamento) rimase alla Casarella, con le mansioni di sempre, segno preciso che nessuno, né vivi né morti, aveva più, ribaldamente, accampato pretese alla proprietà di quelle povere mura, né grandi né piccini l'avevano assediata, e le sue lagnanze di quel giorno erano state una farsa – maligna come la stessa Ferrantina – nella farsa generale cui il principe aveva con orrore assistito. No, la casa era tuttora, e molto pacificamente, governata dalla vecchia sposa del Guantaio, molto lieta e orgogliosa dei meravigliosi mutamenti apportati da Alphonse (che veniva chiamato, adesso, il « *mercante francese* », o anche « *il francese di Liegi* »).

Teresella era dunque felice.

In quanto alla signora Dupré (il titolo di Madame era ignorato), dapprima si era trasferita presso donna Violante, ma successivamente aveva lasciato il palazzo della sua protettrice e si era stabilita presso certe monache di Santa Caterina a Chiaia, dove aveva seguitato freddamente a lavorare da camiciaia. Si guadagnava così da vivere. Di aspetto, appariva come sempre, rosea e calma, « segno che non le importava di alcuno » (questa nota fece rabbrividire il principe). Ma più in là, da altra fonte, una madre badessa delle suore di *Santa Maria del Cardillo* (e Ingmar rabbrividì una seconda volta), probabilmente sollecitata dal Duca con l'intento, che temeva non raggiunto, di rassicurarlo, egli apprese che « una signora Dupré è stata veramente nostra ospite nell'ottobre del 1806, ma in seguito ha accettato una proposta di un convento di Casoria, che richiedeva una donna di fiducia, lavoratrice e sana, per assistere una gentildonna casertana vedova di un generale di Ferdinando... ».

Questo stava certo a significare che donna Elmina era tuttora stimata e richiesta per le sue virtù, e soprattutto era viva, cosa che ben presto, però, non bastò più al suo povero ammiratore.

Da un'altra lettera del Duca (egli si era rivolto ancora a questi, non osando, non sapeva perché, scriverne alla madre badessa), il principe ottenne, sì, qualche conferma, ma quanto distratta! Come se donna Elmina, in realtà, non fosse più cara a nessuno – e, anzi, mai ricordata da nessuno.

Egli non osava quindi andare oltre nelle sue supposizioni (specie se stava lì a pensare, sveglio, di notte), tali tristi incertezze, sulla sua stessa anima o la stessa mente, lo assalivano in quelle ore cosiddette «piccole», e che invece sono – per i malati e per chi ricorda o attende – interminabili.

Di Hieronymus Käppchen (il Lettore lo ha forse dimenticato) neppure si può dire gran cosa, cioè che giungessero notizie attendibili e rassicuranti; ma, al contrario, quelle che pervenivano, tutte ridicole e insensate, così come la povera creatura con la penna era stata vivendo, e si era anche presentata al nobile di Liegi. Notizie tanto deboli, da potersi paragonare a continue ciarle di bambini che giocano, e interrompono ogni tanto il gioco per dirsi cose di paura, o per ridere di qualcuno. Parve una volta (da una nota distratta di Teresina in margine a una breve lettera di Nodier), parve che, guarito dallo strappo della penna e dopo essere rimasto gran tempo, come morto, nella scatola coi buchi, solo affidato alla pietà di sua sorella, che lo riforniva di piattini di latte e briciole di pane, fosse improvvisamente guarito e fuggito di casa. Ma di una guarigione che capita a un folletto, chi può dire che sia realmente avvenuta? Se non sia, per caso, solo una fuga, e diosadove? Anche la scatola coi buchi era sparita dallo studio, e questo aveva autorizzato il relatore di una successiva lettera (di nuovo, stavolta, il premuroso Notar Liborio) a ipotizzare che il piccino, un capo veramente strambo, se la fosse portata con sé, nella fuga, «per dormire più comodo».

La penna di gallina, invece, la ritrovò per terra, nel piattino rovesciato, donna Alessandrina, che con quella tentò un piccolo volo. La madre, presente, gliela tolse freddamente di mano, e subito la cucì in uno scapolare di lana rossa, che ora portava sempre con sé. (Nota molto burlesca e insieme riguardosa di Teresina, cui il Notaro aveva mostrato la lettera).

Notizie poco allegre, e soprattutto molto contrastanti, come si vede. Da ciò il principe arguì, o piuttosto volle arguire, dato il suo antico rancore, che il povero Käppchen fosse veramente morto, scaduti i suoi trecento anni di vita (un termine valido anche per l'ascesa e il declino, allora, di grandi Stati, come la Spagna e la Francia, e oggi se ne potrebbero citare altri), e non essendo riuscito a farsi adottare, se questa era stata la sua intenzione, e non della sorella, da una coppia legalmente sposata, la sua vita era cessata. Per lo scadere del tempo, cosa che a tutti accade, ma, data l'innocenza totale di Käppchen e il disperato amore di sua sorella, piuttosto inaccettabile.

Un'altra ipotesi affliggeva il principe, riguardando un'ultima lettera (ancora il felice e poco sentimentale Nodier), che il piccino non fosse realmente morto, ma portato « a sperdere », come si usa per gattini di troppo, o malati, nelle ignoranti e poco misericordiose famiglie napoletane. E Nodier, che avvertì di stare « scherzando », era diventato del tutto napoletano, aggiungendo a questa peculiarità la sua fredda *raison* francese.

Il principe, così, tra impulsi non buoni e lento divenire della coscienza del cuore (purtroppo, solo il suo cuore era cosciente), non si dava pace. Poco alla volta, sentiva di aver contribuito – con indagini ridicole e incalcolabili perdite del prezioso tempo necessario alla ricerca di una soluzione –, di aver contribuito alla rovina di Hieronymus e a quella di Elmina. E non sapeva, tra i due, chi gli fosse più caro (come all'inizio di questa storia non distingueva tra l'amore per Albert e quello per Elmina), ma avrebbe dato la vita per riaverli con sé. Capiva inoltre di aver offeso Elmina, per dieci anni, con tutto il suo denaro, e la vuota gelosia – quando ciò che ella chiedeva non era che la salvezza di H. Käppchen. Capiva che ella aveva rinunciato, fin da piccina, a ogni bene, e quella mattina alla stessa proprietà della Casarella, e infine alla buona grazia di lui – solo per impietosire il Cardillo, che la voleva priva di tutto, e desolata, per salvare così il Folletto. Ma il Cardillo non aveva avuto pietà.

Ricordava le parole di Elmina quella sera, dopo la cena con fili d'erba, alla Casarella: « Nel mio cuore c'è un nome solo ». Ora capiva. Quel nome era il suo, di Ingmar, ma non si poteva fare, e non era stato fatto. Il Cardillo, per salvare Käppchen, aveva fissato un prezzo: la giovinezza, e il silenzio eterno (sorvoliamo sulla contraddizione in termini) di Elmina sul suo segreto. Allora sarebbe stata « ricompensata ». Così diceva; ma non aveva mantenuto la promessa.

Aveva incassato il premio, ma la promessa non l'aveva mantenuta... (O forse non aveva potuto?). Infame Cardillo!

Ma col Cardillo, pure, talvolta, maledicendolo, Ingmar era entrato a poco a poco, a furia di lacrime e di silenzi, in una sorta di triste dimestichezza, e spesso, qualche volta al mattino, e certe sere dei lunghi inverni, perfino lo pregava:

« Cardillo, non dimenticarti di Elmina e di Käppchen. Cardillo, Uccello santo, ascolta, se puoi, tutti i poveri Folletti e le loro mute sorelle. Liberali dal male. Proteggili, Angelo o Demone che tu sia, nobile Cardillo – finché il Sole riempie di gioia tutto il cielo, e quando la notte si accosta. Conducili, se puoi, Cardillo, da me ».

E una volta – la notte si avvicinava, era inverno – egli vide, o gli parve, in una elegante strada di Liegi, passare il piccolo « malato », sempre vestito di stracci, sotto la neve che cominciava a cadere, e carico di pacchi, come quella mite mattina di novembre sulla Scalinatella. La sua penna era di nuovo sana e a posto.

Dietro di lui, ondeggiando dorata, seguiva la luminosa bacheca, su una portantina sostenuta da ben quattro Hieronymus – per dire nobili Folletti – vestiti di azzurro e oro. E tutti questi piccini, passando davanti a lui (il principe era fermo, molto pallido, sotto il portico di una chiesa), lo guardavano con gli occhietti muti, imploranti... anche severi.

Il principe appassionatamente gridò:

«Hieronymus! Bambino mio! Non lasciarmi solo!».

Ma H. Käppchen non si fermò, corse avanti come un disperato, lasciando piccole tracce nere di zampetti sulla neve. Però, la portantina sulla quale era fissata la bacheca, si fermò un momento, e la piccola Elmina, sotto le palpebre rosa abbassate, ebbe un dolce sorriso... Per Ingmar, un dolce sorriso!

Egli non stava in sé dalla gioia, e aspettò sempre, in immutata pallida giovinezza – dono del Cardillo –, che il prodigio si ripetesse.

Cercò da allora – ovunque li trovasse li portava a casa – dei piccoli Hieronymus: si accorse e vide che i giardini di Liegi, e così di altre città o capitali, ne erano pieni. Sedevano, con le ginocchia abbracciate e il musetto sulle ginocchia, sotto la neve. Mordevano un po' di pane, o leccavano, svegliandosi, un piattino di latte che qualche nobile dama aveva riempito per loro. Ma sempre svogliati, assenti, estatici. Qualcuno, era certo, aspettavano, e il principe ne conosceva il nome: la «piccola Elmina»! *Mutter Helma!* egli gravemente aggiungeva.

Sorprendenti (e calunniose) rivelazioni
del Pennarulo sulla verità e la fuga a Colonia
di H.K. e di sua sorella, e loro « incredibile
degradazione ». Il principe decide ancora una
volta di salvarli. Nuova lettera da Napoli
e testimonianza di un bancario

Giunse una volta, al principe che ormai aveva nuovi amici (anche qualche giovane pieno di gioia, come era stato Albert – così Ingmar si sforzava di dominare i suoi pensieri – e che egli accoglieva con l'antica tenerezza), giunse un messaggio di Notar Liborio – ricordi ancora, Lettore rassegnato, il nostro Pennarulo?

Egli era enigmatico, come sempre. Dopo aver dato notizie rassicuranti, anzi magnifiche – così dapprima sembravano – su tutti i personaggi di rione Sant'Antonio, e della Casarella stessa, e aver lodato la « serenità » di quella famiglia, inaspettatamente si contraddisse, ammettendo che la Casarella era stata messa in vendita, e forse già venduta, da Nodier che la trovava troppo triste (inoltre, il tetto era rovinato), e quindi sgomberata dalle statue, tutte disperse, nessuna venduta, « *cose che accadono agli artisti della Joie!* » (*sic*).

Detto questo, passò ad accennare, diremmo senza cautela per il lontano destinatario, alla vedova dell'artista. La vecchia Violante assicurava che ella era partita, dopo molte peregrinazioni da un convento all'altro del Casertano, per la nativa città di Colonia.

Apparentemente aveva accettato l'offerta di una « seconda » cugina della baronessa Helm; ma – si aveva ragione di sospettare, ne aveva avuto conferma di recente – perché ancora in cerca di quel suo fratello malfamato la cui storia, del pericolo mortale che correva, era stata tutta inventata, creazione di un manigoldo, sostenuta dalla sua fanatica sorella, per ottenere compassione e favori che in realtà non meritava. (Dell'irruzione della cosiddetta « cronaca » nella leggenda, il Lettore non si adonti: in questo mondo le sostituzioni, il sovrapporsi delle novità alle novità, sono cosa pressoché continua, forse non hanno fine). Concludeva poi il Pennarulo con vera malignità, ben conoscendo la permalosità del principe riguardo a quei due, che « buon sangue non mente », e anzi « chi di gallina nasce, convien che razzoli », e insomma donna Alessandrina avrebbe avuto buone ragioni di perseguitare il Portapacchi. Ma attualmente, questa la Grande Sorpresa – la notizia pareva certissima, non solo certa –, H. Käppchen si trovava in prigione a Colonia, e sua sorella lavava i piatti in casa di un magistrato, con la speranza disperata di ottenere, tramite la di lui moglie, donna compassionevole, grazia per lo sciagurato fratello, portando come attenuante che era nato fuori della Sacra Romana Chiesa.

In tali condizioni sembrava ridotta donna Elmina Dupré, così finiva la sua giovinezza tanto risplendente e orgogliosa.

A questo punto il principe stava di nuovo per partire (malgrado i primi capelli bianchi cominciassero ad illuminare la sua impetuosa fronte), e questa volta per la vicina Germania. Era deciso a rimanere laggiù fino a che non fossero salvi, non importa se ambedue avessero tanto barato.

Ed ecco, era nel suo studio, una ventosa sera di marzo, intento a chiudere, prima della partenza (la carrozza già aspettava in cortile, e scalpitavano i cavalli sotto la neve illuminata dalla luna), alcune lettere con le ultime disposizioni per i due segretari, quando il suo cameriere personale – certo Rodolfo, con una faccia da elfo – gli portò su un vassoio d'argento una lettera sigillata. Veniva dalla città di Napoli, era di un funzionario della Banca Inglese che Neville conosceva da anni e stimava personalmente, certo William Heart (il nome era già un programma di sensibilità), e conteneva un'altra lettera, questa volta del Pennarulo, che il bancario presentava in questi termini:

Per Sua Altezza il degnissimo Principe Neville,
in Liegi
Da Napoli, lì 3 febbraio 1809

Degnissimo Signor Neville,

Ho il malinconico compito di doverLe inoltrare la lettera di un Suo amico e ammiratore (ma vorrei illudermi da Lei poco ricordato), il Notaro Liborio Apparente, che ci ha lasciati giorni fa, esattamente domenica scorsa. Il giornale della città, di cui accludo un ritaglio con la notizia, potrà confermarLe l'esattezza del triste annuncio.

Notar Liborio, persona degnissima, universalmente stimato, e di cui mi pregio essere stato amico, era da tempo malato, cosa che io ignoravo, avendola egli tenuta gelosamente celata, quasi per un sommo pudore del male, e il giorno 31 di gennaio mi mandò a chiamare nella sua modesta abitazione di Montecalvario, dovendo confidarmi qualcosa di molto delicato. Lo assisteva la moglie, Elvira, donna oppressiva quanto precocemente invecchiata, di cui mai lui aveva palesato l'esistenza, e appena la poveretta uscì dalla stanza, egli mi consegnò, con un fil di voce, la lettera che Le accludo. Mi pregò di leggerla, e la lessi. Non esprimo giudizi vietati da qualsiasi regola di rispetto del segreto affidatomi. Mi pregò di farGliela avere, non appena egli avesse raggiunto «*in quel cielo che sicuramente esiste, e dove regna lieto il Cardillo* (parole sue), *il Padre degli orfani e delle stesse animucce infernali, come il piccolo vecchio Käppchen, che vagano smarrite sulla terra* ». Chi sia costui, ignoro; ma, come accennai, il buon Notaro da due anni era gravemente malato, passeggiava giorno e notte per le strade, preso a sassate, spesso, dai monelli, cercando un tale con questo nome (suppongo un suo debitore).

Ecco la lettera. Stia bene, e per qualsiasi cosa, disposizione, o conferma, in cui possa esserLe utile, mi scriva presso la Banca Inglese, in Napoli.

Cordiali saluti

William Heart

Il principe non aperse subito la lettera del Pennarulo. Tremava nelle mani e in tutta la persona, e dové aspettare che il tremito si calmasse.

Quando l'aperse, scorse il seguente testo (dove il *lei* e il *voi* erano usati indifferentemente, e così li lasciamo):

Nobile Signore, principe Ingmar di Neville!

Le parole mi mancano, e il tempo della vita viene meno, perché possa consentirmi di aggiungere alle poche righe di questa lettera qualcosa di più. Devo chiederle semplicemente perdono. Di molte cose, ma della mia ultima lettera principalmente. In verità non ebbi più notizia della signora Elmina, e del disgraziato fanciullo che ella proteggeva, dal tempo stesso in cui la povera casa di Sant'Antonio fu venduta, e il denaro incamerato da Teresina e suo marito. Parlo del 1807. Ferrantina trovò accoglienza in un luogo di carità. Donna Elmina – che sempre era stata silenziosa dopo la decisione del signor Nodier di portare « il fanciullo » in campagna, insieme allo scatolo di cartone dal quale non aveva più voluto uscire (i buchi gli permettevano di respirare), presumo per essere sperduto –, donna Elmina non lasciava mai la casa, e soprattutto lo studio, per questo affanno in cui viveva, che le portassero via, di nascosto, il piccolo malato. I due sposi, dal giorno del loro matrimonio, erano molto mutati verso la nostra Elmina, divenuti autoritari e insensibili: dicevano che il fanciullo infettava la casa. Il fanciullo non aveva malattie infettive, ma era vecchio, questa la verità, e diventato più indifferente a tutto di sempre. Salvo a sua sorella, che gli rinnovava i píattini col latte. Era molto piccolo e la sua penna di gallina (Lei ricorderà), un tempo fissa sul capo come un trofeo, ora appoggiata sul petto, non lasciava mai. La piccola Sasà, quando nessuno la vedeva, si affacciava a uno dei tanti buchi per burlarsi di lui. Ah, Signor Neville, ci sarebbero molte ragioni per tacciar d'infame l'intera cristianità (o umanità). Essa non è buona, come alberi e altre creature naturali, perché la sua origine non è da Dio, né sappiamo da dove. Quale distacco, e spesso felicità, per l'altrui dolore! Non era una virtù del nostro Hieronymus, questa, né tanto meno della bella sorella da tutti amata (tranne dal cognato e dalla figlia!).

In breve, tutte le mie notizie, spesso tanto ottimiste, furono un nuovo falso: per aiutare me e voi, signor principe, ma forse anche per quel senso di sfida nei Vostri riguardi, che sempre accompagnò i nostri rapporti. (Vi invidiai, non vi è ignoto). Perdonate quindi, se possibile, a un pover'uomo, come perdonaste al signor Mariano, quel giorno al cimitero di Napoli quando vi confessò la situazione economica di donna Elmina.

In realtà, io non ho notizie di quei poveretti da tempo (e se ne avete ricevute da altre fonti, considerate la loro fiacchezza, prima di prenderle per vere), e nemmeno ho motivo di aspettarne di buone, se non che essi non appartengono più, vorrei credere, a questa infernale magione che chiamiamo mondo (solo perché non abbiamo altro nome per indicare un luogo tanto sconosciuto e malinconico).

La signora Dupré si allontanò da casa (non trovo altro termine) improvvisamente una mattina di marzo, e nessuno più di me poteva sapere in quali condizioni, e perché la vita della figlia di don Mariano fosse diventata a un tratto intollerabile.

Ampia ritrattazione del Pennarulo.
Si illuminano gli ultimi giorni di Hieronymus
il Piccolo e della fedele Elmina. Di una notte
di marzo e di un certo brigante del Re

Il principe interruppe la lettura un momento. Sperava di stare dormendo, come quel giorno a Sant'Antonio, e che qualcuno lo svegliasse. Ma il silenzio, sulla casa e su Liegi, era come una montagna di neve e di sogno, era del tutto immoto.

Riprese a scorrere la lettera di colui che gli mandava, benché scomparso, un ultimo strale di fuoco dall'Olimpo fatato:

Era una notte dei primi di marzo, e io, Signore, mi ero recato alla Casarella, col proposito di chiedere a donna Elmina di affidarmi lo scatolo con suo fratello; mia moglie era d'accordo: l'avremmo sistemato in cucina, anche noi sotto il focolare, finché il fanciullo non si fosse ripreso (così diceva il medico, che qualche speranza era possibile).

Ebbene, ero entrato in silenzio nel giardinello, e sentivo chiarissime nella notte, provenienti dalla cucina, le voci del signor Nodier e di Teresella. Quella di Elmina la potevo solo indovinare, non più di un sussurro; quelle degli altri, risolute, energiche – e per me indimenticabili. Eccole, come le udii:

NODIER: Quello scatolo deve sparire dallo studio, cognata mia.

TERESELLA: Manda cattivo odore, non lo lavate mai.

DONNA ELMINA: Sapete che mio fratello non si può ancora alzare dal letto. È tanto debole, e ha le gambine addormentate.

NODIER: A maggior ragione si deve portare via. In campagna, credete, si rimetterà.

TERESELLA: L'aria è più buona.

DONNA ELMINA: Anche qui è buona. Ve lo chiedo per carità di Dio. Non toccatelo.

NODIER (conciliante): E va bene, non lo toccheremo. Ma sapete che è anche ricercato dalla Polizia.

DONNA ELMINA: Non ha fatto nulla di male.

NODIER: Chi non lavora e non guadagna, fa male. È un peso per l'umanità.

TERESELLA: Mio marito ha ragione.

DONNA ELMINA: Solo un giorno vi domando, e poi lo porterò da donna Violante. Ce ne andremo insieme. Finora c'era il nipote... non voleva. Ora va per un po' in vacanza.

(Silenzio. Dopo un po', conciliante, la voce di Monsieur Nodier):

NODIER: Sia come volete, per stasera. Ma non un giorno di più. (Spero lo ricordiate).

La voce di donna Elmina era un filo, un sussurro. Ah, signor Principe, non si poteva sopportare, quella bella regina della compassione, ridotta così.

Mi allontanai verso il cancello, per ammirare la luna che si alzava sulla scura Posillipo, tra nubi bianche nel cielo turchino di Napoli, e anche per non farmi sentire piangere. E dopo un po' mi giunsero chiare (donna Elmina doveva aver raggiunto il « fratello » nello studio, dove sempre la notte lo vegliava), fredde e chiare, non so come, le voci dei due sposi (Dio così riduce chi sottostà al contratto matrimoniale, e perciò il Cardillo grida dovunque arrivino due sposi in una casa appena imbiancata); erano voci sommesse, indifferenti, ma anche qualcosa di più. Il mercante rimproverava la moglie:

NODIER: Te lo avevo detto che bisogna giocare d'astuzia. Non *lo* lascerà mai. Ha le lacrime sempre pronte quando si tratta del fratello.

TERESINA: Mi duole il cuore a vedere mia sorella ridotta così. Nostro padre ci patirebbe.

NODIER: Non era tuo padre, né suo, ma un povero vecchio ignorante. Credeva negli angeli e nei demoni.

TERESINA: Forse esistono.

NODIER: Ora, svelta, ragazza mia. Appena tua sorella si addormenta, lì per terra, tu entra nello studio, prendi lo scatolo e fuggi in giardino. Ti aspetto là.

TERESELLA: Spero, caro Alphonse, che Dio ci perdonerà.

NODIER (ridendo): È più che sicuro (se esiste).

Inteso questo dialogo, mi smarrii. Pensai fossero nulla più di due temibili delinquenti. Oh, che cosa avrei dato, Signore, perché Voi foste lì!

Sentivo non so che terrore. Dolore anche; ma la paura era più forte di tutto. Cercare soccorso, era l'unica.

Ricordai che c'era, nei pressi della Casarella, un capanno, da cui a volte trapelava una luce. Dicevano abitato, e io pensavo sempre da qualche anima del Purgatorio.

Mi accostai, tremando verga a verga, come si dice – ma non ho ancora vergogna, Dio mi fece così – e chiesi soccorso con un fil di voce. Qualcuno uscì, un'ombra bruttissima, che riconobbi quasi subito. Tutt'altro che un'anima del Purgatorio; era il brigante Luigi del Re, da due anni nascosto, perché borbonico (era soprannominato « il Pazzo »). Come mi vide, ebbe compassione, mi fece entrare, mi dette del vino... Bevvi e piansi e raccontai tutto... di me e dei due manigoldi... Don Luigino (così chiamavano quell'infelice, su cui pendeva una condanna a morte) era molto meravigliato e impaurito. Mi disse che, a notte fonda, mi avrebbe aiutato. Bevve anche lui, e cademmo addormentati, ebbri di vino e paura, sotto il tavolo.

Quando ci destammo era l'alba, ma la luna pietosa brillava sempre sulla infame Napoli. Uscimmo dal capanno. Notai due ombre allontanarsi con un involto per la stradina laterale alla Scalinatella. Dico « notai », perché il Brigante, solo a quella vista, si era celata la faccia nelle mani. Lui era tornato indietro, tremando, e io potei avanzare. In breve, vedendo una luce fioca a pianoterra della casa, mi convinsi che donna Elmina vegliava, e quindi non era accaduto nulla. Io, poi, avevo visto un fagotto, e non lo scatolo. Pensai che fossero solo dei normali ladri di passaggio.

Ed ecco accendersi una luce fioca nello studio.

Mi accostai, facendomi piccolo, a spiare, e scorsi donna Elmina, assai pallida e calma, in piedi, fissare la scatola coi buchi aperta sul pavimento.

Pensavo che avesse preso in braccio il fanciullo (essendo girata di spalle non potevo vederla). Invece fissava la scatola. Improvvisamente si piegò, la vuotò (di un poco di paglia), sempre muta. Poi andò su e giù in preda a una inquietudine terribile, come stesse per morire, e infine gettò un grido di colomba che trova vuoto il nido. Gridò più volte, con meraviglia e disperazione (oppure orrore?).

« Gerò! Gerò! Gerò! ».

E un'altra volta:

« Gerontuccio mio! ».

« Mi hanno rubato il bimbo mio! ».

Questa voce sembrava quella di un'altra donna, che né Lei, né io, signor Principe, avevamo mai conosciuta, la voce della nostra stessa povera umanità, quando la derubano e opprimono devastando le sue piccole, assai care libertà, gli ultimi oscuri affetti rintanati nel cuore. Che è poi la normale occupazione di tutti i forti, anche se mascherati da maestri e liberatori.

Per la mia vigliaccheria, ero ormai tra i firmatari della perenne disperazione dei piccoli del mondo e della storia.

Ancora una volta, il principe non respirava per il dolore.

Per quella mia fuga, continuava la lettera, fuga da vecchia carogna, davanti a un'azione che dovevo affrontare, invece di chiedere aiuto a un povero Brigante, e per quel *Gerò*! che sempre mi sta nel cuore, senza maledizione – una calma meraviglia che non posso dire, come quella poveretta stesse conoscendo la morte, che tutti dobbiamo conoscere, ma con qualche aiuto, a lei negato –, per tutto ciò fuggii nuovamente, e in seguito, Signor mio, inventai cose che non erano, e anzi, adattate a *quella* verità a me nota, erano vera infamia.

Mi fu detto successivamente (da quel Brigante del Re) che ella, per vario tempo, andò in giro cercando dove *lo* avessero portato – fin quando non ritrovò la penna di lui sotto una pietra, molto deteriorata, e da allora donna Elmina divenne muta.

Sembra che essi, i coniugi, abbiano poi dato una spiegazione: aver trovato il piccino stecchito nello scatolo, e aver voluto risparmiare una emozione alla sorella e cognata. Avevano sostituito così la vecchia custodia con una nuova e piena di paglia (quella che io avevo veduto) sperando che sul principio ella non se ne accorgesse, « tanto avevano pena di lei ». Forse era così, ma la conversazione udita stava contro la loro buona fede.

Comunque, Elmina Dupré sparì, senza più un grido e senza una lacrima, di nuovo fredda e paziente come sempre. Finché non se ne perse ogni traccia.

Io fui l'ultimo a cercare Hieronymus Käppchen, non riuscendo a credere alla sua morte, finché una notte dello scorso anno, forse i primi di maggio, non lo sognai: era guarito, era un bel piccino sano, adesso – ma sempre infagottato nei suoi abitucci tristi, le orecchie appena più grandi del normale e a *punta* – e mi faceva cenno, col dito sulle labbra, di stare in silenzio. Contemplava una ragazza che era di spalle, e questa era donna Elmina. Le diede la piccola mano (con quale aspettativa negli occhi!), e insieme si allontanarono.

Allora capii.

Ah, tutta la campagna, nel mio sogno, era fiorita!

Ma nella realtà, essa non fiorirà più.

Non saprei dirvi altro, Signor Neville – anche se volessi –, la mia memoria è tanto stanca. Vi prego, pertanto, di credermi

Vostro devotissimo Notar Liborio Apparente

Desolazione nel palazzo di Liegi. « Riportateli
nelle scuderie, e per sempre! » gridò il principe.
Viene annunciata a Sua Altezza la visita
di un certo Cardillo, da Napoli

Il principe rimase per un po', come anche lui privo
di memoria, a contemplare il triste foglietto.

Poi, posandolo sul tavolo, ne scorse uno più piccolo, che gli era sfuggito. Conteneva pochi versi. Conoscendo la debolezza del povero Notaro per le compo-
sizioni in versi (tutte per nascite, matrimoni, funera-
li, eventi privati e storici), non sorrise e non provò
nemmeno curiosità. Ma il titolo lo colpì, e comprese
che anche il povero Notaro aveva amato Elmina,
sebbene, ubriaco, fosse fuggito al momento giusto,
macchiandosi di ciò che si dice omissione di soccorso
– ragione per la quale, forse, era morto –, e lesse
quella cosuccia insignificante, non senza rispetto,
mentre le lacrime rigavano il suo volto molto pallido.
La riportiamo senza commento, a conclusione di
questa (finora) brutta vicenda.

Titolo: *Addio di donna Elmina alla sua città dorata*

> O città del mio dolore.
> O città del mio tesoro.
> Caprettino mio,

413

Occhietti celesti,
sono triste.
Aiutami tu,
Gesù.

(firmato: don Liborio Apparente, da Napoli, Poeta Diplomato).

Così terminava, col racconto di un uomo di penna (attualmente defunto) la strana storia del viaggio di Bellerofonte e i suoi amici a Napoli, del segreto di donna Elmina, di tante fantasticherie (passioni e grazia), tanti interventi del Cardillo, nella Napoli assediata dalle sirene e dai Francesi.

E lui che aveva creduto a tanti bugiardi (del paradiso e l'inferno napoletano), a tanti cittadini del sottosuolo (dell'anima)! Solo il Cardillo era vero, e il dolore e la fedeltà dell'orfana tedesca per H. Käppchen.

Forse neppure lui, Ingmar, era tanto vero, né rispettabile come quei due diletti spettri.

Pensò... s'incantò. Una penna era davanti a lui, sul tavolo – massiccia penna d'oro cesellato –, l'afferrò e, su un foglietto di carta velina, appena azzurrata, scrisse di getto (ricordiamo che anche lui aveva nutrito ambizioni poetiche, e quindi perdoniamolo), scrisse:

Titolo: *Ingmar guarda la città di donna Elmina*

Muro verde, luna bianca,
dentro l'acqua stanca stanca.
Quel sassolino
è il mio villaggio,
viaggio viaggio
che passò.
La luna sull'acqua va
verso il bordo
del pozzo.
Me ne sto,
dove sto.
Che pace la luna
che passò.

Aveva appena deposto la penna, che il maggiordomo si affacciò alla porta dello studio.

« Signore, i cavalli aspettano! ».

« Riportateli nelle scuderie, e per sempre! » gridò il principe.

Il maggiordomo (allibito) scomparve. Il principe, con la testa sul tavolo, piangeva.

Un attimo dopo, la porta si riaperse.

« Signore, un certo Cardillo, da Napoli, chiede di essere ricevuto da Sua Altezza ».

« Fatelo passare! » gridò ancora il principe, e fu preso da un gelo meraviglioso.

Il noto ritornello salì in quell'attimo dal giardino illuminato da una nascente luna, e suonò dappertutto:

Oò! Oò! Oò!

e poi:

Oh! Oh! Oh!

Più lieto e mite di così non c'era nulla. E il principe benedisse la luna che riappariva sulle pareti, e quella voce sovrumana che gli aveva reso tanto cara – mentre passava sul suo capo – la oscura vita. Benedisse il Cardillo che arrivava, e finalmente gli avrebbe spiegato tutto. La follia e la separazione, il dolore e questa gioia che giungeva adesso con lui: tutta calma, fredda, infinita.

Fine del « Cardillo addolorato »

STAMPATO DA ROTOLITO S.P.A. - STABILIMENTO DI PIOLTELLO

GLI ADELPHI

GLI ADELPHI
Periodico mensile: N. 106/1997
Registr. Trib. di Milano N. 284 del 17.4.1989
Direttore responsabile: Roberto Calasso